永夜的世界

——戰爭大陸（中）

談惟心

目次

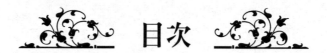

南隅

新嶽

昭雲閣本為魘塵大陸厄法首都的地名，現在則成為安茲羅瑟二十三區聯合組織的代稱，另有世界最高指揮政府的意義存在。

創立者與最高指揮為安茲羅瑟之主哈魯路托，以透過命令發佈的方式再由各個區域的主權代表來進行管理與執行。目的在於致力促成二十三區的安全、向心力、發展、抵禦外敵等。透過公開平台的對話與討論，可以讓哈魯路托更加容易掌握各區狀況，達成完美統治整個魘塵大陸的宗旨。

昭雲閣轄下共四大機構：負責審議決策及軍事武力執行動向的是決策大會、負責經濟合作的是商業貿易理事會、負責知識及科技研究的是情報院、魘塵大陸的最高司法機關則為公義法庭。

安茲羅瑟二十三區之一的厄法位於魘塵大陸中央偏南地帶。在它的轄下領地血柱石林內，其中有一根特別巨大高聳的血石柱則被安茲羅瑟人稱作盤神，厄法的人民就在這盤神上方建立都城

——名為盤空城，此為現今厄法的王城。

這座像是懸在半空之上，看起來隨時會坍塌落地的大都城，如今卻屹立了千年，因此也有人稱之為不倒王城。

昭雲閣決策大會今天就在這盤空城中召開，各主權區代表均已來到城中。

風勢真大啊！識海拿出手巾不斷擦拭著臉上的風沙，他真的不喜歡盤空城的環境。

「害我的皮膚變得粗糙了。」識海不滿地喃喃抱怨著。

放眼望去，灰暗的天際與底下的沙塵風將所有可視的景物完全遮蔽，由高處往下看也只能看到部分血柱的頂端。

包圍整座城的氣旋護罩已經擋下大部分的風沙了，但身處城內猶能不時地聽見風聲穿嘯於建築物縫隙與窗孔的呼聲，可見城外的狂風與塵沙有多麼驚人。

這裡不過就只是地勢高且險峻而已，沒有什麼娛樂場所，真是個無聊的地方。識海心想。

與識海的想法相反，盤空城其實是個繁華又熱鬧的王城。儘管他心裡不那麼想，卻在鬧市之內逛了一圈又一圈。等到會議開始之前，他才獨自返回昭雲閣決策大會議事廳。

前方，北境邯雨的領主亞基拉爾．翔與他兩名隨從也剛來到廳外。

其中一名黑髮及肩、模樣冷峻的隨扈是影休，識海對他並不陌生；另一位則從來都沒有見過。那個茶色短髮的男人看起來面色蒼白，好像抱病來此，明顯的面露不適。

影休走過去攙扶著虛弱的貝爾。「安茲羅瑟人實在太奇怪了，專挑莫名其妙的地方建立都城。」貝爾抱怨道。

「沒事嗎？你一直在嘔吐。」影休輕拍著貝爾的背。

「邯雨建在滿佈雪地毒荊棘、綠霧、雷鳴的地方；甸疆城位於陰冷、幽暗、潮溼黏膩又寒冷刺骨的地洞內。」貝爾喘了口氣，接著繼續抱怨：「這個地方更離譜，整個王城蓋在石柱高峰頂端，居然還會搖晃！而且這裡的空氣乾燥、風勢強烈還夾帶滾滾黃沙，打從我踏上這塊土地後，我頭暈的症狀就加重了。」

「城並不晃。」亞基拉爾肯定的回答。「你之所以會頭暈與盤空城無關，而是魂系神力在你體內互斥所造成的不適，和你體內不純正的血也有很大的關聯。」

「這也難怪，今天來的不是黑暗深淵領主就是統治者階級的高等領主，即使沒受到魂系神力影響，依你的階級也是該迴避。」影休剛說完話，貝爾又因為暈眩而吐了出來，地上留下一灘他腹中還沒來得及消化的食物與胃酸。

亞基拉爾嫌棄地說：「將這丟人現眼的傢伙帶去休息吧！真礙眼。」

「那麼我待會再回會議廳中找您。」影休攙起貝爾。

「不用了，難道我自己不知道位置嗎？」亞基拉爾冷淡地回絕。

影休與貝爾在亞基拉爾的目視下一同離去。

站在旁邊看著的識海基於禮貌走了過去，向亞基拉爾行鞠躬禮。「我是埃蒙史塔斯家，新嶽聖王麾下識海，向領主大人問好。」

亞基拉爾正眼瞧也不瞧的便獨自走入門內。

他是不是看不起我？算了，誰叫他是安茲羅瑟中最強大的五名領主之一。識海從以前就覺得亞基拉爾的氣焰高漲到簡直目中無人，說的話比哈魯路托更具份量，甚至於三大家族的家族長就在眼前，他卻仍舊依然故我，無視各家族長的存在。畢竟出生的太晚了，對亞基拉爾的事蹟除了聽說外幾乎沒有親眼見證過。

識海跟在亞基拉爾後方也進入會議廳中，這時其他高階貴族紛紛向亞基拉爾聚攏，他們依序向他致意。亞基拉爾與剛剛在外頭的冷漠不同，他很熱情的回應每一區的領導者，之後便逕自坐到弧形木桌的副席之位。

厄法的領導者，同時也是昭雲閣的現任副閣主——赤華．蘭德坐入了主位的閣主位置。自從哈魯路托隱匿後，這個位子便由赤華暫時代替。

亞基拉爾雙手交於胸前成三角狀，並對著赤華．蘭德低頭行禮。「副閣主，厄法穆巖。」穆巖是厄法區的特定用語，意思代指為神靈、上天。厄法人在尊稱他們的領導人名稱後面都會加上這個詞，以示尊敬。

看在識海的眼中有點不可思議。赤華雖為厄法的領袖，他的人形外觀看起來就是留著一頭整齊的黑色長髮，模樣年輕俊秀的少年。實際上他的年紀以安茲羅瑟人來說的確很輕，就連階級也低亞基拉爾一層。就只是因為他坐上了副閣主的位置，所以亞基拉爾便和他先行禮，可見得亞基拉爾很尊重昭雲閣，同時也很會看場面來決定說話或做事的態度。

今天的亞基拉爾身著天藍色的軍裝，識海雖然聽聞亞基拉爾的勇猛，但在他印象中，每次見面時他總是穿著文裝而非鎧甲，他像文官更多過於武將。

赤華坐在主位顯得威風凜凜，加上他身上華麗的裝飾，看起來就是閃耀著光芒的王者。

其他人問候完畢也各自就座。

亞基拉爾右手邊第一個位子坐的是漢薩．伊瑪拜茲。他是三大家族之一的伊瑪拜茲家族長、卞安的領袖。

第二個位子是高頓．熱陽。代表三大家族之一的安達瑞特家出席，不知道為何家族長火神烈並沒親自與會。

背倚在第三個位子上的人為雀一羽。是三大家族之一的埃蒙史塔斯家族長，同時為新嶽領袖，也是識海的頂頭上司。

雀一羽的人形狀態相較於其他人來說顯得高大，為了表示禮儀，他將頭冠摘下並交給識海暫時保管。

識海恭敬地接過頭冠後，以雙手輕捧著，他以敬仰的眼神看向自己的家族長雀一羽。家族長是一名很有威嚴的統治者，有著青綠色的皮膚，頭上除了三條捲曲且突出的黑痕外並無頭髮，尖耳白眉，有兩條很深的法令紋。

雀一羽的位階與亞基拉爾相等，他以沉穩的姿態坐在自己的位子上，等候會議開始。

第四個與第五個位子都是空位，兩區的代表領袖沒有出席。

赤華左手邊第二個位子的主人是來自托佛的真主托賽因的靈體，他的頭部有著四張不同表情的臉孔。身體若隱若現，毫無生者氣息。宗王雷博多修將軍一臉擔憂地在一旁守護著他們的真主。

第三個位子為策林的代表領袖葛朗．伊瑪拜茲。

「肅靜！」司儀權官江彌高聲朗道：「會議開始，場內嚴禁喧嘩鼓譟，禁止飲食飲酒、嚴禁吸菸、閒聊、吵鬧，會議進行中請各位依序發言，尊重室內規定。」

亞基拉爾將旱菸弄熄，命人把酒杯撤收。接著他看了一下出席率，露出非常不滿的表情，就差還沒罵出口。

「約里和王曲的領導還是沒來嗎？」赤華率先發言，避免亞基拉爾的怒氣爆發。

「理由是什麼？」雀一羽問。

「說是國內有重要的事要處理，但是連代表使者都沒出席，確實說不過去。」赤華說話時，還特別去注意亞基拉爾的反應。

「正打得不可開交了吧！」漢薩完全不顧已經改變的氣氛，他開玩笑似的說。「他們因為邊界問題打得如火如荼，大家都視而不見還是真不知情？」

「以哈魯路托之名。」赤華說。「不出席就是不尊重昭雲閣，無視哈魯路托的最高領導權，這些不守規則的領主都會得到相對應的懲罰，由宗閣長亞基拉爾大人處理就好。」

亞基拉爾點頭。「以哈魯路托之名，吾領令。」他轉向面對高頓．熱陽公爵，問道：「你們家族長呢？」

高頓．熱陽回答：「火神有事出遠門而無法及時趕回，希望各位領主大人見諒。」

「也好。」亞基拉爾說：「那個只會為所欲為、毫無建樹的男人還是不出席比較好，你就將今天會議的內容如實向他轉達。」

高頓．熱陽鬆了口氣。「感謝宗閣長，以哈魯路托之名，吾等願誓死效忠。」

「其他人的誓詞呢？」亞基拉爾問。

托賽因不屑地哼道：「哼，虛偽的男人！」他怒聲吼著：「副閣，我要控告亞基拉爾違反昭雲閣禁止同盟動武的規定，向托佛發動攻擊並毀去我的肉身，簡直目無法紀。」

席間傳來細碎的訕笑聲，托賽因頓覺受辱。

「安靜！」赤華喝道，他轉向托賽因。「今天是決策大會，不是公義法庭，您的事待會再議，請勿沒經過在下的許可便擅自發言。」

「副閣，您想袒護亞基拉爾？我身為托佛之主都被那麼輕率地對待，莫非是想欺我埃蒙史塔斯家族？」托賽因將目光移向雀一羽，但雀一羽卻保持沉默，不作回應。

「只剩靈體了還逞什麼勇？留著你最後的一口氣等待復生的機會吧！」漢薩說。

「安靜！這不是我們今天決策大會的議題，托賽因大人的事稍後再議。」赤華再一次強調。

「副閣大人，這麼明顯的罪證您還視而不見，莫非是受到亞基拉爾的壓力嗎？」雷博多修再也忍不住。

赤華怒目相視，「住口，你用什麼身分說話？你們托佛人再不適可而止，我就將爾等全數驅逐出境。」

「既然我浪費剩餘的神力來此，今天的事一定要做個了斷。」托賽因堅持道：「我們各退一步說話，亞基拉爾你把我的心臟還來讓我得以復生，這次的事件我可以既往不咎。」

「我很抱歉。」亞基拉爾愧疚地說：「我也想和平共處將心臟還您。不料，幾天前托佛被盜匪侵入，心臟已經失落。這是我的罪責，也是我督導不周才讓宵小有機可趁，我會負起責任將心臟找回。」

「全是推托之詞！」托賽因四種聲音齊聲怒吼。「那個亞蘭納人分明就是你們邯雨的人。」

「誤會。」亞基拉爾無辜地搖頭。「安茲羅瑟人不屑與亞蘭納人為伍。我已經調查過了，那人名叫亞凱．沙凡斯，是亞蘭納的軍官，最後出沒地為西北方天界的領地，我會派人盡快找回。」

「亞基拉爾……你……」托賽因神力耗盡，即將消失。「等著，我會記住……等我重生後……一定……」托賽因在他的座位上消失。

雷博多修心痛的嘆了口氣。

雀一羽終於開口：「雷博多修大人，你退下，等會我有事與你商談。」

雷博多修點頭，他瞪了亞基拉爾一眼後才負氣離去。

「我們該回到正題。」赤華說。

「有人還沒唸誦誓詞。」亞基拉爾刻意環視他四周的領主。

漢薩．伊瑪拜茲還給了亞基拉爾一道犀利的眼神。「可笑，你要我和他宣誓什麼？」

亞基拉爾瞪向漢薩．伊瑪拜茲，之後他以令人心驚的目光掃視所有貴族的隨從。「其他不相關的人還留著做什麼？通通出去！」

識海看向雀一羽，埃蒙史塔斯的家族長輕輕頷首同意讓他離開，識海這才跟著其他隨從悶不吭聲地走出會議廳。

魔塵大陸南隅的天空不管在何時何地都是黑壓壓的一片，細小的雨絲連綿不斷，飄落的是帶有腐蝕性的酸雨，空氣瀰漫著刺鼻的味道，落下的雨水直接注入龐大的沼澤地帶中。

此地是位於魔塵大陸南方的囹圄長沼，在一大片霧氣籠罩下更加顯得昏暗陰森，充滿毒障與猛獸的沼澤正是不折不扣的死亡之地。除了生態環境險惡，生長在長沼內的動植物也都具有攻擊性，即使是安茲羅瑟人，在泥沼地中只要不慎受了傷，一樣很容易葬身於此，每年總有許多冒險者一踏入囹圄長沼後就再也出不來。

有一隻棲息在長沼中獨一無二的龐然大物被人們稱之為河贔，牠有一對倒勾尖角、皮膚有鱗、面貌兇惡，是屬於性格暴躁的食肉性動物。

身負甲殼的牠，體積大到足以馱著二、三座高山，只要在囹圄長沼流域中都可以瞥見牠高大的身影正緩慢移動於沼澤間。

新嶽的首都冥雨台建於河贔的背殼之上，是屬於埃蒙史塔斯家族轄下的重要都城。

木造的房間給人一種陰涼的舒適感，紙門外有一潭人頭蓮池，內中池水流過空心木筒，再經由小水車運轉最後又匯合流入池潭裡，一直循環不息。

陣陣的微風沁著拂面清涼，風鈴輕聲顫動，悠柔的奏起自然樂章。

梵迦．石葉舒服地橫躺在他的臥室中，單手撐著頭，另一隻手抓著菸管，他正大口的抽著水菸，在吞雲吐霧之中梵迦的精神得到了最大的放鬆。

梵迦以手指輕撓著嘴唇。「空氣中的異味又出現了，清在嗎？」

名為清的侍女跪在房門外叩見。「參謀大人，您有何吩咐嗎？」

「來了嗎？」梵迦揮著手說。「麻煩幫我灑一下香水，雨水的味道又傳進房間內，很不好聞。」

「好的，大人。」清在木廊上與傳令兵擦肩而過。

傳令兵同樣在門外叩見。「報告參謀大人，聖王陛下回到新嶽了。」

「好好。」梵迦放下水菸管，執起圓扇輕搖。「我馬上更衣去面見。」

「啊！大人不用起身了，陛下已經來到這兒。」傳令兵說。

清將香水取來，以噴霧器將香水噴灑整間臥室。

梵迦深吸一口氣。「呼──唉呀！對了，就是這味道。」他命令道：「你們可以下去了。」

清與傳令兵退下後，雀一羽帶著識海走入臥室內。

識海拿了塊軟墊子讓雀一羽方便跪坐。

雀一羽若有所思地看著梵迦。「參謀大人一整天都躺在這嗎？」

「太勞累了，身體疲乏到無法起身。」梵迦向雀一羽道歉。「陛下親自來見，臣有失遠迎，是臣的過失。」

眼前的男子慵懶的橫躺在地，神情自若。梵迦．石葉是埃蒙史塔斯的智囊，新嶽的決策者之一，聖王陛下最信任的幕僚。他在魘塵大陸的南隅有很強的號召力，在安茲羅瑟人間也負有盛名。

「大人嘴上總說勞累，但是卻沒看見您到底做了什麼事。」識海插嘴道。「我們可是遠從厄法回來喔！」

「識海大人也很累了吧！那麼就讓臣為你們奉茶。」

梵迦正要起身，識海馬上緊張起來。「不用不用，大人您這樣太噁心了，還是保持原樣就好。」

參謀大人現在穿著他覺得舒適的黑袍子，看起來並不體面。因為聖王陛下是突然拜訪，也沒有事先約定，因此來不及換上正式衣服也是可以理解。

「你就繼續躺著吧！道歉時也不見你坐起，你這個人實在太疏懶了。」雀一羽說。識海跪於地，代替侍從為兩位上司泡茶。

「會議的結果呢？」梵迦問。

「昭雲閣一致同意對天界開戰。」雀一羽接過識海為他倒的熱茶，他小口地啜飲。識海也給梵迦倒了一杯。「大人，您請用。」接著他不知道想起了什麼而開始抱怨起來。

「我們又不能像天界人一樣以心靈通話，要是能開個視訊會議就不需要跑個大老遠了，何況去那邊還得忍受亞基拉爾遷怒的怨氣。」

「識海大人，所謂能者多勞嘛！聖王陛下一定也想和他那群領主老朋友們敘敘舊。」梵迦一副事不關己的樣子。

雀一羽搖頭微笑。

「別再叫我大人了，我的階級明明遠低於您。」識海噘起嘴說：「像您這樣的能者都整天躺臥臥了，對國家沒貢獻的我就只能勞碌的靠雙腿四處奔波。」

梵迦有一頭烏黑的長髮，臉頰兩側上浮現出許多不對稱的血紋，這也是他長相的特色。如果將血紋去掉後，梵迦看起來就會是個剛毅濃眉，充滿自信的男人。

「局勢的發展都還在預料之中，只不過托賽因似乎反倒成為我們的麻煩了嗎？」梵迦問。他又拿起菸管開始抽起水菸。

「參謀大人，請你不要隨便讀取我的心思。」雀一羽顯得不太開心。

「互相信任的主從之間何必還要猜測心思呢？太累了。」梵迦問：「陛下，您有什麼看法？」

「雖然同為埃蒙史塔斯家族的一分子，不過我確實感受到托賽因的野心。之前他在埃蒙史塔斯內部的會議中多次頂撞我，我想之後我們內部的衝突是免不了的。」話剛說到一半，在場的人瞬間感受到魂系神力逼近，某個人以極快的速度正往這裡趕來。雀一羽看著識海問：「我有同意讓托賽因的人過來嗎？」

識海搖頭。

不過數刻，只見雷博多修孤身一人，在毫無報備的情況下唐突地來到梵迦的臥室內。

「我有同意讓你進入新嶽嗎？」雀一羽正因他的權力被忽視而面帶慍色。

雷博多修解釋：「聖王陛下，臣有要事與您商議，臣不得已才這麼做。」

梵迦笑道：「不要緊，讓識海為您在腳下多加一塊墊子。」

「不用。」雷博多修直接盤腿坐下。「在會議上我因為怒氣爆發差點就壓制不住自己的獸化原形，這個亞基拉爾真是欺人太甚。」

「你過來是為了抱怨嗎？」雀一羽怒道：「我不想聽你講這種事，宗王大人，請你簡明扼要的將重點一次說完。」
雷博多修直截了當的說：「好，那天為何陛下您不反對亞基拉爾的提議？只要埃蒙史塔斯家族全數反對，亞基拉爾在安茲羅瑟的助力直接少了近四分之一。就讓他們直接對上天界，我們來撿最後的利益，這不好嗎？」
對於雷博多修無禮的質問，雀一羽雖生氣，卻沒有立刻爆發。
「我們一直是針對哈魯路托而不是亞基拉爾，選在這個時間點和他發生衝突並沒有什麼好處。其他領主只會冷眼旁觀，而且還會給天界有介入的理由。」梵迦解釋道。「現在不宜再有更大的動作引起天界的戒心，甚至很可能一露出縫隙還會被天界反過來趁虛而入。」
「只要亞基拉爾一死，所有問題都能得到解決。」雷博多修信誓旦旦的保證。
雀一羽厲聲斥責：「在蒼冥七界只有亞基拉爾知道哈魯路托的藏身之處，殺了他後我們要去那找哈魯路托？」
「因為他親愛的兄弟有生命危險，所以絕對不會袖手旁觀。」雷博多修肯定的說。「到時哈魯路托一樣會現身。」
「就是要趁哈魯路托隱而未現時將他除掉，等他出來重新號召群眾後就換我們失去優勢了。如果你沒一次就成功將亞基拉爾殺掉，豈不是惹火上身？」雀一羽質疑道。
「陛下，請放心。臣已經擬好計畫，到時候您只需要派出些許支援來協助臣即可。」雷博多修磕頭說。

「我可沒有同意。」雀一羽再三的強調。

「同為埃蒙史塔斯家族一分子，陛下應該不會希望看到我們的成員被人踩在頭上，真主之仇不可不報。」雷博多修起身向雀一羽和梵迦致意，接著說：「自治省還有事，那麼臣就先行離開了。」

等到雷博多修走後，識海終於忍不住開口大罵：「托佛不過是埃蒙史塔斯家族的依附國之一，竟然對陛下與參謀大人說話這般無禮。」

「托賽因之前就有自立為王的意思，他們那裡甘心永遠只當個依附？哼，他也不秤自己的斤兩。我不需要托賽因，連他的手下也不需要。失去真主後，那些顛沛流離的托佛人漸漸恢復本性，不再注重君臣之禮。」雀一羽如此認為。「我們在和救贖者、部分亞蘭納人爭奪領土時，托佛也從來未曾派過援兵。由於托賽因實在太有野心了，我身為一名君王，所以不需要不聽命令的諸侯。我們就按照計畫，讓托佛成為棄子，叫亞基拉爾代替我們動手給他們一點教訓。」

「其實雷博多修的決定也沒有錯，哈魯路托隱匿的這段時間，的確是該翦除他的羽翼、弱化他的勢力，阻斷他所有的支援。」梵迦提點道。

「但……與亞基拉爾正面衝突的時機卻不是現在，雷博多修的做法無疑只會害我們被昭雲閣推出去當成肉靶子。托佛已經被檯面下隱藏的暗流勢力給淹沒，這就是最好的例子，現階段明明有更好的抉擇。」雀一羽不以為然地說：「何況他是君還是我是君？他一句話我得照辦不誤嗎？」

「多疑猜忌、恃勇好戰、殘忍無情不就是我們的特質嗎？一旦敵人出現，不摧毀對方是誓不罷休。」這句話本來不該說，起碼不要在聖王陛下面前談到，因為這只會造成埃蒙史塔斯家族內部分裂而已。可是現在的情況不同，就算曾經是身體的一部分，爛掉的肉還是得儘早割除。梵迦放下菸管後繼續說：「托賽因生前太想宣示自己的力量，而且在北境中，亞基拉爾是托佛擴張勢力的最大阻礙。也不排除是他的手下極力慫恿他那麼做，因為符合自己的心意，所以毫不猶豫就答應。但他卻也沒想到他得意的心靈控制術卻漏算了一個雷赫，造成的損失真是無可估計。」

「不懂思考的就是莽夫一個。」雀一羽哼道。他的想法與梵迦不謀而合。「但是這麼做對整個家族來說還是造成了不小的傷害，參謀先生，您還有把握嗎？照我的想法來看，您當時真該提點一下托賽因，讓他去注意雷赫。至少，我也不想看亞基拉爾那麼順利拿下托佛，還自以為自己有多高人一等的戰略。如果事先有防範，邯雨軍的損失會更大，對我們也是好事。」

「我們要的從來就不是小小一個托佛，而是整個魔塵大陸。不聽使喚的托賽因並不能成為我的籌碼，自然他也不會採納我的建言，心高氣傲的他是該有此下場。再說，要牽制亞基拉爾我多的是方法，先給他們一點甜頭也好。」梵迦繼續說：「亞基拉爾要找個開戰的理由，天界在等待介入的時機。現在安茲羅瑟人內部自相殘殺只會讓天界以逸待勞撿便宜，反過來若是亞基拉爾先發制人，天界就不得不迎擊。」梵迦已經在心中暗自盤算。

「你的意思是？」雀一羽要先確定梵迦目前想執行的戰略方向。

「抽掉對托佛的所有支援，我要讓雷博多修去尋求亞蘭納或天界等外力的協助，這也是幫亞基拉爾製造機會。」梵迦露出狡黠的笑容。「魘塵大陸越混亂，我們的機會才會出現。安茲羅瑟和天界長久以來的和平也該結束了，蒼冥七界不需要這種安逸的假象。一旦各處發生戰爭，哈魯路托也不能再獨善其身。」

「亞基拉爾那麼好戰，我們也該幫他一點忙，像托賽因那種無用的棋子就讓他發揮最後的價值。」雀一羽也跟著笑了。「這肯定很有趣。」

「我有一點不解。」識海問：「難道亞基拉爾不知道與天界開戰的後果嗎？」

「和安茲羅瑟人講後果？他們是一群追求戰鬥快感的民族，只有在戰爭中才能得到愉悅。」梵迦銜著他微笑道。這個問題切入了大部分安茲羅瑟人心中的矛盾，可惜梵迦並沒有辦法給識海明確的答案。反正安茲羅瑟人的特性就是在上位者一句喊殺，底下的人也只能持劍挺身向敵前衝陣，真是可悲的種族。

「我雖然年輕，我也喜歡廝殺打鬥。但我不懂催眠自己是好戰分子，然後發動勝算不大的戰爭，最後被對方屠殺殆盡，這種結局對我們有什麼好處？」識海完全不認同這種做法。

「戰爭就是勝負難料才有趣啊！安茲羅瑟雖長期處於下風，但我從不覺得與天界的對決有到非常劣勢的地步。何況我印象中的亞基拉爾是一個不管做什麼事都會做足事前準備的人，想擊敗他可不容易。」雀一羽回答。

這種先打再說，打了就知道的論調實在太莽撞了。不先撇開民族情緒的話，安茲羅瑟每個人都和托賽因沒有什麼區別，識海目前是這樣認為。

「你恨天界人嗎？」梵迦問識海。

「那當然，我厭惡到極點了，這不是明知故問嗎？非我族類，其心必異，安茲羅瑟人除非有利益關係，否則不會和天界有任何牽扯。」識海憑著他個人的情緒爽快地說。不過總有一股被牽著鼻子走的感覺，自己也太隨意就把話脫口而出，這無疑打了剛剛置身事外的自己一巴掌。

「哈魯路托一派對天界的情緒、爭鬥背景與歷史恩怨是非常複雜的，他們的戰爭只是早晚的事。在安茲羅瑟人普遍對天界抱持高度仇恨的情緒下，這把火只會越燒越旺。而這箇中緣由，相信我們的聖王陛下是再清楚不過了。」梵迦看向他的領主大人。

「為什麼？這又是什麼意思？」識海納悶。

「沒錯，我對亞基拉爾和哈魯路托非常熟悉，因為我和他們正是一起成長，如兄弟般的存在。」雀一羽非常平淡的講完這段話。

識海卻因為這句話而震驚了一下。「這、這種事，怎麼可能？」

昭雲閣決策大會後第八天，位於北境的辰之谷萬葬塚內，抱琴英雄，「雙聖十字爵士、永恆之樹蘇羅希爾聖樹大導師——亞森．奧圖墳墓」前。亞基拉爾．翔與加列斯．辰風兩人併肩而站，神情哀傷地在墓前鞠躬。

「以前我們總是叫他笨蛋傻瓜的嘲笑他，身為一個榮譽的戰士卻樂在田務之中。他老是說他要卸甲歸田，每天享受悠閒的日子，那時被我們一群兄弟笑他胸無大志，現在不知道是誰在笑誰了，安眠吧！我永遠敬愛的五弟，你已經得到你想要的一切了。」亞基拉爾以手掌輕拭著墓碑。

「安眠吧！五弟。」加列斯取酒杯，將酒灑在墓前。

亞基拉爾環顧四周，除了附近雜亂的無名墓之外，亞森．奧圖的墓相比之下還算整潔。「看來你有派人定時在這裡清掃，以後不用了。讓他葬在此是蘇羅希爾兄弟會的決議，弄得那麼乾淨不是對不起他生前平淡的個性嗎？」

「只是意思一下而已，這裡全都是衣冠塚，我們又沒有像亞蘭納人那樣安葬屍體的習慣，何況真的葬了也只會吸引食屍者、小偷或心懷不軌的人，甚至是——救贖者。」加列斯收起酒杯，接著拿起沒倒完的酒開始大口猛喝。

「難逢敵手的一代戰神也終歸裂面空間之下，真是不勝唏噓，你說是嗎？無畏者大哥。」亞基拉爾意有所指的問。

加列斯聽到他這麼說，頓了一下後才點頭回應。「對對，你說的對，神射手二弟。」

「你不覺得以前的時光令人懷念嗎？」亞基拉爾歎息道：「我倒是有點想回到那個時候。」

「你是怎麼了，今天變得那麼感傷？盡是說一些不符合你個性的話。叫現在的你去多看光神費弗萊一眼都作嘔的想吐，回到以前？你說笑是嗎？」加列斯有點疑惑。

「你是太了解我了所以才問的嗎？」亞基拉爾呵聲笑道。

這讓加列斯內心漸感不安。「你把天界惹火了，又讓整個魔塵大陸再次陷入戰事中，你可別留下這爛攤子就中途逃跑，沒人可以接手的。」他將酒推到亞基拉爾面前。「給你喝啦！趕快喝醉省得你胡思亂想。」

「加列斯說得真對。這齣戲的序幕剛揭，演員也才登場不久，怎麼可以輕易下台呢？」雀一羽意外地出現在萬葬塚，他穿過兩人中間，直接和墓碑行禮。「這是亞森大人死後我第一次來祭拜，會很冒昧嗎？或是你們要趕我離開？」雀一羽說。

「怎麼會，埃蒙史塔斯的家族長親自前來，我們歡迎都來不及了。」亞基拉爾雖然大方的說著，但內心是極不歡迎這位不速之客。

「亞森大人也是我的老朋友，我們已有百年不見了。」雀一羽說：「當我聽聞大人的噩耗時，內心也是感到無比悲傷。」

他的哀聲嘆氣在兩人的眼中顯得特別做作，加列斯毫不客氣地反駁他的話：「人也死掉超過數百年了，當然有百年不見，你在說什麼廢話？要不是我不想在亞森的墓前動武，早就一槍將你掃出去！」

加列斯說得有理，亞基拉爾本人也不認為雀一羽是特意來祭拜的，即便有交情，那也是久遠之前的事。「有事就明說吧！何必拐彎抹角。」

這時，貝爾倉皇地衝過來。「大人，剛剛我看到一條陌生的身影進入。」在他看見雀一羽站在兩人中間後，頓時大驚失色。「對，就是那個人。」

亞基拉爾冷冷的回應：「知道，這是我們的老朋友，不用擔心。」

「啊！可以嗎？」貝爾遲疑不定。

「當然。」亞基拉爾點頭示意，隨後又補了一句讓貝爾寒心的話。「等客人離開我再處罰你守備不力的過錯。」

貝爾聽完也只能垂頭喪氣地退下。

「亞基拉爾，我這麼直接叫你可以嗎？現在也不是在昭雲閣內。」

終於肯進入正題了嗎？亞基拉爾同意道：「隨便，聖王陛下您年紀也比我大，所以我尊重您，就和以前一樣稱呼就好。」

雀一羽將一封以紅蠟封口的橫式信封交給亞基拉爾，那看起來像是邀請函。「這是我們埃蒙史塔斯家族的誠摯邀請。」

亞基拉爾將信放進衣襟中，並沒急著拆開。「有事不能在這邊一次說清楚嗎？反正你們要談的事我也能猜到一二。」

雀一羽看向亞森的墓碑。「我不想在這裡談公事。」他露出尖齒一笑。「這會妨礙到你們敘舊。」

「你已經妨礙到了，話說完就快離開。」辰之谷的主人加列斯下了逐客令。

「無畏者加列斯．辰風啊！」雀一羽說：「你還記得那個無風的日子裡，我們一起在荒原中並肩作戰的過往嗎？」

他想以回憶來軟化敵意嗎？可惜加列斯不吃這一套。「不提過去，現在我們的立場分明。早在蘇羅希爾聖樹之約後，你我就注定分道揚鑣，正所謂道不同則不相為謀，我話說到此，下一次見面就在戰場上了。」

「您請回去吧！讓您親自過來送邀請函真是讓我倍感榮幸，我會如期赴約的。」亞基拉爾擺出送客的手勢，他認為自己的態度夠客氣了。

世界依然充滿黑暗。昭雲閣決策大會後第二十六天，安茲羅瑟人與天界的關係瀕臨決裂，雙方的邊界陸續傳出小規模的衝突，整個魘塵大陸瀰漫著一股山雨欲來風滿樓之勢。安茲羅瑟人開始摩拳擦掌，期待著在戰場上大展身手，與天界一決生死。

位於魘塵大陸靠近新嶽領地的邊界，這片不惑平原總是被稱為「置身其中便陷入迷惑，一旦回頭將永遠留下。」它是一處暴躁的人成不了事、著急之人說不出話的奇怪中立之地。

不惑平原的地勢偏低，地面多有小石丘，每個石丘上都有類似人頭形狀的孔洞，不定時的會發出哀嚎聲與淒厲的尖叫。居住在此地的安茲羅瑟人外觀多為長條狀，身體可以自由的扭曲，怪異的模樣和會行走的蛇沒什麼差別。而生長在平原的樹則團團交錯纏繞，以螺旋狀向天盤旋，由於多無樹葉，看起來格外畸形。

不惑平原稱號的由來完全是受到這塊敏感的土地環境影響所致。在平原內，人們的方向感會錯亂，往北走會變往南，往東則會變成往西；凡是行走中的人只要往回走一步，馬上會被傳送到平原中央的高爐堡附近。另外只要是說話急促、大聲、劇烈運動、使用暴力等行為都會讓孔丘受到影響，一旦受到外部刺激，四周圍的孔洞便會齊聲發出嘶吼、尖叫，連地面也會跟著震動。所以不管是遊客或是居於此地的人都會被告知禁止上述的行為，以免造成別人的困擾。

尤其是一種拔地而起的尖嘯石塔，若是不小心觸動可不得了。它的人頭孔發出的尖叫聲可以傳到幾百里遠，響徹雲霄，而且還可能引起連鎖效應。置身在其中就算是安茲羅瑟人也會因噪音而受到聽覺與身體的傷害。

「致尊敬偉大的昭雲閣宗閣長、邯雨最高元首兼北境領主，亞基拉爾．翔閣下。」

「魔塵大陸南隅情勢會議將於中立區高爐堡舉行，我們誠摯的邀請您擔任貴賓並參與會議討論，期待您能與會指教、共襄盛舉。」

「埃蒙史塔斯家族長，雀一羽敬邀。」

亞基拉爾站在高爐堡的石製平臺瞭望整個平原，他抽著含有香氣的旱菸，涼風清爽的迎面吹來。不愧是南方之地，與北方刺骨寒凍的冷風就是不一樣。

「貝爾，現在是什麼時刻？」

貝爾拿出懷表，卻發現上面的指針快速的倒轉，完全失序。

「習慣成自然真是可怕，就和我戒不掉菸一樣。」亞基拉爾冷冷的看著貝爾，之後他收起旱菸桿。「你用那種東西要怎麼看魔塵大陸的時間？這裡可不是亞蘭納。」

「對的，我都忘記了。」貝爾恍然大悟。「狂指鐘可以不受雜亂神力的影響，應該用這個。」

亞基拉爾看著貝爾發愣的模樣，忍不住訓斥。「你知道你自己有個很不好的習慣嗎？刀不磨會鏽，人不學則退。沒人鞭策你的時候你就放空自己，在這個現實的世界裡，早晚會被世俗洪流給淹沒。」

「抱歉，我會反省的。」貝爾拿出狂指鐘說：「現在是十四刻過半短針。」

亞基拉爾聽完貝爾報時後，他的雙眼瞇成一直線，這是他內心情緒轉變時的表情，可見亞基拉爾已經感到不耐煩了。

「摀住雙耳。」亞基拉爾提醒道。

貝爾這種時候就反應很快，他知道他的領主大人要發狂了。

果不其所以然，亞基拉爾雙眼微微泛光，整座不惑平原瞬間發出洪亮又驚人的叫聲。貝爾已經事先防禦，不過依然造成耳鳴、流鼻血等傷害。

良久，震動與叫聲終於止歇。

「啊啊！」貝爾呻吟著。「震天價響的恐怖慘叫聲，在這個地方多住一陣子我恐怕就耳聾了。大人，您催促別人的方式一定得那麼暴力嗎？」

「不會那樣的。今天假如是亞蘭納人的話早就肝膽俱裂而亡，但你是四分之一個安茲羅瑟人，自身有修復的能力，這不會對你造成長遠的影響。」亞基拉爾帶著促狹的笑意說。

梵迦與齊倫兩人一前一後連袂而至，步伐慢到叫人生氣，肯定是刻意而為。

「唉唉！我們居然遲到了。」梵迦似笑非笑的神情像是故意在挑動亞基拉爾的怒意。

「剛剛的噪音就是邯雨領主大人的催促聲，我們得快點才行。」鬼牢的領主齊倫是一名矮小的男子，他戴著鬼形面罩僅露出左大右小的猙獰雙眼，左右各有三對尖耳，頭生六根短角，茶色的髮絲短又捲，看起來像乾枯的觸鬚，微微駝背的身形讓他看起來更猥瑣。

梵迦與齊倫剛好相反，他高又瘦，身上穿著漂亮的黑色皮革裝，頭戴高高的羽毛製帽子，左手執小圓扇。

梵迦整個人自信中帶著文雅，給人一種充滿書卷味的氣質。他全身的衣裝都是以黑色為基調，連頭髮都是黑亮的長直髮，斜劃的瀏海自然地落下，隨著陣風輕柔地飄逸。唯一突兀的地方在於他的臉頰有著一道又一道的紅疤，看起來破壞美觀，事實上那只是很明顯的血管痕跡在臉上浮現出來罷了。

「遲到的人想賠笑臉就敷衍過去嗎？你們想在會議結束時少一條胳臂還是一條腿作為浪費我時間的代價？」亞基拉爾的威脅一向都很有用，因為他不會隨便和人開玩笑。

貝爾在一旁看得緊張萬分，感覺只要亞基拉爾一翻掌，他那把金色巨弓神翼就已經握在手中並咻咻地朝著遲到的梵迦與齊倫連射兩箭。

「領主大人，這是我們的錯，我鄭重地向您道歉。」梵迦執圓扇的左手擺到後腰，右手扶著胸彎腰道歉。看起來很正式，但是梵迦始終掛著笑臉，讓人不但無法消氣，更是彷彿在怒火中繼續投入柴薪。

「您想要手或腳的話我們鬼牢倒是可以提供很多。」齊倫站在一旁補充道。

糟了，這兩個人根本無視亞基拉爾正在變化的情緒，要是真的在這裡打起來事情可就一發不可收拾。貝爾先一步跳出來勸和，他也不管自己的階級夠不夠資格插嘴。「幾位大人，請……請不要在這個地方起爭執，我們不是來開會的嗎？請大家好好的坐下來談話。」

齊倫瞥向貝爾，這眼神給了他極大的壓力，貝爾甚至沒勇氣與他對視。「這小鬼頭就是你的跟班嗎？亞基拉爾，你的人生真是越走越倒退，和這種混血的雜種玩在一起很開心吧！」

雜種？難道是在講我嗎？貝爾怯生生的回應：「大人，我不是雜種，我叫貝爾。您與初見面之人的對話一直是這麼沒禮貌嗎？」

「被轉化的亞蘭納人就是雜種。」齊倫瞪著他：「這兒有你說話的餘地嗎？」他轉向亞基拉爾，輕蔑地哼道：「就你們兩主僕過來赴約，難道不怕來得了回不去嗎？」

「魔塵大陸還沒有什麼地方能困住我。」亞基拉爾雖然還沒發怒，不過在氣勢上可不願意被人壓下。更何況這兩個人的階級都還在他之下，亞基拉爾最受不了的其中一件事就是位階比他低的人還對他無禮。

梵迦終於制止齊倫再發言。「你太激動了，這不是我們本來的目的。」

「看來你們早就有準備。要知道被人拿劍架在脖子的感覺很不好，我看什麼談話會議都可以省下了。」亞基拉爾內心萌生離去之意。

前一秒才被擋下，下一秒齊倫又再次進逼。「不動武也可以，我們南隅的人對遠道而來的賓客一向很和善。」

這叫和善？安茲羅瑟人都愛把惡習當成稀鬆平常的事，就連睜眼說瞎話的能力也特別強。貝爾真是打從心底不喜歡這傢伙。

「但是這個無禮的雜種一定要為他頂撞的言行道歉。」齊倫鋒銳的指尖正指著貝爾，他的爪子看起來很可怕。

「我？為什麼？我又不是雜種，道歉不就表示我把自己貶低了嗎？」貝爾說。對於這句污辱人的話他是絕不會妥協。

「是啊！你應該要道歉。」亞基拉爾命令似的說：「你對兩位大人說的是什麼話，想讓人看我管教無方的笑話嗎？快道歉。」

貝爾頓時啞口無言，想不到自己的領主居然也叫我向別人賠不是。好吧！能有什麼辦法呢？誰叫四個人裡我的階級最低。貝爾抿著嘴唇，頭緩緩壓低，正想道歉。

「快啊！你說不出口嗎？」齊倫正盯著貝爾。

他改變心意了，為什麼我非得道歉不可。「即、即使是大人的命令，我也要違抗了，我……我沒有錯，我拒絕道歉。」

齊倫怒不可遏。「你的隨從可真是有禮貌，這就是你們邯雨的禮儀管教嗎？」

「哼，做得好！」亞基拉爾忍俊不禁。「他們不歡迎我們，那麼我們就走吧！我保證你可以安然回去，不受半點傷。」

原來剛剛領主大人要我道歉是為了觀察我的反應，貝爾明白後這才鬆一口氣。

「等一下！」齊倫擋在兩人之前。

「滾開！只要埃蒙史塔斯任何一個人動到我或貝爾一根汗毛，我就讓新獄、鬼牢、華馬、非亞，所有埃蒙史塔斯家族的領區全都落到和托佛一樣的下場。」一面對亞基拉爾惱怒的發言，齊倫一時被震懾住也不敢再造次。

雀一羽迅捷地穿過兩人中間並將他們喝退。「你們對亞基拉爾領主的態度竟敢那麼傲慢自大？給我退下！」

「是，我等逾越了。」梵迦與齊倫兩人彎腰並主動退後。

「抱歉，我代他們向您賠罪，是埃蒙史塔斯家族沒好好招待貴賓，怠慢之處請大人不計小人過。但請您繼續留下，我們真的是有要事要談。」雀一羽懇切地說。

亞基拉爾揚起嘴角，讓人不禁懷疑他早就料到這個局面以及結果了。於是他點頭應允雀一羽的挽留。

「……以上，埃蒙史塔斯家族可以配合昭雲閣的進攻計畫。」雀一羽拿著羽毛筆在文件上寫了一些東西後，便把所有書面資料匯在一塊。

亞基拉爾喝了一口下人端給他的茶水後就沒再動過，他還是喜歡酒多於茶。

「再來，我們該談談托佛的事件了。」梵迦的位子在雀一羽右側。

「這才是你們的重點吧！剛剛說的都只是開場白而已。亞基拉爾不以為然地發出哼聲。「托佛？又怎麼樣？」亞基拉爾說：「我在阿特納爾遇襲，托佛卻趁我前往亞蘭納時想揮軍攻打我邯雨，難道我不該反擊？」

齊倫坐在雀一羽左側，他對剛剛被家族長叱喝的事仍然心有不甘。「怎麼說托佛也是埃蒙史塔斯的一分子，別以為我們會這樣悶不吭聲，當時若我鬼牢率軍馳援托佛，你們邯雨也不見得能佔盡上風。」

這些傢伙分明是想討便宜，亞基拉爾則不會給他們在口頭上有佔盡優勢的機會。「鬼牢能在南隅稱王不是因為你們勇武，而是亞蘭納人不堪一擊以及救贖者忙於內戰的關係。亞蘭納人全都是沒用的窩囊廢與小蟲。」

貝爾被話梗刺到，他看著亞基拉爾，心中總有股領主大人在拐彎罵我的感覺。

「雖然是沒用的小蟲，但群聚起來反咬你一口也是會讓你叫痛。更別說救贖者了，等他們平息內部糾紛後，難道你們還敢在獅龍的臉上拔鬚嗎？」亞基拉爾再補充道。

埃蒙史塔斯家的三位大人物同時默不作聲。

「不要想以這個理由退出進攻天界的計畫或是在作戰時未竟全力，到時候你們會嘗到苦果。」好像猜到他們的想法似的，亞基拉爾先一步點破他們暗中的盤算。

「托賽因的事我不再計較，但希望你能歸還托佛的所有領地。」雀一羽說：「這樣不會使雙方有更進一步的衝突，托佛流浪的領民也能回歸他們的故鄉。」

「太遲了，他們已經宣示效忠於我了。」

亞基拉爾這句話本該打消他們的念頭，但梵迦卻是連眉頭也不皺，硬是要在這話題上打轉。

「這與昭雲閣訂定的互不侵犯條約有所衝突，以後即使讓其他家族有樣學樣的違反約定也可以嗎？還是您覺得在歸還托佛領土時還可以向我們提出什麼條件？」

「以牙還牙，以眼還眼。這是安茲羅瑟的基本原則，你不是不懂，而是故意裝傻，是吧！」亞基拉爾反問。

梵迦的嘴角微微抽動，對方看穿自己想的事了。只見他輕搖圓扇繼續聽著，臉上依然神情自若。

亞基拉爾從位子上站起。「這世界上有一種人，他對自己堅持的事特別執著，而這種人在安茲羅瑟的世界裡非常的多。要殺就殺得痛快，要殺就殺得乾脆俐落，那種人就是我；而發現了利益就要取得，即使不擇手段，用一切方法也要得到手的，那種人就是你。」

「嘻！」

貝爾確定他聽到來自梵迦口中發出的微弱笑聲。

「明人之前不說暗話，托賽因是個很讓人嫌惡的人不是嗎？所以埃蒙史塔斯捨棄了他。別在我面前講什麼大義凜然的國仇家恨，因為你們的行為說穿了就只是賣出一個自己不要的垃圾然後還想和別人收取高昂的費用罷了。你竟然問我想要開什麼條件？我看是我該問各位大人到底想要什麼吧！」亞基拉爾走到梵迦身旁，刻意將手搭在他的肩上。

「您這種行為是想變成兩個男子間的爭鬥嗎？」梵迦將亞基拉爾的手挪開。「請別隨意搭我的肩。」

「你們會做這種旁生枝節的事嗎？不，你不會，因為你不過是個見縫插針的生意人。」亞基拉爾笑道。

「好，既然領主大人說我是生意人，那麼我們就在商言商。托佛區轄下所有的領地，就請亞基拉爾大人您出價。」把話說開後，梵迦的態度也變得自然。

亞基拉爾回到他的座位，將擺在他眼前的杯中物喝盡，這一次是酒而不是茶了。「托佛我是不會放掉的，至於價錢也不會任你們漫天開價。」

「既然我們能把托佛整個國家當商品，自然也想要價高者得。我們出的起托佛，領主大人不至於付不出代價吧？」梵迦說：「這世界上什麼生意都有人要賺，商人是什麼東西都賣，只要能符合利益，也沒什麼是不可以。唯一的原則是——我們不做虧本生意。」

「連靈魂、自尊、生命都出賣的你們，還有什麼事是做不出？」亞基拉爾點燃旱菸。「有個前提我得先聲明在前。這次對天界的戰事，安茲羅瑟二十三區全都得參加，扣掉托佛現在剩二十二區，其中能發號施令決定大戰略方向的，除了我與厄法外，就是三大家族了。所以我呼籲你們最好要按照昭雲閣的共同繁榮條約來走，大家齊心協力對抗天界。安茲羅瑟被壓迫百年以來的痛苦歲月全都是以前的我們咎由自取，一定要記取歷史教訓，改正錯誤的過去。否則就算在眼前讓你們佔了便宜又如何？安茲羅瑟前線一敗，大家又回到從前被天界踩在腳下的黑暗生活。不對，可能還會更慘。」

「在這個前提之下，我儘可能的善待所有自己人，目的就是希望眾人在戰事上全力以赴，共同擊倒天界人，共同分享蒼冥七界的每一寸土地，讓安茲羅瑟人統治天下。」亞基拉爾停頓了一下，接著說：「這是我唯一的心願，也是我朝思暮想的夢。因為現在的我正在築夢，正在努力的完成它，所以任何的要求我都可以忍耐，但只要有人想阻礙我的夢，那我就是見神殺神，誰都一樣。」亞基拉爾用力擰碎他的酒杯。

「我開一個價錢讓你們參考。」亞基拉爾口吐黑煙，然後將煙灰敲到煙灰缸中。「這不止是為了我，也是為了安茲羅瑟的將來，所以你們也該發揮同盟互助的精神。你們也知道最近我軍在前線與天界七軍團周旋，所以我需要擴張我軍的優勢，增加邯雨能對抗天界的本錢，這是重大的任務，所以我不容有失。講白一點，我非常需要托佛的所有領地來穩住同盟軍的陣腳。」

亞基拉爾豎起食指比了個一。「第一，潔淨靈魂玉七千箱、糧食七千車、亞蘭納奴隸一千五百名。第二，你們和天界六軍團或三軍團所爭奪得到的領土昭雲閣以後不再管，我會讓副閣主睜一隻眼閉一隻眼，你們南隅的人自行分配就是。以上，我開的價錢誰有異議？」

齊倫憤怒的往地上啐了一口後，搶先發言：「什麼以共同繁榮為大前提，你還真敢說。強佔托佛又殺了托賽因後才分給我們那麼一點點資源，難道你出的是遮羞費嗎？靈魂玉、糧食南隅人多的是，你開這種價錢還真好意思啊！」

亞基拉爾怒眼直視齊倫，那種眼神就像要將對方生吞活剝一樣。

雀一羽同樣搖頭不認同。「亞基拉爾領主您怎麼說都是我們魔塵大陸名氣響亮的英雄人物，你一聲令下萬眾齊應，為你出生入死的忠心戰士比比皆是。你的手下人才輩出，要文有文要武有武，又在昭雲閣中位居高職，只要一聲衝殺，二十三區的同盟全擋在前線為你奮勇殺敵。今天你不想辦法拉攏其他反天界勢力，不增加自身戰備實力就算了。卻反倒對同盟國兵戎相向，這種行徑真是很不應該。」

不愧是一大家族的領導人，貝爾覺得他自己快要被雀一羽的反駁論點給說服。亞基拉爾的確是魔塵大陸內人見人怕的魔王，對外對內都一樣殘忍無情。先殺光所有甸疆城的人民並強佔土地後，再以冠冕堂皇的理由僅付出一點點代價就想打發其他國家，這個男人的良心可說是完全蕩然無存。

亞基拉爾怒掌拍桌。「你們想破壞我的夢、想阻撓安茲羅瑟的未來嗎？我對於破壞和諧的人一向無法忍耐。」

接著換梵迦開口辯論：「大人，您開出的價碼恕我們無法接受。前面我也已經說過，我們能將托佛這一整個國家當成商品來賣是因為看中大人您出得起這個價錢。如今看來……」他無奈地搖頭，接著說：「若將買賣的訊息放出，其他兩大家族或厄法也未必沒有興趣，大人您的價錢叫我們很難妥協。」

亞基拉爾聽完梵迦的話後便立即恢復冷酷的神情，他不由自主地從喉間發出陰沉的笑聲，然後拍著手笑道：「很好，好極了。你不愧是在商言商的卑鄙奸商，討價還價的功夫也是一流的。你們讓我想起了數百年前那個名叫賽恩．米夏二世的鑄造工程師，他和你們一樣是卑鄙無恥的商人，之後被我一腳踢到亞蘭納去，還在那邊建立了新王國當他的山大王。很有趣對吧？哼哼哼……我喜歡他就和我喜歡你們一樣。老實說我不覺得我出的價錢很低，但我知道你們另外有更迫切需要的東西，所以你們在等我將它拿出來與你們交易。」

梵迦與雀一羽相視而笑，他們得逞了。

「好，大家就爽快一點，我出最後的一口價，若你們再坐地起價就別怪我翻臉。」

地現在不正是被你霸佔住嗎？貝爾終於知道和亞基拉爾談交易是多麼累人的事，而且還得不到什麼便宜。

「你說什麼？」亞基拉爾回瞪貝爾一眼。

貝爾被他的舉動嚇到差點叫了出來。「啊、啊！沒……沒什麼。」他竟然忘記亞基拉爾會讀唇語這件事，不知道自己被聽了多少的內心話，更可怕的是亞基拉爾完全沒有動作而是靜靜地讀取別人的心思，看來等一下回去後又要倒楣了。

「第一，潔淨靈魂玉九千箱、糧食九千車、亞蘭納奴隸二千五百名。第二，再奉送你們一個哈魯路托的消息。」亞基拉爾這次的出價使在場的所有人均眼睛一亮，這釣餌終於順利勾到埃蒙史塔斯家族了。

潔淨靈魂玉九千箱？這價值換算成亞蘭納金幣已經超過九十億了。在亞蘭納裡一金幣等於十銀、一百銅、一千鐵幣，而三十多鐵幣已經夠吃一碗盛到滿出來的肉了。貝爾現在倒不覺得托佛真的那麼值九兆鐵幣那麼多。

「不過……」亞基拉爾似乎又有但書了，這種停頓的語氣總讓人感到厭煩。「在你們聽這件事之前是不是該以更誠懇的態度向對方拜託呢？」

「我們為什麼非得那麼做不可？」齊倫總是代替另外兩個人提出疑問。

「別人在說話要仔細聽、認真聽、挑重點聽。我剛剛說過了，這項消息是大人我慈悲的奉送給你們，而不是當作購買托佛的代價，請一定要搞清楚。何況接受別人好意的餽贈，自己不應該有所表示一下嗎？」

齊倫緊握雙拳，他的大小眼佈滿血絲讓他看起來更猙獰。梵迦輕鬆以對，態度依然保持一貫地沉穩。雀一羽眼神飄移，要他對亞基拉爾說出懇求的話似乎有點為難。

「怎麼了？不要啊！那我就照定價付囉。」亞基拉爾反倒露出失望的表情。「我以為這個贈禮你們應該很開心，因為這對埃蒙史塔斯家族來說不是至關緊要的事嗎？整個魔塵大陸都知道你們要殺哈魯路托篡位為王，你們汲汲營營那麼久不就是為了一個關鍵詞嗎？現在你們卻選擇放棄了，真是遺憾。」

「你胡說什麼？」雀一羽不由自主地拉高音量。「你身為昭雲閣的宗閣長竟還說出這種大逆不道的話，你還配當哈魯路托的左右手嗎？」

「難道你們否認嗎？我以為大家都知道這件事了，原來是天知地知我知就只有當事人裝作不知啊！這就和揭開別人遮掩身體的最後一塊遮羞布一樣，很令人難為情對吧！你們是不是惱羞成怒了？」亞基拉爾不懷好意地嗤笑。

「是，拜託大人。」一時的低聲下氣能換到重要的訊息根本就不吃虧，何必老是在一點小便宜上打轉呢？梵迦態度軟化的請求著：「我們很需要這消息，請告訴我們。」

梵迦都開口了，雀一羽也不能再否認。「您出的價錢我們接受，托佛之後是您的領地了。所以請告訴我有關哈魯路托的事，不管是什麼事都無所謂，我們都會感激您告知這項訊息。」

亞基拉爾收斂了笑容。「聽到這種話的我該拿你們怎麼辦呢？你們就像恬不知恥的掠食者，一聞到血味馬上就興奮的尾隨而去，看來之後血流成河的衝突是免不了的。」

晦暗的鬼火燈輕輕搖曳，讓整個室內空間添了一絲神祕感，正在進行會議的人同時沉默不語，完全地寂然無聲。

良久，亞基拉爾才緩緩開口：「雀一羽，你還記得我們年輕時候的事嗎？被天界利用當成馬前卒並向自己人發動攻擊，天界不費吹灰之力，甚至一兵一卒都沒消耗就由我們這些人幫他們打下整片魔塵大陸，之後再由他們輕鬆的接管所有領區。」

「唔……嗯……」雀一羽敷衍地點頭回應。

「你不想承認這段過去對吧？我也很不想承認。」

原來還有這段歷史存在，貝爾心想這究竟是多遙遠前的往事呢？

「蘇羅希爾聖樹之約後，安茲羅瑟人開始反抗天界的殖民，雖然戰爭沒有成功，但我們也因此漸漸脫離天界的掌控。」

「那又怎麼樣？我們這些經過那段歲月洗禮的人有那個會忘記過去的慘痛？要不是你們幾個兄弟會的成員……」齊倫還想說些什麼，卻變得欲言又止，看來他想表達的意見對現況來說似乎不是時機。「沒什麼了，你可以繼續說。」

「平常假仁假義的天界終於現出原貌，什麼光明正大、正直無私的口號全都拋諸腦後。無恥的費弗萊背棄了烏拉諾斯聖座之約，從天界一路追殺哈魯路托到魔塵大陸還不肯輕放。」

「但是希爾溫．伊瑪拜茲依然沒有死，你們這些手下為他留下的後路終究保住他尊貴的一條命。」雀一羽說。

第一次聽過的名字。難道就是傳說中的哈魯路托？貝爾疑惑。這名字倒不怎麼響亮，也許並非自己所想像，但能被雀一羽提到的應該也不是個易與之輩。

「確實是哈魯路托！」梵迦這句話直接糾正貝爾心中錯誤的想法，貝爾又再一次羞愧滿面。

「你不要直呼偉大的哈魯路托的全名。」亞基拉爾對兩人做出一次警告，接著繼續說：「事前安排後路的行為讓天界提早察覺到我們的意圖，所以大部分的支援都被毀去；而事後的安排根本來不及，也於事無補。所以三權首重新擬定的計畫是屬於階段性的，在我們陪同哈魯路托一路殺出後，雖然費弗萊將我們的生路盡封，但細節的計算是他想都想不到的。每一個人力的妥善排佈、每一分資源淋漓盡致地運用，終究讓我們喘出一線生機，並以果報之城為據點做為以後東山再起的契機。」

「果報之城？」梵迦第一次聽到這個陌生的名詞，畢竟哈魯路托在這長久以來的日子實在太過隱匿了，埃蒙史塔斯家族能得到的資料很有限。

亞基拉爾露出得意的表情。「當初人力與物資的運送究竟是輸往何地你們是絕對想都想不到。只會愚蠢的跟在我後方跑的人，如果我不說的話你們花幾百年都不會知道答案。」亞基拉爾以拇指向下一比。「猜到了嗎？就在——南隅！」

埃蒙史塔斯在場的三位大人物不約而同的全都露出不可置信的表情，難道追尋幾百年的答案竟然就在自己的眼皮底下？

陰雨綿綿不斷使得位置處於囹圄長沼之上的新嶽溼氣更重，雨水幫河贔洗刷全身，每一滴的酸雨由牠的身體滑落。今天的河贔以慵懶的姿態趴在沼澤內，完全沒有移動。

新嶽首都冥雨台東南部，埃蒙史塔斯君王宮殿——黑塔。

房間內，梵迦在沙發上終於恢復悠閒的本性，大口抽著水菸。

落地窗的倒影擦過齊倫的腳邊。「終於結束了。」他伸展著手掌，放鬆了心情。「參謀大人，你還真有閒情逸致。」

「不久前才做了一筆大買賣，是該好好休息一下。」

「你休息很久了。」齊倫說：「比起和亞基拉爾在會議桌上唇槍舌劍，我還是喜歡待在我的研究室工作。亞基拉爾表面上看起來情緒很容易變化，但那都只是他故意做的表面工夫，全是演出來的，你的挑釁與說之以理對他根本沒用。」

「能和他面對面相談的機會不多，邯雨的領主比想像中更深沉，要和這樣貪婪奸詐的人談判必需要有更多的準備。齊倫大人，如果還有下一次的話，我們可要繼續麻煩您了。」

「不可能！」齊倫想也不想地拒絕。「一次夠累了。想故意激怒亞基拉爾是一件壓力大又危險的工作，我情願和他在外面鬥個幾百回合也不要再和他鬥嘴。」

「經過一夜長談，亞基拉爾可從頭到腳都將你牢記了吧！」梵迦幸災樂禍的露齒微笑。

「記就記。」齊倫也無所畏懼。「再敢踏入南隅我就叫他用爬的回北方。反正對上亞基拉爾是遲早的事，不是朋友就注定是敵人！」話題一轉。「現在我反倒是對我們自己的方針很不明白，因為拖延不一定比立刻決定能獲得更多的利益。在參謀大人你躊躇不決時，就已經給了哈魯路托一派太多的準備時間了，就算你不怕夜長夢多也該有因應之道。」

「應該的，這是當然。」梵迦口吐白煙，雙眼迷茫，也不知道有沒有認真在聽齊倫說話。「主要方針依然以哈魯路托為主，他一天不死我們就不需要刻意去針對亞基拉爾，反正對付他的工作自然有天界會搶著做。」

站在落地窗前的雀一羽終於打破沉默，介入兩人之間的話題。「現在這都不是重點。」他挪動腳步，走到梵迦躺臥的沙發旁。「懶散的參謀，你不用處理亞基拉爾丟給我們的難題嗎？」

「難題？我根本不覺得那是題目。」梵迦解釋：「同樣是高階貴族，我的讀心術對亞基拉爾不起作用，對他所說的話無從辯別真偽。果報之城隱藏在南隅，有人信嗎？」

「那就去找真相啊！這就是你的工作，不要成天只待在新嶽中躺躺臥臥。」雀一羽催促著梵迦。

「這就是參謀不急，急死領主嗎？」齊倫說出他心中最正確的答案。「昨天在高爐堡時就應該直接宰掉亞基拉爾和他那個多嘴多舌的隨從，這就叫一勞永逸。」

「對對，我在自尋煩惱、自找苦吃。」梵迦輕放他的水菸管，接著從沙發上優雅地坐起。「請兩位大人勿憂行嗎？我會把後續的計畫安排好，一切都等到我和某人會面完畢後再談論。」

「也是時候該動起來吧？你身體的血都凝固幾百年了，不怕變石像嗎？」雀一羽拿起椅背上的斗篷，抖個幾下後便披於身上。「我該回去了，還有事情等著我處理，我就將埃蒙史塔斯及新嶽的管理責任繼續交代給你，辛苦了。」

梵迦起身相迎，以鞠躬禮送別雀一羽。「都是臣下的無能，竟讓主上還得為此奔波勞碌，我會盡快查明果報之城的真相。」

「比起我來你才是最適合管理內政的人選，不用為我煩惱，都是為了埃蒙史塔斯家族的繁榮。那麼我先離開了，願渾沌與黑暗之神多克索保佑埃蒙史塔斯。」雀一羽回應道。

「那麼我也一起告辭。」齊倫起身。「救贖者們沒有一天會保持安寧，我還有很多事要做。」

「兩位大人請保重。」梵迦唱誦祝禱詞：「願渾沌與黑暗之神多克索保佑埃蒙史塔斯。」

「參謀大人，天界的使者在門外等待多時了。」侍女清跪於地並向梵迦報告。

「反正他們等得夠久了，也不在乎多等一會。」

梵迦慢悠悠地換完衣服，他讓侍女簡單的清掃房間，然後泡茶、灑香水。等一切準備就緒後，他才帶著滿心喜悅躺臥在他平時的位置上，等候客人進入。

「宣天界的使者前來面見。」

片刻後，一名披著深黑色連帽斗篷的人推開紙門走入，由於罩帽蓋住全臉，所以沒辦法得知對方的長相，當然梵迦對此也不感興趣。

「吾聽說參謀大人汝老早就回到居處了，但是等了好一會才得到汝的面見，是有急事耽擱嗎？」天界人二話不說，質問梵迦拖時間的理由。

雖然梵迦認為讓他們等是應該的，可是天界使者似乎略有微詞。

我就是要拖你的時間。心中是這麼想的梵迦卻以微笑回覆道：「在下得更衣梳洗迎接遠從天界來的使者大人，這是在下事前應盡的禮貌，造成使者大人的不便還請見諒。」

「嗯，梵迦大人真是多禮了。」

「像您這樣光明正大的天界人何必弄得這般藏頭縮尾呢？在我的房間裡您可以脫去掩光衣也無所謂。」梵迦向對方提出建議。

那人直接跪坐在木蓆地板，說話時頭部總垂向地面。「謝謝汝的好意，吾還是維持原樣就好。縱然參謀大人不在意吾揭露身分，但是吾等天界人也不想留給爾等安茲羅瑟人一個話柄。」

「那好，我們言歸正題。」梵迦試探性的問：「都說你們天界人的情報搜集很快速，想不到還真的一點也不錯。我們領主間的會談才剛結束，你們後腳馬上追過來詢問。莫非——神座們真有掌握世界動態的本事？」

「宙源內的一草一木皆為天界關注的目標，有什麼風吹草動全躲不過神座們的耳目。要掌握這近乎無限龐大的資訊絕非易事，吾等不辭辛勞也全是為了宙源內的和平與安定。安茲羅瑟那幾個好戰分子在世界各地茲事擾亂，對此吾等是絕不會輕易寬待。」

「當然當然。」梵迦給了清一個眼神，清以點頭代替回應，隨後她拿了把大羽扇進房間為她的主人搧風。梵迦接著問：「天界的使者大人遠道而來，敢問你們對會議內容有什麼指教嗎？」
「指教不敢，具體內容還要請參謀大人詳述。」
「要我說也可以，不過在房間內的另外兩位大人要一直站在角落聽嗎？這豈不是讓我失了待客之道。」
清反射性地將目光投射到房間角落。
暗處兩名同樣穿戴掩光衣的天界人無聲無息地出現，直到被梵迦察覺後，兩人也不再隱蔽，大方地走出。原先坐著的天界使者趕緊起身，以恭敬的態度相迎。
「歡迎光都五神座之一的宿星主大駕光臨。」梵迦禮貌地問候，不過別說起身相迎了，他連橫躺的姿勢都完全沒有改變。
其中一名天界人跪坐在地，另外兩人則立於他的後方。
聽到梵迦的問候，跪坐的天界人同樣驚奇的哦了一聲。「汝已經知道了？」
「宿星主，我們見過很多次了，你不記得在下嗎？」梵迦問。當他的鼻子聞到房間內飄散的香水味時，不自覺地露出陶醉的表情。
「哈，梵迦．石葉大人，汝還是一如既往的輕鬆過日子。」宿星主說。「滿室的花葉香味，汝對於氣味也和以前一樣很敏感。」
「我現在是忙裡偷閒，真感謝宿星主為我操煩。」
「客套話吾等就不再說。」宿星主問：「亞基拉爾對汝說了些什麼？」

「他勸我最好別玩兩手策略，又說會無時不刻地監視我的一舉一動。」梵迦露出似笑非笑的詭異表情。

「亞基拉爾的話讓汝害怕了嗎？」

「我嚇得膽戰心驚。」梵迦說這句話時一點都沒有說服力，就算不看他那張連演一下都懶的表情，以埃蒙史塔斯家族現有的實力還是能和亞基拉爾一較高下，根本沒有懼怕的理由。

宿星主順著梵迦的話繼續接下去。「天界有保護爾等的能力，只要能打擊到哈魯路托，天界願付任何的代價。」宿星主表示：「若埃蒙史塔斯真有心歸順天界並且與邪惡完全切割，那當然該得到天界的庇護。」

前提是，你們埃蒙史塔斯對天界是否也是用兩手策略在耍著我們呢？就算宿星主不說，梵迦也猜得到他的想法。

埃蒙史塔斯家族同樣也在猜忌天界人會不會利用他們去剷除哈魯路托之後，再來個過河拆橋殺光所有安茲羅瑟人。

雙方同樣有一定程度的互不信任，只是都沒說出口。基於哈魯路托一派確實難以應付這點，他們還是可以在共同的目的下達成部分的協議，但若說要長期合作的話，還是得視未來的交流而定。

梵迦請清離開房間，宿星主也讓兩名隨扈退到紙門之外。

「果報之城，對嗎？」宿星主問。

梵迦刻意發出細微的笑聲。「呵，天界人等待千年終究還是不耐煩了。」

「幾百年、幾千年又算得了什麼？人世間的一生一死、一哭一笑不過就是回首間的南柯一夢，吾等天界人多的是耐性可以等待。但是惡火一旦在眼前萌生，就非得立即撲滅不可，絕不能讓其有擴散出去的機會。」宿星主接著問：「參謀大人認為亞基拉爾的話有多少可信度？」

「我當然得完全相信，這可是以托佛這個龐大的代價換取而來的貴重情報。」梵迦不假思索地說。

梵迦是個專說反話的人。在宿星主聽完他所說的話後便對這句話深信不疑。

「情報不是個汝出多大的代價就能換取同等利益的東西，得視對方的心態、環境因素與局勢發展來發揮其適當的價值。這有可能讓汝蒙受其利，也有可能是個會讓汝遭受極大損失的陷阱。」宿星主以加重的語氣特別強調：「安茲羅瑟人說出口的話都得先經過查證，特別是從那些心懷不軌之人口中說出的話更應該嚴加思量再行判斷，天界不想在他們編織出來的謊言裡浪費無謂的時間與人力。」

難道你在指桑罵槐嗎？雙方之間的簡單對談竟然還得要互相猜忌，這麼累人的說話方式也顯示出他們的同盟的確如履薄冰。「我同意宿星主的說法，許多安茲羅瑟人愛以謊話來虛掩他們的目的藉以保護自己。」

「爾等願意和天界分享資訊，讓吾等相當感激，天界亦願意信任埃蒙史塔斯家族。」

這句安撫的話說得太遲了，那麼偽善的話如果不說出來也許還比較好。你違背內心的話講得很痛苦，我們聽得也難受。反正對梵迦來說天界的信任與否根本不是重點，只要能利用合作關係來達到鏟除哈魯路托的結果才是他最想要取得的收穫。

「總之，果報之城的位置就有勞爾等查證，畢竟天界在此區的行動有諸多不便之處。」宿星主解釋道：「何況吾等在北境已經鎖定了幾個目標，那是長久以來天界就在關注的可疑對象，也許吾等會在不久之後發現端倪，接著更進一步的將幕後黑手揪到檯面上。」

去吧！說到底你們就是信不過我們，那還談什麼呢？「我們會調閱以往的歷史紀錄，查看有無可疑的地方。若是正如亞基拉爾所說，他們運送了大量的物資來到南隅建立果報之城，肯定會留下什麼痕跡。我們彼此就雙管齊下的調查，相信哈魯路托也藏不久了。」

「是的，那南隅的部分就請汝幫忙多留意。」宿星主點頭道。

就這樣結束了嗎？梵迦覺得天界必定還別有所求，否則他們若打從一開始就不相信亞基拉爾說的話，那神座之一的宿星主何必親自來與自己會面？要不是有非常重要的提案要互相研討，那麼這些長著翅膀的道貌岸然之輩一定是想丟些什麼麻煩給我們。

「感謝神座親自指教，請讓我送您一程。」

「請等等。」

梵迦都已經坐起身子，卻發現宿星主還跪坐在地板紋風不動，他果然另有目的。

「天界有一事要相求於參謀大人。」

梵迦一口氣嘆在心中，臉上依然還是掛著笑容的傾聽。「何必那麼客套，神座您儘管說，就請讓在下一聽天界的請求。」

宿星主身體微彎，面罩遮蓋下的他看起來是如此的陰沉，真難以把他與在天界裡風光地受到大眾膜拜的神座看成是同一位，完全沒辦法把形象相連結。梵迦只覺得從他不安好心的口中隨時會吐出讓這個魔塵大陸遭受災厄的神諭。對天界人來說他會帶來幸福；可是對安茲羅瑟人來說他就是不幸。

沙啞的聲音自宿星主的喉間發出：「那麼……」

雨勢暫時停止，新嶽的環境就是這樣，雨季又臭又長，酸雨總是說下就下，說停就停。雨水持續的匯流讓囹圄長沼的水位不斷上升，好處就是一些惱人的生物會在短時間內減少很多。

層層疊疊的烏雲還未散去，天空又形成了奇形怪狀的雲。

吸雨雲的特性與一般雨層雲剛好相反，長沼內的水會以水滴的形式緩緩地被吸到天空。除了水以外，生物與景物、沙、石等皆不受怪雲影響。

新嶽中部的王下直屬貴族院外觀看起來高貴又莊嚴，就算在吸雨天仍然可以看見守衛鼓足氣勢在門外戒備巡邏或站崗。

望著窗外的梵迦眉頭深鎖，他咕噥地抱怨：「我討厭吸雨多過下雨，因為濕氣會隨著地勢而鑽入屋內，衣服和家具想要保持乾燥太難了。」他深深地吸了一口氣。「哼，空氣中都是低俗的霉味。」

新獄指導會議的另外兩名高層也在貴族院廳的列席之中。

埃蒙史塔斯之眼，監視者．戴曦十指交叉於臉前，坐在位子上露出沉思的模樣。「天界人真會找我們麻煩，所以參謀大人您接受了薩汀略爾的請求嗎？」他有一張慘白的臉，頭部是捲曲如蛇的白色髮絲、無耳無鼻、臉生四目、有一張垂落的臘腸嘴和削尖的下巴。

「拒絕恐怕會冒犯天界。」梵迦說：「若是他們以報復的心理先殺了人再轉嫁給我們可就麻煩了。」

督軍高伊札留著一頭棕色的馬鬃髮型，尖耳上戴著耳環，有一對迷離的雙眼，下巴與嘴唇周圍有鬍鬚。

「天界自己抓了蘇羅希爾兄弟會的老么，想要以此要脅哈魯路托卻又怕損害自身的形象與大眾心目中的信仰，所以要拜託我們代替天界執行這份工作。」高伊札不屑地怒道：「這些自私自利的天界人把好事都攬在自己身上，壞事推給別人做，好一個正義無私。這樣也好，不如我們就再順水推舟，把這個壞事轉給別人，最好是轉給能跟哈魯路托一派互相殘殺的勢力。」

「星女巫拉娜．魔鈴，她在蘇羅希爾兄弟會排行第十，善於咒術。在巴貝山脈附近的人煙罕至地帶被天界六軍團的天空巡守發現，之後與六軍團的征戰一旅發生衝突後被擒下。」戴曦誦唸著手中的文字報告。接著發表內心的感想：「這個女人的身分很敏感，一個弄不好的話，我們很有可能變成和安達瑞特家族以及亞基拉爾、哈魯路托直接開戰，她在新獄囚下的消息一定要封鎖，要死也不能讓她死在我們這裡。」

「就因為既重要又麻煩，天界才想袖手旁觀，如果我們出其不意地放了她一定會讓天界感到相當震驚。」

「高伊札大人，你在開玩笑嗎？到手的籌碼幹嘛轉讓給別人？讓天界出乎意外是很有趣，但沒什麼實質利益。」梵迦知道督軍的個性，所以也不和他計較。「這件事我絕不會讓天界冷眼在一旁觀看，說什麼都要讓他們參與，我心中已經有幾個計畫方案。高伊札，你將我的命令傳到鬼牢，讓齊倫準備去執行他先前安排的工作，好了就通知我，我會再給他更進一步的指示。」

「是的參謀大人，我會照辦。」

「亞基拉爾向華馬提出對抗七軍團威靈城的合做事宜。」戴曦報告。「我們的態度呢？」

「就讓華馬加入北境同盟也好，至少先轉移亞基拉爾的注意力，免得引起他的不滿。另外，務必讓華馬保留實力，以少量的部隊支援即可。」

戴曦疑惑的問：「這樣不會讓亞基拉爾又藉題發揮嗎？」

「反正什麼事都瞞不過他，與其和他硬碰硬倒不如敷衍的配合他，一旦事情繁多的時候，聰明如亞基拉爾也不可能面面俱到。何況我們家族與天界還有協約在身，投入大量的支援進行反抗行動會加重我們雙方的矛盾。」

「非亞呢？有任何的指示嗎」戴曦問。

「加強控管，別讓病榻地獄中那些毫無價值的廢人繼續作亂。」

「對鬼牢還有特別的吩咐嗎？」督軍一邊紀錄一邊發問。

「叫齊倫務必更加留意救贖者與亞蘭納的動態，最近他們變得安靜許多，我認為是另有原因。」梵迦說：「那天在高爐堡的會議結束後，亞基拉爾沒有立刻回到北境，反而往更南方移動，其中肯定事有蹊蹺。」

「還有一點。」督軍繼續提問：「托佛獨立自治省，前律政官拜權的長子——默隆爵士，他開始積極的籌劃托賽因復活的工作，我們的立場呢？」

「暗中幫助，不要顯露出意圖，讓敵人集中目標在自治省上就好，尋找托賽因的心臟是第一要務。」

戴曦以他的調查結果來回答：「目前心臟是在一名亞蘭納人的身上，沒想到還有亞蘭納人能在魔塵大陸安然地生活著。」

「一定是亞基拉爾，那個人無時不刻都在和埃蒙史塔斯家族作對，真是個麻煩人物。我們就不管亞基拉爾的態度，那名亞蘭納人一定要殺，心臟也要拿回。」梵迦將命令交代完畢後，再問：「還有其他事嗎？沒事的話會議就解散，各自去忙自己的任務。」

「是、是！」戴曦與高伊札異口同聲地答覆。

雀織音

茂密的樹林內，一名傷痕累累的女性戰士拖著傷勢蹣跚的走著。她身上的衣服滿是汙泥和血跡，破損的缺口像是被鋒銳的利器割開。

雀織音明白後面都史瓦基遊擊兵正在向自己接近中，但無論怎樣腳步總是快不起來，身上的傷讓體力大量流失，精神也耗損嚴重。敵人的鐵靴踏在地面的步履聲被自己的雙耳聽得一清二楚，死亡的寒意慢慢的由背脊爬升。

可惡的羅伯特，在我終於要離開這個討人厭的地方時，他偏偏出現在我的面前，為什麼非得要選在這種時候與我正面對決？沒想到連你也想阻斷我的生路，該死的傢伙！

不多久，她看見樹叢退去，密林的盡頭就在眼前。

那是——樹林的出口？太好了，我還有救，諸神還沒有放棄我，感謝慈悲的十二天神啊！

雀織音的身形順著出口方向緩步走去，腳下踩著地面的盤根錯節從樹林內穿越而出。沒料到此刻映在視網膜中的卻是一處生路盡斷的高聳懸崖，在她看到斷崖的瞬間已經心灰意冷。為什麼？九彎十八拐的路偏偏兜進一條死路，才剛浮現一點希望卻在短短的時間又變成絕望。

想用飛行的方式躲過天空的搜查網太困難了。雀織音倒抽一口涼氣，此時再往回頭路走也是逃生無門了。

從樹林內劃空而來的鋒銳氣勁夾帶魂系神力，再一次重創她的腹部，現在的她連抬腳走路的力氣都沒有了。

啊！可惡，原來是那個包藏禍心的深沉男人。「偽善的人，我看到你了。你已經隱藏了一輩子的時間，現在連正面都不敢見人，只能靠偷襲嗎？」

從樹林內傳出不明男子的獰笑聲。「看到又能怎樣？這將是妳人世間最後的一眼，好好的記住我，也許來世妳還能報仇，哈……」

終於出現了，那個偽善者的身影！我早就該有所警覺的，否則也不會落到如今這種下場。

雀織音口中發出驚叫，這聲音短而急促，接著便隨同神術攻擊的推力一起消失在懸崖邊。她的身體就像一塊石頭，沉甸甸地往下直落，在她還沒感覺到落地的衝擊前，身體的疼痛就已經讓她失去意識。

我的乳母是個齜牙裂嘴的討厭鬼。打從雀織音幼年時期她就那麼覺得。她討厭乳母噁心的長相、討厭她對自己惡劣的態度、討厭她在諂媚別人時的表情、討厭她身上的味道、討厭她的吝嗇，還有許許多多……總之，有關她的一切雀織音都討厭。而雀織音心中厭惡的程度已經到了恨不得想殺掉她的地步。

但除了乳母外，還有另一個更讓她深惡痛絕的混蛋男人，那就是她的父親——雀一羽。

沒錯，在她的心目中，雀一羽只配得到混蛋的稱呼而不配被稱為父親。

雀織音從來就不承認自己是埃蒙史塔斯家族的一員，更遑論從埃蒙史塔斯家族裡得到什麼利益。她從小就是靠自己一個人獨立成長，因此很少見到冷漠的父親，乳母也不會給她什麼特別的照顧及關懷。她會恨透自己的父親全是和她小時候的經歷有關，關於雀一羽的事蹟她早就在那個口風不嚴的乳母身上全都探知了。

埃蒙史塔斯是魘塵大陸安茲羅瑟人的三大家族之一，這一點人所皆知，同時這個大家族在南隅一向都有舉足輕重的影響力。而統治這一個龐大勢力的就是她的父親雀一羽。

不對，事實並不是這樣的。

實際上，真正在管理埃蒙史塔斯家族的人則是貴族院參謀——梵迦・石葉。她的父親雀一羽了不起就只是個精神領袖。

雀一羽在家族間有個外號，叫做神祕客。這個稱號的來源就是因為絕大多數的人民通通沒看過他們這個精神領袖究竟是長什麼樣子，大家熟悉的充其量只是雀一羽這個名字而已。自認為高高在上的雀一羽，他本人大概也不想隨便在一般平民百姓面前展露容顏。更別說他有個沒沒無聞的女兒。隨便拉一個路人來問可能他都會覺得是玩笑話。

家族長的女兒？有這麼一個人嗎？

是啊！沒人知道我的存在。對雀一羽來說，雀織音的出生又不能為他帶來幸福，對家族而言又沒有任何貢獻，對整個安茲羅瑟族群的影響也僅是人口數多增加一人。那……我到底是為了什麼而活著呢？雀織音經常都有這樣的疑問。

在她出生的前一年，雀一羽心血來潮，為了給自己留一個繼承衣缽的子嗣，於是他選定對象後便繁衍了後代。雀織音的出生讓雀一羽大失所望，這也是她一生不幸的開始。

「我不需要她！」一句簡單的話讓她們母女兩人從此被打入冷宮，雀一羽之後對她們也都不聞不問。

在這一段成長循環裡她過得並不愉快。她的母親很軟弱、也很無能，連要照顧自己的餘力都沒有的女人，小孩子的成長環境又能好到那去？但不管怎麼說，她總是雀織音在這個世界上唯一的親人，在她懂事之前能依靠的也只有這個人。

突然有一天她的父親唐突地出現在家中，臉上帶著她從未見過且如夢魘般的陰冷神情。

雀織音當時尚年幼，對他的父親印象又不深刻，如果不是從她們夫妻之間的爭吵來判斷，她壓根完全不知道自己的父親到底是誰。

雀一羽這一次回來就是專程要殺掉她們母女兩個。「妳們是埃蒙史塔斯家族的歷史中最不需要的紀錄，應該由我自己親自消除。」她的父親當著雀織音的面前剖開母親的身體，噴灑的鮮血濺到雀織音的上半身，她怔住的面容上滑落著母親的血，內心完全一片空白，連恐懼感都沒有。這一幕造成的震撼完全可想而知，那肯定會在雀織音的未來留下一個永不磨滅的傷痛陰影。

雀一羽轉身面向自己，那幅鬼神的景象叫她永生難忘，這個人才不是我的父親，他只是一個人魔！

「不，聖王陛下請息怒，她現在年紀還小，能饒過她一命嗎？不管怎麼說她總是您的後嗣。」突然出現的男子擋在她的父親前。

那一天也是雀織音第一次見到參謀大人梵迦．石葉。看到他本人的出現令雀織音的內心不知為何竟升起一股安全感。當時的他正為了自己一條微不足道的賤命而向她的父親苦苦哀求著，梵迦是她人生中第一道光明的曙光。

「妳還好嗎？別怕，聖王陛下已經答應不殺妳了，以後就安心的生活吧！」梵迦聞到她身上的血味後便搖著頭，接著拿出手巾為她擦臉。「唉，這個味道真是難聞，我幫妳把血漬擦乾淨。」

不知道是因為出於感激之情亦或是他的聲音極富磁性，梵迦．石葉成了雀織音第一個、也是最後一個喜歡的男人。

「這裡只剩妳一個人，然後妳的年紀又小，是沒有辦法自己生活的。我看明天我就派一個人來照顧妳的起居，今天妳就先好好的睡一覺，把那些不愉快的事、把討厭的父親全都忘掉，好嗎？」那晚梵迦連騙帶哄的讓雀織音在床上安然地入夢。

都史瓦基堡的婚宴已經持續了兩刻以上的時間，大廳裡依然人聲鼎沸，熱鬧非凡。歌手奏著弦琴，口中唱著祝福歌謠為婚禮增添氣氛。酒席上擺滿了精緻的菜餚，席間的賓客充滿喧囂，中間不時夾雜著酒杯的輕碰聲、令人酩酊的酒氣以及食物熱騰騰的蒸氣飄散於大廳堂中。

羅伯特．凱士托不介意婚禮到底持續多久，他與席間鄰近的青年衛兵和侍從們相互敬著酒，他為他的堡主莫林．都史瓦基的人生一大喜事感到高興。為此就算要他醉上個幾十回都沒關係，只要他的主君開心，羅伯特自然也會感同身受的得到喜悅。

貴族們與侍從、衛兵的宴席相隔了一個大房間，這一點距離對安茲羅瑟人的接收能力來說根本毫無問題，只要他想看到或想聽到什麼，只需要集中專注力即可辦到。但他情願和大家一起沉浸在豐盛的酒池裡也不願意做這麼冒犯主君的事。

酒酣耳熱之際，他發現自己竟不自覺地飲到半醉。羅伯特為了保持清醒不讓自己真的喝醉所以只得先暫時離席，他獨自一人走出大門外。

空盪的皇家庭院與內中熱鬧萬分的大廳形成強烈對比，只有幾名守衛在步道間巡視著。這些倒楣剛好排到值班的衛兵不時向婚宴的廳堂投以羨慕的目光，他們恨不得能一起進去品嘗著美酒，然後大口吃肉。

「軍長大人您好！」儘管衛兵毫無精神的在盡他們的本份，但是看到羅伯特時，依舊保持該有的禮儀與態度。

羅伯特想自己一個人靜一靜，所以他離開了庭院往沒有人的綠亭走去。那裡杳無人跡，四下一片沉默，是最適合靜思的地方。

城垛內牆插著都史瓦基堡與伽川堡的旗幟。為了實現昭雲閣的共同繁榮條約，增進黑沼議會的互動，隸屬於伊瑪拜茲家族的都史瓦基堡主與埃蒙史塔斯家族轄下的伽川堡公主就在今天舉行雙方貴族之間的政治聯姻。

羅伯特認為兩大家族根本不會因為這次的聯姻以後就變得更親密，雖然當下互動頻繁，但多只是流於表面工夫。不管怎麼說今天都是大喜之日，他也不確定主君是不是真的喜歡那位伽川堡的公主，所以羅伯特也不會去破壞興致，一切就讓它順其自然吧！

「你一個人在這裡做什麼？」

背後傳來熟悉的聲音，羅伯特原本坐著的身子趕緊起身相迎。

眼前那人生得高大威武，一頭整理過的黑長髮，頭頂戴著華麗的髮冠，身上穿著深藍色的高領柔毛製絨袍。

「亨伍德大人，您不在宴客廳內怎麼也出來了？」

亨伍德．都史瓦基爵士是堡主的二弟，為人溫厚忠誠，常給人笑口常開的感覺。他對堡內的事務無不鞠躬盡瘁，個性熱情直爽又不拘小節，對外作戰時他是個勇猛的戰士，對下屬而言他是個很好相處的長官。
「裡面很悶，我出來透透風，軍長大人不也一樣嗎？」
羅伯特同意的點頭。「啊！正是如此。」
「在這裡一個人沉思有讓你想到什麼嗎？」亨伍德好奇的提問。
「也沒有什麼。」羅伯特靦腆的搔著頭。「看著主君開心，我也就不由自主的高興起來。」
亨伍德爽朗的輕笑數聲。「對對，我還擔心我哥和大部分的安茲羅瑟人一樣，終其一身都不組家室，這樣的話我可就要為都史瓦基家煩惱了，因為以後可能會沒有繼承人。」他回頭看著婚宴大廳的方向，眼神流露出欣喜。「現在看來我可是白擔心了。」
「是的，不用擔心。」羅伯特在一旁笨拙地又重複亨伍德剛說的話。
亨伍德意味深長地打量著羅伯特。「軍長大人。」
「啊！是的。」羅伯特的反應每次都很大，亨伍德看著他越覺得有趣。
「不用那麼拘謹，你也坐啊。」亨伍德拍著石椅說。
「沒關係的，我習慣就這麼站著。」
「我看著你長大，這段日子也很久了，我一直當你是親兄弟。」
亨伍德突然這樣說，讓羅伯特有點不知所措。「我怎麼敢和大人稱兄道弟？我只是一名臣子。」他稍微瞄一下亨伍德，看來大人並不是喝醉酒才和他這麼說話。
亨伍德搖頭。「我可不那樣認為，相信大哥和我的想法也一樣。」

「我……我是一個被遺棄的孤兒，不配當貴族。」

「英雄那怕出身低呢？」亨伍德說：「大哥帶你回來，供你食宿，養育你成人，訓練你成為一名戰士，所有的過程我都看在眼裡。你是都史瓦基堡的驕傲，不止是因為我們栽培你，而是你很爭氣又努力，今天你所有的地位與榮譽全都是你自己爭取得來的，沒人能和你搶，也沒人能否認你的功蹟。」

往事歷歷如跑馬燈在腦中浮現。「我真的對主君的恩情非常感激，雖然很冒犯，可是我一直當主君就像自己的親生父親一樣，他對我的好，就算我一死也無以回報。」

「你的說法讓我感到欣慰，大哥真的沒選錯人。」亨伍德捋著下巴，腦中被以前的回憶佔滿。「我想起你以前剛開始學劍時的笨拙模樣，看到大哥又急又怒地在指導懵懂無知的你學劍，那真是好笑的一幕。還有你剛投入軍旅的新人期，因為不適應和過度疲勞竟然還在病床上臥好了幾天，之後不知不覺的你功勞也變多了，你升官的那天我還親自為你掛上勳章。」

這些事在羅伯特的腦海中已經印象不深。「我不求功名利祿，只是忠於自己的本份。」安茲羅瑟人還有很長的循環要活，老是回憶美好的過去只會讓自己原地踏步，羅伯特是肯定這點的。

「好，我早就明白你的忠誠之心。」亨伍德說：「事情是這樣的，因為我看你也到了適婚的年齡，是不是也應該為你安排一下？」

這個建議實在太過於突然，羅伯特停頓了一會，之後才意會過來，他又急又慌地回絕。「不用，真的不用了，感謝大人為我煩憂，但我現在真的沒有那種想法。」

「那是不行的，就因為安茲羅瑟人全都和你的想法一樣，所以出生率才會那麼低。」

這應該是自然的演變，羅伯特心中暗想。就因為安茲羅瑟人有非常漫長的壽命，所以造物主才會用這種方法來調節人口數。我們對繁衍後代一事不感興趣，就算結合了很多次也不一定就能開花結果，羅伯特覺得這根本不是什麼大不了的事。除非自己有領地，才會考慮繼承人的問題。現階段來說只要保護好家園，然後積極鍛鍊自己的實力才是首要之務。「大人，我真的別無所思，只想好好的做好自己該做的事。」

「不可以，我把你當成自己的親弟弟一樣，沒看到你有穩定的家室前我不放心。」亨伍德的堅持讓羅伯特既納悶又尷尬。

今天的亨伍德大人非常奇怪，一直堅持要定下我的婚姻，到底是為什麼？難道是受到主君結婚的影響嗎？既然如此，那最該結婚的不就是大人您自己嗎？因為大哥都娶妻了，二弟沒理由繼續孤家寡人的過日子。心中雖是這麼想，但羅伯特可不敢這麼直接地對亨伍德抱怨。

「你們在聊些什麼呢？」都史瓦基家的三小姐也來到亭子附近，她看似好奇地介入兩個男人之間的話題。

「沒什麼。」亨伍德隨口一應。

「我全聽到了，二哥你想為軍長大人安排親事。」時梨公主埋怨著她的二哥。「你是因為被大哥的婚事刺激到了嗎？為什麼要逼軍長大人結婚呢？」

「我嗎？我可沒有逼他。」亨伍德打量著他的三妹。「倒是妳出來幹什麼？」

「我也就是隨意經過，剛好聽到你們在談話。」

亨伍德掩著笑臉。「我才是隨意經過，而妳是有意而來吧！」他轉向對羅伯特說：「我真的不逼你，不過還是請你好好考慮一下終身大事。我就先離開了，免得惹人厭。」他又看向他的妹妹，隨即帶著令人生疑的笑容離去。

「二哥真是的，軍長大人你千萬別聽他說的話。」時梨很順勢地在羅伯特身旁坐了下來。

這女孩名叫時梨．都史瓦基。第一次見到她時，羅伯特因為把她的名字當成某一種水果而惹得她不高興。在羅伯特最初的印象中，她的長相還算標緻，剛開始時大家互不熟悉，會覺得從外貌看起來她顯得很有氣質、溫柔婉約。可能是因為她總是打扮得很體面才出門，然後對客人又都相當有禮貌、應對進退得當，因此才給羅伯特有這種美麗的印象。

日子一久，兩人逐漸熟稔起來後，這才發現她的個性落落大方，屬於敢愛敢恨型。也因為她在羅伯特面前變得比較不掩飾自己，所以反倒造成羅伯特另一種困擾。

時梨以雙手環住羅伯特的雙肩，在他的耳畔輕語著。「軍長大人是我的，我不會將你讓給其他女人！」

這句話羅伯特不知道聽過她對自己說了多少次。他掙開時梨的雙手。「三小姐，請您自重。」

「我也不是第一次對你這樣，你的反應還是很大，你對我就這麼排斥嗎？」

時梨每走近一步，羅伯特的身形就下意識的往後退一步。「我們是主從關係，有這種行為不太好。」他並不是因為害羞，純粹覺得這是個無禮的逾越之舉。剛開始羅伯特還會覺得手足無措，久而久之也是令他心生厭煩。儘管自己已經明白的拒絕時梨的心意，她卻沒有絲毫放棄的念頭，讓羅伯特煩惱極了。

時梨看著羅伯特沉默不語，自己也很識趣。「那我不鬧你了，你一個人在此別胡思亂想。如果二哥又和你提出安排婚事的請求，你一定要拒絕知道嗎？」

在她離開後，羅伯特才覺得心中的大石總算放了下來。好不容易有自己一個人獨處的空間，怎麼剛好又遇到大人與小姐過來對他說這些莫名其妙的事呢？羅伯特因為主君婚禮而感到輕鬆的心情這下可說是完全一掃而空。

隔天，家裡來了一個又肥又醜的老太婆。

「以後南茜就是照顧妳的人，妳要聽她的話，懂嗎？」梵迦向雀織音介紹她的乳母。怎麼有人可以長得那麼醜惡？她現在這副模樣是獸化原形還是人形連雀織音都搞不懂。

雀織音一直以來都是以人形在活動，她本身看過的獸化原形有限，甚至於她連自己能不能獸化都不清楚。

以前曾經聽母親說：「安茲羅瑟人依照種族的不同，有些人不一定能以人形來活動。不過人形會給別人一種體面又有禮貌的感覺，大部分有教養的人都會儘可能的修飾自己的外貌，更別說安茲羅瑟人的人形變化是可以經由後天改造的。」

她的乳母看起來就不是個不能掌握人形狀態的安茲羅瑟人，所以她就是故意不修邊幅囉？就算雀織音年紀再小都懂這個道理，因此她從第一眼的印象開始就不覺得她的乳母對她帶有善意。安茲羅瑟人天生有危機意識，雀織音也不例外。

雀織音的預感也完全沒錯。當梵迦前腳剛離開後，她的乳母隨即顯露出卑劣的本性。年幼的雀織音只能任由她的欺負，飲食方面也必須看南茜的心情才有得吃，饑腸轆轆餓個好幾天是稀鬆平常的事，能吃的東西也多為碎肉殘屑。

為了怕雀織音年幼亂跑，南茜索性用鐵鍊將她栓在家中，動輒對不聽話的她拳打腳踢。她唯一的幸運大概就只有不需要露宿野外而已，其餘的時間她覺得自己和被養殖的牲畜沒有什麼差別，南茜根本不把她當人看待。

雀織音試著告訴南茜他是雀一羽的女兒這個事實，看看會不會因此改變她惡劣的態度。但事實證明她只是一個腦滿腸肥的臭女人，她才不管妳是誰，反正這個地方就屬她最大，雀織音無論如何都只得聽從她的命令。

「誰曉得妳說的是真還是假。」南茜張開她的血盆大口將肉塊咬住，接著她連咀嚼都沒有就直接咽下。

活在這種如熱油鍋般煎熬的地方，雀織音唯一期待的一件事就是再見到梵迦．石葉。她對梵迦簡直朝思暮想，梵迦的形影已經佔據了雀織音大部分的思緒。只要沒事做的時候，她就不自覺地會開始胡思亂想。

梵迦每隔幾個循環就會過來看看雀織音的情況，他來的時候總會帶一些禮物——有的時候是食物、有的時候是衣服或是幾本書。不過雀織音才不管他帶來的是什麼，梵迦就像是她的明燈一樣，只要看見他就有活著的希望。雀織音真的期盼梵迦會在某一天將自己從這個毫無自由的牢籠中救出。

可惜梵迦每次都來去匆匆，他放下禮物並看了雀織音一眼確定她還活著後，旋即因為事忙又迅速離開。縱使他看見雀織音被鎖起來的狼狽模樣也是不發一語，點完頭後就走了。

南茜將梵迦送給雀織音的衣服撕個粉碎，然後全丟在雀織音的面前嘲笑她。這一次終於讓雀織音放棄對梵迦所抱持的希望，往後的日子就只能沉默認命的苟活。

成年後的雀織音不僅是外貌、年齡有變化，連帶身上的魂系神力也有爆發性的提升。這時候她身上擁有的魂系神力已遠勝過南茜，因此南茜也不再封鎖她的自由，應該說南茜對雀織音再也沒有威脅性。

這個女孩的成長性真是驚人，難道她真的是領主的後代嗎？這怎麼可能！南茜輕甩著頭，她試著把這荒唐的念頭也甩開，領主的後代怎麼可能像一隻野獸一樣放任不管，一定是自己多心。

剛開始雀織音只想享受戶外的新鮮空氣與自由的感覺，她根本不知道她的乳母對她改變態度的原因。起初她不敢回去和乳母乞求食物，只能像個藏頭縮尾的卑劣生物，到處去偷別人的糧食果腹。

安茲羅瑟人對自己的身家財產非常保護，他們不會對來意不善的人客氣。雀織音在當賊的過程裡吃盡了苦頭，甚至在某一次的行動中受創嚴重，差點逃不出追捕。

要偷何不偷南茜管理的糧食呢？風險又小。雀織音思考更加安全的方法。幾次得手後，她開始有一種愚蠢的感覺。這些食物和靈魂玉全都是梵迦大人送來給自己的，為什麼自己要拿反倒還得要看南茜臉色？於是她不再偷偷摸摸，而是光明正大的想做什麼就做什麼。

我變得比乳母更強了，不如就像捏死蟲子一樣的把她捏死吧！雀織音原先這樣想著，後來她又改變了心意。等時機到了再讓她死得其所就好，先留下她一條賤命也無不可。之後她將南茜栓在家中，就和她以前對待自己一樣。不過雀織音並沒有向她施虐，該給的糧食也是照常發放。

我才不想弄髒我的手！看在她是梵迦大人派來的份上，暫時就先讓妳苟延殘喘的活著。

六個循環後，梵迦再次來訪。這一次迎接他的人是雀織音而不是南茜，不過梵迦似乎也不覺得奇怪。「我們好一段時間沒見了。」梵迦禮貌性地打招呼。

「梵迦先生，我、我等你好久，你終於來了。」雀織音費盡心思打扮，不知道梵迦看見自己為了他而精心妝扮外貌，心中會不會有什麼特別的想法。會覺得我很美嗎？能讓他喜歡上我嗎？雖然每一次見面後的間隔時間都很長，奇怪的是不管何時看見梵迦，她依然藏不住飛躍的心情。

「我為您準備酒，可以嗎？」

梵迦以手勢緩住她的行動。「我有事而來的。」

「什麼事呢？」

「雀一羽大人有託我轉告小姐的話。」

一聽到這個破壞氣氛的名字，即使是由梵迦口中所說出，雀織音還是變了臉色。我和那個男人之間還有什麼話可以說嗎？一個沒有盡過父親責任、沒有一天養育過我的男人，他算是什麼父親？

「領主大人說：生而不養表示無用、養而不教表示無用、教而不會表示無用、會而不聽表示無用……如此……這般。」梵迦喃喃地轉告雀一羽要對她女兒說的話：「養兵千日用在一時，何況我是以一名扶養者的身分，對於──我的女兒，供妳食宿的養育之恩並非不求回報。埃蒙史塔斯家族培育任何一人都是有代價的，我們希望得到令人滿意的回饋，每一個人都能忠於家族，為家族貢獻一份心力。妳身為皇室之後，更應該立為表率，要求自己達到更高的標準，為了埃蒙史塔斯的榮耀，毅然扛下自己該盡的責任。」

胡扯一通！我該盡什麼責任？一個對家族的組織架構、成員、理念和目標都毫無所知的人又能有什麼貢獻？雀一羽還真敢提到對自己的養育之恩，如果從小栓著一個人把他當成寵物來飼養的行徑也要視為是在施捨恩義的話，那我還真是感激的淚如雨下，光是想到這一點就讓雀織音心中氣憤難抑。

「不管那個男人要我做什麼，我都不會答應。」雀織音抿著嘴唇說。若不是因為來探望的人是梵迦，她一定毫不客氣的先把來者轟出門外再說。

「不行！」梵迦語氣平淡，可是態度卻非常的堅決。「一來這可是妳的義務，二來在鬥爭的世界裡，你不進步最後等待妳的只有死亡。照理說從小就應該精實的安排妳必修的學習課程，這是我的錯，讓妳落後了別人一大步；但這都不要緊，只要妳有心肯加倍努力，一定能把進度彌補回來。」

「為什麼是現在？」雀織音完全不能理解。「真的有心想栽培我就不該放任我在痛苦的深淵中過活，我還以為我一輩子都要被困在這個狹小的地方，永無出頭之日。」

「天下沒有想放棄子女的父母，妳誤會雀一羽大人了。」

這句話太虛偽、太噁心了。「你們是因為察覺到我體內神力的快速上升對吧。」雀織音從來就不是笨蛋。這種轉變強烈到本人都能明確的感受，敏銳如梵迦一定也會注意到。說穿了，雀一羽不是想栽培我，是想利用我才對。

梵迦雖沒有任何表情及反駁，卻不經意地舉起小圓扇遮住了口部。「總之，妳得聽從我們的安排去學習課程以及進行神術訓練，不可一意孤行。」

隔天，她被安排到一處深山內的學院去學習她應該要了解的知識與學會操縱魂系神力。由於學院離家裡有一段距離，所以她只能暫居於學院的宿舍內。

雀織音完全不懂她父親的想法，這樣的安排看起來並不是要讓她接受最優秀的指導，而是讓她與其他來自各地的練習生在一起聽課與訓練。往好的方面想，雀一羽希望她與其他人多交流，增進人際關係；往壞的方面想，雀一羽想要她成長，卻又不想浪費珍貴的資源在她的身上，所以把自己丟到隨便一座學院裡，看看會怎樣發展再來決定以後對待我的方針。她情願往壞的方面想。既然以階級來說無法反抗雀一羽及梵迦的要求，那我就用不同的方式來報復。

一個循環的時間飛逝而過，對安茲羅瑟人來說不過就一眨眼的瞬間。雀織音起初與同儕之間有一段不小的差距，不管是在知識方面或是神術的掌握上她都不如其他同學。這些人在還沒來到學院之前就已經有了基礎，反倒是雀織音在來到此地前卻是成天被關在家中，自然會有落差。

學院內是安茲羅瑟社會的縮影，強者侍強凌弱的本性展露無遺。雀織音與其他同樣弱小的人受到欺負是家常便飯的事，各種侮辱人的方式在這裡通通見得到，弱者的功能只有用來取悅強者。甚至於還有人被當成新神術的試招對象而身受重傷，使得雀織音為了自保，她也不得不用自己最厭惡的方式去阿諛奉承別人，換得安寧的日子。

這種看人臉色的日子也沒什麼大不了，她以前就是過這種生活直到長大成人，頂多霸凌者換成不同的人罷了。雀織音一一將那些欺負她的人暗記在心，有朝一日她會加倍奉還。

也許是因為父親優良血統的關係，雀織音很容易就駕馭魂系神力，她在神術的天賦上輕而易舉地就超越其他同儕；反倒是在學習知識上幾乎一無所獲，她的興趣不在書本裡，只要遇到在教室內安靜聽講或是翻閱讀物的課程總是讓她的大腦被一陣又一陣的睡意襲擊。

沒過多久，雀織音的力量已經足夠讓她在學院內呼風喚雨，不用再看人眼色，不用被使喚，也不會被欺負。

現階段的他們還沒辦法定下階級，一切以實力決定那個人的份量。雀織音成為院生中的領首者，她開始享受著背後跟隨幾個手下、對人呼來喝去、做事都有人代勞的愉悅感，漸漸地習慣優越的生活。這感覺讓她欲罷不能，沒想到當領袖的滋味那麼好。難怪安茲羅瑟人階級越高越目空一切，原來不管做什麼事都有一群死忠的擁護者會支持自己。所以說安茲羅瑟低階級的人全都是一群賤骨頭，不想被奴役那就去奴役別人吧！雀織音認真的開始思考要怎麼樣才能達到領主階級，她的父親是領主，自己也一定能成為領主。向父親復仇的事就暫時按到一邊，她決定要在這段時間裡好好享受領導者的權力。首先，她的第一個目標就是班上的一位漂亮女孩。

那女孩的人形外貌太可愛了，再加上她的個性討喜，讓她免去很多不必要的麻煩。

「我要你們綁住她。」雀織音一聲令下，手下們立刻將女孩縛起。

看來再怎麼有人氣也沒有用，領導者說的話還是一切，現在可以要她生就生，要她死就死。手下們將女孩押在碎石坡地上，女孩的臉貼著地面，她的身體綁著牢固的鐵鍊，而鍊子的另一端懸在無頭馬車後方。當馬車以疾速奔馳時，女孩的臉也跟著被碎石地割得稀巴爛，地上拖出一條長長的血痕。雀織音和她的手下在旁邊津津有味的看著，中間還夾雜著笑聲與鼓掌聲。

馬車停止後，女孩獲得喘息的時間，安茲羅瑟的恢復能力慢慢幫她修補傷痕。看到她的傷口癒合得差不多時，雀織音又讓馬車再次奔馳起來，女孩的面部就這麼一次又一次的受到傷害。

儘管如此，安茲羅瑟人的身體對於這種程度的折磨還是忍受得住。雀織音為了想知道自我修復的極限究竟能到什麼地步，於是她又命令手下用刀子一塊一塊地割去女孩的皮膚，只要傷痕一癒合就馬上用刀再割開，反覆不斷的傷害終於讓女孩的復原能力再也無法發揮功效，最後血流不斷因此傷重而死，遺體自然也是面目全非。

第二個受害者則換成男同學，雀織音把他當成試驗品拿來試新神術的威力。起初幾下重攻擊打碎了他半截腦袋和四肢，不過那男生也都挺了過去，雖然傷得很重，依然可以恢復如初。沒想到雀織音命令手下們使用神術密集的襲向那男同學的身體，之後又剛好命中致命部位，男同學受創後當場死亡。

善後的工作全由手下負責，女同學和男同學的屍體被他們一併拋落深不見底的山谷內。

無聊的日子沒有持續太久，雀織音一夥人馬上又找到新的目標，這一次可是她之前記恨的對象，和雀織音同樣是在班上發號施令的人。沒有階級的安茲羅瑟人只聽命於強者，而強者之間只存在鬥爭。雙方的衝突從互相看不順眼開始，隨後形成團體鬥毆。由於學院採取放任院生自主的方針，因此當衝突加劇時無人可管，終於演變成你死我活的局面。

趁著對方領袖落單之際，雀織音聯合眾人以壓倒性的力量將他擊殺。同儕之中再也沒有能與雀織音一較高下的院生了。自此她變得更驕矜自大、目中無人，她自信的認為再過個幾年的時間，她掌握神術的能力必定突飛猛進，到時候要和父親一樣取得領主的階級也就不難了。

直到神術的學習達到一定的程度時，竟意外產生讓雀織音難以突破的障礙。她掌握的魂系神力似乎已臻極限，沒辦法再提升。更糟糕的是，她獨自一人到僻靜的山中冥想時，又遇到另一群心懷不詭的院生。

那群人是學院中的資深學長們，其中一位視雀織音為仇人，原因來自於雀織音之前在班上與她敵對的領袖正是他的兄弟。當她知道這一點就已經覺得很不妙，想拔腿而逃卻被團團圍住。

憑她一己之力完全沒辦法打退那麼多人，何況他們每一位待在學院的時間還比雀織音更久，多得是實力與她相近的人。最終，她還是落得身受重傷的下場。

雀織音被壓倒在地，隨後那人舉起單腳踩在她的頭上，她這一次真的覺得自己被羞辱了，實在太窩囊。

「殺了我弟弟的賤人，看來妳也不怎麼樣嘛！」那人得意的笑著。

你不要讓我活著離開，否則我會還你一百倍。雀織音盛怒難抑的在地上拚命掙脫，她的臉上滿是不服氣的神情。「你和我一對一的決鬥也不一定會贏我，不過就是勝在人多勢眾，沒什麼了不起。」雀織音不滿地吼道。

「妳也不是和我弟弟單挑，講什麼廢話！」那人怒甩了她一巴掌。「我弟弟會死是因為他的確不如妳，反正這個世界就是勝者稱王，贏家就有資格說話。妳贏我弟弟我是沒什麼意見，可是妳要知道安茲羅瑟人一向是有仇報仇。今天換妳落在我手裡，妳就是輸家，輸的人就乖乖任由贏家處置。」他的鞋底不斷摩擦雀織音的臉，盡其所能地糟蹋她。「妳說我該怎麼對待妳呢？」

他的夥伴拿了一把劍給他，接著那個男人便飛快地用劍砍下雀織音的右臂。「再來換左手。」劍刃落下，雀織音悶哼一聲，隨即左臂也跟著被砍斷。

「臭女人，來舔我鞋底，舔完我再砍妳的頭。」男人氣焰囂張的說。他的手下們全都跟著附和。

「去你媽的，絕不！」雀織音仍不改她怒氣沖宵的態度。

「妳知道妳自己現在的處境嗎？我叫你舔妳舔不舔！」男人以腳尖踢著她的臉，雀織音的左眼因此被踢傷，鼻子和嘴巴也都流下汩汩鮮血，臉頰滿是擦傷。

「死都不舔。」雀織音頑固地吼著。

「喂！別和她浪費時間了，頭砍一砍就和身體一起丟下山谷。」男人身旁的手下建議道。

「也好，整她也沒什麼意思。」男人雙手握住劍柄，然後將劍刃高舉過頭。「看我把妳劈成兩半！」

終於結束了，比起折磨人的對待，她更希望對方能痛快的結束掉自己的生命。你就殺了我吧！反正我也沒親沒戚、沒有父母、沒有朋友，不會有人因為我的死而感到悲傷，不會有人因為我的死而感到遺憾，我終究是孤獨的來，現在也要孤獨的離開這世界。可惜，要是能在臨死前再看到梵迦先生最後一眼，那不知道該有多好。至少我能含笑歸土，無牽無掛的離開。

劍鋒朝著雀織音的身體揮落，卻在這個時候聽到清脆響亮的一聲，男人手中的劍應聲離手飛出。「你是誰？竟敢打落我的劍！」男院生厲聲罵道。

「一群大男人欺負一名女孩子，這有辱戰士榮譽喔！」

熟悉的男聲迴響在耳邊，是他！他來救我了！

雀織音吃力的抬起頭，微光中，梵迦的身影就站在不遠之處。

「請放了她好嗎？」梵迦帶著笑容，非常有禮貌的欠身鞠躬。

「好了，我已經幫妳包紮好傷口，妳的恢復能力沒有問題，很快就能和以往一樣自由活動。」

原以為是梵迦先生救了我，沒想到卻是一名年輕的女孩。大概是自己傷重出現幻覺或是內心太渴望見到梵迦先生才會看錯人，還好沒做出什麼丟臉的事。

雀織音在這個地方從沒見過這名女孩，她有一頭漂亮的及腰紅髮，長長的瀏海往右旁分落下，左耳掛著藍紫色的小耳環，面容脫俗美麗、五官立體、皮膚潔淨白皙，就像一朵綻放的花般，連同為女性的雀織音也自嘆弗如。她的衣著普通樸素，身後背著空竹籃子。身材消瘦，以身高來看她大概只到自己的胸口，非常的矮。脖子上戴著一條深黑色的頸環，仔細看頸環中央還縫著一塊倒十字架上爬著雙頭蛇的銀製飾物。雖然她說話的音調略為低沉、厚重到有點像是男聲，不過語氣很平緩、不急不徐，說出口的話十分地有禮貌，同時態度謙卑恭敬，所有一舉一動都很輕柔穩重，可見她受過優秀的教育才得以養成高貴的氣質與良好的教養。

不知為何，她身上散發的魂系神力明明非常貧弱，卻給人一種深不可測的底蘊。當兩人四目交會時，雀織音從她的身上察覺到如同靜潭深淵的水般，有一種包容天下萬物的狀態與形勢。好矛盾的心情，到底是為什麼？明明只是初次見面，卻打從心底完全屈服於對方。

這女孩救我時的情況也很奇怪，她僅以單純的眼神瞧著對方，什麼事都不做，也沒有釋放任何強大的神術，那群欺凌自己的惡徒就全部一哄而散。

雀織音回想起來，自己似乎曾經有過相同的經歷。就是在見到自己父親的那一刻，她只有跪地拜服的份，毫無反抗之力。可是這一次的體會和先前又有點不太相同，父親只會讓她的心中充滿憎恨，而女孩卻能使她心情平靜。

雖然不知道女孩的真實身分，可以肯定的是她的階級至少在上位指揮者以上。

話雖如此，她身上的魂系神力是怎麼一回事？可以說完全與階級不符，孱弱到說不定隨便放個什麼攻擊神術就能將她輕鬆擊殺。而且這感覺……好像又不太像是魂系神力，而是另一種更安寧、平和的力量在她體內流竄。

「您還好嗎？請問還有什麼地方感到疼痛呢？」女孩親切地問。

「謝謝妳，我沒事了。」

「您需要我幫忙嗎？我可以送您回去學院。」

雀織音急忙揮手。「不用了，我那敢麻煩妳。」

「有需要幫忙可以儘管說，這是人和人之間的相處之道。」女孩客氣的說：「我已經消除剛剛那些人對您的記憶了，他們不會再來找妳麻煩。」
雀織音大感意外。「你知道事情的經過？」
女孩一臉尷尬。「抱歉，我幫您治療傷勢時，不經意地讀取到您全部的記憶。」
「沒關係，多虧有妳我才能活下來。」雀織音苦笑道：「我的人生裡沒有什麼好的回憶，就算和別人分享也不要緊。」
「您也不用那麼妄自菲薄，每個人生下來就是獨一無二的個體，人生還有很多條路可以走，妳的挫折只是人生岔路口的一項挑戰，過了就能看見康莊大道。」女孩輕拍雀織音的肩，以溫和的微笑安慰她。
「聽了姊姊妳的話，我心裡好多了。」
「姊姊？」那女孩露出詫異的目光。
「怎麼了嗎？難道我對您的稱呼太不禮貌？」雀織音真怕這種時候還去得罪自己的救命恩人。
他忍俊不禁地說：「在下是男兒之身喔！」
雀織音先是目瞪口呆，隨後雙頰羞紅，自己竟然把人家的性別搞錯了，這是多污辱人的事？
「抱歉，真的很對不起，我完全不曉得……」
「行了，沒事的。」他搖著手，沒有一絲尷尬。「這又不是什麼壞事。」
看來他也不是第一次被別人誤會，不過為了禮貌起見，自己還是得道歉。「非常抱歉，大人。」

「沒關係，不用一直和我道歉，這樣我反而覺得奇怪。」他說：「妳有傷在身還是早點回學院養傷，我也得上山去採藥草。還是您需要我的幫忙呢？」他想了一下。「嗯，我看我親自送您回去比較好，我擔心您回程途中出意外。」

雀織音搖頭回絕。「我可以自己回去。」但現在的她還沒有要返回學院的意思，她接著問：「請問我能知道你的名字嗎？」

「我嗎？呃……我叫做……」他遲疑了一下，難道連自己的名字都不知道嗎？還是不願意說呢？之後他緩緩開口：「我叫古諾丁姆雷。」

古諾丁姆雷？這不是亞蘭納地區釀造的一種水果酒名稱嗎？一聽就知道他報了個假名字。不過雀織音也沒揭穿他，對方既然不想說出真名必定是有他的理由，比起恩義來說，這也不是多重要的事。

「古諾丁姆雷先生，我可以這麼稱呼你嗎？」

「可以。」他笑著點頭。

「請讓我跟著先生學習好嗎？我知道你能夠幫助我的。」雀織音唐突的提出要求。她覺得自己的猜想肯定沒錯，這個瘦弱的男人在階級上和自己的父親是伯仲之間，他是幫助自己突破神術學習障礙的絕佳導師。「如果先生覺得我這個要求很突兀，我也可以向您宣誓效忠。」

「那可不行。」他揮著手說：「妳是埃蒙史塔斯家的人，而不是自由民，妳這樣是背叛的行為。」

「我不喜歡那裡，我要當自由民，然後向先生宣誓。」雀織音打定主意要這麼做。

古諾丁姆雷愣眼看著面前這名年輕的女孩，她的未經世事讓人感到困擾。「妳的父親是家族之長，位高權重，他能提供您任何的資源。和雀一羽大人相比，在下只不過是個普通的鄉野醫生，雲遊四方又居無定所。您何不仔細考慮做比較呢？」

「他才不是我父親，若不是為了見到梵迦先生，我絕不會留在那個什麼家族。」雀織音板著臉說。

「沒有領主的許可，任何一個領民都不能任意背離自己的宣誓，後果可能會讓您賠上一命。」古諾丁姆雷說：「您的問題就是在神術掌握上沒有辦法突破對嗎？您是領主的後代，有天賦上的優勢，超越界限是遲早的事，不用急於一時啊。神術的修行時間以數十年、甚至數百年為單位都很稀鬆平常，慢慢來就好。」

「不行，我努力過了但就是沒辦法，我也不知道是什麼原因，明明一開始就很順利……」雀織音不禁感到氣餒，當心情變差後，身上的傷又開始隱隱作痛。「我無論如何都要證明給雀一羽看，我是很優秀的，我要達到他的階級，甚至於超越他，最後殺了他。」

姆雷嘆了口氣。「在下知道您以復仇為主，也知道您和那些傷您的人起衝突的原因，這也是為什麼在下不能為小姐您擔任指導的理由。在下不能造就一個心中充滿暴戾的人讓他濫用魂系神力去製造世界的混亂。」

「那學神術又鍛鍊體能的原因是什麼呢？不就是要勝過其他人嗎？」

「如果您真有心立志成為一名受人尊敬的領主，那麼您應該要有顆包容別人的心。善待妳的手下、照顧妳的領民、寬恕妳的戰俘、和妳的敵人成為朋友。」

太懦弱了，這種論點她完全聽不入耳。雀織音看著外表軟弱的古諾丁姆雷，心中不禁納悶，自己為什麼突然興起想要和他這種人學習的念頭呢？

「是的，我很懦弱，我的朋友和弟兄也都那麼說。」姆雷回答她心中的疑惑。

雀織音的心思被對方一眼看穿，她連忙解釋。「不是的，我只是覺得您的理論比較像是一種信仰，但這在現實的環境中要辦到卻是非常困難。」

姆雷又嘆了一口氣，讓人感覺心事重重。「這點我也明白，所以我才……」他欲言又止，接著轉換口氣。「其實要助您突破障礙也不是什麼難事，但我不喜歡這麼做，每個人的成就都是需要付出一點一滴的努力累積得來，您那種一步登天、不勞而獲的想法我沒辦法苟同。何況揠苗助長是有害自身，沒累積好基礎一樣行不通。不管怎樣，在神術上我是無法幫助妳了。但是我可以傳授您許多我所知道的知識，如果妳願意的話，我為了採藥草會留在這座山大約一個循環至兩個循環的時間，每天同一個時段同一個地點我都會出現在這附近，只要妳來找我的話，我也會盡力教導妳。」

「知識？可是我就是不愛讀書，我是個只要翻書就犯睏的人。」雀織音為難的苦笑。

「神術的學習沒有那麼簡單，除了體力要能負荷、魂系神力要穩定的控制、招式演練要熟悉外，妳對神術的了解也要同時並進。透過知識增長的方式深入明白妳掌握的力量本質，還有意志力、精神、信仰等也都是缺一不可的要素，沒有辦法從身心靈上達到融會貫通的程度，您就沒有突破的一天。」

「所以我還是非讀書不可嗎？」這真是讓人煩悶的必經過程，果然以前只單純依靠體能的鍛鍊是行不通的。

「人生有很多可以做的事，其實您也不一定要執著於此，盡可能的去學習任何技能，從中發現興趣，這遠比掌握力量後和人爭強鬥狠要好的多了。」古諾丁姆雷打量著雀織音。這女孩眉宇間有一股英氣，鼻子高挺，外貌並不差。「其實您長得很好看，稍微打扮一下可以讓自己更體面，心情說不定也會豁然開朗。」

連一個男人的美貌我都比不上了，還有什麼好說？就算我懂得打扮，也沒有會欣賞的人。雀織音對於裝扮的要求一向只要乾淨、整潔就好，其他華麗卻又多餘的修飾就沒什麼必要。「因為鍛鍊神術不便，所以我剪短了頭髮。女孩子的衣服不適合我穿，男裝比較便於活動，而且也顯得自在。」

「您自己喜歡就好，不去在意別人的眼光活得才愉快。」

那是因為你自己長得漂亮才會這樣說，真不想和你聊這種事。雀織音還是比較關心他能從古諾丁姆雷的身上學到什麼，以及該怎麼去突破極限之類的話題。

「我該去採藥了，妳也早點回學院休息。」

「那麼我明天同一時間來這裡找您嗎？老師。」她故意先叫對方老師，看看古諾丁姆雷會有什麼反應。說不定他在教授知識的過程會改變心意，最後順便教自己新的神術也說不定。

「我說過那是不可能的，我只能教您知識。」古諾丁姆雷提醒她：「您真的打算要來的話，那麼我們就明天再見囉。」

第二天時間一到，雀織音依約來到他們說好的地點。

多虧古諾丁姆雷的治療，她復原的狀況比想像中還要快，現在兩隻手臂都能自在地活動，就像沒受過傷一樣。

不過為什麼時間到了卻沒看到人出現呢？他看起來就不像會失約的人。

雀織音多等了半刻後便感到不耐煩，沒想到古諾丁姆雷真的不守信用。不過這也就算了，她並沒有怪罪對方的意思，因為他本來就沒有義務一定要指導我，說不定是我讓他心生厭煩了。

這下子該去那裡呢？她現在不想回去學院，練習神術又總是徒勞無功，也沒有地方可以打發時間。……倒不如，我就沿著昨天與古諾丁姆雷道別時離去的方向逛過去好了，也許我們還能再次相遇。

雀織音百無聊賴地在孤寂的山路間行走，實際說起來這也不算是路，不過就是條勉強還能行走的山道。不久，崎嶇不平的山路退去，迎接她的是一座喧囂吵鬧的小型市集。明明離學院不遠，但雀織音卻從來沒到過這地方。

她在奴隸拍賣會外看到古諾丁姆雷穿著破舊的衣衫，邊流著汗邊把亞蘭納人的屍體搬到木車上堆疊。雀織音滿懷欣喜的小快步走過去。

「雀織音小姐，真是對不起，我失約了。」古諾丁姆雷很慎重地彎腰道歉。

「沒關係。」雀織音問：「倒是您在這裡做什麼？」

「這些可憐的亞蘭納人奴隸因為沒有買主，所以被賜死了。我想為他們善後。」

就為了這些低下的種族而爽約嗎？古諾丁姆雷先生的善心也未免太氾濫了。雀織音看了一眼擺在木車上的屍體，每一具都雙頰發黑，明顯死於藥物中毒。

「請問這兩個孩子你們打算做何處置？」古諾丁姆雷指的正是被關在鐵籠內的兩名亞蘭納小孩。她們兩個都是女孩子，不清楚是不是姊妹。只見兩人蜷縮在牢籠角落，不哭不鬧，兩眼無神的看著定點，應該是覺得沒有逃走的希望，所以心灰意冷了。

「那還用說嗎？再三天沒有人買走她們，就用乳樹汁液毒死。」奴隸主說：「他們全都是商隊不要的亞蘭納人，本來想用他們去和大國交易，結果對方不收，所以被丟到我這兒來。沒想到擺在我這一週了還是沒有人想要，只好全部毒死當成食物了。」

「不能直接放她們離開嗎？」姆雷問。

「不可以，我們一定要保留商品。」奴隸主堅持著。

「請問我得要花多少才能買下她們呢？」

奴隸主比出五根畸形彎曲的手指。「要五顆靈魂玉。」

賣方剛開出價碼，雀織音反倒先忍不住咆哮。「你們敲竹槓嗎？她們怎麼看最多就只值一顆靈魂玉，你賣貴了起碼五倍以上。」

「一顆？」奴隸主搖頭。「一顆我們不賣。」

「生命怎麼可以用金錢來衡量。」姆雷從老舊的腰袋中拿出五顆靈魂玉正要給奴隸主，可是奴隸主卻不收。

「我改變心意了，現在要六顆。」

這傢伙打定主意要坑人嗎？雖然與雀織音無關，但她卻表現出比姆雷更氣憤的樣子，她咬牙切齒地瞪著奴隸主，氣得一句話也說不出。

「唉，那就六顆吧！」姆雷還是多拿了一顆給對方，只見奴隸主貪婪的笑著收下後，接著便將兩名亞蘭納小女孩從鐵籠中放出。

「現在她們是老闆的了，不管妳要她們做什麼，甚至是吃了她們都沒關係。」奴隸主面目可憎的奸笑道。

「請問這堆屍體我也可以一併帶走嗎？」

「你連屍體都要嗎？那我就便宜賣你五顆靈魂玉好了。」

雀織音從喉間發出不平的怒鳴。「你也未免太貪心了，就兩個亞蘭納小孩和一堆爛屍體而已竟然想賺十一顆靈魂玉。」

「請別爭吵了，我可以買。」姆雷無奈地又從腰袋內拿出五顆靈魂玉給奴隸老闆。

他笑嘻嘻地雙手接過靈魂玉，然後又酸溜溜地說：「真是有錢人啊！衣服看起來破破舊舊的，從身上發出的微弱魂系神力來看似乎也不是什麼貴族，可是你身上的錢卻多到能買一間店鋪了。小心吶！這個地方多的是山賊，你最好看緊你的腰袋，呵呵呵。」

「不必你多管閒事。」雀織音先一步到前面拉著木車。「老師，這車讓我來拉就好。」

「感謝您。」他轉向安慰那兩名小女孩：「妳們不會有事的，我們一起離開這裡，跟我離開好嗎？」

之後他們從山道返回，那條路對亞蘭納人，而且還是小孩子來說並不是條好走的路，雖然很艱苦但也沒有什麼好辦法。姆雷將穆潔背起，那是一位金色短髮，臉色蒼白虛弱的小孩；另外，姆雷的右手牽著年紀較大，神情堅毅，碧眼黑色長髮的彩芯。

回程的途中，雀織音忍不住抱怨：「因為老師您身上只有微薄的魂系神力，所以讓那個混蛋老闆看扁了。為什麼不用階級壓他？」

「何苦為難商人呢？他們也是要賺錢養家的辛苦人。」姆雷拉著彩芯繞過尖石錐。「不是每個人都和妳一樣那麼敏銳，在下可是很盡力在隱藏自己的階級了。」

「老師您隱藏的不止是這個吧？」山路讓木車搖搖晃晃，為了不讓堆疊的屍體掉下車，雀織音每隔一小段路就得調整好屍體的位置。「我從您身上的氣息中隱隱約約發現一股清聖、光明的力量，是什麼原因？難道是聖系神力？」

「有可能嗎？」姆雷笑著反問雀織音。

「理論上是不可能。」沒錯，聖系神力與魂系神力同時並存是絕對不會發生的事，一旦體內產生衝突的能量就會導致雙修者死亡。「但僅是理論上，在蒼冥七界內是什麼事都有可能發生，也許會有超出一般人認知範圍外的特殊存在也說不定。」

沒錯，我就是在懷疑你。雀織音對姆雷投以懷疑的眼神。

「也許妳真的猜對唷，聖系與魂系是可以並存的。」姆雷笑道：「不過妳和家族長一樣，都對周圍的人事物有很高的敏銳度。那男人啊——好久沒看到他了。」

「您是指我父親？您認識他嗎？」

姆雷只是微笑而沒有回答。他看著兩個孩子有氣無力的模樣，決定先在原地休息。

「孩子們也累了，我弄些東西給你們吃。」姆雷點燃乾柴，升起營火。

「要拿些屍體的肉塊嗎？」

「不是，那些屍體我等會要火化。」姆雷用火烤一些綠甘蕈，再將鐵水壺中的融冰水倒出，加入野菜下去煮湯。「這些東西也許不怎麼好吃，但對亞蘭納人絕對無害，為了恢復妳們的體力，無論如何都得吃。」他翻開隨身攜帶的小背囊，拿出一小包鹽、一瓶甜酒，然後把幾株特殊氣味的草磨成香料，姆雷用這些東西來為野菜湯調味。

「老師您製作野地料理還挺熟練的，東西也準備很齊全。」雀織音笑問：「可是怎麼都沒有肉？」

「我是素食主義者，沒辦法忍受口中沾有血腥味。」他以木匙攪拌著野菜湯，之後拿起烤好的兩串綠甘蕈給穆潔與彩芯一人一串。「先吃吧！湯快好了，我帶出來的碗不夠多，待會妳們要輪著喝。」

「不是剛好有兩個碗嗎？」雀織音問。

「一個是給妳的。」姆雷笑道，他以湯匙輕嘗了一下湯頭，可能覺得味道太淡，他又多加了一點鹽。

「我不太餓，您讓她們用就好。」

「這樣好嗎？妳應該也累了。」姆雷還怕雀織音餓著。

「我們安茲羅瑟人即使不吃不喝也不會怎麼樣，只不過體力會差一些，脾氣會壞一點而已。」姆雷盛好湯後便一人一碗的端給她們。「趁熱喝。」

一起先兩個孩子還不太敢食用，之後可能是聞到湯的氣味還不錯，於是她們小心翼翼地喝了一小口，接著越吃越多，不多久野菜湯就快被她們兩人喝光了。

從她們兩人的描述中可以得知，她們來自亞蘭納五國之一的賀里蘭德。自從被俘虜來到魔塵大陸後，想當成商品出售卻賣不出去，路途中有些不適應魔塵大陸環境的亞蘭納人也死了不少個，最後一群人就被丟到奴隸市場去。然而她們的家人不久前也被毒死了，今天死的則是另一批人。本來她們兩人也沒有活下去的希望，卻沒想到姆雷將她們買下，又用親切的態度來照顧她們，完全出乎意料之外。另外，她們並不是姊妹，也不是朋友，只是一起被俘虜時湊巧認識的人。

「為什麼要火化？」雀織音看向成堆的屍體問。如果當成食物可以吃上好一陣子了。

「放在野外會被安茲羅瑟人當食物，埋在土中也會被野獸與食肉植物挖出，所以倒不如以火焚化。我想死者也是有尊嚴的，即使人生的最後一程不能走的光榮，但是我也不能讓他們的屍骨變得支離破碎。」

「請問您也是來自亞蘭納嗎？」雀織音懷疑姆雷是半子。

根據雀織音從以前看過的書中所保留的印象，所謂的半子即是安茲羅瑟人與亞蘭納人結合而生的後代。與被轉化的亞蘭納人不同，半子的壽命較長、力量較強、學習力也很高；而相同的部分除了沒有獸化原形外，他們也都是被正常的安茲羅瑟人所歧視的對象。

雀織音之所以會覺得姆雷是半子，完全是由他身上獨特的氣息來判斷。

「我是正統的安茲羅瑟人。我既沒有被轉化，也不是半子。」姆雷馬上就點破雀織音的疑問。這她當然知道，以姆雷的階級來說怎麼想都不太可能，畢竟半子與被轉化者在提升階級上有一定程度的劣勢。不過姆雷的行動實在太讓她感到匪夷所思，世界上那有不吃肉、會火化屍體、滿口大道理、身上夾帶聖系神力的安茲羅瑟人？

「抱歉，本來我今天應該教你一些東西的。不過現在我得先幫小孩們找一個棲身處，以後還得送他們回家鄉。」

「我可以幫老師您照顧她們。」這不是雀織音的本性，不過在老師的面前似乎多少會受到他仁慈的個性影響。

姆雷馬上拒絕她的提議。「不行，妳現在還不足以有保護她們的能力，還是我自己來就好。」

雀織音不服氣地回嘴：「老師您也太瞧不起我了，學院中一對一的比鬥已經沒人贏得過我，再來只要我突破界限，再定下階級後，一定可以成為上位指揮者。」

姆雷點頭應道：「我對妳充滿自信的心態感到高興，這是一個人積極向上的動力來源。但是妳該收斂驕傲自滿的態度，世上沒有永遠不敗的強者，只有以虛心謙卑的態度不斷精進學習，妳才能一直立於高峰。另外，我也希望妳盡可能不要與別人爭強鬥勇，妳必須保留自己的實力、減少受傷的機率、不去增加敵人，這些對妳才有好處。安茲羅瑟人沒有妳想像中那麼為了自己而不顧道義，真心的朋友還是找得到的，而且好的朋友帶給妳的助益會遠比妳得到什麼強大的神術還要更多。記住這一點，多一個敵人不如多一個朋友。」

「雀一羽也是這樣嗎？」雀織音腦中突然浮現父親的身影，於是提出疑問。

「每一個人都有機會攀升到上位指揮者階級，然而統治者或黑暗深淵領主卻只能憑藉努力與天賦。也許妳的實力夠了，階級就自然到達上位指揮者，可是黑暗深淵領主與統治者卻不是有實力就能晉升。妳今天看到的每一位黑暗深淵領主或統治者全都經過上位指揮者階段，能再升階的人除了有實力外，統御能力、信仰、精神、知識、命格、痛苦，這七項要素缺一不可。」姆雷苦口婆心的勸道。

「實力包括力量、技巧及神力掌握度；統御力包含魅力、制御能力、威權等；還有對主神的信仰、精神的磨練、知識的增加、天生的命格，到這邊我都還能理解。可是最後一項痛苦的要素是什麼？」雀織音不解地問。

「每一位上位指揮者要晉升時，為了加強精神的忍耐度，因此會有長達數個循環的精神磨練期。在這段時間裡所受到的精神折磨是其他人無法想像的，唯有熬過痛苦的人才能得到蛻變。」姆雷解釋。

「為什麼要蛻變？」雀織音還是不明白。

「要和自己所處的領地有共鳴，勢必要與地氣做連結，這對體力和精神來說不啻是極大的折磨，更是非常人想像的痛苦。每一個人都單純的認為領主的死亡會使自己的能力和靈魂遭受到打擊，卻沒有人知道與每位領民進行靈魂連結的領主在領民死去後，自己也得承受相同的苦楚。更別說還有天候對領地的影響會連帶造成領主的力量耗損及體力流失等不利因素。若不蛻變提升精神的上限度，實在不足以挨過這一層又一層的考驗。」姆雷臉色凝重的和雀織音解釋。「抱著遊玩的心態想升階以及只是想得到權位享受奴役別人的快感，或者想要取代妳的父親，單純想殺掉他，那麼您該放棄升階的想法，因為現實沒有妳想的那麼簡單。」

姆雷沉重的分析讓專心聽講的雀織音陷入沉默。她從來就不知道有這種事，真的完全如同姆雷所說，自己的確只想成為在上位者。現在的她完全沒理由再支持自己當領主，熱情的心宛若被澆了盆冷水。真的要忍受那麼多考驗的話，那倒不如過著像現在一樣閒雲野鶴的生活還比較愜意。

「吃飽了嗎？」姆雷轉向關心起亞蘭納小女孩們的肚子。

兩名女孩同時開心地點頭，這大概是她們進入魔塵大陸以來最安心的一刻，完全不難想像之前她們剛被俘虜到這塊死亡大陸時所經歷的恐慌。

姆雷一邊收拾餐碗，接著又徐徐開口說：「魘塵大陸有六十五億多個安茲羅瑟人，儘管人口成長已經呈現停滯狀態，但是這依然是一個龐大的數目。妳曉得嗎？在魘塵大陸內擁有統治者階級的領主還不超過五十位，至於擁有黑暗深淵領主階級的人更是屈指可數。」他帶著感嘆的目光看向雀織音。「無論妳有多麼憎恨雀一羽大人都無所謂，畢竟他有黑暗深淵領主階級是不爭的事實，這樣的成就可是需要耗費很多心力與時間才好不容易得到。所以私底下妳怎麼想就不管，可是在別人的面前妳都該尊敬妳的父親，以自己的家族為榮。」

雀織音只要一聽到古諾丁姆雷講著長篇大論的道理時，總會覺得他這個人實在很迂腐，可是其中有些話又讓她深表贊同。只是想要我饒過雀一羽的行為？除非他還我童年那段被禁錮的時光。話雖如此，要在六十五億人中脫穎而出，簡直難上加難，她也不得不承認雀一羽的確是人中之龍。如今看來，雀織音心目中領主之路的盡頭似乎已經被拉到無限遙遠，根本是這輩子都到達不了的距離。

算了吧！我看以後就順其自然地發展，也不需要太過於勉強自己了。免得日後徒勞無功，增加更多的失落感。

雀織音把話題一轉。「老師您好像很了解我父親，您真的認識他嗎？」

姆雷迅速地點了一下頭。「當然認識，誰不認識那麼有名的大家族領袖呢？只是您的父親不認識我而已。」

「您應該也是自由民，不然就和我一樣加入埃蒙史塔斯家族好嗎？以後我和老師就是自己人。」雀織音天真地說。

姆雷哈哈大笑。「有那個家族會要我這麼一個軟弱又無用的人呢？」

雀織音認為姆雷若不是謙虛就是在說謊。「請問老師您知道我父親或是家族以前的歷史嗎？有些什麼豐功偉業呢？」

「其實這不應該由我告訴妳，應該讓妳家族的臣子或您父親來講解給妳聽才對。」姆雷為難地說：「可是我答應妳的事也要做到，那也好，我就把我所知的全告訴妳。」

「嗯，我會認真聽。」雀織音擺出正襟危坐的樣子。

「好像是三千……三千幾百年去了？我實在活得太久了，記憶都變得模糊。」姆雷忽然靈光一閃，拍掌道：「對，就是差不多三千一百多年前，那時候的天界剛剛好有一個新計畫正要執行。」才剛高興沒多久他又立刻陷入思考。「計畫的目的是什麼我也不太清楚，應該就是要征服安茲羅瑟人吧！反正當時天界的領導者就叫做——托留斯華薩，他和手下光神費弗萊一同研究針對安茲羅瑟人的戰略。」

姆雷補充道：「華薩這兩個字代表著天界最高領導者的職位名稱，有著光明、神聖的意思。托留斯才是他的名字。」

「天界針對安茲羅瑟人進行分析後發現到我們的種族存在著絕對服從的階級制度，於是光神向偉大的華薩提出了一個構想：天界要從安茲羅瑟人的後代中挑選一千多名可能會成為領主的候選人，再加以培養，讓他們完全效忠於天界，之後再利用他們的能力回到魔塵大陸收服所有安茲羅瑟人。」

「很聰明，可以達到兵不血刃的目的。」雀織音稱許道。

「可是天界人完全不了解安茲羅瑟人是需要依靠戰功及實蹟才能升階，等他們發現後才知道自己養了許多沒有制約能力的低階安茲羅瑟人。」

「那天界要怎麼處理這一群人？」

「沒有制約能力，對於征服魔塵大陸的行動就少了很多優勢，這也是沒辦法的事。」姆雷低下頭，露出難過的表情。「唉，眼看就要白費工夫的時候，光神孤注一擲做了個很殘忍的賭注。」

「難道光神要這群人自相殘殺，強迫他們升階嗎？」雀織音反應很靈敏，馬上就猜到光神的意圖。

「對的，他就是讓這一群卡在上位指揮者的安茲羅瑟人在天界設下的區塊內自行劃分領地，然後利用有限的資源和空間讓這一千多個人發揮出他們鬥爭的本性，開始進行頭破血流的爭奪戰。」姆雷瞪大雙眼，變得很激動。「妳完全沒辦法想像，那有多麼的殘酷與不人道，根本就是人間煉獄、死亡的競技場。」

雀織音倒覺得這沒什麼大不了，安茲羅瑟人的生活環境就是這樣——適者生存，不適者淘汰。這是千古不變的定律。姆雷會覺得殘忍是因為他的個性太善良，所以沒辦法接受殘酷的事實。

「才不是我善良，而是妳沒親自體會那慘無人道的修羅場，因此沒辦法去想像。」

雀織音看著情緒變化很大的姆雷，疑惑的問：「老師您親自經歷過嗎？怎麼說得有模有樣。」

姆雷發現自己的失態，緩下了情緒後勉強擠出笑容解釋：「不是這樣，我真的覺得光神的做法很不恰當，視人命如草芥，我只是替那些被當成犧牲品的同胞感到難過。」他接著說：「經過血腥的爭戰後，活下來的人僅餘二十位。裡面有人升至黑暗深淵領主、有人升至統治者、也有人還維持在上位指揮者。不管階級怎樣，這些人已經證明了他們的實力，同時獲得天界的嘉許並將他們列為菁英栽培對象。」

「我們偉大的哈魯路托不在其中嗎？」

「當時的哈魯路托當然是還住在魔塵大陸中囉。在魔塵大陸內，領導眾人的哈魯路托永遠只能有一個。前一位哈魯路托還存於世，下一位就不可能會產生。」姆雷繼續講解歷史故事：「天界可以說是用盡心力在培養這二十名菁英，包括學習知識、體能、神術、文化素養、對天界的忠誠等課程，每天行程都安排的非常精實，幾乎沒有喘口氣的休息時間。正因為如此，這二十個人才能得到一般人傾盡畢生心力都遠達不到的成就。妳的父親雀一羽，就是當時二十個人其中之一。」

雀織音露出得意的微笑。「我就知道，那個老頭子果然和我不同，有非常傲人的過往。」

「伊瑪拜茲家族是個歷史悠久，在魔塵大陸內勢力龐大的家族。附帶一提，安茲羅瑟這四個字的由來正是以傳說中的第一任哈魯路托——羅瑟．伊瑪拜茲的名字來作為我們的代表。那個時候，天界派出他們培養的安茲羅瑟菁英在魘塵大陸進行攻佔行動，所有的地區戰都很順利拿下，這群菁英分子完全不負所托的讓魘塵大陸變為天界的殖民地。」

「我不懂。」雀織音皺起眉頭問：「哈魯路托的統御力對我父親等二十名戰士沒有用嗎？否則怎麼可能戰役的過程都很順利。」

「除了當年的安茲羅瑟人缺乏紀律性與團結能力外，最主要的原因就是哈魯路托接受了其中一名戰士對他提出的篡位者權利，之後又與那名戰士在辰之谷比鬥的過程裡敗戰而亡，導致安茲羅瑟人全面潰敗。」

雀織音明白了。「那個勝過哈魯路托的戰士，是不是就是我們現任的領導者哈魯路托呢？」

「不難聯想對吧？沒錯。」姆雷講得口乾舌躁，他給自己倒了一杯藥茶喝下後，要再幫雀織音倒，她卻不想喝。轉頭要照顧兩個小孩時，發現她們因為疲憊而相依偎著打瞌睡。他笑道：「唉呀！妳看我們說的話題有多無聊，她們聽得都睡著了。」

「故事還沒說完，老師您只提到我父親的往事，卻沒提到埃蒙史塔斯家族的歷史。」雀織音催促著。

「本來一切都還在天界的控制之下，可惜光神漏算了一點，那就是安茲羅瑟的新領導者哈魯路托會隨著前一任死去，很快又再出現新一任遞補。」

「如果遞補的對象是天界從來都沒見過的安茲羅瑟人就比較麻煩。問題是新任哈魯路托卻毫不意外的出現在自己的培養人選中，照理說整個安茲羅瑟還在天界的控制之中才對。應該是……吧？我也不是很確定。」雀織音覺得奇怪。

「依天界托留斯華薩的能為當然要控制這群人完全沒任何問題，只是他真的太老了，年老力衰的徵兆也出現在華薩身上。」姆雷表情遺憾地說：「華薩也知道自己大限將至，他興起了讓二十名戰士全部回歸故鄉的念頭，因此解除了對他們的禁制。再加上新任哈魯路托出現後，所有同胞的意識全回歸到偉大的哈魯路托身上，妳也知道安茲羅瑟人對於外族的本性是怎麼樣。」

雀織音接在姆雷的話梗後回答：「非我族類，其心必異對嗎？即使費盡心力要我們服從、聽令、洗腦，卻還是抵不過江山易改，本性難移。」

姆雷同意地點頭。「哈魯路托領導的獨立戰爭就不需要說了，書本內都找得到。埃蒙史塔斯家族是在伊瑪拜茲家族衰弱後崛起。原本南隅一帶除了少數地方被伊瑪拜茲家族管轄外，其餘都是自治區並不好統一。何況南方還有救贖者這一支強大的異族造成威脅，局勢也很難在自己的掌握中順利發展。雀一羽大人卻選擇帶著他的部隊到南隅紮根。雖然過程非常艱苦，但獨立戰爭後，各個地區百廢待興，確實也是雀一羽大人擴張勢力的最佳時機點。事實上也證明您父親的選擇並沒有錯，他成功地在南隅建立起一片新天地。魘塵大陸在那段期間裡可以說要多亂就有多亂，每個領導者都有自己的事情在忙碌：新任哈魯路托必須應付底下不服者的篡位者權利；災炎一族退至西北方的灼傷地，回到他們的故土建立安達瑞特家族；西王國的伊瑪拜茲家族得整頓自己的勢力範圍；中區的蘭德族裔召集了全部的宗族以及渾沌與黑暗之神多克索的信奉者，隨後開始進行被天界破壞的神廟、祭壇及古代遺址的修復工作；北境地區是高階貴族們爭相奪取領地的複雜地帶，又因為靠近天界而戰事頻繁，再加上三大家族的領地與北境幾乎都有相連接，於是北境就變成所有勢力擴張的角力點。每一天都有規模大小不一的衝突發生，標準的是非之地。」

「北境帝王亞基拉爾．翔也是成名於那時的嗎？」

姆雷聽了雀織音的問題後，吃吃地笑開。「不是耶，亞基拉爾大人還待在天界受訓時就已經很有名氣了。雖然不該這麼說，不過那位大人還真是事件製造者，不管到那裡總會有轟轟烈烈的大事發生。」

「他……就是哈魯路托嗎？」雀織音心中充滿好奇。「大家都說哈魯路托將自己隱藏起來，完全不見蹤影。卻也有人說哈魯路托就是亞基拉爾，不管是不是謠言，至少我相信了。」

姆雷為營火多添加乾柴，卻怎樣都燒不旺。「亞基拉爾大人只是黑暗深淵領主階級。」

「沒人見過偉大的哈魯路托的真正面貌，也許他有隱藏階級的能力也說不定。」雀織音猜想。

姆雷不知為何嘆了口氣，隨即又勉強擠出笑容。「到底是沒人見過，還是見過的人不願提起呢？不過妳的猜測也挺有可能，我是贊同妳的想法，因為亞基拉爾大人確實很有領導能力。」

雀織音開心地笑著。「是吧！我就猜是這樣，連老師也和我想法一致。」

姆雷收拾心情，「妳聽得差不多，我講得也累了。我應該先帶小孩子們回去休息，露宿在野外總是睡不好覺。」

雀織音的尖耳輕顫。「從剛剛開始就有細碎的聲音一直傳過來，看來老師您不把他們打發走，也不用想離開了。」

「應該是外地的朋友，我覺得他們沒有惡意。」

你也太信任陌生人了，難道都沒半點戒心嗎？雀織音嚴肅地警戒著四周。「似乎不是這樣……」

以三人、四人為一組的兇神惡煞們舉起武器不懷好意的靠近營火。

左邊三人，右邊也三人，中間四人，一共十名山賊。雀織音暗自叫苦，她的老師一副就是不可靠的樣子，自己完全沒把握同時對付那麼多人。「如果看到我被打倒，老師您就帶著小孩子快逃，不用管我。」

姆雷先是怔眼看向雀織音，隨後被她警戒時的認真模樣逗笑。「那裡有老師會躲在學生後面的？」穆潔與彩芯被山賊們嚇得睡意全消，擔驚受怕的拉著姆雷的衣袖並且躲在他身後。

「您……您幫得上忙嗎？」若說姆雷這弱不禁風的身體能幫忙，雀織音還真不相信。

「交出靈魂玉，然後把命也留下。」肥胖圓腫的山賊伸出手掌，擺明就是要人主動貢獻財物的賊樣。

「你們與市集那個奴隸老闆是同夥吧？」姆雷突然爆出這句話，所有的山賊同時注視著他。

「原來有人會讀心術，哼。」瘦高又全身長滿尖刺的山賊輕蔑地說：「反正下場都差不多，亞蘭納人全部殺掉吃掉，旁邊那個短髮的醜女人也是殺掉吃掉。」他看向姆雷。「至於這個漂亮的女孩嘛——賣到北境應該有不錯的價錢，就讓你去服侍其他男人。也許你以後遇到賞識你的貴族把你買下，到時你反倒會感謝大爺我們今天的善舉。」

「討人厭的人盡說些討人厭的話，有本事就來殺我看看！」雀織音猛地站起，卻又被姆雷安撫住。

「別急，我和他們談。」姆雷轉向山賊們。「你們要多少靈魂玉呢？我身上有的全都給你們，放了我們可以嗎？」

「幹嘛和他們妥協？沒有人這樣談判的。」雀織音快受不了了。他的老師在知識方面很突出，但在做人處事方面卻是個不折不扣的懦夫。

「沒聽到我們說的嗎？命也要，錢也要。」山賊們耐性漸失，準備發動攻擊。

「那對不起了。」姆雷那一雙綠色深眸的雙眼閃動著光芒，他的目光掃視所有山賊。

只見山賊們將武器全都棄置於地，然後便一語不發地轉身離去。

這種能力……沒錯，和之前姆雷救自己時的情況一模一樣。「老師，你又消除他們的記憶了嗎？」這次真有點讓她訝異。不管怎麼說山賊們是有階級的，和廢物的院生完全不同。可是姆雷卻同樣帶著笑容，一派輕鬆的化解危機，如果不是他的特殊能力技巧很高超，那就是他的階級比自己預測的還要更高，有可能真的與雀一羽是同等階級。

姆雷綻放出溫柔的笑容。「妳看，可以輕易解決的事根本不需要動到武力。」他收拾完行囊後便雙手牽起穆潔與彩芯準備回去。

彩芯沒頭沒腦地突然冒出一個問題。「你叫古諾丁姆雷嗎？那是水果酒的名字耶。」

姆雷尷尬地搔著臉。「對啊！我自己也是越聽越奇怪，早知道就改別的名字。」

「閉目凝神，意志專注，盤坐的姿勢要端正。」古諾丁姆雷拿著一塊細長的木板朝著雀織音的左肩拍下，她因為疼痛而發出一聲悶哼。

本來說話和做事就很客氣的人，訓練時卻一點也不客氣，雀織音的肩頭還隱隱作痛。她盤腿坐在泥地，雙手交叉擺在小腿上，雙眼緊閉，呼吸頻率穩定，深怕一個不注意又挨板子。

「很好，現在請平心靜氣地感受大自然，感受宙源的一切。石有聲、木有聲、水有聲、地有聲、風有聲、雲有聲，傾聽萬物之聲，讓自己融入環境之中。」

胡扯！那來那麼多雜音？什麼都聽得到的話那晚上就睡不著了。

雀織音才剛分神，右肩又結實地挨了一板。「無心，放空。」

四周再度陷入沉默，卻過沒多久，板子拍肩頭的聲音再次響起。「妳不可以睡著！」

「太難了，又要心無雜念，又要放空。那不是讓人睡嗎？」雀織音忍不住睜開雙眼，嘴巴喃喃地抱怨。

「安靜，閉眼。」姆雷又請她吃了一記木板。「剛開始做不到沒關係，我要妳慢慢地習慣這種訓練模式。」

天啊！接下來的日子都得這樣打坐嗎？光是想像就讓人吃不消，她真不曉得自己是為了學什麼才拜師。「這到底對我有什麼幫助？」她問。

「教妳靜心與沉著，急躁成不了大事。」姆雷問：「妳聽過見微知著嗎？」

「沒聽過。」

「讓我告訴妳，凡是天下的事理總有一定的運行法則與發展途徑，唯有心思平靜無波的人，才能從細微的跡象中，客觀地分析出人事物的變化。」

「聽不懂。」

姆雷繼續解釋：「葉落知風過；花開見天暖。妳看不見風，但當風吹落葉子，妳就知道它的蹤跡。」

「天暖的時候我會覺得熱，風吹的時候我頭髮會飄，怎麼會不知道？」

姆雷揮動木板拍擊她的右肩，這已經是第五下了。「妳說的對，可是心中雜念還是太多，這不是妳和我所要的結果。」

「學生想聽您教知識，不想上打坐的課。」雀織音嘶嘴抱怨，不過不敢移動身體，也不敢張開眼睛。

「那麼我就先教妳我們安茲羅瑟人的三忠三權。」姆雷搖著手中板子，來回地踱步。「所謂三忠就是：忠於父母、忠於領主、忠於安茲羅瑟。」

很好，目前我一樣都沒做到，雀織音在心中竊笑。

「三權就是：宣誓權利、挑戰權利、篡位者權利。」姆雷稍微清一下喉嚨，接著做更進一步的解釋：「每一個自由民都有向各個領主或統治者宣誓忠誠的權利，宣誓者需要忠心不二，並以自身靈魂與領主進行連結。若有背叛、違逆命令、重大過失等行為，不論身處何地，領導者都能立即將他處決。至於領導者們則不可拒絕自由民的要求，否則必定受到領民或其他人民質疑其能力。」

主與從所付出的代價完全不成比例，從者要交付自己的生命，主君卻僅是被人質疑能力。雀織音下了結論：「當領主還是有佔優勢的條件。」

「我話還沒說完，請不要插嘴。」姆雷語氣平淡的繼續說：「任何人都有向另一個人提出一對一決鬥的權利，雙方不論階級，不管實力。不過這需要得到雙方彼此的同意才算成立，並非單方面喊出挑戰，對方就非得接受不可。依照我們安茲羅瑟人的特性，通常在沒有任何意外之下，也不會去拒絕別人的挑戰。決鬥的結果一定是敗者必死，勝者可取得敗者的靈魂或額外提出的賭注獎品。」

「那學生能向您提出挑戰嗎？」雀織音開玩笑似地問。

「我拒絕。」姆雷斬釘截鐵的回答早就在雀織音意料之中。

「篡位者權利必需要有明確的從屬關係才可以提起，通常由從者向他的上司提出。這可以是個人比鬥，也可以是團體競技，更可以是國家戰爭。從者失敗必須死，而勝利後便可以取代自己的上司，得到上司所擁有的一切。另外，這項權利只要從者事先公開提出，然後同時有百名以上的公證人在場，那麼不管主君是否同意，從者都能向主君發動攻擊，而且勝負條件不變。我再補充一點，此項權利只有上位指揮者階級以上的安茲羅瑟人才可以提出，階級之下的人是沒有這項權利。」姆雷態度轉為嫌惡地批評說：「我非常非常討厭這項權利。我們之所以被亞蘭納人稱為惡魔，正是因為我們還保留這種野蠻、無理、落後的文明習俗，也因為如此，魔塵大陸內才會彼此鬥爭不斷。」

「也是因為這樣，所以有能力的菁英才能脫穎而出不是嗎？這算是自然的淘汰過程，也是適者生存法則。」雀織音不以為然地反駁。

「妳覺得應該要這樣我也沒辦法去改變妳的想法，也不能說妳錯。」姆雷無奈地說。

「聽說現任哈魯路托曾經接受過兩次手下所提出的篡位者權利？」

「我不想和妳聊這個話題。」姆雷的語氣很明顯地露出不悅，這是雀織音第一次聽他用這種語氣說話。

「那學生問其他的問題可以嗎？」雀織音試圖化解尷尬的場面。「安茲羅瑟人是以階級為重還是職位？」

姆雷回答：「階級是自然產生，也是鬥爭而來的證明；職位是領主封賞，需要對國家有貢獻。不同的場合或面對不同的人，階級和職位就各代表不同的意義。不過我們總是以階級為優先，職位才是次之。」

「那麼該怎麼提升階級呢？」

「血統、努力、戰功。」姆雷更進一步說明：「妳的父親是領主，妳在階級提升上就有優勢；假如妳是半子，階級提升就顯得劣勢。後天的努力與擊倒強大敵人的戰功都可以幫助妳升階。」

「那階級是怎麼去定義的呢？」

姆雷回答：「安茲羅瑟人天生就有一種特殊印記會出現在身體的某一個部位。以前被稱為奴命紋，意思是哈魯路托的奴隸身上所標記的烙印。因為很難聽，完全是在貶低自己，後來就改稱為十二兇紋。十二兇代表的就是我們安茲羅瑟的十二個階級。」

「十二兇紋？」雀織音好像在自己的身體上從來就沒看過有什麼印記。「我不知道我身上有那種東西。」

「妳還沒定階當然看不見。」姆雷輕聲笑道：「妳是不是也從來沒看過自己的獸化型態？」

「對耶！為什麼？」雀織音心中長久以來的疑問就要得到解答。

「不管是誰或什麼種族，想要定階一定得先經過黑暗之神多克索的認可。在神像面前宣誓放棄過往，永遠忠於多克索的信仰，永遠忠於哈魯路托的領導，讓靈魂和魘塵大陸相互感應，如此才能成功定階。至於定階後，獸化型態就是妳的真實面目，不止是醜陋的外貌和完全改變的軀體，妳還能獲得數倍潛能的力量，可以說是安茲羅瑟人最後的保命符。唯一要注意的是在獸化的過程裡也會因為浸淫在狂暴狀態中而逐漸喪失理智。」姆雷換了語氣：「但是，妳的出身……應該沒辦法……」

雀織音沒有聽出姆雷語氣停頓的意思，她好奇地又問：「老師您的十二兇紋在那呢？我可以看嗎？」

姆雷搖頭。「當然不行，低階向高階的人提出這種要求非常沒禮貌。」

「那我的十二兇紋到底何時才會出現？」

姆雷沉吟一會，接著說：「妳的兇紋永遠都不會出現！」

「這怎麼可能，老師您不是才說我有天賦上的優勢嗎？」雀織音大感意外。

「妳知道妳並非是天生的安茲羅瑟人嗎？」姆雷接著問：「不對，我應該這麼問：妳知道自己是源出於何族嗎？正常的人應該都要知道自己的種族與身分才是。」

「學生不是安茲羅瑟人？那學生是什麼？」雀織音不解。「我從小就在魘塵大陸長大，從沒離開過這塊大陸，也不知道自己和別人到底有什麼不同。」

「妳和妳的父親雀一羽大人是從霓虹仙境移居到魘塵大陸的霞族之人，和安茲羅瑟人不同，所以妳不會有兇紋，也沒有所謂的獸化型態。雖然很遺憾，但這是事實。」

「不可能，雀一羽就是有階級才能當南隅之主的不是嗎？」雀織音一時難以接受。

「正如我剛剛所說，外地人想要定階必須經過黑暗之主多克索的認可，自願侍奉哈魯路托，如此才會被授予奴命紋。因為這正是放棄過往，宣布成為安茲羅瑟人的證明。」

這不是她現在關心的重點。「那老師您能幫我定階嗎？」雀織音急問。

「我不是很建議妳這麼做。」姆雷說：「好好的一個外地自由人不當，為何自願被哈魯路托掌管呢？妳知道有多少安茲羅瑟人渴望自由而不可得嗎？既然妳天生就不是安茲羅瑟人，那根本不需要屈辱的奴命紋，這對妳的人生是種貶低，不會帶來任何好處，更可能讓你從此以後永遠都過著被箝制的苦日子。傻孩子，追求妳自己的自由吧，不要主動跳入鳥籠之中。」

「沒有階級，那我永遠不可能成為領主了。」這對雀織音來說打擊不小。

「為何總執著於此呢？妳大可追尋妳本來的根源，回到霓虹仙境遠離魔塵大陸的血腥，遠離所有的煩惱，創造屬於妳自己的美好人生。」

「不行，無論如何我都要成為埃蒙史塔斯的領主。」她祈求道：「老師，請幫幫學生。」

姆雷深嘆一口氣，「我不能強迫妳做任何決定，一切隨妳的心意吧！假如妳真的想定階，妳得要先突破過往的障礙，增進自己各方面的能力，之後才能順利得到黑暗之主的認可。」

「那麼老師您到時候會幫學生嗎？」

姆雷輕聲說：「如果到那時，妳與我之間還有緣份的話……」

「可惜我連現在都沒辦法突破。」雀織音試探性地問：「請問——我可以改變姿勢以及張開眼睛了嗎？一直維持現在的模樣好辛苦。」

「不行，一直到我要去採藥草前妳都得繼續下去。」姆雷話一說完，又撿起木板往雀織音的左肩拍下去，清脆的響聲在空氣中迴盪。「靜心、無念。」

已經第十八天了，每天每天都是重複同樣的事，除了盤腿打坐以外就是閉目冥想。姆雷變得越來越沉默，他減少教授知識的頻率，取而代之的是更加冗長無趣的靜思。她雖然抱著滿腹疑惑在修行卻也從沒有懈怠，儘管還達不到姆雷所說的與天地相融的境界，但在心境上確實逐漸由急躁轉為恬靜。隨著日子一天天的過去，她倒也慢慢進入狀況，至少肩頭挨板子的次數已經變得越來越少，第十一天以後她就幾乎沒有被木板打過。

第十九天的冥思課程中，姆雷忽然打破沉默開口說話，卻不是他一貫地要雀織音「安靜、沉思」等勸戒警語。「我有事得提早離開了，大約只會再待個十天。」

什麼？這太快了。「不是說有將近兩個循環的時間嗎？」雀織音剛發出聲音埋怨著，木板就毫不留情的拍落，她有一種好幾年沒有被打過的陌生疼痛感。

「妳又分神了，一提到妳關心的事就馬上把冥想拋到九霄雲外。」姆雷叨唸道。

那是當然的，我有耳朵在聽嘛！不過她只是心中想著，沒有再回嘴。她馬上調整呼吸，收斂心神，恢復平靜。

「我有事得離開這也沒辦法，反正妳已經掌握冥想課程的要領，之後自己進行就好。」姆雷抬著步伐走到雀織音身旁。「今天就教妳別的知識，課程中允許妳開口說話。」

「不能再多待幾天嗎？」才剛被允許說話，雀織音一開口就是希望她的老師能再留下。

「真的不行，非常對不起。」姆雷發自內心的道歉，隨後又立刻收拾心情。「好了，得先進入正題。我問妳，妳在學院中學習的是什麼？」

這是什麼問題？她不假思索地回答：「是神術。」

「對妳來說，妳學的神術是什麼東西？能具體說明嗎？」

雀織音陷入苦思，她從沒想過去研究這種無聊的問題。她支支吾吾地回答：「應該是一種由魂系神力推動的力量，可以造成破壞，能夠擊殺敵人。」

姆雷沒有任何的表示也沒有說她的答案是對或錯，他馬上又開口問：「魂系神力的根本是什麼？」

雀織音想了老半天，總是說不出個所以然來。「我……我不曉得。」

「那妳神術練那麼久到底又是為了什麼呢？」姆雷啞然失笑。「妳被名詞搞混了，不管是魂系神力也好聖系神力也罷，全部都是同一個本質的東西，只是形式不同，在訓練的方法上幾乎大同小異，鍛鍊的目的也都殊途同歸。所以不要去在意什麼魂系神術、聖系神術、魂系神力、聖系神力等名詞，那只是現在人分門別類的用法，與原本的意思也不盡相同。」

「這種技藝有個統合的學問名稱叫神力學，學問的目的就是教人催動並能夠輕易駕馭神力能量。神力不能被擁有與創造，所以妳今天說某人身上有多強大的魂系神力，這種說法是不正確的。他身上發出的強大魂系神力並非來自他本身，而是他能夠操控很多的神力。所以我們得到一個結論——神力是一種借力使力的技能。」

「神力的來源為大地、自然與神祇。掌握神力的關鍵與體力、精神、意志、信仰、技巧、知識習習相關。」姆雷說：「以亞蘭納人為例，想要操縱神力有三種方法：藉由他人引導來感受神力流向、在充滿神力的環境中獨自領悟用法，最後一點比較暴力，那就是身體的改造，強迫自己運使神力。」

「我們安茲羅瑟人因為天生就能感知神力流向，所以不用那麼繁瑣，只需要好好學習掌握神力的技巧就行了。」姆雷說：「神力學下分六大系：聖、魂、兵、咒、元、念。至於一般正常人完全無法掌握的域界神力則不在神力學的討論範圍中。」

「聖系被稱為奇蹟的力量或是神力、神術等。它是一種乾淨、純潔、神聖的力量，後人將這種力量定名為聖系神術之力。施術者以身體為共鳴，可藉著手持鑲有神聖結晶的法器或武器來提升聖系法術的威能。聖系的代表神祇為聖潔與光明的精靈之神艾波基爾。」

「魂系被稱為靈魂的力量、神術。施術者同樣以身體為共鳴，可藉著手持鑲有神術結晶的法器或武器來提升魂系法術的威能。代表神祇為渾沌與黑暗之神多克索。」

「兵系有附魔、圖騰、魔藥等代表技能，施術者可以利用兵系能力來增強武器的威力或製作圖騰、飾品等讓施術者配戴後以達到強身健體之類的增益效果。代表神祇為雙子之神阿加優和歐霍肯。這裡需要注意一點，兵系神力是屬於物品的神力，活體不能操縱。」

「咒系被稱為死咒、異法、妖術，需要以法陣、咒文、魔具為基底，再利用特殊的媒介如誦唱、祭品、自身鮮血等來使咒系法術發揮其應有的功用。代表神祇為死亡之神希沃涅爾。」

「元系法術與元素之力、自然之力、大地之力有著緊密的關聯。這一系的施術者是需要能夠承載外力的特殊體質，能與火焰、毒物、大地相生相容才能完全運使元系驚人的破壞力。代表神祇為虛空之王雷亞納。」

「念系是一種將精神具現化的特殊技藝，這一系的修道者有著堅不可撼的意志及無堅不摧的精神力。如果不是真的有念系天賦的人，那麼是完全沒辦法在此領域發展。一般人只要靠近念系修道者通常就會發現在他們周圍會有一股很強的精神波動，能力薄弱的念系可以令人產生幻覺和影響對方心理，精神力強的人甚至可以僅憑著眼神就讓眼前的人、物完全扭曲。」

雀織音似乎有一點領悟到什麼的感覺。「本質相同但形式不同，意思是我能一次主修不同系的神力嗎？這怎麼可能。」

「可以。」姆雷點頭。「不過要當一名雙修者最基本的要求起碼要有能夠平衡不同神力的技術，否則光是神力的互衝只會讓自己得不償失，畢竟是用自身的血肉之軀當作借力的橋樑。」

「有什麼能夠平衡的好方法嗎？」她好奇的問。

姆雷皺著眉頭。「應該是沒有什麼比較好的方法，得靠自己本身學習平衡的技巧與感覺。」

「那麼老師您又說可以？太矛盾了。」

「兵系及咒系是身外之術，不需要以自身發出共鳴，所以可以作為副修的選擇。」

「算了，我現在還是專精於魂系比較重要。」雀織音說：「我在學院時為了提升魂系能力而在雙臂內植入神術結晶，這對我有害嗎？」

「無害，本來就應該要這麼做。因為現在的妳還不穩定，所以結晶在妳身上並沒有發揮卓越的功效。」姆雷解釋著：「妳該注意的是使用神力後的代價。我以前也說過，天下任何事是沒有不勞而獲。預借的神力不但得要有條件才能使用，之後還是得做出一些犧牲來償還。」
「我只想知道使用魂系法術應該支付的代價，其他我不關心。」
姆雷搖頭。「我一定會把全部的知識都告訴妳，所以妳不能只選擇妳自己想聽的部分。給妳的知識有完整的傳遞，這樣子課程才能圓滿結束不是嗎？」
「我知道了。」雖然雀織音覺得姆雷旁支末節的部分講得太多太瑣碎。但她也知道這是為了自己好。
「有翼天界人在使用過度的神力後會變得衰老、力怠，光翼天界人則會被結晶餘燼覆蓋，最後變成結晶人；救贖者的軀體會變得殘破，甚至於粉碎瓦解；安茲羅瑟人的體內會出現暗傷，只要暗傷累積到一定量後又出現傷口，那怕只是針刺的小傷也會立刻變成重傷或暴斃；亞蘭納人會出現虛弱無力的現象，久而久之內臟會被神力的殘留物給破壞。」
姆雷停頓一下，從腰帶內拿出一顆靈魂玉來做說明。「雖然有各式各樣減緩代價的方法，但最直接的還是只有使用靈魂玉。」
「這個我有學過，就是把靈魂玉擰個粉碎後吸取魂氣來抵消神力。」
姆雷反駁道：「不是抵消，不可能抵消，只有減緩代價。」他接著問：「妳知道靈魂玉的由來以及種類區別嗎？」
「請老師為我解釋。」
「當妳擊殺一名敵人後，對方部分靈魂會被妳的兇紋吸收，然後剩餘的靈魂大約有三成會散失，遺留的七成會形成靈魂玉。依形狀還有殘餘神力的多寡由小到大分別為碎片、破損晶體、普通晶體、純粹晶體、潔淨晶體。靈魂玉種類的優劣當然也代表著不同的價值，一般來說都是以普通晶體為基本單位。」

那天的課程結束時間比平常晚了很多，雀織音要返回學院之前還收到了古諾丁姆雷對她的鼓勵。儘管姆雷依然保持著只教她知識的原則，但看得出他對雀織音還是抱有一定的期望。

雀織音被埃蒙史塔斯的使者召回新嶽，這大概是這陣子以來最壞的消息了。她的父親做任何事之前從不事先知會，使者來到學院後也不多做說明，說走就走，完全沒有拒絕及商議的空間。簡直霸道，她心想。

幸好有一則令她高興到睡不著覺的消息足以抵消不順心的事，那就是她向多克索的神像祈禱後獲得了回應，她放棄霞族的身分轉為安茲羅瑟人，結果終於獲得兇紋並定下階級了。二十年漫長的訓練及辛苦總算沒白費，在學院的日子一天又一天地度過，她每天都過著相同的生活，因此她特別想念古諾丁姆雷老師指導的那一個循環。雖然很無趣，事後回想卻是從老師那邊收獲最多。

古諾丁姆雷教授的靜心冥思法是一種非常特別的技巧，可說是前所未見。這項技巧能夠在神力常駐的狀態下將身上的力量隱藏，不明究理的人只會認為自己是一個神力薄弱的平凡人，事實上卻不是如此。唯一必須注意的是自己的心境不可雜亂，情緒也不能有太激烈的變化，否則會失去效用。此外在戰鬥及訓練還有睡眠的過程裡也沒有辦法隱藏神力。

靜心冥思法直接取代了掩光衣的功用，讓雀織音往後行事便利許多。

「在我離開之前，我有兩樣東西要送妳。」

姆雷以食指在雀織音的左臂到腕部之間劃一條線，隨後那條線浮現出一行特殊的咒文，就在發出光彩奪目的藍光後，咒文也跟著消失無蹤。不，不對。雀織音很明確地感覺到咒文是融入自己的手臂內。

「它名為閃耀，是一把強勁的魂系劍類武器，給妳防身用，當妳面對強敵時會很有幫助的。」

雀織音簡直不敢相信，她的右手緊緊地抓著自己的左臂。「老、老師，我沒有辦法控制它啦！它發出的力量比我本人強的太多了，我根本不知道該怎麼使用。」

姆雷爽朗地拍著她的肩膀笑道：「它的確有點傲氣，不過我相信它早晚會承認妳是主人的，一名強者怎麼能沒有匹配的武器呢？還有，妳不喜歡它的名字的話可以為它改名。」姆雷拿出一條很樸素的項鍊，墜飾的部分鑲有一顆紅色石頭。「這是我送妳的護身符，希望妳以後能平安，逢凶化吉。」說完，他拿著護身符項鍊為雀織音配戴上。

雀織音承認，她最初請求學藝時，還曾經動過藝成之後要殺師的念頭。如今，她為自己當初的惡念感到汗顏。

「小姐，請往裡面走。」

雀織音第一次前往她父親的領地新嶽，不免好奇的東張西望。之後在侍者的引導下，她來到一間木屋，大廳內全都是簡易的木製家具，一進大廳就看見梵迦坐在主位上，其他不認識的五個人也端坐在桌子兩旁，看起來像在進行會議。

梵迦給了她禮貌性地點頭示意。「小姐，好久不見，請您先稍等好嗎？」

確實是好久不見，能那麼快就與梵迦見面，雀織音的心情真是喜出望外。不過她沒有表現的像以前那麼激動，而是靜靜的站在一旁，用欣賞的目光看著他。

她又想到了一件事，為什麼梵迦沒有向其他人介紹自己呢？難道自己的存在仍然被雀一羽視為污點嗎？

梵迦以尾指輕輕勾起碟子上的不明粉末並以舌尖舔舐。「就這麼決定了，你們不要隨便更改配方，照原價再加一倍的價錢去賣。」

「大人，不改的話恐怕成本變高。」一名綠皮，尖牙多毛的男人說。

「你們各商會代表的是我們新嶽的面子，所以我不希望有人打壞商譽。世上有需求就會有供給，不用擔心價高就賣不出去。」梵迦回應。

「既然大人都親自對我們這麼說了，那我們一定照辦。」臉形高長又滿是尖刺瘤的人點頭說。

梵迦表情一沉，語氣加重。「還有一件事，我不希望有人把貨分拆來賣牟取不當利益，政府規定你們賣的貨是已經定量配好的了，該怎麼賣就怎麼賣。我會派人隨時監視著你們，若真讓我發現有人敢這麼做，我會立刻將他分屍。」

會議結束，所有與會者除了梵迦外全都離開木屋。

「我的父親怎麼不親自來見我呢？」雀織音不滿地問。

「家族長事多繁忙，由在下來招待小姐您就可以了。」梵迦命令道：「給小姐端杯茶啊！你們真是不夠機伶。」

趁梵迦在指揮下人時，雀織音也好奇地用手捏了一點粉末來聞，接著發現它沒有氣味後又用舌頭去嘗。粉末的味道馬上在口中擴散開來，它帶有一點酸味和甜膩的氣息。

「衣患散？」雀織音知道粉末的來歷了，而且還並不陌生，因為她曾經在學院中看過其他院生吸食，最後下場都很悽慘。「它是一種強效興奮劑，會讓吸食者有短暫愉悅、快樂的感覺，但隨之而來的是更恐怖的幻覺、頭痛、暈眩，服食過量後還會變得氣力衰弱形同廢人。」

梵迦臉上掛著詫異又想笑的表情。「一段時間不見，妳變得見多識廣了。」

雀織音倒是一副不以為然的態度。「難道新嶽是靠這東西來賺靈魂玉嗎？」

「不偷不搶，正當的經商交流，有什麼不對嗎？」梵迦從容的笑道。

「你們覺得對就對，我的話對你們來說一點參考價值也沒有。找我回來有什麼事嗎？莫非我的爸爸希望留我在新嶽當他的乖女兒？」雀織音嫌惡地拍掉手中的衣患散

「您一直都是啊！」梵迦的語氣中夾帶著嘲諷的意味。

「參謀先生，不要浪費我的時間，我們彼此都還有重要的事得忙碌不是嗎？還是您情願陪我一人在這個地方一直瞎耗下去？」再怎麼修身養性，只要一提起父親，雀織音難免又情緒波動起來。

「好吧！其實聖王陛下打算把妳嫁給都史瓦基堡的亨伍德大人，他是堡主的弟弟。」

「我憑什麼要嫁給他？」雖然表面一樣平靜，但雀織音的內心已經怒不可遏。

「都史瓦基是伊瑪拜茲家族的封臣之一，妳懂意思了嗎？這是政治聯姻。」

梵迦那種事不關己的態度讓雀織音再也忍不住了。「很好，以前是要我在家就在家，要我出去學習就出去學習。現在更好了，連我的終身大事都幫我決定了。」如果對象是梵迦的話，那她肯定欣然答應。現在卻是像一顆棋子一樣被自己的父親移來移去，任由他擺佈，沒有選擇的空間。就為了父親自己的利益，我就得去嫁給一個素未謀面的陌生人嗎？「若是我斷然拒絕會怎樣？」

「妳還記得以前要去學習前，陛下對妳再三叮嚀的話嗎？……會而不聽視之無用，妳已經明白意思了。」

這是恫嚇，但自己現階段確實還沒辦法與父親為敵。她靜默了十幾秒的時間，馬上讓自己沉澱下來。「我懂了，但請給我一點時間準備好嗎？」

梵迦撫掌而笑。「妳變得更成熟穩重，更懂大局了。妳的父親一定感到很欣慰，他以妳為榮。相信陛下吧！他所安排的一切都是為妳的將來著想。」

你這話說給亞蘭納人聽他們也不信。「若沒事的話我想先去休息了。」

梵迦擺手制止了她。「先等等，事前的準備工作就由在下來負責就好，不勞小姐妳費心。」

「你們又想做什麼？」雀織音的耐心快被磨光。

梵迦從頭到腳打量著她。「雀一羽大人希望能稍微改變一下妳的外貌，讓妳看起來更體面一點。畢竟是人生的大事，妳要以最好的樣貌出嫁才能讓我們更有面子，對方也會加倍滿意。」

雀織音根本就無心和梵迦繼續討價還價。「你們要怎麼安排都隨你們了。」

三天後，雀織音被埃蒙史塔斯家族派人護送到都史瓦基堡。臨行前，雀織音把她的乳母南茜的屍首掛在她暫居的房間內，等雀一羽發現她女兒的挑釁後怒不可遏，卻又對已經離去的雀織音完全無可奈何。

魔異坑獸的能力縮短了從新嶽到都史瓦基堡的路程，大大地節省了趕路的時間。

都史瓦基家族的人全都走出城堡外迎接，手下軍士們也整齊劃一的列隊歡迎。

「從沒聽過結個婚還要走獸穴的，又不是軍隊在行軍，我們也沒有催促他們，何必那麼趕？幸好已經事先知道婚隊來訪的時間，還來得及做準備。」亨伍德站在一群人的正前方，明明是婚禮的新郎，卻沒有著正式服裝，表情也面帶不耐。

時梨開心的拍著手。「聖王陛下一定是趕著將女兒嫁出去，我的二哥真是幸福的人，能夠迎娶大家族的公主。」

亨伍德倒不這麼認為。「還說呢！弄得我像是入贅一樣。」

「婚隊也太急了，你還說什麼來得及準備？婚宴根本就還沒有安排完畢，實在太失禮了。我已經讓人加速準備中，待會婚隊來的時候還得拖一下時間。」堡主莫林注意到他二弟的服裝，於是指責道：「你是今天的主角，為什麼還是穿著軍服？快去換掉。」

亨伍德一邊搖著手一邊笑道：「不用，婚宴根本不用準備，我也不必換衣服。因為我早就事先和梵迦閣下討論好了，我和公主兩人之間要有三個循環的磨合期來確認適不適合對方。如果到時發現的確是不合，這個婚約隨時都可以取消。」

莫林一聽完亨伍德揚揚得意的解釋，不由得火冒三丈，破口大罵。「誰讓你自作主張？你當這是小孩的遊戲嗎？沒我的同意你竟然敢……咳咳……」他氣得滿臉脹紅說不出話。

「大哥別氣，這可是我的人生大事啊！我得慎重挑選我的伴侶才行，何況梵迦閣下也同意了。您應該知道梵迦閣下的意思就等同於聖王陛下的意思，既然對方都沒意見了，大哥您就多擔待吧！」亨伍德笑的可開心了。

「蠢材！你這不中用的東西，誰管你的想法？我要和梵迦閣下再一次好好的討論，我不會容許你那麼獨斷獨行。」莫林怒吼，她的妻子蘿蘿．伽川輕拍著他的背，安撫道：「主君，保重身體啊！」

沒想到鬧劇在婚隊抵達之後才真正上演……

羅伯特．凱士托覺得亨伍德大人實在是率直過頭了，竟然和婚家大大方方地講出自己的想法，同時他對雙方政治聯姻的約定細項感到不可思議，而且還可以說取消就取消。最弔詭的是埃蒙史塔斯家族竟然同意這樣的作法，好像把自家的公主變得很廉價般，他們心中的盤算到底是什麼？再更離譜的是婚隊不過就十多人之眾，除了侍女、隨從和幾個護衛之外，完全沒有其他重要的人物隨行。

「羅伯特大人，這是吾主的一點意思。」婚隊帶來的是整整五大箱的衣患散。

羅伯特瞠目結舌的看著這些衣患散，久久說不出話。「這是……是貴主為女兒準備的嫁妝？」實在太誇張了。

莫林拿起一小包白粉端視。「羅伯特，我們給新嶽的聘禮是什麼？」

羅伯特連想都不需要想。「主君閣下，一共是七車半的純粹靈魂玉。」

莫林帶著惱怒的神情問：「你知道衣患散現今的價格是多少嗎？」

「價格好像是……」羅伯特突然有如五雷轟頂。「難道……」

「梵迦大人以為我們拿靈魂玉和他們買衣患散？」堡主皺起眉頭。「他們想把都史瓦基的人民都變成毒蟲嗎？」

「有什麼關係呢？」亨伍德用小刀割開衣患散的包裝，然後以刀尖挑了一點白粉輕嘗，滿意的點頭。「很不錯，這是精純的上等貨耶！大哥您不要的話就全部讓給我。」

「放開你的手，亨伍德。」莫林以命令的口吻吼道：「在我的保管之下，任何人不經我的同意擅自取出這些衣患散就是重罪，連你也不例外，聽到了嗎？」

「與其說是嫁公主，倒不如說嫁過來的是婢女。」就算是時梨也看出這其中不對勁的地方。

「埃蒙史塔斯家族若不是想自損顏面，那就是刻意看不起我們。如果我們將所有不滿全傳到卞安，漢薩陛下一定會去新嶽為我們討個公道。」

「討什麼公道？這都是雙方事前議定好的，你們未免把事情想得太複雜了。」亨伍德說：「也許南隅的人不拘泥於這種小節，不像我們西王國人那麼重視表面工夫，一堆繁文縟節。」他看向蘿蘿，意有所指地笑道。「您說是嗎？我的大嫂，蘿蘿夫人。」

蘿蘿尷尬地將頭撇向另一邊。

莫林叨唸道。「亨伍德吾弟，你年紀也不小了，別再像個孩子似的，想要說什麼話就說什麼話，你不懂看場合嗎？到底是你想得太簡單還是我們想得太複雜？」

「我還沒結婚呢！」亨伍德聳肩。

「羅伯特．凱士托大人。」

熟悉的女聲由背後傳來，羅伯特轉身行禮。叫喚他的人正是堡主最小的妹妹貝怡，都史瓦基。她十多年前遠嫁到邯雨，同樣是政治聯姻。今天她特別為了自己的二哥而返回都史瓦基堡中參加婚宴，而且與她一同前來的還有邯雨轄區的領袖梅哈爾大人，他在邯雨中擔任首都樸津的首長一職。「今天是二哥亨伍德結婚的日子對嗎？但怎麼感覺氣氛……有點奇怪，真的和其他人說的一樣，取消了嗎？」

羅伯特不知道該怎麼回答。「大人說是要經過一段磨合期……」他將亨伍德私下和梵迦的約定一五一十地說出來。

「真荒唐，亨伍德大人也就算了，我實在不相信梵迦閣下會做出這種決定。」留著金色長髮，生得高大英挺的梅哈爾完全不敢相信他耳朵聽到的事。

「梅哈爾大人，想不到您會親自過來參加我們的喜宴。」

「得了吧！事實上是亞基拉爾陛下派他過來參加的。」貝怡說：「從來沒聽過雀一羽聖王陛下有位女兒，這怎麼不讓人好奇呢？」

以試探為目的而參加喜宴嗎？真的很符合北境暴君他那什麼情報都想掌握的個性，會發出這項命令也毫無意外。

「您的話太多了，夫人。」梅哈爾不悅地說。

這也是政治聯姻的壞處之一，聽說這對夫妻結婚了十多年卻依然分開居住，膝下也無子嗣，所以沒有感情卻又勉強要湊成一對就會有這種情況出現。

都史瓦基堡安排一頓豐盛的晚宴為雀織音接風洗塵，其實這本該是為婚宴而做的準備……主君與夫人先行坐在主位。亨伍德主動為雀織音挪出椅子，方便她入座，然後他才坐到雀織音的身旁。看到宴席的主人全都到齊，其餘的人也就各自落座。

莫林禮貌性地為雀織音介紹所有人。「這是我的妻子蘿蘿．伽川，也是妳們家族的封臣，應該不用我多介紹。」

雀織音和蘿蘿以陌生的眼光打量著對方，然後帶著僵硬的表情互相點頭示意。

「您正前方那位是我的三妹時梨，旁邊是四妹貝怡與他的丈夫，也是邯雨的樸津首長兼內閣大臣梅哈爾閣下。」莫林手勢比向雀織音的左方「這位是我們卞安的代表參謀瓦哈利大人，再左邊那位是我們都史瓦基堡的武官羅伯特·凱士托，也是我們的軍隊教頭。」

「武官？」雀織音淡淡地問：「一個領民代表怎麼也與貴族同桌用餐？」

在場的眾人先是靜謐無聲，看到場面僵掉，莫林才開口解釋：「他是我的養子，我們家族一向待他如自己人，失禮之處還請海涵。」

「不要緊，我是隨口問問，我還不太了解這邊的事，是我失禮。」

時梨使用短暫的傳心術安慰羅伯特。「不要對她的話太介意，她只是個沒教養的女孩。」

這段話只要是任何會讀心術的人全都聽得見。果然，莫林馬上就瞪向時梨，然後暗示性的輕咳數聲。

羅伯特倒是不怎麼介意，他也知道依自己的身分和諸位大人同桌用餐實在是一件很奇怪的事。他小心翼翼地用餘光瞥向雀織音好幾次，雖然某種感覺只是在剎那間便一瞬即逝，但是她的容貌卻在不知不覺中輕輕地留在羅伯特的腦海內，變成忘也忘不掉的記憶。

每次輪到羅伯特站夜哨時，他都會刻意去巡視不管白天還是晚上都一樣無人使用的綠亭，在那裡他也總是能看見雀織音背倚著綠亭的樑柱，一個人孤獨的看著天空。

這些日子以來，羅伯特都會和她保持距離，然後靜靜的看著雀織音。一天又一天地過去，他每次注視雀織音的時間也變得越來越長。等到快要交班的時候他才驚覺自己又怠忽職守了，實在很不應該。他總是想著要做好自己的份內工作，可是每當他又在綠亭看見雀織音一個人在靜思，腦袋恍惚中又不自覺地看她看到入神，簡直是惡性循環。

最簡單的方法就是不要去巡綠亭，那就什麼事都沒有了，偏偏雙腳實在是很誠實，就是想往綠亭走去。

「白天和黑夜有什麼分別嗎？不都是昏昏暗暗的世界。」

羅伯特愣在原地，他不確定雀織音是不是在自言自語，所以沒有回話。

「聽說宙源之外充滿耀眼奪目的亮光，武官你也這麼覺得嗎？」

她真的發現自己了！明明就已經屏住氣息同時保持一段距離且刻意放輕動作，她的感官比想像中還要敏銳。「無盡畫天除了我們居住的蒼冥七界以外，其餘應該都是亮到睜不開眼的世界。」反正都被發現了，不如就直接走近綠亭。「妳喜歡光亮嗎？」

「不知道。」她冷冷的回應。「要親身體會過才知道自己到底是喜歡還是討厭。」

「妳怎麼發現我的？」羅伯特好奇的問。

「第一天，你巡視來這裡的時候就在後面呆站了半刻過三十六短針。」

羅伯特一聽完她說的話後，整張臉熱到發燙，好像被扇了好幾十個耳光般。說也奇怪，她身上那薄弱到離譜的魂系神力應該不會出現在一般安茲羅瑟人身上才對，莫非是自己判斷錯誤嗎？

「已經好幾十次了，我還以為你是特意來護衛我的安全，但看起來似乎又不像。」

羅伯特紅著臉支支吾吾的想解釋，卻又笨拙的一句話都說不清楚。

「你覺得我很奇怪嗎？其實以前我的老師教過我一種靜心的方法，只是我不太喜歡盤坐，所以稍微做一下改變。」她接著說：「當我在冥想的時候，不管是多細碎的事都瞞不過我的耳目。」

「不，我只是想……」

羅伯特的話還沒說完，雀織音便起身向他走近，之後兩人之間只剩半隻手臂的距離。她伸出左手移向羅伯特右邊的肩甲。「這裡卡到樹葉了。」說完便用手指將葉片拍掉，接著她沒收回手臂，反而輕輕的把手掌按在羅伯特的胸甲上。羅伯特因為雀織音突如其來的舉動而又驚又喜，整個人傻在原地，連動都不敢動。

片刻後她收回左手，輕笑道：「很飽滿的魂系神力，不愧是武官，真的實力堅強。」

「是、是，沒錯。」羅伯特用僵硬沒有起伏的聲調回應。

「我也累了，先回去囉。」她欠身鞠躬。「羅伯特武官您站哨辛苦了。」

目送雀織音離去後，羅伯特才發現他的內衣被自己不斷沁出的冷汗浸得有夠溼。

不久後，他的主君莫林召他前去。

「雀織音公主打算遊覽我們都史瓦基堡，她不喜歡一堆隨扈跟著，你就一人陪在她身邊護衛她的安全吧！」

「我……請問這份工作可以尤其他人來做嗎？屬下還得負責軍隊的操練。」羅伯特一想到就只有他們兩個人進行互動就覺得渾身不對勁。

「操練也不急於一時。」莫林沒有察覺到羅伯特難堪的表情。

「可是總有人能代替我勝任這份工作，不如請卜烈斯武官去可以嗎？」

「你到底在扭捏什麼？真不像平常的你。」莫林面露不耐的表示。「我現在是命令你去做，而不是徵求你的同意。」

羅伯特對這份工作本該是欣然接受的態度，可是卻又有種說不出的彆扭。

在他煩憂的途中，他遇見了同為武官之一的卜烈斯。

這個人身材高大，頭上綁著赤色馬尾，青面獠牙，五官歪七扭八，而且比一般人還多了幾隻眼、鼻、口。

「卜烈斯武官，您來得正好，我有一件工作想麻煩您代替我……」

話還沒說完，卜烈斯毫不客氣地直接撞開他的肩膀後離開，完全無視羅伯特的存在。

「好慢。」雀織音已經在門口等了許久。「我還以為武官您不來了。」

無可奈何之下，羅伯特也只能安份的去執行任務。

雀織音在市集中四處逛著，羅伯特就像是跟著母親的小孩般，雙眼無神地緊隨在側，自己該做的事卻全都拋諸腦後。

「以前我在學院總是與男人為伍，所以在談話和禮儀方面比較沒有那麼拘謹。現在待在都史瓦基堡內，我的每一個舉手投足好像都有被人注視的感覺，生活過的真不自在。還好今天出來散散心後總算是掃盡這段日子以來的鬱悶。」

「嗯，對啊！」不管雀織音和他說些什麼，羅伯特總是機械般的簡短回應。他陷入了自己的思考中，周遭的聲音總是由左耳入，然後又從右邊耳朵出。

他們在洶湧的人群中穿梭，羅伯特真不明白雀織音為何喜歡在這種人擠人的地方閒逛，難道不覺得累人嗎？

雀織音受到推擠而挪動身體，卻無意中緊靠在羅伯特的胸膛。

羅伯特從沒想過能在那麼近的距離和雀織音做肢體接觸，儘管兩人之間還隔著一件輕袍與鎧甲，但是那一襲長髮飄來的迷人味道、柔軟的肌膚、近在咫尺的臉蛋，全都像風暴般瞬間颳起他本來就逐漸上升的情愫。羅伯特也因為這短暫的意亂情迷而顯得目光呆滯。

她是亨伍德大人未來的妻子，不是路上隨便撿來的女孩，自己和她的地位有差，根本就不該存在這種荒謬的想法。羅伯特很快地撿回自己的理智，繼續扮演好他護衛的角色。

之後便沒有再發生什麼特別的事，雀織音的一日散心行程也順利的結束。羅伯特那天下哨後，甚至覺得護衛雀織音的任務遠比要他從早到晚進行操練還要更加的疲憊不堪。

為了讓自己胡思亂想的腦袋分神，羅伯特從那天起便一直待在校場中，與小兵一同操課，一起訓練。

「羅伯特，我要進攻囉！」膚色漆黑，全身長滿尖角的賽卡爾武官是羅伯特的好友，他們今天在校場內正進行著真劍比試。

他的原形足足比自己還要大上四、五倍，力量也夠強，背上還有一對獸翼可以助他在高空飛翔。羅伯特正覺得他們人形的真劍比試強度不夠，想要試試獸化狀態的戰鬥演練。

兩人真劍比鬥一來一往，互有千秋，就在他們廝戰正酣時，羅伯特的眼角瞄到站在賽卡爾左後方不遠處的雀織音，她竟然來到校場中觀看自己的操練。起初羅伯特還能無視她的存在，沒想到他竟然看見雀織音對自己露出微笑。當然，她應該不是真的看著自己笑，而是覺得真劍比鬥很有意思。沒想到就為了這個原因，羅伯特竟想起雀織音在市集的時候輕靠在自己身上的回憶。

賽卡爾朝著羅伯特奮力一砍，羅伯特本該轉劍勢去格擋，卻一個分神反倒將對方的劍擊開，造成了賽卡爾的劍鋒偏了一個很大的弧度，結果他的右手臂就這麼被劍刃給砍斷。

一名訓練精良的戰士不該犯這種錯，這不但很愚蠢同時也很致命。比起手臂被砍斷的痛來說，羅伯特更多的是懊悔以及對自己說不出的憤怒。他削盡了顏面，更沒資格去成為士兵們的導師，這是個錯誤的示範。

羅伯特一個人坐在醫護室內用繃帶纏繞著手臂的斷裂處。

「你還好嗎？」雀織音以戲謔的口氣問，她臉上的笑意完全藏不住。

真是丟臉死了！羅伯特現在不想看到雀織音，也不想和她說話，他只是一個勁地包紮傷口卻怎麼樣都包得不好。如果自己也和某些人一樣有個三、四隻手就方便多了，偏偏自己只有兩隻，不久前還斷了一隻，害得自己現在有夠狼狽。

雀織音也沒多說什麼，她坐到羅伯特身旁，幫他整理纏得亂七八糟的繃帶。她語氣平淡的問：「你在戰鬥中做不到心無旁騖嗎？」

羅伯特低著頭，他被雀織音提出的一個簡單問題問得無法回答，只想挖個坑將自己埋起來。

「為何公主妳會來到校場？」他勉強從口中擠出一個無聊的問題，試圖轉移自己斷臂的焦點。

「因為在宮中沒有什麼娛樂。」雀織音攤著雙手。「已經過了兩個多循環，然後亨伍德大人又選在這個時候到外地出差約一個循環的時間，看來我們是沒有成為夫妻的緣份了。」

「為什麼那麼說呢？妳那麼的美麗而且妳和大人又門當互對。」

「美麗——嗎？」她帶著愕然又疑惑的表情。「我還是第一次聽人這麼說我，以前別人只會說我醜而已。」

「啊！我說的是實話，可不是開玩笑的。」羅伯特怕她誤會，趕緊澄清。

「我不介意這種事，不過你是第一個說我長得好看的人，讓我有點意外。」雀織音說：「來都史瓦基堡的前一天，我的父親要我改變外貌，所以美容師幫我接了一頭長髮、磨去我臉上的斑點和一些瑕疵、將顴骨的位置稍微移高了一點，雖然剛開始看鏡子有點不太習慣，不過看久了倒也覺得好像也沒有多大的改變。」

才不是這樣，羅伯特在心中反對她那沒自信的說法。

「什麼時候我們也開始計較起人形的長相了，不覺得很好笑嗎？」雀織音雖然這樣說，自己也沒有真的想笑的意思。

「安茲羅瑟人生來就只知道生存與戰鬥，久而久之也變得空虛了吧！所以才會有這種補償心靈的行為產生。」羅伯特說：「不要太悲觀，我認為亨伍德大人也很喜歡妳。」

「我可不那麼想，那個男人對我一點興趣都沒有。」她斷然說出自己內心的想法。

「那妳對亨伍德大人呢？」羅伯特也不知道為什麼，竟然抱著一絲期待的心情問了這個問題。

她遲疑了一會，才張開乾澀的口說：「這是我父親期盼的結果，卻不是我想要的。」

在雀織音說完心中的答案後，不知道那來的無形力量將羅伯特心中最後那道堅持的牆完全推倒，他再也忍不下去了。「其實……其實我對妳……」

可惜醞釀已久的話還來不及說出口，雀織音便陡然起身。「我好像離開皇宮太久了，也是到了該回去的時候。你的傷口應該沒什麼大礙，請小心保重。」

吐不出口的告白就和她漸行漸遠的背影一樣那麼令人遺憾，餘留在醫療室中的只剩下惆悵不已的羅伯特和無限迴盪的感嘆聲。

雀織音可一點都不喜歡她的父親花費心思為她所做的安排。就算她的父親在家族內是如何呼風喚雨，說話的份量又有幾千萬斤重，都不關她的事。對她來說，雀一羽說的話可比一張紙還要薄。

出嫁前，她看著下人們忙進忙出，每一個人都比她這名準新娘還要更加操煩。侍女為她準備了花池讓她沐浴，洗完澡後幫她化妝，揀選漂亮的衣服讓她試穿。雀織音這輩子第一次為了一件禮服而浪費許多時間，反正能穿著見人不就行了嗎？侍女還幫她彩繪了指甲，換了幾件飾品，髮型也是弄好後又拆掉，拆完後又換另一個髮型。一定要讓雀一羽和梵迦看了都覺得滿意為止。雀織音一度懷疑自己是要嫁給梵迦，所以這兩個男人才百般挑剔。

弄到最後，她自己都感到精神疲憊。要前往都史瓦基堡的那天，雀織音真的非常想懶在床上睡覺，她睏極了。她命下人為她送上幾杯用蠻苓果實粉末加入酒中調配而成的提神酒，原以為可以振作起來，沒想到連喝五杯後反倒讓精神更萎靡。

婚隊進入魔異坑獸的口中，經由空間轉移一下子就從南隅到達西王國。

我為什麼要來一個陌生未知的地方然後去嫁給一個我從來都沒看過的人呢？雀織音咒罵自己該死的父親以及安茲羅瑟不合理的階級服從制度。

西王國的空氣是令人煩躁的紫紅色，地表坑坑疤疤，植物長得和血管、神經沒有兩樣。高聳入天的樹就像一隻巨大的怪物，樹皮上長了許多會顫動的瘤，許多搖擺不定的觸手就是它的枝幹。地面爬滿紅白相間的軟泥怪，每一根不會隨風搖擺的雜草都利如尖刀，稍一不注意就可能被劃出傷口，接著引來昆蟲和食肉植物。雀織音差點以為自己正處於某種不明生物的體內，這鬼地方還真是聞名不如一見。

討厭的食肉蠅飛來飛去，這鬼東西就算人沒受傷，牠還是會來啃食血肉。

「我好討厭這個地方。拜託你們動作快一點，我想早點到達都史瓦基堡。」雀織音催促隊伍前進。

前方不遠處的陰影下，那裡站著一條孤獨的身影。

「誰擋在埃蒙史塔斯家族的婚隊前？」護衛上前質問。

對方披著一件深黑的斗篷，頭戴詭異的面具。因其斗篷上有特殊的附魔，所以判斷不出神力來源；面具也是一樣，經過特別加工，就算有透視眼也看不出對方的真面目。

「回去吧！這趟路妳白走了。都史瓦基堡是我的目標，未來那座城將遭逢莫大的災厄，勸妳還是及早遠離。」他發出很明顯的機械假音。

「你是什麼人？」雀織音問。

「最後一次警告──都史瓦基堡不會對妳們有任何助益，只會帶來劫難，不聽我的勸告妳將後悔莫及，言盡於此。」說完話後，他以斗篷罩身，瞬間消失在眼前。

他來幹什麼的？一頭霧水的雀織音仍舊繼續啟程前往她的目的地。

入城後，都史瓦基家族為雀織音準備了一頓豐盛晚宴來迎接，不過宴會上的氣氛顯得不怎麼融洽而且又尷尬。

當天晚上，雀織音還是在客房就寢，她從自己與亨伍德的互動及對話中就發現到這名男人對自己一點都不感興趣，對方也全然沒有娶妻生子的念頭。

反倒是主君莫林不斷地找話題和雀織音攀談，席間還不停的親自為她斟酒，散席後更派人送給她禮物，說是歡迎她初來乍到的一點心意。

難道我的丈夫是堡主嗎？真是莫名其妙。她雖然這樣想，可是腦中很快便閃過一道計畫。如果愛上我的人是莫林，那會不會造成他們兄弟鬩牆呢？

這個惡意的想法很快就佔滿她的腦海，如果真的能這樣讓埃蒙史塔斯家族蒙羞，那又有什麼不可以？她已經在腦海中想像父親聽到這項消息後，氣得全身暴血的樣子，一定很讓人愉快。要是還有人可以傳送雀一羽氣到昏倒的影象給她，那麼她一定會興奮到七天七夜都睡不著覺。

從那天起，雀織音開始照自己的想法來執行計畫，她刻意親近莫林，不斷地對他示好以搏取好感。也因為莫林從第一次見面起便對雀織音有意，所以在短短的時間內就因為受到誘惑而不自覺地上勾。

沒想到事態發展完全在雀織音的預想之外。首先是亨伍德就算看見她與自己的哥哥有曖昧也無動於衷，絲毫不放在心上。然後她的行為又招惹到因丈夫變心所以氣憤不已的蘿蘿．伽川。堡主夫人蘿蘿已經連續兩次當著雀織音的面，用十分嚴厲的口吻叫她自重，最後兩人的關係因此變得非常惡劣。

「我要娶雀織音為妻。」莫林直接對蘿蘿和雀織音如此宣布。「再過幾天我會公開讓全城的人都知道這件喜訊，在此之前妳們兩人就什麼都別說，先安靜的過日子。」

蘿蘿堅決反對。「她是要與亨伍德大人結婚的人，主君您怎麼能奪自己兄弟的妻子？」

「為什麼不行？我看亨伍德對公主也沒有意思，那倒不如成全我們這對有情人。何況亨伍德現在正出差中，他沒有辦法、也沒有權力反對我的這場婚事。」現在誰都沒辦法阻止莫林的決定了，蘿蘿也只能負氣離去。

這下子可好了，給自己惹來大麻煩。莫林變得對雀織音百般糾纏，反倒成了她的困擾，這根本不是她想要的結果。實在太蠢了，她早就知道亨伍德完全就是個無心之人，為何還要執行這笨到無可救藥的計畫來砸自己的腳呢？

那天深夜，之前那名面具人竟無聲無息地出現在雀織音的房間裡，讓她著實嚇了一跳。「你是怎麼進來的？」

「嘿嘿。」他故作神祕地笑著。「蠢女人，執行這種計畫只會讓妳的名聲變差而已。」

「我的名聲一點都不重要。」雀織音認為他是來取笑自己的，因而有點惱怒。「勸你最好快快離開，否則我就叫衛兵過來。」

「妳怎麼叫都沒有用，我在這座城是來去自如，沒有人可以限制我的行動。」面具人哼道：

「妳以為靠妳那無能的計謀就能成事嗎？簡直是幼稚、天真。」

「我做什麼都不用你這個藏頭縮尾的人來說我。」

「雀織音，我很清楚妳想做什麼。不過就是為了報復雀一羽殺妳母親以及囚禁妳數十年的怨仇，可惜妳用的方法實在太可笑。」他搖頭說。

「你調查過我？你到底是誰？是男是女？有什麼目的？」

面具人從懷中拿出一包東西。「這是一種特殊毒藥，看妳是要下在城裡的糧食內，或是莫林的酒內都沒關係，把場面搞得越亂越好，這就是我的目的，妳能幫我嗎？」

她不屑地嗤笑。「我做了這事，還能活著離開嗎？再說我又為何要幫你的忙？」

「樹立都史瓦基這個敵人，等於是直接讓埃蒙史塔斯家族與伊瑪拜茲家族雙方關係產生裂痕，說不定還會發生戰爭，妳難道不希望雀一羽死在戰場上嗎？」

「談何容易？」雀織音怒道：「我的房間外隨時都有巡視的衛兵，你還是快滾吧！」

面具人嘆了一口氣。「唉，可憐的妳終究要一輩子屈服於妳父親的淫威之下，一輩子像個娃娃被人隨意擺弄，永無翻身之日，什麼仇都報不了。看妳懦弱的性格就知道妳往後注定有個悲慘的命運。」

雀織音一把搶過他手中的毒藥。「我能安然離開這座城嗎？」

面具人得意的呵笑道：「我有捷徑能助妳平安逃出，安心吧！」

「口說無憑，到時候我怎麼知道你的退路是不是真的安全？」雀織音仍是懷疑。

面具人拿出一面圓形又漂亮的牌子。「認得這東西嗎？」

雀織音只是輕瞥一眼，隨即大感吃驚。「王家諭令？你到底是誰？」

「妳可以叫我——都史瓦基復仇者‧魔坊主。」他接著說：「順便提醒妳一點，蘿蘿已經動了殺妳的念頭，還有都史瓦基家的三妹時梨也不會放過妳。」

「蘿蘿我還明白，時梨幹嘛殺我？」雀織音不解地問。

「妳難道不知道時梨喜歡的人是羅伯特嗎？妳現在即使什麼事都沒做也是危機四伏。」

「羅伯特？喔！是那名武官。但這又干我什麼事？」

魔坊主從喉間發出不懷好意的笑聲。「不管怎樣，妳可得小心了。」

要是在糧食中下毒，那麼毒性很有可能被分散開，最後一個人都沒毒死。與其這樣，那不如直接針對莫林一人就好，得到的效益還比較高。雀織音會做出這樣的結論，實在是因為她對毒物沒有研究，而且也對魔坊主給的藥不具信心。

她事先就與莫林約在他的房間見面，沒想到雀織音過去時，開門的人卻是蘿蘿。

「主君不在，妳先進來好了。」蘿蘿雖然語氣正常，但是表情卻始終保持敵意。

蘿蘿倒了一杯茶給雀織音，並讓她在客廳等待。

雀織音早就瞄到蘿蘿偷偷地在茶杯內下藥，只是她怕對方會起疑心，所以依然不動聲色的拿起杯子佯裝成要喝茶的動作，其實是一滴茶水也沒沾到。

「不喝嗎？莫非是因為幫您倒茶的人是我所以您就不願意喝？」蘿蘿故意施加壓力。

「不是的，您怎麼會這樣想呢？」雀織音面帶微笑，心中卻百般辱罵。我又不是瘋了，明明看見妳在茶中加料，難道還要裝著笑臉硬喝下去嗎？

幸好莫林在這個時候回到房間。「公主抱歉，城內有事需要我處理，我回來得晚了。」趁蘿蘿過去迎接莫林時，雀織音再倒兩杯茶，混淆蘿蘿的判斷。也因為她的這個舉動，最終導致蘿蘿與莫林兩人在喝下毒茶後同時倒地不起。

事發後，雀織音在魔坊主的幫助下逃出城外。

「我收到消息了，莫林只不過是陷入昏睡而已，你給的藥很有問題。」

魔坊主笑道：「原本給妳的就只是讓人陷入睡眠的魔藥罷了。因為我還有更進一步的計畫要安排，所以莫林大人現在還不能死。」

雀織音氣得跳腳。「你故意擺我一道？說什麼特殊的毒藥，滿口胡言亂語。」

「何必生氣呢？我們的目的達到了，莫林說什麼都不會放過妳。」他的語氣就像是置身事外般。

「然後呢？埃蒙史塔斯家族若是和我做切割，我豈不是一輩子被都史瓦基的人通緝？」雀織音有種上當的感覺。

「放心，這件事不會那麼簡單結束的。如果妳的家族貿然地與妳斷絕關係，那就等於是承認了罪行，到時候可不是妳被追殺就能了事，埃蒙史塔斯也得連帶負起責任與賠償。聰明如梵迦絕不會這麼做，他可能會聲稱妳是被陷害的，再進一步要求昭雲閣介入調查。一時之間伊瑪拜茲家族絕對拿妳沒辦法，接著只要讓調查時間拖得越久，事件的影響也就逐漸轉淡。」魔坊主問：「我倒是想問妳，為什麼被毒死的人是蘿蘿？」

「你猜啊！你不是一直都很了解情況嗎？」她故意刁難的說。

「要人猜謎妳也得先起個頭。」

她輕蔑地哼道：「蘿蘿倒了杯毒茶給我，之後我又倒了兩杯茶擾亂她的注意力，我所下毒的茶先擺在蘿蘿的位置，沒毒的茶端給莫林大人，接著再假裝拿自己的茶與莫林大人那杯交換，事實上蘿蘿下藥的那杯毒茶還是在我的位置。」

「我懂了，蘿蘿以為妳將毒茶換給莫林大人，所以拿自己的茶再與莫林大人對換，結果是把妳下藥的那杯移給莫林，她自己換到無毒茶卻當成是有毒的。再來只要妳找個理由再與蘿蘿對換，她一定欣然接受，接著便自食惡果。」魔坊主譏諷道：「蠢女人，只要重新再倒一杯或是不讓莫林大人喝下茶就行了，真是沒事找事。」

「她看到我以及莫林大人同時端茶喝下，自以為毒計達成，所以很自然的也喝下自己那杯。」雀織音搖頭。「但妳說錯了，蠢的人是我們三個，因為聰明的你什麼事都不用做，只需要等待結果。」

「總之妳做的很好。」魔坊主說：「時梨對外宣布妳和蘿蘿共謀毒害主君，又為了利益不均而毒死蘿蘿，再加上主城發生變故讓亨伍德大人連夜趕回，恐怕大人他現在已經率兵出來追捕妳了。」

「我現在不管怎麼解釋都沒用了對吧。」

「妳繼續往東前進，不久就會到達妳們家族直屬的伽川堡了。妳可要好好保重。」

雀織音瞥著魔坊主離去的背影，口中喃喃地說：「別太囂張，我早晚會揭開你的面具。」

「什麼？這不可能。」一聽到雀織音的犯行後，羅伯特先是呆滯了一會，然後才緩緩吐出這幾個字。

臨時會議上，怒不可遏的莫林、時梨及亨伍德三兄妹經過決議後，一致通過出兵擒回雀織音的這項決定。過程中，假如伽川堡執意掩護她，那麼即使發動戰爭也在所不惜。

亨伍德大人剛從外地返回後發現到可能會成為自己妻子的人選已經逃出城外，想必心中一定是五味雜陳。羅伯特猜想。席間唯一反對他們意氣用事的只剩羅伯特一人。

「那名狠毒的女人不但毒殺主君夫人，甚至連主君都不放過，我們怎麼能縱容她呢？」不管羅伯特怎麼安撫，時梨仍在一旁搧風點火。

莫林情緒激動的拍著他主位的鋼製扶手。「你的主君差點被人謀害，你還想為她求情？」

「屬下認為這是國與國之間的大事，除了要先匯報給卞安的漢薩陛下知道外，我們也該讓昭雲閣去裁決，而不是馬上發動進攻。」

「等昭雲閣的裁決下來，只怕罪人早就逃之夭夭了。」時梨說。

「程序上是該這麼做，但這件事也關係到我們都史瓦基的顏面，在道理上我們站得住腳，氣勢上更不能退縮。」亨伍德做出結論。「不如同時並行，一邊向上級回報，一邊出兵給伽川堡製造壓力。」

莫林決定採用亨伍德的意見，他很快的下達命令，讓亨伍德帶著軍隊出發到兩城邊界，並讓兩名武官及五名侍衛隊長一同隨行。

昭雲閣的裁決與羅伯特的希望剛好相反。根據結果得知，蘭德家族持反對意見，北境帝王與伊瑪拜茲家贊同報復行動，安達瑞特家與埃蒙史塔斯家則不表態。

羅伯特比較意外的是當事人埃蒙史塔斯竟然還想保持中立姿態，此舉無疑是點燃我方的怒火。由於這是政治角力得來的結果，埃蒙史塔斯背後的動機只會更加惹人猜疑。羅伯特拜訪左相席安，卻被拒絕會面；之後他不死心又去拜訪右相魁景，希望他能讓主君再考慮出兵一事。魁景對羅伯特口頭應諾，之後卻再也沒有下文。

梅哈爾派遣兩名邯雨的突擊中隊長——馬駝何里布以及巴彥，來到都史瓦基堡協助進攻。羅伯特並不喜歡這兩個北境人，雖然他們應該是受貝怡之托而來，但是西王國的事本該由西王國自己解決，輪不到北境人插手。

卞安派出瓦哈利大人支援，與大人同行的還有馬修、地鼠、白眼勞爾漢及阿魯赫四位皇家血衛隊長。

「一個循環，只需要一個循環的時間我們都史瓦基將踩平伽川堡。」莫林宣稱。

所以說之前兩城為了和好而勉強做的互動全都白費工夫，雙方的關係一直以來都是如履薄冰，輕輕一碰就是喊打喊殺的局面。這次的事件只會越滾越大，絕對不會有大事化小的可能，羅伯特自己也很清楚這點。

世間事往往都是事與願違，都史瓦基和伽川的雙城之戰整整僵持了半年。這段時間一直都是維持伽川堡防守，都史瓦基進攻的模式。但不知為何，都史瓦基的軍事戰損比起對方還要來得更多。

戰爭的第一個循環便傳回了侍衛隊長杜風和沙德兩人的死訊。

沙德是一名憨直的粗人，非常盡忠職守；杜風很幽默，受到手下們的愛戴，也和羅伯特有一些交情。這兩個人的死連帶造成都史瓦基軍隊士氣下降，羅伯特也為他們感到惋惜。

到了第四個循環，又死了三名隊長。賈克風和胡倫死在前線還沒有話說，負責輜重運補的白賓也死了，這就足以啟人疑竇。儘管傳回的報告內沒有任何問題，但在都史瓦基城內已經醞釀一股不安，謠言紛紛而起。

羅伯特與侍衛隊長之首艾魯華修隨後被派到前線遞補死去將領的職缺。

瓦哈利在羅伯特來到前線後，私下向他提及了五名隊長死亡的問題。由於亨伍德大人是前線指揮官，事多繁忙。北境人則無權過問軍中事務。瓦哈利大人雖然有疑慮，礙於實權不足也沒辦法深入調查。

為此羅伯特只好自己私下調查隊長們的屍體。經過勘查後發現，雖然傷痕大小不一，傷口所在的部位也不同，但是仔細檢驗後他注意到所有人的致命處全是被同樣的手法刺殺，屍體上的其他傷口可能只是為了當作掩飾，所以犯人才刻意將之留在屍體上。

犯人趁著戰事混亂而一再行兇，實在是膽大妄為。羅伯特認為對方可能不會就此罷手，雖然很對不起艾魯華修隊長，但他還是請隊長當誘餌，自己在後方觀察情況並隨時支援。

「犯人肯定是非常善於偽裝的人。」艾魯華修如此說。

「未必，不排除有內鬼的可能性。」羅伯特回答。

很快地，在幾天後亨伍德決定對伽川堡發動攻擊，這是個好機會。羅伯特讓艾魯華修做好防範偷襲的事前準備，因為他曉得食髓知味的兇手必定抓準時機趁大規模混戰時下毒手。

果不其所以然。當天圍城戰中，羅伯特並沒有出現在戰場上，而是變裝成一名小兵，隨侍在艾魯華修之側。武官奧騰．高雲在眾人進攻時跟著大部隊前進，沒有表現出任何異狀。他卻在大部隊準備後撤的過程中以刺劍迅雷地朝艾魯華修連刺六劍，艾魯華修雖當場重創卻仍未斷氣。這大概是他一連串的偷襲行動中，唯一失敗的一次吧？奧騰露出詫異的神情，但很快他又再贊上一劍，一定要殺掉眼前的目標。

羅伯特橫劍格擋。「行動失敗就算了，你一定要狠心的殺掉自己昔日的同伴才甘願嗎？」

奧騰認得是羅伯特的聲音，他先發制人，快劍連刺羅伯特的周身，可惜不是被擋下就是被閃過。士兵們發現不對勁，開始聚集過來。奧騰見情況不對，發動佯攻後便轉身逃入人群裡。

羅伯特沒有追趕，他還得回頭幫助受傷沉重的艾魯華修。

武官奧騰．高雲一直是名沉默少話的人，他除了公務外幾乎都不與人互動，沒想到這樣的人竟然是殺害同袍的兇手。更可疑的是，他殺人的手法非常拙劣，就算真的讓他每一次都成功得手，難道之前就沒有人起疑嗎？羅伯特相信隱於都史瓦基的內鬼絕不僅只有奧騰一人。

「奧騰竟然是兇手，真是難以致信。」亨伍德神情懊惱。「我應該早點發現，然後將這個敗類斬首示眾的。」他試著以靈魂連結奧騰，但很快的感到氣餒。「不行，他遮斷了我的靈魂感應。」

奧騰當初是向亨伍德大人宣誓的，所以理應由亨伍德大人出面找回他背叛的手下。羅伯特說：「如果有懂咒術的人在背後幫助奧騰，他要脫出我們的掌握也不是不可能，唯今之計只有判斷他可能會竄逃的地方，再事先安排人手去包圍。」

「沒問題，我馬上就派人去做這件工作。」亨伍德大人絕對是義不容辭。

「聖王陛下已經知道公主您會來我們伽川堡，所以特別派臣下前來迎接。」伽川堡主史卡林．伽川笑盈盈的恭迎雀織音。

他是伽川堡的主君，長得既矮又胖，一頭綠色的長髮又油又亮，他的額頭扁平，雙眼突出，慘白的皮膚長滿一塊又一塊的深褐色斑點。他的樣貌與妹妹蘿蘿真可說是天差地遠。

「迎接我？我那個父親會對我那麼好？」雀織音瞥視著史卡林，疑惑的問：「您曉得您的妹妹蘿蘿公主發生什麼事了嗎？」

「妹妹的變故，當兄長的人怎麼會不知道。」他用油滑的口吻說：「那也是她的命運，注定兩城之間不會有和平之日。」彷彿對蘿蘿的死毫不惋惜。

「那我可要代表我父親向你致謝，難得城主您深明大義，等我平安回到新嶽後，一定讓我父親表揚你。」

「恐怕不行唷。」城主垂著雙眼緊瞧著雀織音。

史卡林看著自己的眼神比想像中還要討厭。雀織音仍是擠出笑容，以禮貌的語氣問：「為什麼我不能回去呢？」

「陛下的確是安排了您的婚禮，但對象卻不是亨伍德大人，而是我。」史卡林以別有用意的目光打量著雀織音。

雀織音差點從喉間發出怒吼，她強行壓下激動的情緒。「您、您是開玩笑的嗎？」這句話是白問的，因為她也知道伽川堡主沒那麼幽默，她的父親更是沒這種閒情逸緻。

「君無戲言啊！我也已經答應陛下這樁婚事了。」史卡林似乎很得意。開什麼玩笑，雀一羽真的從不把我當成一個人來看待，雀織音已經在心中把她的父親撕碎千萬遍了。

「你們那來的自信篤定我必會與都史瓦基家為敵？」

史卡林以不帶任何感情的語氣說：「我妹妹的用途正是在此。您以為她是建造和平橋樑的工人？不不，我說她是破壞和平橋樑的鐵鎚。只要我一聲令下，蘿蘿就會想盡辦法挑撥妳和都史瓦基家的人，肯定會逼到您離開為止。」他攤手說：「好吧！其實今天的局面大家都沒料到，甚至於我根本還沒對蘿蘿下什麼命令，可是得到的結果比我想像的還要更好。」

「假如我和亨伍德大人是真心相愛呢？」

「拆散情人又不是什麼困難的事。」史卡林搖著醜陋又粗肥的手指說：「您見過魔坊主了吧？要拆散妳們的方法非常多唷。」

你們這些下流至極的人，會出賣女兒的父親和出賣妹妹的哥哥果然都是同樣的德性，噁心的人聚在一起才會變成噁心的埃蒙史塔斯家族，你們通通去死吧！雀織音冰冷地問：「您真的想娶我嗎？……像我這樣沒用的人。」

史卡林乾笑數聲。「您不需要貶低自己，陛下口頭應允我的承諾已經讓您值千萬顆的靈魂玉了。」

「就為了這個原因而和好不容易鞏固友誼的同盟切斷關係嗎？」

「同盟？一直以來都只是虛假的和平啊！開戰才是理所當然。若要我從建立和平橋樑與揮動權力寶刀兩者之間做選擇的話，我絕不會選前者。」史卡林用貪婪的眼神睇向雀織音。「更何況陛下賜給我的寶刀是如此的精美、華麗。」

當夜，雀織音與魔坊主在城外會面。

「你的身分可真多，要得我團團轉。」雀織音對魔坊主依然頗為不滿。

「何必這麼懷抱戒心呢？我和妳是走同一條路的人。」

「同路也未必同方向。」雀織音帶著鄙夷的口氣問：「你走的方向是通到活路亦或是死路呢？」

「有差別嗎？人生不都要走那麼一遭？是死是活就各自憑運氣囉。」魔坊主接著說：「我是要來告訴妳都史瓦基即將進攻的消息，之後妳只需把我的話轉告給史卡林知道，下達防守指令的事交給他即可，我保證你們將事半功倍，輕而易舉抵擋對方的攻擊。」

「只怕你沒那個運氣走到最後。」雀織音回答他上一句話。「別對我擺出高姿態說話，史卡林雖然相信你，但我卻不信。你最好是能提出一些像樣的建言，否則你就自個兒執行你的鳥計畫，別把我算在內。」

「公主殿下，我對您並無惡意，我的目的也不在妳。所以希望妳能摒除個人的意見且扮演好自己的角色，這對大家來說才是好事。」

伽川堡每次採納魔坊主的戰略意見，幾乎都能成功進行防守，同時也讓都史瓦基軍白白蒙受損失。半年過去了，都史瓦基的所有進攻依然徒勞無功。伽川堡就這麼一直和魔坊主保持著互相猜疑的同盟，卻也都相安無事。

新嶽派出武將薩瀧．伽川協助城池防守，隨軍前來的還有武官向日鷹埃文．利爪及武官疾鷹巴朗．血喙。這兩名武官帶給雀織音一種很平常的親切感，比起其他陌生人來說更像是久未見面的好友。

「他們二人與陛下還有梵迦閣下以及妳都是源自於同一個故鄉。」史卡林手勢比向武官們說。

「我的故鄉不就是在南隅新嶽？」雀織音問。

「不，我們從蒼冥七界的極西之地霓虹仙境遠行而來。」巴朗．血喙右半側的身體幾乎為碧綠色的羽毛覆蓋，只有臉和另一半身呈現普通的青年模樣。

以前雀織音的老師古諾丁姆雷曾提及那個地方，但根據雀織音的了解，那可是化外之地耶，我們已是魔塵大陸高貴的三大家族之一，才不是來自叢林地的野人。現在不管什麼人拿劍架在她的脖子上，或用槍抵住她的腦門，都沒有辦法逼雀織音承認這種事實。

站在薩瀧．伽川身後的是埃文．利爪。他有一雙黑到發亮的雙眸，一對比臉還大又毛茸茸的耳朵，手臂上也長著羽毛，除此之外在他的腕部前緣還有著異常增生的組織，看起來比較像是爪子之類的尖銳硬物。「您看過自己的獸化原形嗎？每一個安茲羅瑟人的模樣都與自己的身世息息相關。」

「沒看過。」雀織音說的是實話，她真的從未見過自己的獸化模樣。

「那是當然的，霓虹仙境霞族非安茲羅瑟人，不會有獸化原形。」埃文掃視著她，隨後又補上一句：「這一點就足以證明妳的出身。」

這段知識雀織音早就從古諾丁姆雷那邊學到了，只是沒有獸化原形這點還是讓她有些失落。

「來，我為您介紹我的皇弟，同時也是蘿蘿的弟弟。」史卡林拉著薩瀧來到雀織音面前。「薩瀧．伽川，現任新獄爵士，他的地位可不下於我唷。因為梵迦大人看中了我皇弟的天賦，所以特別提拔他。經過嚴格訓練後，現在可是我們埃蒙史塔斯家族數一數二的強者。」史卡林難得有作為哥哥驕傲的樣子。

薩瀧有一頭雪白的長髮，面容冷峻，他和自己的姊姊蘿蘿以及哥哥史卡林長得一點也不像。個性則看似與外表相同，不多話也對周遭保持一種冷漠的距離感。他只是在哥哥介紹時用餘光瞄了雀織音一眼，也不打招呼，態度高傲。

喂！你這傢伙，雖然我們看起來年紀差不多，但現在我是你新任的大嫂了，你態度還不恭敬些嗎？雀織音很想把這句話說給薩瀧聽，不過因為覺得丟人而作罷。

我嫁給這個弟弟還差不多，居然把我許配給又老又醜的伽川堡主，雀一羽真是瘋了。這件事一直讓雀織音深感困擾，打從這樁婚事公開之後，這半年以來史卡林不斷向她求愛，雀織音也一直委婉拒絕。所幸史卡林仍保有一城之主的風度，不會強迫她接受。

某天夜裡，雀織音洗梳完畢正準備就寢，魔坊主卻選在這個時間拜訪。

「都史瓦基軍隊已經後撤了，你還有什麼事嗎？」

「當然有，而且相當重要。」魔坊主說：「都史瓦基內部發現到我的存在，現在因為內鬼事件風聲鶴唳，羅伯特武官開始追查我的身分了。」

「那很好啊！」雀織音淡然的回應。「你可以連他一併殺除。」

「不行，這會破壞我的計畫。」

「那你打算怎麼做？」她問。

魔坊主沉吟了一下，接著手指著雀織音。「該是妳與埃蒙史塔斯家族決裂的時候了，妳不是一直很期待正式與父親雀一羽翻臉嗎？畢竟他逼妳做那麼多妳不想做的事……」

「所以你又想要我做什麼？下毒？」

「毒計行不通，之前蘿蘿使用的正是伽川堡主親自調配的毒藥，若非如此，怎麼能毒得死莫林大人？」

「你說什麼？蘿蘿的毒藥不是拿來對我使用的嗎？」雀織音恍然大悟。「原來是這樣，我懂了。當初你們已經將我視為棄子了是嗎？蘿蘿的毒藥不管毒死的人是誰，都史瓦基和伽川之間必定會發生衝突。你們這些該死的混蛋，還想繼續利用我是嗎？」

「冷靜，當初利用妳的人是埃蒙史塔斯家族，毒藥是史卡林交給蘿蘿的，與我無關。」魔坊主說：「我在城內佈下內應，通通安排好了，今夜我會打開傳送門送我的手下進城，然後血洗伽川堡。在此之前妳得先配合我們。」

「我不是你的手下，你別對我頤指氣使。再說我又何必幫你這個敵人的忙？你的說詞我無法再採信。」雀織音哼道：「現在的情況只要我背叛我的父親，隨時都會有生命危險。」

「妳死期早就近了還不自知嗎？雀一羽大人根本不把妳當作一回事，妳到現在還沒這種自覺就太過遲鈍了。」魔坊主說：「聽好，假如妳願意繼續和我合作，我能遮斷妳父親對妳的靈魂連結並保證妳的安全。」

「你不怕我和史卡林合作讓你走不出伽川堡嗎？」

「當然不怕。因為我相信妳不會願意一輩子待在這座城中當那個老頭的年輕太太，妳依然銘記著幼年時的仇恨，所以伽川堡是關不住妳復仇的怒燄。」魔坊主說：「何況我既然能提供都史瓦基的進攻戰略讓你們知道，也就能將伽川堡的弱點全告訴都史瓦基軍，就算妳和史卡林合作對我也絕不是阻礙，但我仍要奉勸妳睜亮雙眼，慎選合作對象。」

「你是在向我炫耀你縱橫各勢力之間的優越能力嗎？好吧！你想要我做什麼？」

「妳不覺得妳對伽川堡主來說很有吸引力嗎？安茲羅瑟人雖說對男女之情看得很淡，可是喜歡的東西畢竟還是喜歡，否則他就不會天天對妳求愛。」魔坊主意有所指的說。

「所以呢？」

「躺在床邊出其不意的給史卡林送上致命的一擊總好過在戰場上與他正面對決。」

雀織音臉色一沉。「你要我對那個老頭張開雙腿？」她光是想像那種情景就覺得胃中一陣翻湧。

「親密接觸時想要一舉得手並不困難。伽川堡主一死，他的領民們精神、士氣、力量都會受到打擊而衰弱，這更有助於我的行動。」

雀織音猶豫了一下，便答應他的請求。她帶了一瓶酒來到史卡林的房門外敲著，史卡林剛巧處理完公務正在歇息，於是他打開房門讓雀織音進入。

史卡林大概覺得這件事很罕見又新鮮，因為雀織音變得主動多了。只不過是簡單的一杯酒，輕聲在耳畔講了幾句甜言蜜語，雀織音就乖乖的脫去衣服上了他的床。史卡林先是輕撫著她的秀髮、臉龐，之後他的手順勢滑落到胸口，手掌輕輕地搓揉著胸部。

雀織音發出細微的喘息聲。他對於做愛這件事一點都不投入，甚至於還覺得很虛假。雀織音沒忘記自己該做些什麼，只見她右手輕輕地拿起脫下的衣服並塞到枕頭後，左手指頭在史卡林的胸膛間游移，降低他的注意力。事實上，衣服內正藏有致命利器。遺憾的是沉溺在肉慾中的史卡林絲毫沒有發覺。

史卡林張口吸住雀織音的唇，有點痛，她懷疑史卡林究竟會不會接吻。而且她還聞到史卡林口中又酸又臭的味道，真是難受死了。史卡林吻完雀織音的嘴後，又從耳際沿著頸部慢慢的向下吻，最後他用嘴含住雀織音的乳頭，吸得她連連顫聲。當然，全是雀織音裝出來的。

等到史卡林覺得氣氛上升，他便將自己的東西放到雀織音體內。

人形的做愛方式實在挺乏味，假如雀織音若能選在這個時候進行獸化一定很有趣。可惜她現在不能這麼做，之後也沒機會讓她這麼做，因為她根本沒辦法獸化，真是可惜。

兩人在床上纏綿了一段時間，史卡林終於將他體內的精華一股腦地送到雀織音體內。

就在史卡林情慾達到最高峰的時候，雀織音迅速抽出預藏在衣服內的短刀飛快地砍下史卡林的腦袋，隨後再朝他的心窩處補上一刀。

沒想到意外驟變，史卡林竟然沒死，他雙手死命地掐住雀織音的脖子。這下麻煩了，竟然沒對史卡林造成致命傷害，萬一他的護衛在這個時候衝進來護主可就不妙。雀織音不再隱藏自己的神力，她啟動神力掃描，發現在史卡林右邊肋骨下第三節處的隱藏死角，儘管無頭的史卡林還在垂死掙扎，雀織音還是很快手起刀落，結束掉伽川堡主的性命。

同一時間，城內因為領主的死而亂成一團。五名魔坊主進入皇宮內見人就殺，上至貴族下至僕人全都無一倖免。

「五名魔坊主，你這是……」雀織音匆忙穿好衣服後衝出，眼前的景象讓她意外驚訝。

「妳嚇到了嗎？」

難道魔坊主不是單指一個人，而是一個團體嗎？「你們進城比我想像還來得更容易。另外，怎麼不見薩瀧．伽川？照理說他的宣誓對象應當不是自己的哥哥而是雀一羽，所以絕對還保有戰鬥能力，但為何不見他出面援救伽川堡？」

「別急著發問，這座城剩下來的還有妳。」魔坊主手勢一擺，其餘四名夥伴一同包圍雀織音。「這下又得請妳回到都史瓦基堡了。」

伽川堡很快地被都史瓦基軍隊接收，由亨伍德暫時接管城池。

戰爭終於落幕，原本這是值得慶賀的事，對雀織音來說卻不是如此。她被魔坊主押至都史瓦基堡監禁，手腳上了尖刺鐐銬，隨後被丟入幽深的獨居牢房中。

愚昧的自己又再次上當了，把自己的第一次賠給了醜陋的史卡林卻還落得被囚禁的下場。都史瓦基堡因戰爭蒙受極大的損失，伽川堡一夕之間被滅，魔坊主到底從中得到什麼利益？埃蒙史塔斯以及伊瑪拜茲兩大家族怎麼會放任這種人在自己的轄區胡作非為？雀織音真的不懂，她在這場鬥爭的旋渦中失去方向，整顆心陷入迷惘。

雀織音在牢中沒有獨居太久，很快地就有訪客來探視。

時梨怒氣沖沖，手持長鞭進入牢內。「妳這個可惡的女人，竟還敢踏進都史瓦基堡，為什麼抓你的人沒當場殺了妳？」

這下可不妙，天曉得眼前這個氣炸的女人會歇斯底里到什麼地步？雀織音手腳被困，不敢太過跋扈。「我知道這一切都是我的錯，我道歉，我正在懺悔了。」

「妳的話還有誰會相信？」時梨沒有打算讓雀織音好過。「妳殺了我的嫂嫂，害死都史瓦基家無數的臣子，即使殺了妳也不足以洩恨。」說完，她朝雀織音猛烈地揮了四鞭，每一鞭都結實地打在她的身體上，皮膚瘀了幾塊還崩裂開來，鮮血汩汩流出。

雀織音忍著痛楚求饒。「求妳饒過我吧。」

「這幾鞭是代替死去的士兵和侍衛長以及蘿蘿給妳的一點教訓而已，但這還遠遠不夠償還妳的罪孽。」她打不停手，完全把雀織音當成洩忿的對象。「想不到妳這惡毒的女人連自己的領區伽川堡也不放過。」

雀織音真不懂，她以前有得罪過時梨嗎？這女孩難道真是為了領民以及嫂子的死而感到悲憤才會如此？時梨不是一個溫柔婉約的大小姐嗎？怎麼個性丕變？

時梨不光是鞭打雀織音，還將腳踩踏在她的臉上，極盡所能的羞辱她。

「時梨小姐，妳可以鞭打我，甚至於直接一刀將我殺了，但別做這種侮辱人的舉動，士可殺不可辱。」時梨的行為已經冒犯到雀織音介意的部分。

「罪犯也和人談尊嚴嗎？真是可笑。我就偏要糟蹋妳，怎麼樣？看看妳這副醜陋的模樣，這也能讓羅伯特先生喜歡妳？哼，妳這妖婦使了什麼勾引人的手段？」時梨拔出短刀，接著往雀織音臉上一割，再來又拉開她的衣服，讓她的胸部露了出來。「我要割花妳的臉，再把妳的胸部割掉，最後叫羅伯特先生看妳的醜樣，那麼他就會永遠對妳死心。」

羅伯特喜歡自己？竟有這種事？雀織音從來就不知道。「原來……這才是妳憤怒的原因。」自此她也完全明白了，時梨喜歡的是羅伯特，她現在的行為全是出於嫉妒。

「賤人，妳閉嘴。」她扇了雀織音一記耳光，「我要讓妳永遠都說不出話。」隨後在雀織音的左臉頰又劃上一刀。

雀織音的忍耐已經到了極限，若殺了自己便罷，她最恨別人把她的臉皮往地上踩。就算她是被雀一羽遺棄的女兒，也是有自尊的。雀織音猛力的掙扎，她恨不得馬上脫出這個牢籠，暴躁的情緒讓她不斷扯著鎖銬。

奇怪的事發生了，看似牢固的黑鎖竟在此時斷裂，雀織音根本沒想到自己倚靠蠻力真的能拉斷鐵鍊。

正準備向雀織音揮刀的時梨也被嚇了一跳，刀尖在雀織音的面前停下。

雀織音本能地揮手拍開她手中的短刀，於是兩個女人在監牢內扭打了起來。過程中，雀織音想要脫出牢獄的心讓他提足了力量，而時梨咄咄逼人的態度也激起她的怒意。

當時梨拾起短刀再度刺來時，雀織音為了自衛而使出姆雷贈予她的神兵閃耀反擊。劍芒爍爍，時梨也沒想到雀織音竟在手腕處藏了一把兵器，慌忙之間她想反擊時，雀織音的靈敏更甚於她，馬上反手一劍便將時梨刺傷在地。

「住手！」就在時梨倒地不起後，莫林剛巧在這時進到獄中。「妳想一錯再錯嗎？」

「我有什麼錯？」雀織音冷笑道。在被押入牢獄之前，她還真的想過為自己犯下的錯付出代價，以死懺悔；可是現在不同了，時梨激怒她，這讓雀織音死都要離開這個鬼地方。

莫林看著因受傷而倒在地上的妹妹，「妳本來可以成為人人稱羨的堡主夫人，卻為了一己之私，讓兩個城堡點燃戰火，害死許多無辜的人。」他看向雀織音那裸露的胸部，卻引不起自己的性慾。「妳錯過了良好的機會，非常遺憾。放下手中的劍，妳還能有活命的空間。」

「你給的機會我一定要接受嗎？」雀織音整理衣裝，然後為莫林的自大嗤之以鼻。

「那非常抱歉。」莫林拔出腰際那把金光閃閃的寶劍。「妳今天是沒辦法離開都史瓦基堡了。」

雀織音才不等莫林說完廢話，她挺劍向前攻擊，每一招一式皆瞄準莫林的死角。上位指揮者莫林與初出茅廬的雀織音在幾回合的短暫交手內就已經分出高低，雀織音的實力很明顯地劣於身經百戰的都史瓦基堡主，對方以壓倒性的戰鬥技巧將她擊傷在地。

莫林拖著劍走到雀織音身旁。「很抱歉，我不能留下妳了。」莫林嘴上雖然又再次道歉，但看著她的眼神已經不帶任何的情感。

那把金劍在鬼火燈的映照下閃著光芒，對雀織音來說也如同懾人的死亡寒光。自己就要死在這裡了嗎？不被認可的出世，遺棄自己的父親，除了姆雷外沒有朋友的世界，還會有人替自己的死哀悼嗎？不要，我不要就這麼死，我要活著離開都史瓦基。

感應到雀織音強烈的求生意志，閃耀劍如其名，竟發出刺目強光，一時之間令莫林無法視物。雀織音趁機躍起，朝莫林的腹部重重地刺了一劍後便往生路逃逸。

都史瓦基的現況也很糟糕，衛兵湧向監牢，但沒有人能攔得住急欲脫身的雀織音。她為求脫困，卯足了全力殺出重圍。當她好不容易站在出口外的通道時，已是汗流浹背、多處負傷。

一個雀織音在此時最不願遇見的人竟攔在通道的另一端。

羅伯特神情嚴肅佇劍而立。「妳的行為真令人寒心。」

雀織音想起時梨剛剛說的話，這個男人——喜歡我？她現在面對羅伯特有一股很複雜的情緒。「讓我離開這裡，我不會再與你們有任何瓜葛。」

「我們也永遠不會再有瓜葛。」羅伯特難過的說：「妳殺了我最敬愛的人，沒想到妳竟然那麼心狠手辣。」

我又殺了誰啦？難道是史卡林？這根本沒道理，雀織音自己也不明白到底殺了那個讓羅伯特敬愛的人。她見識過羅伯特的實力，雖然僅是在校場操練時在一旁的粗淺觀察，但這已經足夠了。她很肯定羅伯特的實力是都史瓦基堡中最頂尖的人，亨伍德或莫林與他相比都遜色不少。

和這樣的高手對陣讓雀織音更加沒把握能從羅伯特的手中全身而退，於是她再次故計重施，利用閃耀釋放出來的強光讓羅伯特分神，再趁對方露出空隙時順利逃脫。

雀織音畢竟住過都史瓦基一段時間，她多少已熟悉這片地區的路徑。東南方有一處人煙罕至的樹林，那裡會是藏身逃難的最好選擇。

世事總難預料，一路上都沒看到半個都史瓦基的衛兵以及菁英肯定必有原因。在林道外，雀織音意外地看見可怕的一幕。

亨伍德、卜烈斯以及被視為叛徒的奧騰三人正聚在一塊，賽卡爾武官奄奄一息地倒臥在血泊，他的手下們成了布置四周環境的屍體。

亨伍德只是擺著頭，困惑地看著倒地的賽卡爾。「你怎麼就執迷不悟？跟著我難道不好嗎？」

賽卡爾只是嘴巴含糊地發出一些怪聲音，似乎說不出話，接著他盛怒地往亨伍德的臉上噴了一口血沫。

亨伍德拿起手帕擦拭僵硬的臉，「唉，大家同甘共苦那麼多年，我真不願意痛下殺手。」在歎息之後，他拔出劍狠快地了結賽卡爾的殘命。

奧騰發現了在旁邊觀看的雀織音，卻也沒什麼太大的反應。「主人，您有新的觀眾囉。」

雀織音瞠目結舌的看向亨伍德，她愕然、發愣，一句話也說不出。

「我以為會是我大哥受傷，然後他再向城堡的人宣布妳的死訊。」亨伍德聳肩道：「誰知道死的人竟然是我大哥，反倒是妳安然逃脫了。不過這也無所謂，對我來說這絕對是更好的結果。」

他在說什麼？莫林死了？這怎麼可能！雀織音想起羅伯特的悲憤，原來是因為他視為父親的莫林已經死亡。但他不是我殺的啊！怎麼可能才刺他那麼一劍就能致死？

「您現在已經是名正言順的堡主囉。」卜烈斯呵聲笑道。

「是的，我真沒想到會那麼順利，原以為還得經過一番波折。」亨伍德也嘴角微揚。

「你就是幕後的主使人。」雀織音指認道：「你是魔坊主。」

「那是之前的事了，現在是都史瓦基的堡主。」亨伍德得意洋洋地說：「既然有了榮譽的稱號，誰還想要那個掩人耳目的難聽名字呢？」

雀織音又想起那輕而易舉就解開的鎖銬。「關於我身上那副銬鐐，也是你的傑作囉？」

亨伍德點頭，事到如今他也沒什麼好否認的了。「本來利用伽川堡消弱莫林的勢力，接著滅伽川堡，再利用妳讓莫林受創，我則帶領收編的新勢力與軍隊佔據都史瓦基堡，最後將孤立無援又受傷的莫林踢下王座。以上就是我編好的理想劇本。誰知道我都還沒向莫林耀武揚威，他就先走了，真是可惜。」

「你有心篡位，為何不尋求正當的篡位者權利？」雀織音問。

三人異口同聲的發笑。

亨伍德說：「現在有那個安茲羅瑟人那麼天真，還會去遵守三忠三權那種老掉牙的東西？一切講求實力，物競天擇。那種騎士道的精神就讓屍體去玩吧！我可沒興趣。」

「你真是厚顏無恥到了極點。」雀織音怒道。

「主上，羅伯特過來了。」卜烈斯問：「要連他一併收拾嗎？」

「晚些，我和奧騰先離開。」亨伍德臨走前不忘提醒：「卜烈斯，你知道該怎麼做。」

兩人安然離去，卜烈斯拾起地上的斷刃，朝胳臂切了一道很大的傷口，隨後他倒在地上哀嚎。

羅伯特一見到摯友賽卡爾的屍體，接二連三的打擊讓他瘋狂，身體逐漸產生變化。

「是……是雀織音這賤人……」卜烈斯痛苦地指著她說。

「這怎麼可能？」雀織音見羅伯特即將獸化，他慌道：「你仔細想想，別被挑撥了，我怎麼有殺害兩名武官的實力？」

「是她和她的同夥……」卜烈斯緊咬著她不放。

不管卜烈斯說什麼，也不管雀織音如何勸之以理，失去冷靜判斷的羅伯特已經成為狂怒的野獸。「妳該死！」

雀織音轉身逃跑，她驚慌失措地逃入樹林內。羅伯特在後方緊追不捨，他紅著眼誓要除去眼前的目標。姆雷傳授的靜心冥思法在這關鍵時刻發揮作用，遁入樹林內的雀織音很快就融入周遭環境，她消去身上的神力，令羅伯特失去目標。

獸化的羅伯特令人感到毛骨悚然，他在林中環顧四方，嗅了又嗅仍沒找到雀織音，於是朝著反方向追去。

沒想到亨伍德帶著士兵去而復返，目的是為了追殺雀織音。

「堡主，您真的不殺羅伯特？」奧騰問。

「都史瓦基經歷連番戰事，耗損很大，我需要像羅伯特這樣的人才。」亨伍德解釋：「何況他是堡中的首席騎士，實力非常堅強又人望極高，我很想納為己用。」

「他會聽話嗎？」奧騰疑問。

「這暫且先不管，以殺雀織音為最優先的事項。」

「可是這一路追來都沒看到她。」

「我在猜想──也許在那裡。」亨伍德朝樹林一角轟出神術，當場將雀織音揪出。

雀織音驚訝多過驚嚇。「你……你找得到我？」

「這種隱藏神力的技巧，妳是怎麼做到的？」亨伍德不解，隨後他又說：「妳沒離開過樹林，來的路上也不見妳的蹤跡，我只是假設如果我是妳會躲在何處而已。」他陰險地看著雀織音。「今天你插翅也難飛了。」

受傷前已不是亨伍德的對手，受傷後更不用說。何況現在要她命的還不是只有亨伍德一人，更有一整團都史瓦基的士兵。雀織音拔腿逃跑時只能在心中暗自祈禱，希望能逃出生天。……就在樹林的盡頭，她看見微光射入林內，以為出路已到，卻沒想到等待著她的是一處斷崖。

看到眼前的景象，雀織音已經萬念俱灰。這時亨伍德以一發神力彈將雀織音擊落懸崖，絲毫不留情。

雀織音整個人掉入高山深谷的無底深淵中，直到完全消失於亨伍德的視線前為止。

羅伯特並非蠢材，在一連串的突發狀況中他早已嗅到不對勁的味道。

事實上就算雀織音隱匿神力，她也沒辦法蓋住身上的血腥味，獸化的羅伯特能夠輕易地抓出她的位置，可是羅伯特卻選擇視而不見。

羅伯特恢復人形，將賽卡爾的屍首帶回都史瓦基堡後便仔細地勘驗屍體上的傷痕。

賽卡爾的喉間似乎藏著咒術？

「死語術？」羅伯特沒想到殺人兇手竟然會這麼大意，沒將這簡單的咒術消除。

且不管兇手是沒發現咒術，亦或是來不及消除，羅伯特終於可以從賽卡爾的屍身中得到蛛絲馬跡。「賽卡爾大人，有聽到我說的話嗎？」

賽卡爾的屍身不動，嘴巴卻隱約發出微弱的聲音。「羅……伯特嗎？」

「是我，殺你的人是誰？」

「亨伍德、奧騰、卜烈斯。」

這串名字完全在羅伯特意料之外，他大驚：「什麼？亨伍德大人為什麼要這麼做？」

「他背叛堡主，到處收編人員擴張勢力，多數士官、士兵已經成為他的麾下。他來找我……但我拒絕了。」

羅伯特無力的坐在石階上，雙手搓揉著疲憊的臉。

「兄、兄弟……我……累了。」

「好好休息，您已經盡了自己的義務，安眠吧！之後的事全交給我。」

離開停屍房，羅伯特腳步不停直往監牢。等他到達後，莫林和時梨的屍首均已不見蹤影。

「堡主與小姐的遺體呢？」

「讓亨伍德大人的手下運走了。」一名獄卒回答。

運走了？羅伯特一臉困惑，也不再追問。他走入監禁雀織音的獨居房，那是命案發生的地點。羅伯特從地上的鐐銬發現蹊蹺，他又拉著獄卒問：「當初押送雀織音進牢的是那位衛兵？」

「是亨伍德大人親自將雀織音關入牢中。」

「又是誰幫她上銬？」

「一樣是亨伍德大人，當時的大人臉上戴著面具，屬下差點沒認出來。」

所有的犯罪事證都指向亨伍德大人，難道真如賽卡爾所說，亨伍德為莫林死亡的幕後黑手？

返回自己的房間後，羅伯特原想好好整理一下近來發生的事件，卻意外發現自己的桌上多了一封原本不存在的信。

他拆開信封，狐疑地讀著信件。

羅伯特臉現詫異，讀完後他沒有休息便立刻趕往伽川堡。

古諾丁姆雷贈予的護身符發揮作用，在墜地後沒讓雀織音受到太嚴重的傷。不過身體仍疼痛不已，恢復能力似乎因暗傷而失效。她開始思考下一步路該怎麼走，是時候好好的整理腦袋的資訊了。

對於這接踵而來的一連串意外，她還是感到莫名其妙。為什麼自己會從伽川堡中被押回都史瓦基堡，然後又被亨伍德追殺，最後墜入斷崖？

因為亨伍德是魔坊主，是主宰這些事件的始作俑者。但奇怪的是連他都對莫林的死亡感到意外，自己那輕刺的一劍是絕不可能讓莫林致命，那他的死亡又是何因？還有自己遺漏不解的部分嗎？

「醒來了嗎？」

忽然發出的聲音讓雀織音再度警戒，她對這聲音不但不陌生，而且還相當厭惡。「亨伍德？你想殺我？」

魔坊主再次出現，「何必那麼驚訝？」

雀織音納悶。「我已經知道你是誰了，幹嘛再戴著那張噁心的面具，你以為這樣就可以遮蓋你醜露的犯行嗎？」

魔坊主吃吃地笑著，「我不是亨伍德，妳誤會了，甚至妳墜崖後還是我救妳的。雖然那附魔項鍊上有保護神術，不過可別以為真是那個玩具保下妳一命。」

「你說什麼？」雀織音聽得糊里糊塗。

「還記得妳第一次來都史瓦基時和妳說話的那個魔坊主嗎？」他說：「那是我們第一次見面，現在則是第二次。」

沒錯，到現在雀織音才想起她剛嫁到都史瓦基堡時遇到的那名怪人。「原來是你！」

「魔坊主可是無處不在。」魔坊主陰陰的說。

雀織音咦了一聲，她想起伽川堡被滅時的情景，當時有五名魔坊主在城中大肆屠殺。「難道魔坊主真的不止一人？亨伍德、奧騰．高雲、卜烈斯，還有另外兩人是誰？」

「人人都可以是魔坊主，而且說不定就連魔坊主本尊都不知道有另一個魔坊主的存在。」他吃吃地奸笑著。

「就算是這樣又如何？你救我是為了什麼？」

「我不是警告過妳了，都史瓦基是我的目標，誰叫妳自己不聽勸跑進來淌這灘渾水？」

雀織音懊惱不已，打從她決定順著父親之意嫁到都史瓦基開始就是個嚴重的錯誤。

「無所謂，事情發展之此已經大勢底定。」魔坊主說：「現在我給妳兩條路走：一是往北逃去厄法，永遠別回南隅，在那裡安份的當個普通人；二是往東去伽川堡，結束這荒謬的一切。」

雀織音半信半疑，她對魔坊主仍是無法信任，所謂的生路一定是條將自己送入裂面空間的不歸路。「事情總有始有終，該是我面對的我也不會逃避，我就去伽川堡。」

「妳不後悔嗎？我可是給妳自己做出選擇。」魔坊主的語氣聽來很雀躍。「去吧，亨伍德及羅伯特會在那裡等著妳，勇敢的女孩。」

雀織音不知道自己的選擇是否有錯，反正魔坊主會丟給她的選項大概也都不懷好意，不管自己選擇那條路最後結局應該都相同。

伽川堡經過火焚的洗禮，居民多被屠殺殆盡，整座城死氣沉沉，就連駐軍也不知道跑到那去了。

「妳真的來了？」一聲音從她的身後傳來，是羅伯特。

羅伯特的情緒很平穩，表情也沒有什麼變化，他意外地很冷靜。

「莫林堡主的死和我無關，你真的搞錯了。」雀織音急欲辯解。

羅伯特仍不為所動，「三招，只要三招。」

雀織音大叫：「你聽不懂人話嗎？我說了和我無關。」

「再不拔劍，妳的機會就沒了。」羅伯特冷言道。

這傢伙……根本聽不進去。雀織音無奈，她使用閃耀向羅伯特直刺。

第一招，羅伯特化解雀織音的攻勢。第二招，他以反手劍擊落雀織音手中的閃耀。第三招他飛快地閃到雀織音身後，將她打昏在地。

聽到打鬥聲，卜烈斯帶著手下將他們兩人包圍。「雀織音竟然還敢返回伽川堡，殺了她。」

當卜烈斯的手下試圖靠近雀織音時，羅伯特眼快劍也快，不過一瞬間便讓這群愚昧的蠢蛋下了裂面空間。

「你做什麼？」卜烈斯怒火中燒。「你他媽殺光我的手下。」

羅伯特一臉淡然，「是嗎？原來如此。」他拖著劍走向卜烈斯時，那冷血的表情讓卜烈斯感到不安，背脊發冷。

果不其然，羅伯特朝卜烈斯發動砍擊，卜烈斯雖以劍格擋，手掌反倒因對方的猛力而發顫。

「你連我也想殺？你被妖女迷惑了嗎？清醒點。」

羅伯特攻擊完全不間斷，他順口敷衍地回覆：「是啊，我被迷惑了。」

「可惡，你是故意的，難道是看我好欺負？」

羅伯特竊笑。「是的。」

「你可別後悔。」

兩人短暫交手一陣後，對彼此的實力及招式已有個底。羅伯特暖身結束，「卜烈斯武官，大家別浪費彼此的時間及體力，就一招如何？」

「你是自信還是囂張？我最討厭的就是你這一點，你真以為自己有很大的本事嗎？憑什麼能擔任都史瓦基堡第一武官之職？不過就仗著自己是莫林義子，在堡主面前極盡讒媚奉承。」卜烈斯擺出架式。「我可跟你不一樣，你會看到你我雙方之間的實力差距。」

卜烈斯全力一擊，羅伯特輕易應對，不但盡擋洶湧來勢，還斷了卜烈斯一臂。

對羅伯特來說這結果理所當然，卜烈斯卻大感意外。「你……你隱藏實力？」

「從來沒有。」羅伯特放下劍說：「你自大自負，對自己過分自信卻從不將他人放在眼裡，你認為堡主會想重用你這種人嗎？如果你真的對都史瓦基的將來是有益，我也不會眷戀首席武官之職，你隨時都能坐，我也願意讓賢。」羅伯特又再次舉起劍。「但你背棄堡主，與奸黨同謀，我怎能讓你再活著？」他手起劍落。

亨伍德終於趕到了。「卜烈斯，不……」

羅伯特殺了卜烈斯，他沒有留他一命。「喔，您來啦？」羅伯特的臉上濺到卜烈斯噴出的血，神情開始恍惚。

「你瘋了嗎？」亨伍德大叫。

「瘋是對我說的嗎？亨伍德堡主。」羅伯特語氣轉換：「或是——魔坊主？」

亨伍德的眼睛瞪得滾大。「羅伯特，你在說什麼？」

「不承認嗎？沒關係，你和卜烈斯是沆瀣一氣，我會用劍喚醒你的記憶。」羅伯特走向他。

「都史瓦基為何會變成這樣？曾經我們都很要好，大家都是為這座城堡在努力奉獻。」

「現在也是一樣，我們可以合作，再現都史瓦基的榮光。」亨伍德勸道：「不管你是聽到什麼讒言謊言，千萬不要被蒙蔽而做傻事。放下劍，我們還可以心平氣和的談談。」

「我已經很心平氣和了，但是你該到裂面空間下向賽卡爾大人以及莫林堡主懺悔。」羅伯特難過的說：「想要堡主之位為什麼不用篡位者權利？您這是背叛，竟還想嫁禍給雀織音。」

「人確實是雀織音殺的，和我無關。」亨伍德大罵：「你是這麼無腦的人嗎？讓人隨便操弄你也相信？」

「你對也好，我錯也罷。」羅伯特狠快的一劍。「你不是我的上司或朋友了，下去和賽卡爾以及堡主賠罪！」

羅伯特提劍急攻，亨伍德意識到羅伯特不可能再為己所用，他也只好除去眼前大敵。「那沒辦法，就讓你也去和我哥以及你的好朋友們聚聚。」

原以為亨伍德會和卜烈斯一樣容易解決，沒想到自己不但早已被亨伍德透析，還意外被他從未展現的實力壓制。羅伯特的攻擊連連失效，身體各處負傷增加。

「你見過我全力出手幾次？」亨伍德問。

羅伯特一愣，「確實一次都沒有。」

「知己知彼，百戰百勝啊！我的好朋友。」亨伍德揮劍斬落羅伯特的手臂。

羅伯特將手撿起，再迅速地合上傷口處。「現在是第一次見識，已經足夠了。」話雖如此，羅伯特在這場戰鬥中已落入下風。

「大言不慚，我可不比卜烈斯。」亨伍德雖然繼續說著話，戰鬥時卻全神貫注，不敢對羅伯特大意。「我想過和你對上的一天，所以也很仔細地評估你的實力，要是沒勝算我就直接逃了。可惜的是我們不會再有合作的一天，令人生憾。」

羅伯特咬緊下唇。「你雖能贏我，可是絕對沒辦法離開這裡。」

「說什麼亂七八糟的話？」亨伍德挺劍向前，沒想到羅伯特原本能輕易的避過攻擊卻不退反進。

羅伯特以身體硬挨了一記劍傷，隨後再以迴旋斬創傷亨伍德的腰部。

「你這是……」亨伍德氣惱地直刺一劍，羅伯特又再次衝上前，他以手臂為盾任由亨伍德的劍刃貫穿，自己再反擊削去亨伍德的左肩。

「該死！該死！你怎麼會選擇這種同歸於盡的打法？」亨伍德暴喝一聲：「就不信你不躲！」接著是神術與劍術並用的招式。

羅伯特善戰，他知道神術不能硬接，所以躲開神術後還是以身體接劍，這一記蘊含神力的攻擊幾乎讓自己的右胸全部不見。但羅伯特也因此得以最接近亨伍德，他由上自下發動斬擊，一劍從亨伍德的鎖骨砍到腹部，終於讓亨伍德也嚴重受創。

亨伍德噴出一口血。「你……你不要命了嗎？」

「是，我不要命了。堡主和賽卡爾的死讓我傷心，你和卜烈斯的行為讓我憤怒，我同時沒了主君和朋友，活著也沒意思。」羅伯特拼著最後一口氣。「我要帶你們去和堡主賠罪。」

「不！」亨伍德一把推開羅伯特，他被羅伯特不怕死的精神震懾住。自己辛苦了大半輩子，布置這一切花了他多大的心神？怎麼能就這樣死？膽怯的心念一轉，亨伍德不敢發動攻擊，敗象已現。

羅伯特的同歸於盡戰法得到效果，他俐落地斬下亨伍德的雙手，再一腳踢開他，接著蹬地躍起直接跨上亨伍德倒下的身體，劍尖直指亨伍德的死角。「你輸了，只要我用力一刺，你的霸業就此結束。」

「不不不，別殺我，我們還可以一起共事的。」亨伍德哭喪著臉求饒。

「你……你對堡主難道都沒有愧疚嗎？」暗傷爆發，若不是羅伯特勉力支撐，早就昏厥。

「是的，我對不起我哥哥，我道歉。」亨伍德懇求道：「別、別殺我。」

羅伯特嘆了一聲：「基於我的立場，你該死！但都史瓦基不可一日無主，莫林堡主已死，我、我希望你接任堡主之後，真的能光復都史瓦基的榮光。」他與亨伍德所流的血染紅了這塊區域。

亨伍德感到錯愕，羅伯特竟就這樣放過他了。

此時，意外來到的人影更令亨伍德訝異到說不出話。

羅伯特抱起在地上不省人事的雀織音。「公、公主，謝謝妳給的情報。」

「你傷得很重，先讓我幫你治療。」時梨擔憂的說。

「不、不用。」羅伯特臉色蒼白，戰鬥一結束，他的人生也快要走向終點。「以後……我和都史瓦基……再也沒有任何的……牽扯了。」說完，他抱起雀織音，拖著蹣跚的步伐緩慢離去。

時梨臉上掛著陰陰的笑容，她看向亨伍德。「剩我們囉。」

「妳……妳怎麼沒死？」亨伍德簡直不敢相信。

「我的衛兵呢？我的手下呢？奧騰呢？奧騰你上哪兒去了？艾魯華修、席安，你們通通都去那裡了？快來保護你們的主君！」亨伍德因害怕而高聲呼喚。

奧騰真的出現了，只不過他是從時梨的身旁走出。

「來的好，快點，殺了她！」對於亨伍德的命令，奧騰完全紋風不動。

「我叫你殺她，沒聽到嗎？」亨伍德大罵。

「抱歉我的二哥，奧騰一直是我親愛的騎士。」時梨優雅地伸出左手，奧騰也很自然地半跪著並在她的手背上輕吻。「是我讓他接近二哥你的，還有艾魯華修、席安和魁景現在都是我的人。你用計讓艾魯華修和奧騰在羅伯特面前演戲，和埃蒙史塔斯達成協議後帶人進攻伽川堡，想設計雀織音以及我和大哥的事，我可是通通都知道，完完全全的明瞭。你以為本來會出現在伽川堡的那群盡忠的手下怎麼會不見呢？」時梨輕蔑地說：「梵迦真是一個陰險的人，利用雀織音不說，竟然為了讓你整合及收編伽川堡的勢力就犧牲了史卡林這個臣子。」

「什麼？該死。」亨伍德咒罵：「你把我的手下和菁英們帶到哪兒去？為什麼人全都消失不見？」

「因為沒有人敢違背您的命令。」奧騰冷淡的回應。「我暫時代表了您的身分，然後向眾人發佈新的命令。」

「那才不是我的命令，是你們自作主張！還有，妳怎麼會沒死？」亨伍德不解。「我分明親自驗過妳的屍體了。」

傳送門開啟，從神力漩渦中走出兩個意料之外的人。「為什麼不可能？塔利兒先生就是讓一切不合理的現象合理化的人。」影休笑道。

塔利兒也在一旁，拿著養屍儀杖宛如勾魂使者。

「所以……真正殺了大哥的人就是那時躺在地上裝死的妳嗎？妳想怎麼樣？千萬別殺我。」

亨伍德臉色慘白，在地上蜷縮。

「你能在大哥面前裝傻充愣，我也樂意當個跟在羅伯特身旁的花痴女。難道我不知道羅伯特大人對我沒意思嗎？這樣一來，你們會認為我只是個人畜無害、情竇初開的愚蠢女孩；再者，跟在實力堅強的羅伯特身旁就是我最好的護盾。我早就知道你在雀織音的手銬腳鐐動了手腳，所以我才故意激怒她造成這一連串的意外。不錯，莫林被雀織音刺倒的同時是我給了他最後的一劍。大哥沒死在你手中讓你心有不甘嗎？」時梨有意無意地瞟向影休。「雖然首席武官不錯，但如果真要我選擇的話，北境皇帝亞基拉爾陛下顯然更有魅力，亞基拉爾陛下可是最有價值的單身漢之一。大哥莫林有伊瑪拜茲家撐腰，二哥您有埃蒙史塔斯家當靠山，至於可憐的我只好和四妹一起尋求北境帝王的幫助，這不過分吧？」

「少說廢話，妳還不是一樣正在當個花痴？辦妳的正事。」影休啐道。

「總之呢，本來計畫要奪城的是我，既然你先行動，那就換我撿這個現成的大便宜囉。」時梨拿起面具，玩樂似地戴上又脫下。「魔坊主不是只有一人喔。」

「不管怎麼樣，求妳看在我是妳二哥的份上放我一命吧！」

「我可沒說過要讓你死。大哥莫林死後，好不容易由你接掌了王位，若再換上我執政就等於是輪替了三次政權，這豈不是又要繼續讓堡內混亂嗎？」時梨笑道。

「上位指揮者掌管的領區可以說換就換，畢竟本來就沒堅強的統御力，安茲羅瑟人又只服從強者，這沒什麼問題。」影休回答。

「不好吧？大家都認為時梨公主已經死亡了，要怎麼說服其他領民讓他們知道公主還活著的這個事實呢？我覺得還是繼續讓亨伍德大人當堡主比較好。」時梨陰險地看著亨伍德。「你說好不好呢？時梨公主。」

「妳……妳在叫我嗎？」亨伍德忽然明白時梨的意思，他驚恐地大叫：「不！妳不可以這麼做。」

「塔利兒先生，我可不可以保留自己的臉皮，您就取二哥的臉來讓我當面具就好。」時梨說：「我還是想留著自己原本的面貌。」

「沒有問題，只要有亨伍德大人的臉，塔利兒先生就能讓任何人都無法識破妳原本的面目。」影休代替塔利兒回答。

「怕你掙扎毀了臉皮，只好對不起二哥你了。」時梨說完後，奧騰拔劍走向亨伍德……

亨伍德發出悶哼，聲音短而急促，隨後伽川堡再度恢復寧靜。

空曠的荒石地上倒著一男一女，男的傷重奄奄一息，女的輕傷昏迷不醒。一名身著軍官制服的藍髮男子悄然走到兩人身旁，靜靜地觀察他們的狀況。

帶著獨眼眼鏡的貴族身著白色正裝，頭戴紳士帽，一邊行走還不忘調整自己的衣裝，生怕衣服會凌亂。雖然他的模樣看起來很顯貴，身旁卻沒有其他下人隨從。

「你搞什麼？我叫你先過來了，結果你比我這個遠從北境趕來的人還要晚到？」亞基拉爾抱怨道。

「老大，我不是吃飽沒事幹，你可以找其他人幫忙。」銀諾也表現的很不甘願。

「我不希望這事太多人知道，何況紫都離這裡夠近了。」

銀諾彎下腰看著倒在地上的男女，「這是誰？逃難的情侶嗎？」

亞基拉爾將雀織音從地上抱起。「她是雀一羽的女兒。」

「傳言是真的？就是她嗎？」銀諾訝道，隨後他趨步向前。「不過怎麼是大人您帶走女的？那男的怎麼辦？」

亞基拉爾看著他，「你說呢？」

「不公平，我也要女孩。」銀諾不平的說。

「省省吧！她是以後對付雀一羽的利器。」

「那男的呢？」

「用來讓這女孩聽話的籌碼。」亞基拉爾強調：「別讓男的死了，我會找你算帳。」

「我堂堂一個首相，在紫都一人之下萬人之上，你叫我來做這種小廝幹的差活？」銀諾心不甘情不願地將羅伯特從地上扛起。「以後這種事您請下人做，我不會再理你。」

鬼牢

「看看你們做了些什麼？操他媽的，你們真是一群沒有用的酒囊飯桶。」身矮腿短的齊倫生氣地將木製長桌踢翻，模樣雖然滑稽，卻沒有人敢笑出聲來。新嶽貴族院督軍高伊札隨同齊倫返回鬼牢並一起巡視前線，沒想到意外地讓他看到最尷尬的情況。

北部冰凍高原是一片充滿死亡氣息的不毛之地。這裡雖然極為寒冷，卻不會降雪。在高原內有著會動的枯骨漫無目標的排徊、失控的石元素人、枯樹精等怪物。此區的地形容易不穩，常會有地震和斷層發生。其中有些凸起的孔丘地形會噴出瀰漫死亡氣息的綠氤。一群又一群團聚的吸血飛蟲像霧一樣，牠們可以瞬間讓一個安茲羅瑟人變成屍乾。

而建立在北部冰凍高原的冽風鎮是鬼牢與救贖者交戰的補給處，也是設置實驗研究所的重要據點。可是這個重鎮卻在三天前被救贖者的暮夜軍團與亞蘭納賀里蘭德的一支勁旅給聯手攻破了。冽風鎮勉強保住，但是實驗研究所卻被一把無情火給燒得一乾二淨。當齊倫看見一片狼藉的現場後只感到一陣頭暈目眩，隨後他的咆哮聲大到蓋過整片北部冰凍高原。

本該是嚴肅的科學重地，如今只剩下被燒成焦炭的黑屍、扶苦桑木的碎片，還有堆成山的垃圾。守軍將領派恩．黑梟以及副官杜鋒、督導官高鐸．長雲等三人在將官檢討會上對著齊倫下跪認罪。

「莫非實驗室中損失的資料正是你費盡二、三十年心思研究出的東西嗎？」督軍高伊札問。

「這……我……」不想不氣，越想越氣的齊倫朝著黑梟等人破口怒罵。「你們存心丟盡我的顏面。黑梟還有杜鋒，我要砍你們兩人的頭，你們的親屬也要受誅，屍體全部插在長竿上立於王城門外。」

「臣也有罪。」白髮蒼蒼、細長的垂臉滿是深紋傷痕的高鐸向齊倫懇求賜罪。

「你只是督導官，干你什麼事？滾一邊去。」齊倫怒道。

「是、是。」高鐸不敢直攖齊倫的怒氣，只能唯唯諾諾地退到一邊。

「我覺得這不是他們的錯。」督軍高伊札右邊腋下夾著左手拳頭，右手則摸著下巴作沉思狀說。

「怎麼不是？我聽說指揮官派恩和副官意見不合，成日爭吵。然後又放任站哨的衛兵飲酒作樂，就是軍紀不嚴才會有這種事發生。」齊倫高舉木椅往黑梟的頭砸落，木椅碎成一地。黑膚圓胖又醜臉的黑梟雖然沒事，還是假意的撫著頭，六隻耳朵懦弱地垂下，尖牙利口流著唾液。齊倫罵不停口：「就是有你們這群廢物軍官，今天冽風鎮才會失守，他媽的故意讓我三十年來的心血結晶付之一炬。」黑梟嚇得渾身發抖，跪在地上連動都不敢動。

「夠了，你別在我面前假裝懲罰手下。」高伊札拍著齊倫的肩說。

「你當我是在演戲？好不容易有成果的研究現在都沒了，是你就不生氣嗎？」齊倫叫道：「這事傳回新嶽讓雀一羽陛下知道我就麻煩了，你還質疑我對手下的處份，難道我會沒事就找手下開刀嗎？」

「其實研究資料——還在。」高鐸輕聲說。

「什麼？在那裡？」齊倫激動的揪住高鐸大叫。

「急什麼，讓他把話說完。」高伊札推開齊倫。「高鐸大人，你把詳細情況都說一遍。」

「這次對冽風鎮用兵的敵方指揮官是暮夜使徒納果亞奈。」

「納果亞奈？」高伊札問：「是那個以前曾經參與暮夜軍團獨立戰爭，事後又帶人掃蕩冰凍高原地帶的惡魂嗎？」

高鐸點頭。「是的，大人。」他接著說：「暮夜軍團最高領袖惡魂之王葵媧對他下了命令，讓他針對南隅各方勢力排佈侵略計畫，因此他打從一開始就有進軍冽風鎮的打算。為了達到目的，納果亞奈甚至和賀里蘭德暫時聯盟，只為了能一舉扳倒冽風鎮。」

「這就是鬼牢領主你的不對了，既然知道危險，為什麼不將研究所撤離到更安全的地方？」高伊札質疑齊倫道：「因為你的實驗需要用到救贖者身上的特殊物質，還有冽風鎮附近較多的扶苦桑樹，再加上遠離鬼牢才能讓你在活體上進行危險的測試。對嗎？」

齊倫一時語塞。

「因為材料可以就近取得才不遷移研究所，就是你自己疏懶。又因為你怕研究所的祕密洩漏，所以僅讓幾名菁英防守，雖然人少的確是較不會引人注意，可是當敵人入侵時卻沒有足夠的防守能力。我說的沒錯吧？這全都是你自己的過失。」督軍高伊札毫不留情地狠批齊倫。

齊倫要不是戴著鬼形面罩，他難堪的表情可要在手下面前顯露無遺。

「我聽說亞基拉爾離開高爐堡後有來到冰凍高原附近，他和這起事件有關嗎？」高伊札問。

派恩搖頭。「屬下不太清楚，不過確實有見到北境帝王和他的隨從在冽風鎮不遠處閒逛，雖然我們馬上嚴密監控他的動向，後來他卻什麼事也沒做就離開。」

齊倫勃然大怒。「什麼都不知道，你還配當冽風鎮的指揮官嗎？」他一腳踢倒黑梟。

天生一副病容，臉型消瘦到像骸骨，四隻眼睛的眼皮重重地垂下的副官杜鋒說：「那天我有看到督導官與亞基拉爾大人在交談，不過沒聽見在說些什麼。」

齊倫與高伊札同時看向高鐸。

督導官解釋道：「為了城鎮安全，我必須按照我的本務向亞基拉爾大人尋問來意。」

高伊札點頭。「是該這樣，就算你死了也可以從腦海中讀取這一段記憶。」

「雖不明白他的來意，可以確定的是暴君只不過恰好路經城鎮附近，他旋即再往更南方前去。」高鐸說。

「再往南就是暮夜軍團的大本營了，他到救贖者的地盤是想做什麼？」齊倫問。

「這就是我來此調查的工作，齊倫大人你忙你自己的就好，我看你也別費心在這件事之上了。」高伊札問：「那你剛剛說到研究資料還存在著是怎麼一回事？」

「呃……這個……」高鐸支支吾吾地說：「對方派出高大的食人魔獸——貪食。它吃了許多我們的士兵和領民，即使好不容易將它殺掉，可是它腐臭的身體卻噴出大量毒霧，我們根本沒法靠近研究所，只能用火把毒霧驅散掉。」

「火是你們自己放的？」齊倫大驚。

「資料呢？」高伊札追問。

「被……被天界三軍團帶走，落到宿星主的手中。」高鐸低著頭，音量漸漸轉小。

「那是不可以被天界人看到的東西，你們真是一群混蛋！」齊倫又燃起熊熊怒火。

「這下事情可就複雜了。」高伊札搖頭。「還有什麼我們不知道的事？全都說出來。」

杜鋒回答：「賀里蘭德的隊長獨眼黑弗曾經帶人去而復返，不自量力的妄想要將洌風鎮勦滅，可是被我一刀劈成兩半，手下囉嘍也一哄而散。」

「屍體有燒掉、屍骨有敲碎嗎？萬一屍體感染到活屍病又變成怨生魔偶爬起來會很糟糕。」高伊札很清楚救贖者是怎麼樣控制死屍。

「當然，畢竟我們和救贖者周旋那麼久了，這麼基本的事我一定會做到。」杜鋒保證。

「不知羞恥的東西，你們最基本的事就是要保護好洌風鎮才對。」齊倫怒道。

高鐸在這時插入話題。「宿星主有提到，他會等主上您回來後再與您聯繫，我想他人就快要到了。」

鬼牢領地，洌風鎮鎮長辦公室中，宿星主薩汀略爾親自與齊倫會面，身邊不帶一兵一卒。

齊倫一開口便主動表明會面之意。「我直截了當的和你說好了，把東西還我。」

宿星主以亞蘭納青年的模樣現身，他的外表高瘦斯文，一頭茶色旁分短髮，身上穿著白襯衫配一條黑領帶，雙手插在褲子口袋中，背對著齊倫。

「我和你在說話你卻背對我是什麼意思？沉默不答是表示你不想歸還嗎？還有，我看你那套衣服似乎就是亞蘭納人在婚宴喜慶上才會穿的服飾，你現在是對我們鬼牢發生的不幸在幸災樂禍？」齊倫越看他越不順眼，所有挑剔的話全都一併抱怨出口。

「別誤會。」薩汀略爾帶著微笑回過身面對齊倫。「正因為是和鬼牢領袖的汝見面，所以吾才特別裝扮；沉默不答只是想禮貌性地讓汝先說完話。」

一聽到天界人特有的口音，齊倫的耳朵便開始微微刺痛起來。「我相信天界人全都是有著高尚品格與尊嚴的正義人士，絕不屑去侵佔他人的財產，是吧？」

「假如這項東西有利於天下蒼生，那吾偶爾成為一次罪人也無不可。」宿星主一派從容地說。

齊倫卻氣得大小眼滿佈血絲。「你想走著進來然後躺著出去嗎？」

「在下雙腳踏遍蒼冥七界各處，還沒試過有那裡無法走出。」

「那就讓鬼牢成為您第一，也是最後一個永遠駐足的地方吧！」齊倫喝聲站起。

「慢著。」宿星主說：「吾看過爾等的研究，汝將救贖者的體液與汝之血混合，再經過一些特殊調配，最後利用扶苦桑當作溫床來培養新的病菌。」

「你的口音真討人厭。」齊倫大叫：「好樣的，竟然還偷看完了我的研究報告。好，我不和你介意這些，把樣本和研究報告全還給我。」

「口音的問題吾很抱歉，吾會盡量改過。」宿星主說：「樣本和研究報告天界需要，所以不能還給汝。」

「說要就要？你們憑什麼？就算我們埃蒙史塔斯與你們天界有合作關係你也無權佔據我的研究成果。」齊倫怒指對方。「警告你，在我還忍得住殺意對你說好話前，快把東西還來，免得要我鬼牢出動軍隊掃掉你們三軍團的據點。」

「這件事是汝可以作主的嗎？」宿星主揚起嘴角。

「去你的，死天界人，你這個假神在這邊說什麼鬼話？」齊倫對著天界人咆哮。

他聳著肩說：「天上眾神慈悲偉大，吾怎敢與神並稱？吾等都是以眾生利益出發，為了蒼冥七界的安定在努力，勸閣下放棄成見，一起貢獻心力。」

說得比唱得還好聽，齊倫哼了一聲。「別以為我不了解你們，天界人是出了名的口喊世界和平，心中唯恐天下不亂，全都是偽君子。」

「不要污衊神聖的天界。」宿星主臉色一沉。「總之，天界需要汝的研究，所以沒辦法歸還，這點還請汝見諒。」他拿出兩顆首級擺在桌上，黝黑又無毛髮的頭顱是納果亞奈；另一顆為頭骨變形的血淋淋腦袋。「其為納果亞奈身旁的副官——辛卡。是他們救贖者的小隊長。吾拿來當作交換的東西汝還滿意嗎？」

「你殺掉他們是你自己的事，我幹嘛拿研究資料和你換兩顆沒用的頭？」

「這只是吾等示好的一種方式，難道汝就不能退一步嗎？」宿星主壓低姿態說。

「沒得講，你東西不還我就只有撕破臉。」齊倫堅持道。

「齊倫大人。」突兀的聲音出現在牆壁上，梵迦的臉投射在壁面。「你就讓給天界吧！」

「梵迦大人？原來你已經知道了，但你卻選擇幫天界說話？」

「安靜。」梵迦以強硬的口吻說：「這是聖王陛下的命令，毋需多言。」

宿星主笑著點頭致意。「請代吾向聖王致上萬分謝意，真感激不盡。雖然想多表達天界的感恩之情，但實在是事務繁忙，吾不得不返回處理。」

「嗯，您客氣了，就請您慢走。」梵迦也回之以禮。

「把桌上的兩顆死人頭帶走，鬼牢不需要。」齊倫語氣尖酸地說：「要小心吶！你殺害了惡魂之王的使者，說不定晚上會有活屍咬斷你的脖子。請記得要燒掉屍體，敲碎骨頭，然後將灰灑遍大地。」

「多謝提點，不過天界比爾等更懂得與救贖者進行戰鬥。」說完後，宿星主的身影在辦公室內消失無蹤。

齊倫怒然回頭。「說什麼聖王的命令，根本就是你自己的意見。」

「沉住氣。」梵迦安撫著：「失去後才能得到更多，你怎麼知道損失不會變成利益呢？這次的付出就當成是對天界的投資，這麼想的話也許您會舒服些。」

齊倫不以為然。「你們新嶽的高官說什麼就是什麼，我們這些宣誓的封臣那敢有什麼意見？」

梵迦輕嘆一口氣。「唉，讓薩汀略爾用你的研究去對付亞基拉爾，總比你成天拿活人做研究卻總是試不出什麼名堂還要來得好吧？眼界放遠一點。不久之後其他區的領主必定會來向你求援，還擔心收不回成本嗎？」

世上最幸運的事莫過於天上掉下來的禮物了，沒有什麼比不勞而獲更值得讓人高興。

梵迦．石葉，你太了不起了！把我辛苦的結晶輕易的拱手讓人，就為了「埃蒙史塔斯家族」這個大前提。那可是我的命根子啊！我到底得到了什麼回饋？回到玄夜城的齊倫仍舊對那一天的事耿耿於懷。數十天後，督軍高伊札由南部冰凍高原回到鬼牢，他隨即與齊倫見上一面。

「聽說那天的交談過程很不順利？」高伊札明知故問，答案已經寫在齊倫的態度上。

「新嶽的督軍大人光臨我國，令鬼牢玄夜城蓬華生輝，就不知道督軍大人來訪有何指教？」

「說話又何必語帶尖酸呢？」高伊札說：「我以為齊倫大人是懂得觀察大局的領主。」

「我懂，你以為薩汀略爾能從我這兒拿走研究樣本是因為什麼？」齊倫語氣加重的說：「還不就為了你他媽的大局。」

「過些時候你會了解梵迦大人的用心。」高伊札向他保證。「亞基拉爾會成為你研究結果下的最佳試驗人選。」

齊倫厭惡的哼了一聲。「天界人說他們懂得和救贖者戰鬥，也懂得和安茲羅瑟人戰鬥，我看他們唯一不懂的只有停止戰鬥。那些長翅膀的笑臉人就愛戰爭，這樣才能為他們空虛的內心帶來滿足感。」

「嘿，我們不也是一樣嗎？」高伊札接著問：「我路過冽風鎮時還特別去關心了一下。」他饒富意味地掃視了一下齊倫。「你竟然沒處罰派恩他們，真出乎我意料之外。」

「梵迦大人要我別怪罪手下，我能怎麼辦？」齊倫以挖苦人的語氣說：「新嶽很了不起嘛！管到鬼牢的內政來了。」

「梵迦大人沒錯。」高伊札贊同這種判決。

「他沒錯，手下也沒錯，是我錯了。我不該將研究所設在冽風鎮，應該早點把研究資料撤走，是我錯了。」

「別那麼意氣用事，你那幼稚的模樣真的很難看。」高伊札不耐地說：「你什麼都好，就管理層面來看你還是有才能的。可是一講到研究的事，你就倔強的像個孩子。以前米夏還在的時候就夠讓人頭疼的了，現在的你和當初的他幾乎就像一個模子刻出來……」

齊倫馬上打斷督軍的話。「別拿我和賽恩．米夏相提並論，那個人生的失敗者現在也只能躲在亞蘭納，然後一輩子靠著那些廢鐵般的機器人來照顧他的餘生。」

「那我們不談他，來講講我的目的。」高伊札問：「新獄指導會議交代下來的任務呢？」

齊倫揮手。「不是我負責的。」他一邊埋頭於手上的工作，一邊回答：「負責伊瑪拜茲家族的是爵士白凌．寒刃，針對安達瑞特家族的工作我交給男爵布利考．魁。你想知道工作進度？那麻煩您高抬貴足，自己過去問他們。」

高伊札臉色驟變。「齊倫大人你存心想惹惱我？就算你把工作交給為你效力的家族手下，那也是你要匯整好資料，然後讓我過目才對。」

「沒那種閒工夫。」齊倫停下工作，他一對大小眼瞪著高伊札。「我的病菌全沒了，現在除非再把病菌找回來，否則其他的事我不想分神去關心。梵迦大人不是命令你監督嗎？那我也把鬼牢的所有權力交給你，讓你好好發揮。反正新獄的高官做什麼事也從不經過我的同意。」

「你這是在和我們過不去嗎？不，是你和你自己過不去。這是誰的領地？鬼牢就算被敵人攻破你也無動於衷？到時候你就一個人慢慢玩你的細菌。」階級和職位都高於自己，高伊札也拿齊倫沒辦法。

「攻破？能那麼簡單攻下我鬼牢，救贖者和亞蘭納賤種們就不用那麼費盡心思。」齊倫推開高伊札。「我還有很多事要忙，你就順道幫我看看前線的狀況，我抽不出身了。回頭你再用記憶移轉的方式告訴我視察的結果就行了，你想什麼時候回新嶽就什麼時候回去，恕我無法親自送別。」

「好啊！我就等著看鬼牢什麼時候被攻下。」高伊札回的只是氣話，並不是真的那麼想。

「鬼牢什麼時候被攻下我不知道，既然梵迦都說我對天界投資的研究會有回報，那我覺得——天界應該會為我決定以後的命運。」說完，他轉頭繼續埋首於研究。

這個人沒救了，高伊札心想。他彷彿看見幾百年前那個迂腐的賽恩・米夏，他也是只相信自己創造出來的生物機械會改變世界，除此之外什麼都可以無所謂。

位於南部冰凍高原，那裡有一處飄著鬼魂的黑湖，鬼牢轄區冰霜崗也設於此處，作為對抗賀里蘭德和救贖者的最前線據點。儘管事前已接受了梵迦・石葉的指示，並且也獲得鬼牢齊倫的許可，但督軍高伊札仍不免覺得自己有越權的疑慮，這似乎超過了他所負責的範圍。

「你們知道我來此要幹嘛嗎？」督軍高伊札一到冰霜崗馬上就以齊倫的權限召開會議，駐地的官員雖然不明究理，但還是全部出席。

「督軍大人莫非是要來黑湖釣骨頭魚嗎？」對著高伊札無禮開玩笑的人是夏丹紳士。他看起來既圓胖又愚蠢，皮膚長滿皰子，黑色髮絲又油又粗，血盆大口內滿是尖牙，說話時口水還會順著嘴角流下。他已經在冰霜崗任職超過三百年了。「那種魚有毒，又只有骨頭沒有肉，你放下餌它會去吃，但是釣起來後你卻不能吃它。話雖如此，如果大人您需要留個紀念品倒是不錯的選擇，您可以將它掛在頭上當作裝飾。」

席間傳出微微的笑聲。

「難道每日的軍務會報你們都是這樣子開的嗎？」督軍高伊札顯然沒因為夏丹紳士的話而覺得心情愉悅。

高階軍官丁贊是齊倫的直屬手下，他是席間最具人型模樣的安茲羅瑟人。有一頭旁分的橘色短髮，戴著金絲細框眼鏡，人中留著一撮八字鬍。若要說他與亞蘭納人有什麼不同，肯定是他背後的一對獸翼以及多了一雙獸臂。「督軍大人要來的消息我們事前就得知了。只是我們平常都沒開軍務會報的習慣，一時之間有些疏忽。」

高伊札不滿地抿嘴。「這是你們對我這督軍大人說話的態度嗎？沒大沒小。丁贊大人，搞清楚你的身分和場合，什麼話該說什麼話不該說你難道還分不清楚嗎？沒在開軍務會報？是不是要我將你們每一個人都辦上一條瀆職罪才甘願？領導階級全部一支過，其餘人都記申誡。然後再送你們到非亞的病榻地獄中蹲個幾百年，如何？」

三等公冰霜崗總管德林諾．石筆是一個躲事又怕事的人，他長得細瘦高額，紫色皮膚，頭生尖角。「丁贊大人說的只是玩笑話，我們怎麼可能不守軍規到連軍務會報都不開？待在病榻地獄中一定會被兇惡的邵．鐮風啃得一乾二淨的，儘管開玩笑者有罪，卻不至於得受到這等刑罰。請督軍大人網開一面，我向您誠摯地道歉，以後絕不會有相同的情形發生。」

「什麼督軍？階級比丁贊大人低還擺那麼高姿態。」夏丹說這句話時沒有發出聲音，只是動著嘴唇。

敏銳的高伊札馬上就讀出他想說的話。「所以你的意思是想讓我和丁贊大人到外面比試一場囉？」

「不，我那敢。」丁贊搖著手。

「各位大人聽好了，我既然是齊倫閣下授權我監督的官員，自然就會做到我該做的事。」高伊札目光掃過席間每一位成員。「也許你們從不把亞蘭納人放在眼中，可是你們也從沒盡到責任，好好地去限制這些賤種們的行動。南隅可不比北境，這塊地上沒有天界人設下的結界。賀里蘭德人自從透過亞基拉爾開傳送門的幫助在這裡劃上一塊領區後，這群雜種變得想來就來，想走就走。讓亞蘭納人肆無忌憚了那麼久，卻也不見你們有什麼作為。亞蘭納人當我們是惡魔，你們何不一人一口去將亞蘭納人吃個一乾二淨，省得麻煩事一樁接著一樁？」

「一直吃那些亞蘭納人是會噎死的。」

德林諾瞪著那個胖子。「夏丹紳士，你閉嘴。」

「沒有您想的那麼簡單，這些亞蘭納人非常頑強，打又不退，殺又殺不完。你可能削斷他一條腿，然後他馬上又拄著拐杖，一跛一跛的找了一群人要來向你報仇。」丁贊搖頭說。他的一雙手交叉擺在舊書本上。

「所以呢？這就是你們無所作為的藉口？你們看不起他們，可是又拿他們一點辦法都沒有？」高伊札擠出一絲鄙視的笑容。

「不是沒有辦法，而是您不曉得這些渣滓有多難纏。」德林諾的手指敲著桌面。「唉，該怎麼說呢？大人您長居於新嶽，實在不太了解這邊的動態。」

「我的確是不了解，我唯一看到的只有一群懈怠的懶兵。」高伊札目光不管看向誰，那個人一定低下頭不敢直視督軍。

「請問您希望我們做到什麼程度？」丁贊代表眾人發問。

「做到自己該做的程度。」高伊札將身體更貼近桌子。「拿這次的事件來說，獨眼黑弗和他的小隊是怎麼越過防線的？不就是你們的失誤嗎？」

夏丹搔著頭。「如果救贖者真的幫助亞蘭納的話，那他們可會有十來種越過防線的方法。」

席間議論紛紛，交頭接耳。

「安靜。」高伊札高舉右手示意眾人停下發言。「你們就是這副德性，所以才該辦你們的罪。一群人只會說一些沒意義的廢話，出了事後再來補破洞、推卸責任，誰讓你們分析他們有幾種越過防線的方法？我是要你們未雨綢繆。」

「這件事不難辦，正好今天有一名來自賀里蘭德的使者要與我們商談合做事宜。」丁贊拍著手掌，他的手下馬上就了解意思，隨即去將那名使者帶到會議室來。

「我們和賀里蘭德賤種們有什麼好談合作？堂堂安茲羅瑟人還需要和亞蘭納人同盟豈不是貽笑大方？」

丁贊立刻回應督軍的疑慮。「強攻賀里蘭德往往成效不佳，內部分化他們不但可以讓我軍減少損失，之後趁敵人自亂陣腳時再輕而易舉地將他們鏟除。他們的反對黨遭到執政黨的驅逐，現在轉為地下化。而今他們向我方提出協助的請求，希望我們能幫他們奪回賀里蘭德的執政權，不論任何代價！」

「我能相信他嗎？」

丁贊莞爾一笑。「在座不乏有讀心術的強者，區區一名亞蘭納人來到這裡，他的一舉一動，一思一念全在我們掌握中，有什麼好擔心？或是大人您認為席間有人是賀里蘭德的內應？」

高伊札雙手交叉於胸前。「這絕不可能。不會有人自甘墮落去向卑劣的亞蘭納人伏首稱臣。」

來自賀里蘭德的男子隨著手下一同進入會議廳中，督軍高伊札用他敵意的目光從頭到腳打量著他。來者有一頭烏黑的長髮，瀏海蓋過他的半臉顯得陰沉，落腮鬍子修剪很整齊，長臉五官立體，有一雙冷酷的眼神。

男子向所有大人致上禮貌的鞠躬禮。「先自我介紹，我是賀里蘭德的長槍黨主席——克里斯・佐伯。」

「敢單身赴會，你膽量不小。」高伊札語帶試探地說。

「沒什麼比一無所有更令人害怕，然而一無所有的人卻是什麼都不怕。」克里斯點頭說：「大人，您曉得富貴險中求這句話嗎？」

「哼，很好。」高伊札單拳頂著下巴，一副面試官的姿勢。「你認為你自己可以為我們帶來什麼幫助？」

「傾盡全力——效忠我鬼牢。」克里斯單膝跪地，向鬼牢宣誓。

高伊札先是一愣，再來他才意會到是什麼回事。「這個人的眼神……」高伊札察覺到克里斯身上的異樣。「你們對他使用了心靈控制？」

丁贊將書本推到一旁，輕笑著。「這個人被賀里蘭德皇家禁衛隊追捕到城外時，是我們的人救下他。因為見他尚有可利用價值，所以對他施以心靈控制之術。事前沒有對您說明，真的深感抱歉，我不是有意開您玩笑。」

「也罷。」高伊札身體後躺，整個人靠在椅背上。「賤種的腦中有什麼有用的資料嗎？」然後他又搖著頭說：「不，我不要雜亂無章的資料，我要經過整理，並確定是對我們有實質效用的資訊。」

丁贊拍著手，像是給予寵物指示般說。「來，請你為我們的督軍大人講講有用的資訊。」

克里斯選在長桌末座的位置坐下，高伊札登時又有意見。「你坐那麼遠幹什麼？我雖然聽力不錯，可是我要的是仔細聽。懂嗎？」他瞟了夏丹紳士一眼。「紳士大人，勞煩您和他換座位。」

「我？為什麼？」夏丹萬萬沒想到自己一介紳士竟然被人趕到末座。「他是賤種耶，我為什麼要和他換座位？」

冰霜崗總管德林諾面露不悅。「督軍大人叫你滾到末座，你磨蹭什麼？還不過去嗎？」

夏丹只能挪動他笨重的身軀，心不甘情不願地和克里斯換座位。

「大人，我離得太遠了，讓我沒辦法看見您的威嚴，也聽不到您的諄諄告誡聲。」才剛坐到位子上，夏丹便出口抱怨。

高伊札湊近丁贊，然後在他的耳邊用眾人都聽得到的音量說：「如果夏丹紳士的眼睛和耳朵都沒辦法發揮作用，那也太可憐了，勞煩丁贊大人將他的眼珠剜出，耳朵割掉。」他回歸正常坐姿後，似乎想到了什麼，於是又多補充一點。「喔對了，他那張嘴再叨叨的唸個不停的話，就連嘴也給縫上。」

夏丹被高伊札的話嚇到。「不、不要，我安靜就是。」

「好了，我現在想聽聽有用的話。」高伊札面向克里斯。「你的腦中真有我愛聽的話嗎？」

「黑暗圈。」克里斯面朝丁贊而非高伊札。他以不帶感情的語調說：「黑暗圈擴散的太快了，亞蘭納五國沒有應對之策。」

高伊札長吁一口氣。「奧底克西的詛咒嗎？聖路之地應該會全部淪陷吧？」他咬著手指甲，若有所思。「該死的亞基拉爾和加列斯，竟然留下這種要命的禍患。」

「這對我們來說不是很有利嗎？」德林諾說：「放著不管也許賀里蘭德就會自己毀滅。」

「德林諾大人，莫非您聞不到煙硝味？」

德林諾看著丁贊。「你這話是什麼意思？」

「奧底克西可能沒死，或有人想復活這個往昔之主。」丁贊手指交叉擺於臉前。「故弄玄虛的可能性很低，事出必有因，黑暗圈的形成我們也該有所警覺。」

「我以為你們只會渾渾噩噩的過日子，原來你們也是肯動腦的人。」高伊札故意以話嘲弄他們，然而這只是一下子，他很快又恢復嚴肅。「黑暗圈如果透過傳送門蔓延到南隅可不是鬧著玩，這件事我得回報梵迦大人。」他低頭沉吟。「好吧！讓我們來重新討論……」他再次面向克里斯。

南部冰凍高原的地勢比北部冰凍高原要來得更高，地震與地面斷層的發生率也更為頻繁，崩裂的地形很快地便重合，但重合後又會再次被震開。不穩的地層就像是一名反覆無常的瘋子，完全沒有休止之時。空氣間瀰漫著濃厚又無法驅散的綠氤。在此活動的生物大大地減少，然而救贖者的數量卻不斷增加。

督軍高伊札為了前往多克索禮拜大聖堂，他還得避開在尖嘯者提道上駐紮的暮夜軍團。

傳說安茲羅瑟人的創造神多克索曾經在這片南部冰凍高原展現過祂的神蹟，而受惠者正是鬼牢轄下的一個封臣——葛利高家族。

葛利高家族為了紀念這位偉大又值得尊敬的神祇，於是在祂展示神蹟的所在地建造了多克索禮拜大教堂，並且世世代代誠心誠意地祭祀著。

「世事滄桑幾經更迭，昔日繁榮如過往雲煙。」自從葛利高家族遭到救贖者暮夜軍團的攻擊後，整個家族只得無奈地往北方遷移。最後一代的家族長昆茲克・葛利高望著被敵人侵占的南方家園時，不由得難過的感嘆。

如今的多克索禮拜大聖堂儼然成為南部冰凍高原反抗救贖者的最大基地，昆茲克・葛利高就任基地最高指揮者。

「昆茲克指揮官，您好。」高伊札欠身。「梵迦大人雖然遠在新嶽，但仍不時擔憂著大教堂的狀況。見您平安無事，沒什麼事比這更值得開心。」他為指揮官引見跟隨前來的手下們。「他們五人是新嶽的菁英特務，奉聖王陛下的命令前來協防，相信能為此地的駐軍增添不少戰力。」高伊札指著其中一位壯漢說：「他是隊長嘯廷，也是五人小隊的隊長。」

「指揮官大人，請允許我們加入終夜之刻。」嘯廷彎腰鞠躬。

「很好，感謝聖王陛下的支援，在此也歡迎各位弟兄加入我們終夜之刻。」昆茲克請高伊札入座。「您初來乍到，讓我為督軍大人分析這裡的勢力分布狀況。」昆茲克長得人高馬大，體型寬胖，有一個沉甸甸的肚子，他的頭頂沒有毛髮，只有三顆像是肉瘤的突起物，後腦是他還保留著頭髮的位置，他把僅存的髮絲留到了腰際。

「是，勞煩男爵昆茲克大人為我解說。」高伊札非常同情這位家園殘破的家族領袖。

「這兩位寒刃家族的家臣：馴犬者羅剛．矯臉、獵人馮尼．矯臉，您應該不陌生。」

膚色如黑炭，長得又粗獷的羅剛以及灰色頭髮又只有一顆眼睛的馮尼向督軍高伊札行禮。

「他們的家園在南部冰凍高原的東南角，和我的家族一樣是暮夜軍團進攻下的犧牲者，而今他們整個家族已經往北遷移。為了向救贖者復仇，寒刃家族派了矯臉兄弟來協助我們。」昆茲克再介紹下一位：「血鷹，魁氏家族的家臣，同樣也是您熟悉的人。」

血鷹的皮膚既紅又殘破，黑色長髮，無眉，凸起的雙眼會發出綠色亮光，凸起的大嘴滿佈利齒。「向新獄督軍大人行禮。」

「不用多禮。」高伊札用眼角餘光，一臉戒慎的看向座位角落的兩名天界人，他問：「這兩位是？」

「以對抗救贖者為前提而提出短暫合做事宜的天界三軍團使者，他們會在此與終夜之刻一起擬定戰略。」昆茲克介紹：「左邊那位是雷穆德之子黯守高庭戰士葉，右邊那位是雷穆德之子黯守高庭檢察官懷森。」

兩名天界人身穿一襲黑色的連帽法袍，上面的圖騰以亮金色塗成。除了背後的一對黑色羽翼外，基本上他們的面貌全看不見。

黑翼天界人是出名的破壞狂，他們不與你講情理，只要他們認定是對的事，就會義無反顧的去做。高伊札心想，和這樣的傢伙合作沒問題嗎？

昆茲克在桌上攤開皮製地圖。他粗肥的手指劃向尖嘯者堤道。「我們重要的通道被那群該死的渣滓佔據了，嚴重影響到補給和作戰的動線。假如有外援會在此被攔截，若我們遇襲要撤退也會遭到阻撓，所以這條堤道上的救贖者非淨空不可。」

堤道上的救贖者士兵和活屍數目遠比高伊札想像還要來得更多，逼得他也只能一邊隱匿行蹤一邊繞路離開。若想將堤道淨空恐怕非常困難，這不是軍隊數量劣勢的終夜之刻能夠辦到的事。高伊札看著兩位沉默不語的天界人，心中覺得也許他們的存在是必要的。

他的手指開始往地圖右方遊移。「沿著堤道不斷向正東方前進，就是這個地方。」昆茲克的指尖停在地圖上畫有城堡圖案的地方。「以前是葛利高堡，現在是三軍團的其中一個據點。」

高伊札完全想錯了，他剛剛不應該有依靠天界人的想法，這群人只是侵佔別人家園的強盜。彷彿看穿高伊札的想法，昆茲克倒是泰然的笑道：「三軍團幫我收復了被救贖者佔據的葛利高堡，我確實該感謝他們。」

檢察官懷森稍微抬高了頭。「檢察總長有令，除了吾等天界人外，任何人只要接近要塞一律淨化，所以請別以身試火。」

口氣真不小，天界人果然不知道厚顏無恥四個字怎麼寫。若非昆茲克需要借助你們的力量，他也不必對天界人忍氣吞聲。高伊札很想代替葛利高家族出手教訓他們，可惜他也得顧全大局。

「東南角剛剛已經說過了，以前是寒刃家族的所在地，現在則成了一處廢墟，被無主的活屍和四處遊蕩的骸骨兵佔據。」

寒刃家的人並沒有特別顯露什麼表情。

魁氏家族也是一樣，自從在北方冰凍高原的根據地被救贖者攻破後，他們也搬離了原本的居住地，和寒刃家族一起遷往更北方之地。

以前的冰凍高原全都是鬼牢的轄地，無南北之分。自從暮夜軍團入侵後，自己的根據地被佔走不說，許多家族和領民為了躲避災厄也只能狼狽的遷到各處。

「這裡。」昆茲克指著地圖的下方。「正南角，也就是以前的新約德望。當時是個大城鎮，有許多的住戶、商家、跑貿易的商隊、膜拜多克索的信徒、遊覽世界的旅人等，通通都會在這座城市歇腳。如今只是個讓人聞風色變的殺戮戰場，繁華轉為破敗的廢棄城市。」

「新約德望就是我們抵抗暮夜軍團的一條重要防線嗎？」高伊札問。

「終夜之刻至今還沒有辦法完全控制那個地方。」昆茲克說：「暮夜軍團和賀里蘭德至少有一半以上的城市控制權，它們多集中在城西貴族區；天界佔據四分之一，集中在城南的舊市集；我們也佔了四分之一的控制權，多集中在城東的住宅區。」

「天界不是與我們一同合作掃除暮夜軍團嗎？」

黯守高庭檢察官語氣冷淡地回答。「軍團長有令，天界要取得新約德望的所有控制權，不論任何異端、怪物、邪教徒通通都要被驅逐。天界和終夜之刻的合作僅限於清除尖嘯者堤道上的障礙，其餘事項均不在雙方協議的範圍。」

懶得與你爭辯。高伊札不屑地哼了一聲，隨即與昆茲克一同走出大聖堂外。他們一邊視察周遭情況，一邊繼續剛才的話題。高伊札問：「新約德望目前由誰指揮？」

「鬼牢玄夜城首席咒術師凱隆．血瞳。」

高伊札認同地點頭。「原來是咒術幻象大師，怪不得最近都沒他的消息，就是因為他被派到這裡來了。」他再問：「凱隆大人雖然是咒術高手，但對手是救贖者這點還是很讓人擔心，我能過去看看嗎？」

昆茲克面有難色。「那裡現在是非常雜亂的是非之地，四方勢力每天在那裡上演激烈的爭奪戰，因此如非必要，我建議您打消這個念頭。不過我可以和您保證，在凱隆大人的控制之下，新約德望的狀況還是非常穩定。」

「我明白了。」當他們兩人走過大聖堂後方的墓地時，手下們正在燒著屍體，有些人則忙著敲碎骨頭，即使他們看見昆茲克與高伊札巡到此處，也是忙得沒有時間上前致意。

地上躺著一名奄奄一息的安茲羅瑟人，他肚破腸流，倒在地上哀嚎。

「被救贖者弄傷，即使是我們安茲羅瑟人有的時候也會因為沒有辦法讓身體的自癒能力發揮作用，最後只能等死。」昆茲克下了命令。「快燒了他，否則染上活屍病只會造成危險。」

手下們趕緊過來一人一邊抬起傷者，再來便粗暴地將他直接拋入火堆內燒。

「另外，我聽說新約德望西北方還有一處亞蘭納人的哨站？」

昆茲克點頭。「他們藏得很隱密，不會和任何勢力發生衝突。我想應該是賀里蘭德想要觀察新約德望內的勢力消長才派出的偵查部隊，近來他們的人數日漸減少，也沒有再補充的趨勢，相信很快就會全部退出這片土地。」

「我還有一件事要問您。」

昆茲克納悶地看著督軍。「大人請說。」

「請問您在這附近有見過亞基拉爾·翔嗎？」

昆茲克顯然一時之間還沒辦法理解高伊札的問題。

「我的意思是，您的斥侯、哨兵、巡邏隊有在南部冰凍高原見過亞基拉爾·翔嗎？」

「北境皇帝？他來南隅了嗎？我真的沒聽過他的消息，他來做什麼？」

高伊札擺手。「沒有，沒看過就算了，沒什麼特別的事。」

「請問您打算留在此多久呢？」昆茲克問。

「新獄還有要事，恐怕不會在此久留。」

自從大聖堂遭到救贖者左右夾擊後，他們所面對的龐大壓力讓每一位官兵都面帶憂容、神情肅穆，天天戒慎戒恐的面對，生怕最後的領區就要被奪去，與冽風鎮和冰霜崗的守備人員態度截然不同。

回到大聖堂門口，天界的使者正要離開。他們雙方擦身而過，沒有任何互動。

高伊札看著天界人的背影與黑翼隱入綠氤之中，不知為何隱隱有一股不安之感油然而生。

非亞

埃蒙史塔斯之眼，監視者·戴曦騎在一匹華麗的獨角馬上，帶著他的隨扈一行人浩浩蕩蕩的來到非亞，他們沿路搖著埃蒙史塔斯的旗幟，遇到擋道者便喝退，就怕別人不知道他是新嶽的使者。

非亞同樣位處於囹圄長沼流域，其地點坐落在新嶽西北方、厄法的東南。長沼的綠水流入一處名為麻瘋地洞的陷坑內，形成獨特的地理環境。非亞以巨大的地洞為領地，由高到低劃分出管理、住地、沼地三區。受到沼澤地的影響，沼地居民的皮膚幾乎都產生異變，不是長滿腫瘤，就是肢體畸形扭曲，他們的外貌在陰暗的洞中使他們看起來更加詭異。除此之外還有一些沼地生物與他們群居，像是皮膚粗糙有許多部足和眼睛的黏怪、肉食的無眼血鰻、帶來疾病的毒蚊等，這些都成為戴曦不想來視導非亞的主要原因。髒又亂的環境令他作嘔厭惡，黏又溼的地洞讓他渾身不自在。可是偏偏梵迦又特別指明要他前來督導，再怎麼不情願也只能默默地接下任務，他心中羨慕著被派往鬼牢的高伊札。不、不對，其實他也不想到救贖者的地盤與腐屍、亡骸、亞蘭納人為伍，還是只有待在新嶽中最是自在。

麻瘋地洞外駐紮一支陌生的軍隊，雖然這對非亞而言是稀鬆平常的事，但是戴曦還是駕著馬過去詢問他們的來歷。

士兵們正在吃飯，沒人理會戴曦的問話。更明白的說，這些人根本對他不屑一顧。

「你們是什麼態度？這位是新嶽的貴族院督導，高階指導會議的主事人之一，人稱埃蒙史塔斯之眼的監視者戴曦大人。」瓦拉．書格大聲的指責他們，可是這些軍人卻充耳不聞，只是默然地看著戴曦與他的隨從。

「瓦拉，算了。」戴曦知道自己無權追問他們，而且也不想與這群人發生衝突。「辦我們自己該做的事就好。」

「哼，你們小心一點，這裡可是埃蒙史塔斯的地盤，別惹事生非。」瓦拉是戴曦的直屬部下，指導議會的參謀之一，留著墨綠色的長直髮，文質彬彬的長相。因為說了很多戴曦愛聽的話，所以拔陞了他的職位，現在是監視者身邊的寵臣。

戴曦留下了馬和大部分的侍衛在非亞外頭駐守，自己與瓦拉還有三名護衛以步行的方式進入非亞。

「戴曦大人，我代表非亞誠摯地來迎接您。」富文笑道：「雖然大家都知道您只是想敷衍了事好交差，不過這也不是什麼大問題。我們已經為您安排好房間了，您可以過去一邊休息一邊想著督導評語，然後等您報告弄完要返回新嶽時，我再派手下送您離開。」

「非亞的子爵富文大人，不要用這種語氣來歡迎督導官，戴曦大人怎麼說也是你的上司。」瓦拉替戴曦說出心中想說的話。

這也是他不想來視導的另一個原因，這裡的官兵全都一個死樣子，無禮且不懂得待客之道、粗魯又不了解分寸、態度傲慢又不知道該收斂。尤其是這個富文．戴利子爵……他的我行我素在埃蒙史塔斯家族內是出了名的。他從來不會看場合說話，以前就發生過在家族聚會中公開地表示贊同亞基拉爾理念這類脫序的發言而惹來其他貴族非議。因為他在掠奪敵人的領地時不管是多麼小的財物也不放過，一律搜括得一乾二淨，這樣貪婪的性格也讓他有了無限掠奪者的外號。

「非亞外面停駐其他區的士兵，他們沒有旗幟，身上的軍袍也沒有徽記，就像是刻意要掩蓋自身來歷。」戴曦問：「難道非亞現在有其他國的使者來訪嗎？」

「顯而易見，確實是如此。」富文的淺灰色長髮似乎是綁成髮髻，但因為髮尾實在太長而垂落，看起來倒很像是馬尾髮型。垂下的瀏海遮不住他臉上的傷疤，其中右臉有一道由額頭直落到下巴的超長刀疤。儘管地洞內已經很陰暗，但他臉上依然掛著圓形鏡片的墨晶眼鏡。而口中叼著一根像是雪茄之類的東西，事實上那只是一種瓜類。

「所以是來自那區？」戴曦問。

「很抱歉，他們負責押解昭雲閣公義法庭審判後的犯人，現在要前往病榻地獄。由於這已經超出您的職權範圍了，就恕我無法回答您的問題。」富文為難地拒絕回答。

「督導官說什麼你就回答什麼就是了，擺什麼姿態？」瓦拉一怒之下朝富文揮鞭打去。

富文輕易地以赤手接下皮鞭。「瓦拉大人，該客氣的人是您吧？我尊重督導官大人可不表示能讓你對我放肆！」他一腳踢中瓦拉的腹部。瓦拉挨了一腳，抱著肚子痛苦地跪在地上，口中發出難受的乾嘔聲。「你忘了老子是什麼階級嗎？」富文朝地面啐了一口。

「哼，病榻地獄。」根據戴曦所知，那是由昭雲閣公義法庭所設立的一座監獄，安茲羅瑟二十三區的重大罪犯，因為特殊原因或犯罪者曾經是位高權重的高階貴族、政治犯、思想異見者等，無法直接被處決的，通常都會被押解到病榻地獄並終身監禁。監獄設在非亞更底層的地洞中，所以昭雲閣讓非亞保有代管犯人的權利，這一點也獲得其他二十二區的同意。戴曦雖然身為埃蒙史塔斯家的督導官，卻沒有權力去干涉病榻地獄的事務，畢竟昭雲閣的權力還是大於家族。「反正我此行的目的也不是為了那些不見天日、沒有未來的人，剛才的事就算了。克勞頓大人呢？明知道我過來督導，身為非亞領導者的他卻不親自迎接，只派你一個當代表也未免太瞧不起我。」

「此時此刻，領主大人他應該正在俠巫大廳中開會。」富文禮貌地向前方指引著。「您以前來過非亞幾次都很匆忙對嗎？您對我們應該很不了解，就由我為您帶路，這一路上也能為您解說非亞的環境與近況，接著我再帶您去見克勞頓大人。」

富文的手下拿著燃燒的火把導引著地洞內濕黏、彎曲又複雜的路徑，只不過火把並不是用來照亮道路，而是用來驅趕害蟲。非亞上層的人體格巨大，皮膚如鐵；中層的人變得瘦小，皮膚乾硬長著腫塊，臉和身體受到沼地影響而變異；下層幾乎都是蟲子和沼地生物。

基本上，非亞既沒外患，也沒內憂，在地洞中的生活雖然潮溼又骯髒，日子卻過得很單純，沒有什麼好督導的事物。戴曦心中越想越對這次的任務感到不滿，但是也只能放寬心，當作是一次參觀同盟領地的旅行。

一名戴著皮製圓帽，身形矮小的人正好路過，他所戴著的帽子因為帽簷很長的關係幾乎擋住了臉。當這個人與隊伍交會而過時，戴曦卻驚覺不對，連忙以手杖急勾那個人的領子。

「小子，敢盜大爺的東西？你知道我是誰嗎？」戴曦怒道。

「唉呀！大人是不是誤會了？我只是一名剛巧路過的行人。」那個人偷東西的速度很快，被逮住卻很容易。見他回答不慌不忙的樣子，戴曦判斷若不是對方很有自信不被懷疑，那麼就是故意在挑釁自己。不管是那一種，戴曦肯定不想輕易饒過他。

「得了吧！唐吉納，東西乖乖拿出來，別把場面弄得難看，你不知道這位是新嶽來的督導官大人嗎？」富文走了過去，伸手要翻唐吉納的腰袋，不過反被他一把退開。富文嘲笑道：「『神偷』狡猾的唐吉納身手真是退步了。偷別人的東西不但被察覺，還被人贓俱獲的逮個正著。」

唐吉納嗤之以鼻。「阿掠，做人要厚道，別滿口胡謅誣賴別人。說我偷這位大人的東西？你倒是說說看我偷了什麼東西？證據又在那？」

「住口，現在就算你把東西還我也不能饒過你。」戴曦揮劍砍向唐吉納，卻被他一個後空翻敏捷地躲過攻擊。他的身手非常矯健了得，絕不是像剛剛那樣隨便就能被人勾住衣領，可見他的所作所為全都是裝出來的。

「等一下，唐吉納說得對，您到底失落了什麼東西必須先說，之後我們才有理搜他的身。」富文擋在兩人面前。

「你有什麼毛病？竟然轉過來懷疑督導官大人，難不成我們會偷自己的東西？」瓦拉・書格叫罵道。

「廢話少說。」戴曦揮劍再攻，富文反倒以右手食指和中指夾住劍刃，使戴曦無法動彈。

「富文・戴利，你想怎麼樣？」戴曦已經對富文・戴利的逾越行為感到不耐煩。

「得讓我把事情搞清楚。」他將叼在嘴上的瓜咬了一大口，一邊發出響亮的咀嚼聲一邊下著命令。「唐吉納你也別逃，你敢就這麼走的話我立刻讓士兵逮你進病榻地獄。」

「我才覺得莫名其妙，和我什麼關係？」唐吉納無辜的表示。

「把我的筆記本還來，然後你就給我去死吧！」戴曦發出低沉的聲音。

「喔！」富文發出驚嘆聲，連連點頭道：「既然知道是什麼東西就好辦了。」

「您都那麼說了，那好啊！我讓您的手下搜身。」唐吉納大方的張開雙手。「但您的手下倘若搜不到東西該怎麼辦？您要賠償我被浪費的時間嗎？」

戴曦以眼神示意，瓦拉立刻上前搜唐吉納的身體，可是什麼都沒發現。

眼看瓦拉搜了半天卻什麼都沒找到，富文若無其事地說道：「喂！督導官大人您是不是搞錯了？」

瓦拉冷汗直流。「大、大人，真的什麼都找不到。」

怎麼可能有這種事？戴曦伸手探進自己長外套的內袋，之後拿出一片約半個手掌大的藍色晶片。「怎麼會？」他似乎不太相信，還將晶片的內容投射在半空中，以手指滑動虛擬螢幕確認到底是不是自己的東西。

「找到了對嗎？」富文聳著肩。「大人，您做事應該謹慎一點。」

「那我可以走了嗎？」唐吉納問。

「你走吧！」

「等一下，那有那麼簡單就算了。」瓦拉擋著唐吉納的去路。

「你也沒證據，這樣我很難辦。」富文轉向戴曦。「大人，您還要繼續這樣瞎耗時間嗎？」

東西明明就不見了，為什麼突然又再度出現？戴曦突然想到剛才與富文有過短暫近距離接觸，會不會是那時……

督導官以困惑的眼神看著無限掠奪者。不會錯的，是這傢伙又把東西神不知鬼不覺地放回我的外套內。該死的傢伙，竟聯合城內的扒手一起來整我。戴曦越想越生氣，可是一來又沒有直接證據，二來富文的身手竟然敏捷到能將東西放回長外套內自己卻還渾然不覺，以目前的情況來說實在不宜和這個人起衝突。

「算了，沒事就好。」戴曦裝作鎮定。「你快在我的眼前消失。」

唐吉納轉身就走，頭也不回地消失在黑暗中。

「大人，您那個不就是亞蘭納人的玩具嗎？想不到您對科技事物也感興趣。」富文開玩笑似的說：「但是那好像是舊機種了，最近我託人從羅本沃倫帶回一個更好玩的東西，您要看看嗎？」

「不必，留著下次吧！」

富文帶著戲謔的目光瞅了戴曦一眼。「怎麼了？您心情變差了嗎？」他笑意未減地坐到一塊大石頭上，拿起腰際的水壺，旋開了蓋子後便咕嚕地喝著，酒氣傳遍四周。「其實這也沒什麼大不了的，我們這裡就是鄉下地方，您也不要多見怪。非亞的居民啊，因為生活過得很辛苦，所以他們常會把腦筋動到外地來的旅客身上。」

「這不就是你的職責所在嗎？你應該遏止這樣的行為發生。」戴曦冷冷看了他一眼。

「不，不是。」富文收起水壺，用手臂抹抹嘴。「我從來不管他們，畢竟這既是他們的本事，也是他們生存的方法。」

你的意思不就是說我被偷是應該的？戴曦已經忍不住了。「他們的行為是你們默許的，也就是說你和他們全是狼狽為奸。」

「您懷疑我和他們一夥？這真是天大的誤會。」富文雙手叉在後腰，走近戴曦，自信滿滿的說：「如果是我偷的話，絕對不會讓您察覺。」

「說什麼？無禮之徒！」瓦拉和新嶽的衛兵拔出劍指向富文。

「開個玩笑，請不要介意。」富文邊笑邊退，有一種被他得逞的感覺。「我們繼續前進吧！」

「你們就和底下那些被管理的犯人一樣，全是作姦犯科之徒，所謂上樑不正下樑歪指的就是你們。」

面對戴曦的指責，富文表現得卻是不痛不癢。「唉哎，這種事等會您到了俠巫大廳後，再好好的罵罵克勞頓大人。」在富文的帶路下，他們一行人又走了好一段路徑，最後終於在一處高崖上居高臨下看見他們的目的地。

「還要多久？」瓦拉顯得力不從心，喘氣的頻率變得更多。

「哇拉大人，您就是常常坐在辦公室內才會那麼沒體力。」富文嗤笑道。

「我不是哇拉，我叫瓦拉。」他連和富文爭吵的力氣都快沒了。「這個地洞的環境對外來者很不友善，味道又腥又重就算了，還會讓人呼吸困難。路又難走又彎曲，連馬都沒辦法行走，蟲又多……」他重呼了一口。「你們是當地人已經習慣了，根本不了解我們外來者在這種環境下體力被剝削的多嚴重。」

富文伸個懶腰，打個哈欠。「那你們不如打道回府算了，麻瘋地洞遠比你想像還來得深邃，若不是這樣昭雲閣又怎麼會還在這邊設監獄呢？」

瓦拉聽完富文的話後，忽然覺得雙腿一軟。「督……督導官大人，我看我們還是……還是回去好了。」

戴曦一鞭子抽在瓦拉背上。「閉嘴，廢物！」他舉起長鞭指向富文，以命令似的口氣說：「繼續走，停下來幹什麼？」

「大人，您認真的嗎？看您的手下都有氣無力了，我怕……」富文攤手說。

戴曦又抽了瓦拉一鞭，這次打中他的臉，疼到他跳起來。

「起來，你還有骨氣嗎？要是誰再抱怨連連不前進，我第一個砍了他。」戴曦惱羞成怒，罵道：「富文大人，難道你是看不起我們新嶽人嗎？以後沒我的命令不准擅自停下休息。一群沒用的東西，丟埃蒙史塔斯家的臉。」

惡沼堡壘的所在位置遠比戴曦想像還要來得險惡，他們已經離麻瘋地洞的入口不知道多遠，仍然沒看見病榻地獄的入口。

富文向眾人介紹：「這裡就是病榻地獄的看管處，凡是要進入或離開的人一定得經過層層關卡。」

堡壘建在又溼又黏的泥沼地上，整棟建築物被毒刺棘包覆。

「好濃厚的瘴氣，連我的眼睛都快看不清楚了。」戴曦仔細的端看周圍環境。「岩壁狹窄又低矮，病榻地獄有那麼小嗎？」

「病榻地獄讓惡沼堡壘壓著，其位置比我們現在所站的地方還要更底下。」富文說：「堡壘內共四層關卡，病榻地獄外圍還有昭雲閣的咒術高手排設的結界，防止脫逃的措施絕對是滴水不漏。」

「督導官大人，您看。」瓦拉手指向堡壘大門。「他們打開柵門要歡迎我們進去。」

富文側著頭端視，隨後搖頭說：「您眼睛有毛病？我還沒填許可證資料，他們怎麼可能會開門讓我們進去？拜託你睜大眼睛，明明是有來賓要離開了他們才開門。」他帶著蔑視的口吻說：「恕我說句不客氣的話，你們的派頭還沒大到讓昭雲閣開門迎接，別說些自以為是的話。」

戴曦認為富文說的這句話非常刺耳，他分明是講給我聽的。

從堡壘內出來的一行人中，領首者共有兩人。其中一位身材矮小，灰白色短髮，淡藍色的皮膚看起來像石蠟，有尖耳，眼睛瞇成一直線。

「原來是郢業的奎斯奇大人。」戴曦同時注意到奎斯奇身後另一個穿著獸皮裝，身形魁梧的男子。「桑達將軍，您也在。」他恍然大悟。「那麼說來，外面那支是郢業人的軍隊。」

奎斯奇等人雖然停下腳步，卻沒人回答戴曦的話，甚至連行禮都沒有。

「喂！那麼快就要走了？不是說好要留下來陪我喝酒嗎？」富文向奎斯奇打招呼。

奎斯奇只是嗯了一聲，也沒其他表示。

「你們押解犯人來病榻地獄嗎？是什麼人能讓兩位大人親自押送？他又犯了什麼天大的罪？」戴曦一連問了三個問題。

桑達先是掏著鼻孔，接著耐性全失的回答：「關你什麼事？問那麼多幹嘛？滾開！」

桑達長得粗獷，全身毛髮又多，嘴闊方臉。瓦拉覺得他就是一臉愚笨的長相，也最討厭被這種人看不起。「你對新嶽監督官、高階指導會議主事者之一的戴曦大人用的是什麼語氣說話？」

桑達馬上回斥：「你那個階級？憑什麼插嘴？」

「二位大人對我何必抱有那麼大的敵意？縱使立場不同，我認為人和人之間的相處也該保有最基本的禮儀。」戴曦明顯感到不悅。

「你是在教我們做人的道理嗎？」桑達不以為意的哼道。

「郢業人和新嶽人無話可說，請您讓開。」奎斯奇的聲音尖銳刺耳。

「既然沒話可說那就各走各的。」富文見情況不對，想要轉移雙方注意。「督導官大人，我們不是還有很多事要做嗎？走啦走啦！我去寫一下許可資料，很快就好。」

戴曦卻不這麼認為，他和他的侍從擋住了郢業人的去路。「慢著，我要你們為剛才那失禮的態度道歉。」

奎斯奇語氣冰冷地問：「這什麼意思？你們是故意擋我們的路嗎？」

桑達噗嗤一聲忍不住笑出來，但是那笑聲中充滿了鄙視與不屑。「監視者戴曦，你和你的手下真是一個樣。」他的手按在腰際的劍柄。「你以為有梵迦・石葉在後面支持就可以無所顧忌了嗎？說穿了，你今天的地位全是靠恭維奉承得來的，別一副高高在上的樣子，自以為所有人都得看你的臉色做事。」

「喂喂！怎麼吵起來了？別這樣子，我會很為難。」富文站到雙方中間勸道：「大家沒事和平散去就好，拜託別在這裡起爭執，了不起我請你們一起喝酒。」

「阿掠你讓開。」桑達說：「要喝多少酒都沒問題，但不是這時候。現在沒你的事，別擋在中間。」

瓦拉指責道：「富文・戴利，你是埃蒙史塔斯的一分子，你要站在那邊？」

「我兩邊都不幫，只求你們行行好，別害我被罵，最近克勞頓大人的心情真的很不好。」富文張開雙臂格著奎斯奇與戴曦。

「你們不看看腳踩誰的領地？真以為對我無禮的你們能平安地走出麻瘋地洞嗎？」

聽到戴曦那麼說，富文連忙撇清立場。「督導官大人請別這樣，我們非亞是絕對不會參與其中。」

奎斯奇冷笑。「安達瑞特家也不會在埃蒙史塔斯家的恫嚇下屈服。戴曦，別當我們都是被嚇大的。」

富文終於忍不住發怒。「他媽的，你們都聽不懂人話是嗎？這是我第三次慎重的警告你們了，誰在我的地盤上惹事生非，管你是督導官還是外賓我都不會再客氣。」

惡沼堡壘的守衛官也發現大門外的爭執事端，大門管理者站在守衛塔上怒吼：「富文・戴利大人，又是你在搞鬼嗎？快讓站在堡壘前的那群人散開，否則我讓你們永遠都在病榻地獄內過活。」

「不關我的事，這真是誤會大了。」富文垮著臉喃喃地抱怨。「都是你們這群不長眼的人害我等一下又得要寫報告。你們若繼續留在此就是向昭雲閣挑釁，那後果請自行負責，別怪我沒事先說明。」

戴曦也不想讓事態擴大，牙一咬便決定忍住。「你們讓開，讓郢業眾人通過。」

「早這麼識相不就沒事了嗎？安茲羅瑟人就是這麼愛意氣用事，動不動就喊打喊殺。你們真要打就請到囹圄長沼上打，那裡可以讓你們鬥個痛快，到時候你們就算打到死我也不會多管。」富文總算鬆了口氣。

看著他們一個一個擦身而過，戴曦心中有股悶氣卻怎樣都吞不下。「勞煩你們替我向安洛領主大人、梅夫人還有火山大人問好。」

奎斯奇頭也不回的低聲道：「我會轉達您的好意。」

桑達走過戴曦身旁時，依然是那副輕蔑的態度。「虛偽的人。真叫你親自去和火山大人問好，你這膽小鬼真的敢嗎？」說完話，他朝著戴曦的鞋子上吐了口痰，接著揚長而去。

「喂！給我站住。」瓦拉氣得在後方大罵。

「算了啦！口水而已，在地上蹭蹭就好。你們真吵起來我還真不知道該怎麼辦，大事化無已經是天上諸神保佑了。」富文刻意將身子湊近戴曦，然後輕聲低語道：「大人，您可別被桑達一激就真的到跑去郢業想求見火山，那個傢伙是瘋子，您一定會被他砍頭。」

戴曦怒視富文，他一句話都說不出來，接著甩著衣袖便與手下一同負氣朝堡壘大門的方向走去。

「等一下，我還沒填資料。」看著戴曦的背影，富文吐了吐舌頭，忍不住掩嘴竊笑。

俠巫大廳位在惡沼堡壘後方，算是非亞的高階議事中心，由非亞動員許多工人鑿岩壁建立而成。其地勢較高，可以俯瞰整個病榻地獄的動向，也是昭雲閣管理者的居住地，通常外賓要暫住或是有會議要舉行也都會來到此處。

「難以置信，這個地方居然有那麼大的空間？」瓦拉第一次來到此，對於室內的寬闊感到不可思議。「弄得那麼寬敞卻沒什麼擺飾物，不覺得很空虛嗎？既然如此，建成這樣又有什麼意義？」

富文呵呵笑道：「您很快就知道為什麼了。我在此提醒各位三件事：第一，如果你們不想惹怒病榻地獄裡面的犯人，請將腳步放輕。第二，別大聲說話，會有回音。第三，等一下與俠巫祭司見面時，保持禮儀、注意儀態，請勿做出任何不敬之舉。」

一夥人在富文的領頭下安靜的步行，這個地方不止大得出奇，連衛兵都沒有，十分寂寥。

途中，他們看見一個身高約三層樓高的巨人正背靠著牆坐在地上，他抬起頭怔怔地看著天花板發呆。

「阿掠，庫爾博克很無聊，要陪庫爾博克玩嗎？」名為庫爾博克的巨人見到富文後，以笨拙的說話方式問道。

富文連瞧都不瞧他一眼。「傻瓜才陪你玩，我忙得很。」

新獄的督導團穿過大廳正門，最後來到主廳中。

克勞頓的身形比起庫爾博克還要來得更高大，他有一雙快要垂到地面的巨臂，棕紅色的皮膚夾雜著一些白色斑點，赤裸的上半身僅披著一件短紅巾，肘部及肩部等關節處長有利角，沒耳廓僅有耳洞，獨眼無髮，一張寬大的嘴巴因為下排牙齒尖又長而無法合攏，唾液由嘴邊不斷流出。

「現在知道了嗎？這些魔子的身體實在太龐大，為了要能容納他們所以才把空間擴大。」富文將手臂抬高舉向克勞頓。「他就是惡沼君王、野獸之王、非亞的領導者。別以為我們大人看起來很愚笨，雖然事實上也聰明不到那去，但有的時候還是會做出讓人意外的決策。」

克勞頓巨拳鎚地，整個俠巫大廳發出強烈的震動。

「阿掠，你知道你做錯什麼事嗎？」克勞頓的聲音很宏亮且震撼人心。

「等、等等，今天我沒準備耳塞。啊！不是，督導官大人的事比較重要，所以您先別在這個地方罵我，以後我再慢慢讓您罵個痛快。」

克勞頓無視一旁緊張的富文，他的指尖處變出一本書。「拿去，這是你要的督導報告。」他將手指移到戴曦正前方，讓他便於拿取。這小小的一本紀錄報告對克勞頓來說大概只比灰塵還大一點吧？

戴曦拿起紀錄報告翻閱，確認內容沒有問題後便將它收進行囊中。

「小矮子其實根本不用白跑這一趟，我已經和黑羽毛的說過了，非亞的忠誠不變，克勞頓會是聖王陛下最忠誠的封臣。」

「您叫誰黑羽毛的？」富文問。

戴曦板起臉孔。「別這麼稱呼梵迦．石葉大人，您的說話方式非常無禮。」

富文哦了一聲，明白的點頭。

「這次的督導是應聖王陛下要求，我們也只能照辦。由於北境情勢不穩，天界與安茲羅瑟之間隨時都有可能發生大規模戰爭，陛下需要了解轄區所有家族封臣的狀況，事先做好準備。」

「哼，有翼人全是膽小鬼，惡沼君王手中的綠色君王長斧會砍下他們的翅膀。」克勞頓的鼻息強大到就像是刮了幾秒的強風般。

「這樣最好。」戴曦冷淡地回應。接著問：「聽說魔子有八名兄弟是嗎？」

富文搶在克勞頓前為戴曦解答：「沒錯，剛剛你們看到的那位庫爾博克就是排行第八的兄弟，吾主為魔子之首。」

「亞基拉爾手下的猛將庫雷也是魔子之一，我猜得沒錯嗎？」

「他是三弟，我知道小矮子你要說什麼。庫雷已經和惡沼斷絕聯繫，他不再是非亞的人。」

克勞頓回答。

「您得保證在戰場上相遇時不會留手。」戴曦的要求逾越了階級身分，他自己也注意到這點，卻依然當著克勞頓的面前吐出這句話。

「魔子只有敵人和朋友，敵人就殺。」克勞頓說完話後，隨即抓起一名新嶽護衛，接著一口將他吃下。「我肚子餓了，和你借一個人來吃。」

克勞頓突如其來之舉嚇到了瓦拉和戴曦。

「領主大人的心情變得不錯了。」富文笑道：「事情辦完了，我請人帶您去其他地方視導。」

「慢著，還有重要的人要介紹。」克勞頓將嘴巴內吃剩的骨骸吐出，接著提醒道。「阿掠，你忘了俠巫祭司大人。」

克勞頓的體型實在太巨大，以致於眾人都沒發現俠巫祭司的存在。

戴曦率手下走到主廳深處，在那裡他們看見一名衣著華麗的男人橫躺在長椅上。祭司的左右各有一男一女正警戒著，看上去像是祭司的護衛。

俠巫祭司的皮膚慘白無血色，手指纖細，指甲既長且尖銳，頭生一對下勾的白色長角。他的白袍掛在後方的衣桿，巫杖也好端端地擺在架子上。

「向昭雲閣總督俠巫祭司大人行禮，剛剛忽略了您，深感抱歉。」戴曦帶頭向祭司彎腰鞠躬。

「行了，不用多禮。新嶽的使者遠道而來也辛苦了，就在此暫居數日，讓我一盡地主之誼。」祭司用陰陽怪氣的音調說話，男聲與女聲在一句話中不斷變換。

「祭司大人可說是病榻地獄的最高管理者，凡是來到此的犯人除了要上手銬、腳鐐封鎖神力外，還得在腦中殖入魔鳴核心用以控制這些犯人的行為。」富文說：「不管犯人多麼兇惡，在祭司大人面前也只能變得溫馴。一旦讓祭司大人催動咒術，那殖入腦中的核心就會讓那群罪犯陷入劇烈痛苦的精神折磨。」

「也僅是讓他們感到痛苦而已，哈魯路托並沒賦予我殺害犯人的權利。」祭司優雅地擺手。

「祭司大人，在下有個不情之請。」戴曦鞠躬道。

「嗯，你說。」

「我想參觀病榻地獄，請祭司大人許可。」

富文面露驚訝之色。「裡面很恐怖喔，那群犯人最近甚至都能自行解開神力枷鎖了，您進去搞不好會躺著出來。」

祭司搖頭。「沒有公義法庭的許可，我不能擅自讓人進入病榻地獄，請見諒。」

哼，富文．戴利就能進去，我卻要被拒之千里嗎？戴曦心中很不是滋味。

這時，郢業的犯人被衛兵押到大殿上。

「報告祭司大人，已經在犯人腦中殖入核心。」左右各一名衛兵扣住罪犯，領首的衛兵肅然地向祭司回報。

戴曦見他披頭散髮、滿臉鬍鬚，目光明亮中夾帶著剛毅。相貌堂堂的他看起來不像是什麼罪大惡極的犯人。當然，戴曦也明白罪犯的外表與他的罪惡並沒任何關聯。「他犯了什麼事？」

「督導官大人，這已超出你的職權囉。」富文提醒道。

「那公義法庭的判決書呢？這應該任何人都有權查閱吧？」戴曦問。

祭司大人開口道：「先將犯人押下。」之後他從長椅上坐了起來。「戴曦大人，您不該懷疑公義法庭的判決。」

「我不是懷疑公義法庭，而是懷疑無限掠奪者。」

阿掠先是一愣，隨後他啞然失笑。「親愛的督導官大人，您忍了那麼久，就是為了在祭司大人面前參我一本嗎？」

「公義法庭一向是公開宣判，低調押送犯人。」戴曦說：「據我所知，公義法庭最後一次審理案件的時間是三個循環以前，與押送犯人的時間相差很遠。」

「唉哎，那是您的情報網不夠完善，您也知道魔塵大陸正值亂世之際，不是每一次的審判都得和以前一樣慢吞吞且毫無效率。」阿掠解釋道：「就算我有那個權利能接收郢業的賄賂然後草草便將人押至病榻地獄，但也沒辦法躲過祭司大人敏銳的雙眼。」

「大人真不負監視者之名，任何小事都逃不過您的眼睛。」祭司從長椅上慢條斯理地站起身。「但是您這次卻搞錯了方向，昭雲閣確實有發下行文，富文大人也是奉令行事，沒有什麼不對。我不會縱放任何一位該進病榻地獄的罪人，也不會在我的職責範圍內任由他人做出違法犯紀的行為。您的懷疑有其道理，卻毫無根據。富文．戴利雖隸屬埃蒙史塔斯家族，同時也是昭雲閣惡沼堡壘的得力助手，大家一直以來都是盡心為昭雲閣奉獻，絕對不會明知故犯。若是因為富文在執法過程中對大人您有任何不敬之處，那我代他向您致歉。」

「是的，我多慮了。」戴曦欠身說。

「突然間被大人您那麼莫名其妙的指責，我都不知道該說些什麼才好。」富文並非顯露出不知所措的樣子，反倒是掛著一張狡猾笑容的可憎面孔。

戴曦確實是憑空臆測富文的罪行，而且也無法說出個所以然來。但這不表示他對富文的懷疑有一絲一毫的減少，這一路走來富文的態度全看在監視者眼裡。戴曦認為富文不過是運氣好沒被抓著破綻，不代表他就是個盡忠職守的臣子。

雨滴刷落屋簷，空氣彌漫著沼澤地的腐味，雨水打在水池表面激起一圈又一圈的漣漪，自然的微風拂過，使風鈴發出輕聲顫響。

梵迦依然是梵迦，永遠是那個慵懶無事，高臥寢室內的閒暇模樣。他搖著圓扇，嘴巴叼著菸管怡然地抽著水菸。世事不入眼中，耳不聽雜音，煩惱憂愁全拋在腦後。相較之下，戴曦眉頭深鎖更顯得雜事煩心。

「……基本上，視察結果無論是大是小全都要向您匯報。」戴曦說。

「所以，你懷疑富文．戴利未經許可，擅自將犯人送入病榻地獄？」梵迦問。侍女清提起茶壺，為兩位大人倒茶。梵迦端起茶杯，細細品茗。「這次從亞蘭納運來的煎茶味道還不錯，您嘗嘗看。」

戴曦舔了舔舌頭，他對茶的興趣並不大。但既然梵迦都請他喝了，他也只好恭敬地雙手捧起茶杯敷衍的喝個幾口。「好苦。」

「這是人生的醍醐味。」梵迦深深地吸一口氣，享受茶香。「最近亞蘭納人又製作了一款新的動作遊戲，很不錯喔！改天你有空可以玩玩看。唉，有的時候我真羨慕亞蘭納人的休閒活動。和他們一比，魔塵大陸的生活真的很呆板無趣。」

「因為您正等待著魔塵大陸的開戰之日。」戴曦很明白梵迦的想法。

「哈魯路托只要一天不出現都是空等罷了，一直重複不斷的遊戲更容易使人生厭。既沒有刺激，也沒有高潮。」梵迦以手勢示意，侍女清隨即拿起香水噴灑房間。「說起來，我和亞基拉爾都是孤獨的人呢！我們一樣依賴著香味，芬芳的氣息可以透過敏銳的嗅覺，直達深層的心靈，使我們暫時忘卻煩惱。」

「既然如此，玩益智遊戲不更好，可以讓您的大腦更活絡。」

「我討厭無意義的動腦，傷神又浪費精力。」梵迦說：「我還是喜歡純粹壓制、屠殺的感覺。你沒看到亞蘭納人製作的動作遊戲中，我們安茲羅瑟人全是反派，嘻嘻。」

戴曦一時語塞，完全不知道怎麼接話，這尷尬的情況過了一會兒後，他才又徐徐開口：「您對非亞的事務似乎不怎麼關心，看來是我多慮了。」

梵迦將杯中剩餘的煎茶一飲而盡。「阿掠的立場一直是傾向亞基拉爾，這件事大概又和北境暴君脫不了關係。我到現在還沒辦法參透亞基拉爾的意圖，那個心思莫測的男人總是停不下來，一直追在他的後方查探也是很累人的一件事。」

「需要請聖王陛下到公義法庭了解狀況嗎？」

「何必那麼麻煩，反正和我們的利害關係不大，靜觀其變就好。」清為梵迦倒滿熱茶，他聞了聞茶香，相當滿意。「喝吧！茶都涼了。」

戴曦表情苦澀地搖頭。「茶味和香水味重疊，我喝不下去。」

「您太養尊處優了，等戰爭開始後您就只能聞血味和屍臭。」梵迦笑道：「還是您喜歡沼澤的味道呢？溼濡又黏膩的環境想必比茶和香水更吸引你囉？」

戴曦聽完梵迦的話後，總算勉強地將茶飲盡。這杯茶……可真是難以入喉啊！戴曦心想。

華馬

天色昏暗而寒凍，紅水流域內的暗紅色河水凝成凍狀物卻沒結冰。河流發出陣陣難聞的腥臭，數不清的骸骨被凝在河面上，冰寒之中透露出一點陰森氣息。遠方，一道巨大的黑影正突破河水的阻礙緩緩的前進，赤輪在阻塞不通的河道上依然暢行無阻的破冰移動中。它的船身吊著許多乾屍，以人骨構成的桅桿上則揚起破舊的布帆，即使無風卻始終能以固定的速度航行。

站在船首的年輕男子頭戴水藍色的紳士帽，穿著華麗而優雅的禮服。腥風吹動衣衫，他單手按著帽簷，血紅色的瞳孔盯視著船身正前方。

「王子殿下，赤輪就要行進至華馬的轄區內了，您要先進船艙休息嗎？」侍從左手按在腹部，右手緊貼褲管，他鞠躬彎腰以禮貌的口吻問。

「還要多久？」王子問。他的尖耳顫動著，蒼白無血色的臉上不帶任何表情。

侍從想了一下後回答：「大概還要一刻半。」

「哼。」王子輕哼一聲。「我那個父皇已經迫不及待要見到我了吧？為了回應當父親的人期盼看見兒子的心情，你不能讓船再開得更快一些嗎？」

「是、是。」侍從唯唯諾諾的離開。

他拿起鏡子照著，一邊整理儀容，一邊陶醉地看著鏡中的自己。

鏡子內的那個人無論是頭髮還是眉毛全是乾淨的純白色，就連嘴唇也是一樣毫無色彩。他的雙頰靠近鬢角處有著獨特的血紋，一般人看起來會覺得那是刺青圖騰，實際上卻是自然生成，如同胎記般的存在。當他咧嘴一笑時，可以看見他那潔白乾淨的牙齒內還夾著幾顆鋒利的犬齒。

帆船行過紅水尾端，最後停靠在血港碼頭。

華馬北近天界領地，因此常有小規模的零星衝突事件發生。周邊的臨國有塔丘、霍圖以及邯雨，不過華馬與這些鄰國的關係處得並不好。

由於境內的重力只有二分之一，所以外地人第一次來到這個地方總會有輕飄飄的不適應感。轄區中有著數不清的血針樹，而這種樹的葉片不但和針一樣尖銳，被刺中除了會被吸取部分血液外，還有可能染上疾病或產生麻痺。

此外，華馬領地中的魔狼特別多。這種體型龐大、頭生犄角的兇暴生物總是成群結隊，牠們不會放過任何看中的獵物。一旦被狼群盯上，想要逃出魔狼的爪子和利齒可說是難上加難。

很多旅行者都是先被血針樹刺傷，血味吸引食肉植物或魔狼的注意，最後被攻擊至死。等到屍骸被其他人發現時，通常只剩殘缺不全的遺骨。

在它們的首都中有一座掿大的古老城堡，由鬼魅般的布勞德家族管轄。天界人稱它為不死鬼域，事實上它在安茲羅瑟裡有個更正式的名稱——闇城。

齊爾特·布勞德王子率領眾人回到他的居地，闇城的守衛恭敬地打開巨型門門迎接。

布勞德家族管理的闇城僅只是一個掩人耳目的根據地，城內不光是有許多機關陷阱，還沒看見半個領民居住在闇城中，裡面剩下的僅是石像鬼、魔物與機械傀儡。所以與其說它是城堡，不如說是防衛用的要塞還比較恰當。

穿過闇城後，會路經一處奇異的空間，最終的目的地倒影城才是闇城的真正面貌。

城如其名，倒影城內的空間錯亂，可能在行走的過程裡不自覺地變成走在天花板頂端或是牆壁上，室內構造也都扭曲不固定，單純依靠視覺在城內走動時還可能發生暈眩、混亂等現象。但不管外人對倒影城有什麼感覺，久居城中的布勞德家族卻十分習慣裡面的環境。

布勞德家族領袖依利安王特別擺下宴席歡迎他的獨子歸來，席間還有齊爾特的叔叔薩沙雷茲，他坐在他的兄長依利安王的左手邊，而齊爾特則隨意找個位置坐下，那座位離他父親有段距離。當人都到齊後，豐盛的美食也一一擺盤上桌。

僕人為齊爾特的玻璃杯子倒了一點暗紅色的飲料，那是以亞蘭納人的血液和水果酒調製而成的飲品。齊爾特並不特別喜歡喝這東西，他情願直接喝著活人的鮮血。

用餐完畢後，他的父皇先開口發問：「你在外面打獵、遊玩也過了一個循環，還愉快嗎？」

「還好，不怎麼有趣。」齊爾特回答：「也就多殺了幾隻魔狼，久了依然會生厭。我原本考慮再前往南方繼續我的旅遊，結果途中您就把我召回倒影城。」

「沒我的命令你可不能擅離華馬。」依利安慎重地告誡。

「我也沒違背父皇您的交代。」齊爾特略為不滿地回嘴道：「我不明白的是，現在的我已經長大成人，也定下了階級。我自認實力不輸給任何上位指揮者，還曾經率領部隊與天界人打了幾次仗。至今您對我卻仍然不放心，甚至於處處限制我的行動，這又是為什麼？」

他的叔叔薩沙雷茲男爵朗聲笑道：「我親愛的姪子，你帶著你的手下與天界人的團戰那不叫做打仗，應該說是打群架才對。」

有著一樣年輕且面容蒼白的依利安同意地點頭。「你那幼稚的經歷根本不值一提，到現在你還沒辦法了解魔塵大陸有多現實下流、多殘酷無情。」

齊爾特突然覺得他父親那一頭捲曲的黑髮和他非常不搭，越看越不順眼。「那您把我召回是打算讓我留在城中，那裡都不許去嗎？」

「是該要這樣做。」薩沙雷茲的臉上也有著和齊爾特類似的血紋，而且頭上同樣頂著白色的長直髮。有的時候齊爾特還會懷疑他的叔叔才是自己的親生父親，而有著乾淨無血紋臉蛋的依利安則是親戚。事實上，如果僅是因為外貌相像而真的讓叔叔變成父親，那說不定反倒成為最幸運的一件事。因為齊爾特打從心底認定他的叔叔就是瞧不起他，不管自己做了什麼豐功偉業，他總是以譏笑代替稱讚。若兩人之間轉為父子的關係，齊爾特說不定真的會一劍砍死薩沙雷茲，毫不猶豫的奪下皇權。至於現在——齊爾特只把毫無利用價值的薩沙雷茲當成空氣。

「理由是什麼？」齊爾特不悅地問。

「難道你不知道北境的爭端已起，天界與安茲羅瑟人間的戰爭就要爆發了嗎？」薩沙雷茲輕聲對他說了這段情報。

「那又與我何干？」齊爾特對自己有自信，他認為天界人不過是一群烏合之眾，只會講大道理而不懂爭鬥，到底有什麼可怕之處？

「有關。」他的父皇再度開口，神情轉為肅穆。「邯雨提出了聯軍的請求，所以我要你代表華馬，以指揮官的身分帶兵到前線作戰。」

依利安王意外的竟想讓齊爾特離開華馬領軍作戰，但齊爾特可高興不起來。「埃蒙史塔斯家的人為何要和別人聯盟？」他滿嘴埋怨。「再說，為什麼我非得親上戰場來證明我的實力不可，我不認為我需要這麼做。何況我也不屑和亞基拉爾的人並肩作戰，就算真要打仗，只要由我一人帶隊衝鋒陷陣就行了。」

他的叔叔又咯咯地笑道：「你還真的有這種想法，未免太過不自量力。」

這下齊爾特真的惱火了。「你過來！」他吼著一旁的僕人，接著他拿起玻璃杯憤怒的叫道：「為什麼我的酒中有一根頭髮？你竟敢端這種東西讓我喝！」

僕人受到驚嚇，連忙道歉。「真是對不起，我馬上幫您換一杯。」

齊爾特卻用玻璃杯敲那傭人的頭，杯子變成碎片，血紅的酒淋得他滿頭都是。「換什麼？拿你的命來償！」他拔出腰間的長劍，迅速地揮了兩下，那傭人的身體隨即被切成四塊。內臟散落於地面，血液在毯子上暈開。

依利安與薩沙雷茲冷眼看完這一幕。

「來人啊！發什麼呆？把屍體和血漬清一清。」依利安王命令道。接著他托著下巴，疑惑地問：「我是不是太過寵你了？」

「有嗎？我可不那麼想。」齊爾特餘怒未消。

「你還記得你的母親艾莉絲嗎？」他的父皇突然以提點的方式喚醒他腦中的記憶。「因為你說喜歡她，我就將你的母親賜給你，她最後是怎麼死的呢？」

床笫之間的掙扎，痛苦扭曲的表情。破碎的被單、凌亂的房間、頸部的傷口、乾枯的屍體。記憶的片段化成跑馬燈，一點一滴映在齊爾特的腦海中。「記得又怎麼樣？」他無禮的回應，心中同時產生芥蒂。

「她被你一口咬死了，身上的血被吸得點滴不剩。」依利安王的表情沒有變化，除了懂讀心術的人外，沒人知道他現在的內心想法。「還有你的老師曼登，他最後又是什麼下場？」

枷鎖、深牢、哀嚎、乾屍。「父皇，您為何要對我說這些？」他的怒意轉為困窘。心中想著十來種可能的答案，莫非依利安要拿這些陳年往事作為懲罰他的理由嗎？

「從你小時候開始，你提出的願望我全都一一為你實現，滿足你精神和肉體冀望的渴求。不管你後來的要求有多無理，仍然是由得你予取予求。」依利安王說：「那是因為你是我的獨子，是華馬的王族。你有權利享受這一切，你該體會權勢帶來的快感，喜悅著世界為你而轉的滋味。這是你應得的，也是作為王子與平民的差異。」他的父皇從座位上站起，手叉在腰後，慢慢地走近齊爾特。「可是我後悔了，你得到你想要的一切卻造成華馬的損失，最後我換來的是一個長不大的孩子。」

「我長大了。」齊爾特肯定的說：「而且我能滿足我自己，只要是我想要的全都逃不出我的掌握。即使沒了父皇您的幫助，我也有獨當一面的自信。」

「自信，沒錯。」華馬領主點頭。「你很有自信，非常的有自信。而且還自戀、自傲、自大、自負、自以為是、自律甚低、自我感覺良好。你知道自信過頭卻沒有可匹配自信來源的實力叫什麼嗎？叫狂妄。」

齊爾特的父皇從來不曾當著他的面數落他，這是怎麼回事？今天到底怎麼了？我做錯了什麼？滿腹的疑問在心中交雜，但齊爾特只是愣愣地看著他的父皇，一句話也沒說。

「這是我第一次罵你，因為我覺得你是該被罵，也該懂得成長了。」

「難道您召我回來，是迫不及待要對我說這些嗎？」齊爾特完全沒料到事情的發展竟會如此。「您的目的達到了，恕孩兒先行告退。」

「不，你還不能走。時局變化太過激烈，我沒有辦法再像以前一樣縱容你，因為這早晚會為華馬帶來不幸。我有些事現在一定得說，再怎麼刺耳的話，你也得聽，所以你給我坐好。」依利安難得擺出強硬的姿態，連他的兄弟薩沙雷茲也收斂起一貫的笑容。

「以前你什麼都能得到，只需要伸個手、開個口，你要的東西通通都會自動送到手掌中。」依利安拿起一張木椅，面向齊爾特坐下。「現在你什麼都得不到，沒人幫你，少了我的援助，你的手掌還能握住什麼？」

「我會靠我自己，我該得到的、應該是我的東西就絕對能得到。」這句話聽在依利安耳中多的是氣話和壯大自己的自誇，可惜齊爾特本身卻不那麼想。

華馬領主頓了一下，他歎息著。「作為一名君王一定要有欲望，無窮無盡的欲望，因為這才會讓你的能力得到無限的發揮。貪婪是人性，也是做任何事的原動力。有欲望的領主才有擴展的空間，不管是領地、名譽還是權勢，就這點來說，你很符合我的期待。」他再度站起。「第二是力量，這包括你本身的實力、你所具備的軍力、還有最重要的一點。」依利安手指著頭。「那就是腦力、智慧。雖然從小到大我都聘請名師為你做最好的訓練，為你營造最好的環境。可惜的是，依你現在的表現實在是差強人意。」

依利安背向齊爾特，接著繼續說：「第三是經驗：對戰的經驗、軍事的經驗、統率的經驗、政治的經驗、管理的經驗，還有很多很多。你需要這些經驗豐富你的見識，幫助你的判斷，讓你的力量發揮得當，讓事情處理效率達到事半功倍。有關經驗這方面，你則全然不及格。」

「父皇，恕孩兒無禮。」齊爾特陡然起身。「您未免太小瞧孩兒了。」

「因此我才讓你加入聯軍，讓華馬的人民見見你的軍事才能、你強大的神力、你與其他領主交流且不落下風的模樣，讓北境傳遍你的名聲。」依利安換了另一個提議：「或是你要留在華馬，讓為父給你封上打獵王的稱號，你就一輩子打魔狼來過活。」

「您可真是為我著想。」齊爾特問：「為何您不指派叔叔前去？還有向祖爵士、佛洛里安爵士，他們的能力也都很卓越，全是華馬敬佩的大英雄。」

「塔丘人若是知道你叔叔被調走，他們可開心死了。」依利安問：「我怎麼聽起來都像是你在推託？莫非你害怕上戰場嗎？若你真的不敢帶兵作戰，那麼這件任務就取消。」

才不可能那麼簡單，他心想。接著問：「我真的能夠拒絕嗎？」

「在你拒絕的當下，你的職位、名譽全都一併被拔除。」依利安冷漠地說：「之前我送給你的，你得要全還給我；欠華馬的命，就還給華馬。」

齊爾特在僕人還沒服侍之前，他就先給自己倒滿了酒，然後像是要咽下一口氣般猛烈地飲盡。他並非不想當指揮官，而是不喜歡被人強迫指使的感覺。

他的父皇走出房間，叔叔薩沙雷茲跟在後面，依利安站在大廳口轉身對他的兒子說：「好好的準備，我會派阿留斯大人和坎迪南大人從旁協助你。」

布勞德家族的人在睡覺時總是習慣倒吊著入睡。那天，齊爾特回到了他的房間後就只想休息，可是他掛在天花板下已經好幾刻了，眼睛卻怎樣都無法闔上。

夜色深冷，齊爾特獨自一人從倒影城內離開，他不帶任何的衛兵、隨扈。當他離開前，闇城的巡守發現了他卻沒有什麼反應，因為他是王子，他有自由出入的權利，所以守門員還為他開啟巨型門閂讓他出城。

他在某次外出打獵時就曾經在華馬的境內發現一間古色古香的酒吧，那時齊爾特與手下一同光顧過，對酒吧有很好的印象。之後齊爾特閒暇之餘總會自己一人過去喝個幾杯，順便看幾場在倒影城中看不到的歌舞表演。

齊爾特曾經為了能將酒吧據為己有而向店主提議買下整間店，可是除了店家本身反對外，還受到敵對家族尖牙堡人的阻撓，一直無法如願。

「歡迎光臨深宮。」男侍禮貌地向他打招呼。齊爾特覺得這間酒吧除了名字以外真的什麼都好，他真想幫他們改掉這難聽的店名稱。

齊爾特取下圓帽、脫下披風並遞交給男侍，「替我保管好。」

「好的。」男侍彎腰擺手示意道：「王子殿下，請跟我來。」

今天尖牙堡的客人真不少，還沒走進店內就已經可以聽到這些野蠻人的喧鬧聲。齊爾特當下喝酒的興致少了一半，他很想轉身就走，可是卻又納悶，為什麼該走的人不是他們而是我？哼！我可是布勞德家族的王子。若有一天他真的成為酒吧的新店主，那他一定會命人在店門外貼上告示：「尖牙堡人與魔狼不得內進！」

「看看誰來了？我們高貴的吸血鬼王子，今天要來喝酒而不喝血了嗎？」客座位間傳來無禮的話語，接著是一陣哄笑。

齊爾特對笑聲充耳不聞，他走到他平常坐的位置，不過今天卻被其他客人佔據。齊爾特怒視著那個人，然後以低沉的音調從齒縫間吐出兩個字：「滾——開——」

那個人和他的朋友回頭看了齊爾特一眼後，便一語不發悻悻然地讓出座位。

「殿下，您今天來得真晚。」老闆娘赫雪一如既往地親自招待齊爾特並端上王子最愛的純血讓他享用。「不好意思，今天的客人比較多，讓您久候了。」

全都是討厭鬼，齊爾特心想。若是來到酒吧僅是為了看這些身體長滿濃密白毛又有體臭的尖牙堡人，那他肯定會因為噁心而把血液全都吐出來。「蕾衣呢？今天不表演嗎？」歌手蕾衣才是自己來到酒吧中最主要的目的。但他甫一進門便環顧四周，再看向表演舞臺，卻看不見佳人倩影。

老闆娘一身雍容華貴，氣質的臉蛋化上淡淡的妝，半長不短的黑髮看起來乾淨俐落。「蕾衣在後台準備呢！請王子殿下稍待，馬上就該她出來表演了。有怠慢或招呼不周處，還請見諒。」

原來還在準備，幸好沒白來這一趟。

「高貴的王子殿下。」

齊爾特連看都不看光憑聲音就知道呼喚他的人是尖牙堡的二皇子莫琉．尖牙。

「來，我敬您一杯。」戴著鬼狼頭兜帽的白髮青年端著酒杯在齊爾特面前搖晃。「祝您凱旋而歸。」莫琉綻放惡作劇似的笑顏。

祝我凱旋而歸？齊爾特怎麼聽都像是嘲弄的話。他冷漠的繼續喝著自己那杯鮮血，完全不理會尖牙堡人。

「不賞臉嗎？」白色短髮青年笑的時候有著很明顯的尖銳虎牙，他撥開遮住眼睛的瀏海，然後說：「給個面子，搞不好這是我們兩人最後一次見面。」說完話，他連忙遮住自己的嘴，一副講錯話失態的樣子。「唉呀！我怎麼會說這麼無禮的話？王子殿下藝高膽大，絕對不會戰死在天界人手中的，真是對不起喔！」

齊爾特還是重複那兩個字：「滾開！」再來他摔碎已經喝乾的酒杯，擺出恫嚇的姿態。「我心情很差，識趣的人就不會來招惹我。」

莫琉起初還有點畏縮，但他很快又不識相的繼續嘲諷：「識趣的人？我好像不是那種人。」他攤著雙手。「我以為王子殿下是來參加我們尖牙堡為您舉辦的道別晚會，你看我們大家都那麼客氣地要舉杯敬您。」此時，周圍的尖牙堡人嘲弄地哈哈大笑。

齊爾特倏然起身，可怕的低氣壓籠罩著他。只見他手按著劍柄，面向莫琉叫道：「錯了，我來參加的是你的喪禮。現在我的劍正渴望著鮮血，你將用身體見證血族的怒氣，快和你的手下道別吧！」

莫琉挑釁地比出中指。「媽的，你眼睛也不放亮點，難道還看不出來那邊的人比較多嗎？」

「全都是廢物，有何可懼之處？」

莫琉不屑地嗤之以鼻。「你打魔狼很厲害，但我們可不是魔狼唷，是比魔狼更可怕的狼之一族。」他拔出長槍對準齊爾特的腦門。「每次都打沒結果的戰鬥，今天一次全解決怎麼樣？」後面的尖牙堡人全都殺氣騰騰地挺起身子，不斷對著齊爾特叫囂，甚至於有人朝他拋擲酒瓶，不過沒有砸中。

老闆娘在兩人之間極力勸說和解，卻不敢直接阻攔。「怎麼又吵起來了？上次你們打完害我的店重新整修花了一個多循環的時間，拜託兩位殿下請移駕到店門外，這裡可不是鬥場啊！」

齊爾特瞪著莫琉，目光不移的對赫雪說：「我把這間店的一切全都買下，妳要多少靈魂玉我就給妳多少。現在妳幫我把這些討厭的尖牙堡人全趕出去，那就可以大事化無。」

「說趕就趕？難道華馬人全看你們布勞德家族的臉色嗎？我真是忍你很久了。」

就在雙方一觸即發時……

「等一下。」席特．尖牙從左側走了過來並以指頭將莫琉的槍口按下。「不要在別人的店中起衝突，酒吧可是飲酒暢談的地方，兩個家族之間的恩怨就留待以後戰場上解決」

「皇兄。」莫琉內心激昂的情緒被壓了下來。

齊爾特轉身回到他的位置坐下。「赫雪，我的杯子空了。」

「是的殿下，我馬上為您服務。」老闆娘鬆了口氣。

「齊爾特，和我談談如何？」黑色短捲髮男子坐到齊爾特身旁，他的右眼底下有著獨特的鯨面，濃密的體毛不同於其他尖牙堡人，在深黑色中夾帶一點斑白，就連毛茸茸的尾巴也比其他人來得更長。

「我讓你坐在這裡了嗎？」這次齊爾特的態度倒沒有剛剛那麼強硬。

「你的事我聽說了。」席特王子拿起一只空杯，給自己斟滿酒。「雖然我們兩家是世仇，但不管怎麼說你這次總算是華馬的代表，我依然由衷地希望你能勝利歸來。」

席特想與布勞德王子舉杯相碰，齊爾特卻收回自己的杯子。

「在我還沒定階時就已經和天界人有過戰鬥經驗，我對我自己有自信。」

「那些全是天界的偵查兵而已，很值得驕傲嗎？」莫琉坐在他們正後方，一邊喝酒一邊聽著他們的對話。「等你遇到天界的菁英後你就連氣都不敢吭了，大話別說的那麼滿。」

莫琉的哥哥給了他一個請他安靜的眼神。

「天界人不算什麼，能打敗布勞德家族的永遠都只有尖牙家族，永遠都是。」席特很肯定這個答案。

齊爾特不以為然的一笑。「別自抬身價，我從來不把你們放在眼裡，我的對手只有世界最強的人。」

莫琉又忍不住反駁：「別得意，華馬會由你們作主是因為埃蒙史塔斯的關係。等到北境英雄、尖牙家族榮耀的大族長祖迪．尖牙回來後，他一揚手就能把倒影城掃掉。」

「誰？你說的是那個亞基拉爾的手下小卒嗎？一族之長只是別人跑腿的小廝，真是偉大！」因為齊爾特輕浮的話，引起在座所有尖牙堡人的不滿，紛紛對著他咆哮。

「你該向我們的英雄道歉，大族長祖迪現在是昭雲閣情報院的長官，不是現在的你可以隨便汙衊的人。」席特維持著他的平靜，就怕雙方再起衝突。

「皇兄，別和他多說，讓他為自己的話付出代價。」莫琉鼓譟著，手下們同樣怒意熾盛。

「你難道忘記你此次到前線是和誰聯盟嗎？就是亞基拉爾大人。」席特提醒了齊爾特。「你最好改改你那出言不遜的嘴巴，對方可是黑暗深淵領主。如果你認為每次都能在口舌上佔到便宜那你可就錯了，嘗到苦頭只是遲早的事。」

齊爾特拿起酒杯後用杯底敲在木桌上發出響聲。「我是要到前線，但沒說要和邯雨的軍隊聯合。」他用眼角餘光看向席特。「也許你們尖牙堡人都是窩囊廢所以才會屈於暴君的威勢。告訴你們，北境帝王的位置遲早會換人坐。」然後他又補上一句：「除了我父皇外，其餘的北境英雄是不會被我承認的。」

莫琉發出嘶啞的笑聲，好像聽到什麼可笑的笑話，卻又故意不笑得很張揚。「依利安王是個畏縮的膽小鬼，他遠不如我的父皇布琉奇爾王。」

齊爾特可被這話激怒了，他拍著桌子站起，大吼：「你說誰是膽小鬼？我的父皇即使赤手空拳也能戰勝一千頭成年魔狼。」
「莫琉，你閉嘴。」席特好不容易安撫下來的場面又鬧僵了，他給他弟弟警告的眼神。可是莫琉也被怒火激上心頭，完全無視他的皇兄在一旁著急的跳腳。
莫琉不甘示弱地回叫：「你這個吹牛不打草稿的人。我也告訴你，昨天我開了一萬槍，一槍一隻石像鬼。怕的話就回去警告你的父皇，叫他小心別踏出倒影城，否則有人可會請他吃子彈。」
齊爾特怒不可遏，他踢翻了一張擋路的木桌。「我去你媽的！」隨後拔出魔心．血族之劍以迅捷無倫的速度砍向莫琉，劍刃深深地砍入莫琉的顴骨，傷口處湧出噴泉般的鮮血，莫琉的臉可說是裂了一半。
原先莫琉的獵槍噴火者只是將槍口對準齊爾特，不料對方主動揮劍攻擊，這讓他因為一時的劇烈疼痛而扣下扳機。槍口噴出亮光及響聲，帶著煙硝味的魂能擴散開來，子彈由齊爾特的鼻樑骨穿入，最後讓他的頭蓋骨爆出一個大窟窿，腦漿和血一併迸出。
「不要！」席特大罵：「你們兩個都是蠢蛋！」
「媽的。」莫琉因為臉被陷入的劍刃擠壓而口齒不清。「好痛……這傢伙真想殺了我？」
「去死吧！」齊爾特怒吼。他臉上飛濺的血噴到席特身上。
席特在兩人之間被推來推去，幾個大男人在酒吧內大吵大鬧，扭打成一團。有的尖牙堡人在旁邊吶喊助威，有的人把酒瓶酒杯朝齊爾特扔去、有的人想介入戰鬥，不過因為場面太混亂而靠近不了。

「又打起來了。」赫雪真是受不了這群男人。「停手，我們的表演就要開始了。」

低矮的木製舞台被白色燈光打亮，音樂的旋律奏響，可是卻因為男人們爭鬥的聲音而使得樂聲被覆蓋。舞台階梯撩過白色長裙，一雙美麗富曲線的長腿緩步走至台上，女孩的長髮上戴著粉色髮網。她不管酒吧內已經多麼凌亂，也不管還有沒有人在看她的表演，她仍舊是禮貌性地對著底下的觀眾們深深一揖。

場面非常荒唐，歌手蕾衣卻一副見怪不怪、臨危不亂的表情，她張開塗紅的雙唇，唱出嘹亮的歌聲。

說也奇怪，倒影城的齊爾特・布勞德王子、尖牙堡的席特・尖牙王子以及莫琉・尖牙王子與一夥吵鬧不休的尖牙堡人竟在此時全都停下動作，所有人像個呆滯的木頭人般面朝向舞台且目光專注地盯視著唱歌的歌手。

這情景叫赫雪笑也不是、哭也不是。他們的爭鬥弄壞了室內大部分的裝潢，光是整修又得花上好一番功夫；可是這群人臉上掛著鮮血、頭破血流且滿身傷痕地呆看著蕾衣的愚蠢模樣仍叫她忍俊不禁。

這歌聲既輕柔又乾淨，搭配著音樂悠揚揉合成渾然一體的美妙天籟，成功地吸引所有莽夫的注意力並且讓他們終於靜下來好好欣賞一首歌。

蕾衣先為莫琉處理傷口後，接著開始替齊爾特包紮頭部傷勢。

莫琉臉部表情僵硬，嘴巴發出酸澀的哀聲。「我的臉……好像有點移位了。該死，我得花上一整天的時間浪費許多魂能來治傷。」

席特陰陰地看著他，冷淡地回應：「你自找的。」

「夠了。」齊爾特輕輕推開蕾衣那隻拿著紗布的纖細手臂。「小傷，沒事。」

「真的沒事嗎？有些人的致命處就在腦部，這樣的傷痕已經能讓一名安茲羅瑟人死亡了，怎麼可能不要緊？」蕾衣又是疑惑又是擔憂。

「沒事就是沒事，沒死的話傷口就會自己痊癒，用不著妳擔心。」他瞪著莫琉。「就算打碎我的腦、尖刀刺穿我的心臟，我也依然不會死，血族的人一輩子都不會死於魔狼之口。」

「那是你現在不會死不代表以後也是。」莫琉在收起紗布時嘴巴還不停的叨念著。「今天又打了一場無意義的勝負，看來你不過只比石像鬼韌命些及好運些罷了。」

席特拉著莫琉的衣袖。「走吧！出來的太久了，父皇會不悅的。」他柔和的看向蕾衣。「美麗的蕾衣小姐，今天感謝妳。」然後又轉向齊爾特，說道：「期待你活著回到華馬，若我們還能在戰場相見，銀龍雙槍會射穿你的身體。」

莫琉從座椅上跳起。「噴火者也會轟爛你的四肢，然後拖著你的殘軀去餵魔狼。」他撫著臉上的傷痕。「我向天上諸神發誓！」

去你媽的諸神，你們這群無信仰者還能向誰發誓，有那個神敢收下你的誓言？齊爾特默然地將酒精倒在藥用棉上，他拿鏡子照著臉，小心翼翼地用棉花擦拭鼻樑。「尖牙的渾蛋！他們竟敢攻擊我的臉？我一定要告訴父皇，讓他出兵把尖牙堡踏平，以消我心頭之恨。」

蕾衣誠摯地建議他。「不要那麼做，那不是明智之舉。」

齊爾特舉拳搥桌。「為什麼不？我是血族王子，倒影城的殿下。我的父皇若知道他的繼承人在外面被人欺負，他一定會為我拔劍。」他喝了一口鮮血。「這樣也好，尖牙堡早該消失了，華馬不需要第二個發號施令的家族。」

「殿下……」蕾衣不知道該附和或是繼續苦勸他放下這念頭。「若沒事的話請允許我暫退。」

「等等，妳別走。」齊爾特拉住她的手，「妳坐下，坐在我身旁。」

蕾衣滿腹疑惑地照著他的話去做。修長的睫毛和滴溜溜的一對黑色眸子好奇的瞅著，模樣單純到惹人憐愛。

「之前我向妳提議的事妳考慮的如何？」

「之前？」蕾衣不解地問：「抱歉我的殿下，但我忘記是什麼事了。」

「是忘記，還是不去記？」齊爾特意有所指地端視她。

蕾衣刻意壓低不與他交會的目光已經給了齊爾特答案。「我比您的年紀還來得更大。」蕾衣怯弱的說。

「年紀對安茲羅瑟人來說是問題嗎？」齊爾特說：「既然妳忘記了，那我也不厭其煩的再和妳說一次，仔細聽好——我要娶妳為妻。」

她勉強給自己擠出一絲微笑，顯然蕾衣並不想得到王族配偶的身分。「我只是名歌女，地位低下，又不懂得運使魂能，恐怕配不上您。」

「隨他們去說吧！到時候等我繼承了王位，我就一一拔了他們的舌頭。」齊爾特摸著她的手。「我只承認妳是我的妻子，其餘的庸脂俗粉均入不了我的眼。」

蕾衣為難的表示：「能再讓我多考慮一陣子嗎？」

齊爾特臉色一沉。「妳考慮的夠久了，我沒有那麼多的時間可以一直等妳。」

她點頭。「我知道，您即將代表華馬出征。」

「媽的，風聲傳得還真快，華馬上上下下還有誰不知道這件事？」齊爾特嗤了一聲。「妳難道不怕我回不來嗎？」

「在您外出的時候，依利安王已經公開出征的名單，大家都對您抱著期盼。」蕾衣回答：「您對自己一向很有自信的不是嗎？我不想在這種關鍵時刻給您添麻煩。我親愛的殿下，我也等待您帶著榮耀和勝利返回華馬，到時候再說可以嗎？」

「不行，我不想再等了。」齊爾特強烈地拒絕。「我說要就是要，我對妳已經很有耐性了。我每天晚上都想擁妳入懷，吻著妳、抱著妳入睡。我希望妳為我血族多添一位繼承人，我希望能讓妳加入布勞德家族，我還希望——我能不要再繼續空等。」

蕾衣以沉默回應齊爾特的期盼。

齊爾特忍不住了。「妳覺得我有什麼不好？我是華馬未來的領袖，魔塵大陸二十三國之一的領主，以後還有可能超越我父王、超越亞基拉爾。」他握住蕾衣的雙手。「我有很多靈魂玉，成堆成山的靈魂玉，這是妳唱一輩子歌也得不到的富裕，妳要的東西我全都能滿足妳。」

室內先是飄來濃烈的血腥味，隨後地面上流過一道血痕，當血液匯流成團後，慢慢凝聚出人形。

「我的殿下，您該回去了。」是倒影城的使者。「吾王對您的擅自離城感到不悅，最好您能早點回去，好平息血族之王的怒氣。」

「你來的正好，順便把她也帶回城去，她是我的妻子。」

蕾衣趕緊將手抽回。「抱歉，我……我還是不能答應。」

「為什麼？」齊爾特顯得有些惱火。「莫非妳是嫌我配不上妳？或是嫌我的長相與妳不相稱？」

「不是的，我只是個默默無聞的歌手，高攀不上您。」

「妳是什麼意思？」齊爾特怒不可遏，他最討厭這種感覺。「妳也知道妳地位低下，竟還敢拒絕我的請求？別仗著我對妳有點意思妳就可以目空一切，我要的東西從來就沒有得不到過。」

蕾衣先是一愣，之後斷然回絕。「很抱歉，這次恐怕要讓您失望了。」她起身離開。「恕我失陪。」

「慢著，妳……」

使者擋在齊爾特面前。「殿下，恐怕您承受不起依利安王之怒。」

齊爾特返回倒影城，他的父皇早已經在大廳安排好活動等待著他。

廳堂的中央擺著一張大圓床，幾名裸女在床上表演春宮秀。其中一位在鼠蹊部掛上假陽具，她扭動著腰將東西放入另一位女孩的身體裡，接著開始學男人抽送的動作，躺著的女孩臉上則掛著虛假的歡愉。

齊爾特原以為他的父皇會對他發飆而顯得戰戰兢兢，可是沒想到他回來後竟然得看這種不入流的表演。他先是露出一絲困惑，為了怕得罪父親所以也只能默默地陪同觀看。

他的父親搖著手中酒杯，一邊喝著血一邊開心地猛點頭。齊爾特反倒是越看越覺得莫名其妙，最後他興味索然，於是發起呆來。

依利安注意到他兒子的反應。「吾兒，你不喜歡這表演嗎？」

「不喜歡。」齊爾特直截了當的答覆。

「那你又為何出城呢？」他的父皇問。

齊爾特當下恍然大悟，連忙解釋：「那只是個喝酒聽歌聊天的地方，不是風月場所。」

依利安王微笑，臉上卻不帶著笑意。「我以為我的兒子開竅了，所以才去找那名歌女。看來你不僅是為了身體的欲望，真讓我意外。」

「您看到了？」齊爾特詫異地問。

華馬之主將血全部喝下，然後淡淡地回覆：「華馬中我想看的、想聽的、想知道的已經通通在我的腦中。」

齊爾特沉吟一會，納悶地問：「如此說來，我和尖牙堡的衝突您也知道？可是您卻選擇袖手旁觀，即使對方汙辱了布勞德家族您也無所謂嗎？」

「不是每次對方跳笨蛋舞時我們都要隨之起舞，這毫無利益的爭鬥只是白費力氣而已。若當他們挑釁一次，我們就得立刻回應的話，那我可累了。」侍從走過來要為依利安手中的空杯添酒，他卻將杯口朝下。「我不喝了，那些鮮血留給我兒子吧！他需要更多的精力。」

「我也不要。」

依利安王看著他的繼承人，不是很滿意的搖頭。「我原先對你還抱有一點信心，想說就讓你一個人去準備出征的工作，看來我高估你了。」

「請問您說的這番話是什麼意思？」齊爾特開始感到不安。

「你去找你叔叔，看他能教你什麼你就學些什麼吧！你準備的時間也不多了。」

「我幹嘛多此一舉？」

他的父皇瞪他。「不是階級高或神力強就是王者，你這副模樣只會讓宿星主、亞基拉爾等人把你戲弄於掌間，你想被他們戲耍至死嗎？」他命令道：「你去收拾一下，利用魔異坑獸的傳送門到你叔叔把守的雲望角報到。」

「是的，吾王。」齊爾特心不甘情不願地起身就要離開。

「還有一點。」依利安王說：「我要你和那名歌手斷絕關係，永不往來。」

「這太過分了。」齊爾特暴怒。「你知道你最近對我很嚴苛嗎？現在連我的愛情你都要管了是嗎？」

「冷靜，小子。你對我說話連敬稱都不用了嗎？我不記得你是那麼沒教養的孩子。」依利安漠然地說：「你是要我拆散有情人，還是要讓那名歌女永遠消失？你自己選。」

「我不會讓你碰她一根汗毛的。」齊爾特掛了個沒自信的保證。

「你情欲旺盛這裡多的是女人可以讓你玩，你有的是錢和權勢，那些女人會為你張開雙腿。逢場作戲而已，不需要那麼認真。」依利安說：「想當初你的母親也是，她為我添了你之後就沒有利用價值，所以我把她賜給了你當玩具。」

「她不一樣。」齊爾特加重語氣強調。

「有什麼不一樣？在我看來是全都一樣。」他的父皇問：「你愛她嗎？你真的動了真情？」

「是的。」齊爾特不假思索。「我愛她。」

「我聽過你們的對話。」依利安嘲笑道：「至少我的感覺不是這樣。」

「我才不管您的感覺，您不許動我的愛人。」

「你的愛人？你懂愛嗎？想做愛這裡多的是女人呢！」他的父皇站了起來。「你這蠢蛋，真的愛她你就一口咬死她。」

「我會的。」齊爾特毫不妥協。

「若她不是處子之身呢？多弄一隻食屍鬼出來嗎？還是把她身上的血全吸乾？別傻了，何必自惹麻煩呢？就算她真是處女，你們兩人結合出來的小孩我也不會讓他加入我的血族，因為那是布勞德家之恥。」依利安拍拍齊爾特的肩膀。「等你回來後，為父會為你物色更好、更門當戶對的女孩，你先別著急。」

「不，我只要她一人。」齊爾特執拗著。

「要我把話說明白嗎？她不配和你在一起。」依利安王大怒。「你是王族就要有王族該有的樣子，若你真的想和平民女孩在一起生活也沒關係，那我就立刻切斷這段羞恥的父子關係，你也不再是華馬的繼承人。」他旋身邁出憤怒的步伐離開大廳。

齊爾特越想越氣，光是擲破手中的酒杯都還不足以平息心中的不滿。

一片綠葉由窗帘縫隙飄入齊爾特的房間，這是從來沒發生過的怪事。這附近多的是血針林，但卻沒這種薄又寬的葉片。他認為葉子除了罕見外，很可能代表著某種意義。

齊爾特從床上拾起葉子，瞬間一股能量流竄著，它經過手腕傳至大腦，之後他完全明白這代表什麼意思了——那是一種訊息移轉用的咒術。

齊爾特擰碎綠葉，隨即點齊人手與他一同出城。

老詹森攔在他們要出城之前擔憂地問：「少爺，您就這麼帶著五百多名血衛士出城，老爺知道了恐怕又不高興。」

「隨他吧！最近我那父親的心情總是很不美麗，不管做什麼他都會有意見的。」他用劍柄推開老詹森。「何況我是出去證明自己，是去立功。」

老詹森疑惑的啊了一聲，這傢伙跟在依利安王身旁很久很久了，他是現任倒影城的教頭，負責訓練新兵。雖然大家看他有一顆童山濯濯的頭加上幾撮稀疏的白髮就以為他很老。事實上，年齡的差距很難從安茲羅瑟人的臉部判斷。老詹森的臉剛毅又穩重，皮膚沒有半點皺紋，和年邁的亞蘭納人完全不一樣。

齊爾特與赫雪在城郊一處密林旁會面。

「我的故鄉白月村被來路不明的軍人佔據，我感受不到村人的氣息了。」赫雪懇求道：「殿下，請幫幫我。」

「白月村民世世代代守護的王墓陵寢是血族祖先的埋骨之地，不需要妳說我也會處理這件事。」齊爾特注意到站在赫雪身後徨徨不安的蕾衣，質疑道：「妳又幫不上忙，跟著過來幹什麼？」

「殿下，是我請蕾衣陪我一同前來的。」

「有我在還需要她陪妳嗎？」齊爾特哼道：「妳們倒像一對感情不錯的姊妹嘛！」

齊爾特遠遠就看見藍底旗幟上的金弓與銀箭，不過他不清楚那是來自那一國的徽記。

三名在村莊門口站崗的衛兵正百無聊賴的盯著四周圍情況。

齊爾特將一名斥侯的半身屍體丟到他們面前。「你們是誰？白月村民呢？」

全副武裝的衛兵打量著他。「大人，我們的守望已經遠遠的就發現你們了。若是想在村外休息請自便，但不得隨意內進，找不到您要的人麻煩請去昭雲閣尋求協助，這裡沒您要的村民。」

「你很幽默。」齊爾特再問一次：「村民呢？」

「村民去那我不知道，不過這裡已經被我軍佔據，請帶著您的手下撤離。」

「佔什麼佔？這裡是華馬的領地。」齊爾特被對方激怒。「叫我大人？你知道我是誰嗎？」

「我不管您是那位，這兒現在是邯雨的勢力範圍，再靠近我們就不和您客氣了。」

赫雪在齊爾特的耳旁低語道：「殿下，我聞到了屍體燒焦的氣味，恐怕我家鄉的人都……」

這群混蛋！齊爾特拔劍就是一記橫砍，將那名不識好歹的衛兵隊長劈成兩半。

後方的魔槍衛兵連開數槍，之後又從村莊口湧出許多敵兵。

「妳們退開，這不是妳們兩人能插手的事。」齊爾特揮動魔心劍格住挺刺而來的黑金長矛，劍身的紅光發散，那名士兵瞬間四分五裂。

隨後自村內飛出一把迴旋的巨斧，齊爾特雖然以魂能護盾勉強擋下，整個人卻被震退好幾步，雙手僵硬又發麻。

掿大的身影躍出，來了一個出乎意料之外的敵人向齊爾特挑戰，更讓他感到訝異的是對方縱然身形龐大，速度卻依然靈敏。

「小矮子，膽敢向我們挑戰？我是邯雨四大將之一的庫雷，報上名來。」

「華馬、埃蒙史塔斯轄下倒影城、布勞德家族繼承人——齊爾特．布勞德。」

「去你的。」庫雷可以僅用單手便輕易揮動那巨大無比的雙手斧，同時打掉齊爾特手中的魔心劍。他右手捏住齊爾特的身體，大笑道：「依利安王我都不放在眼裡，他兒子是過來送死的嗎？讓我像捏死小蟲般掐死你好了。」

「呃啊！」齊爾特發出痛苦的悶哼，他的身體快爆開了。「你……休想。」血族王子的身體籠罩著煙霧且產生變化，他變成了小型石像鬼從庫雷的指縫間脫出。

齊爾特飛至高空再化成一團陰霾朝庫雷急襲而下，幽暗的物質遮蔽了天空，其中還包括石像鬼、地獄犬、魔像傀儡等危險召喚魔物同時向庫雷發動攻擊。

「幼稚！」庫雷高舉斧頭用神力破開陰暗，不費吹灰之力。「死！」他扭轉巨斧再次劈向齊爾特，死亡的危機逼近眼前。

銀龍雙槍代替魔心劍格擋住庫雷殺招。「大人，雖不知道為了什麼，但這裡是尖牙堡和倒影城的祖先長眠之地，可以請您退兵嗎？」

「席特，什麼時候你們尖牙堡開始幫起倒影城的忙？」庫雷猙獰的笑了。「上位指揮者的程度差距很大，你們剛巧就是最好對付的那種乳臭未乾的小鬼，哈哈。」一股勁力彈開兩人，庫雷單手高舉戰斧。「兩個一起來吧！」

「搞什麼？我不需要你幫忙。」齊爾特拾起魔心劍。

「理智點，在王墓陵寢中埋骨的可不是只有布勞德家族的人。」

兩人首次聯手攻敵，一左一右，一上一下；一人正面進攻另一人就從側面攻擊死角，一人受到牽制另一人馬上從背後夾攻。雖然毫無默契，時間點也沒有配合，卻意外能拖慢庫雷的腳步，分散他強大的攻擊，迫使他變得左支右拙。

「華馬的王族繼承人全都是不能正面對決的懦夫嗎？」庫雷雙手持斧，接著猛烈地揮動，強大的風壓夾帶魂能將村莊前的地面全都掀起。

「太離譜了。」席特半跪在地，汗如雨下。「好誇張的力量。」

倒影城和尖牙堡的士兵挺身護主，分別與邯雨軍發生交戰。

一隻魔狼從左邊猛地跳起，死咬著庫雷的左上臂不放。「這小蟲子那來的？」庫雷用力一拍，魔狼僅剩一些皮肉和血黏在他的手臂。「哼，垃圾。」

齊爾特雙腳顫抖，他沒料到自己與席特兩人的合作竟然還是徒勞無功，對方的強悍超出他的預估。

「好了，大家停手。」影休由村內緩步踏出，他似乎是在等待著雙方的精力消耗到一定程度後才出來勸阻。

齊爾特握緊魔心劍，準備再攻過去時，席特擋住了他。「住手，對方是影休大人，別給自己難堪。」

「滾一邊去，礙事。」齊爾特強硬地將席特擊退。

影休身形不移，他亮出手臂上似爪又像十字弓的特殊武器朝向齊爾特。先是射出一根利箭，血族王子以劍砍落，緊接而來的一箭擦過他的臉頰。

哼，你該死！齊爾特一拉近距離便往前奮力一刺。影休確實就在眼前，可是劍鋒卻刺中空氣。等王子發現尖銳的硬物抵住自己後背時，已然來不及反應。

「您再動手我可要認真囉。」影休笑道。齊爾特甚至不知道他到底是什麼時候移動的。「邯雨無意與你們華馬交惡，想要討回村子很容易，我現在就把軍隊全數撤走。」

齊爾特很想叫他們全部不許走，可惜憑他自己根本無法辦到。邯雨的士兵很快地便撤出白月村，他們留下來的也只剩下一座殘破不堪的廢墟。

「村人全死了。」赫雪難過的雙手握於胸前，為村民祈禱。

「妳沒事嗎？」席特溫柔地問蕾衣。

這舉動看在齊爾特眼中很不是滋味，他甚至不管成堆的華馬士兵焦屍，也不進去王墓陵寢內做確認，他光是看著蕾衣對席特的體貼再加上兩人之間肢體接觸的互動就夠叫他怒火中燒。

「放開她。」齊爾特架開兩人。「早叫妳別跟來了，什麼忙都幫不上的人。」他對著蕾衣叫道。

「你這是做什麼？」席特問：「你不是為你的先人而來的嗎？」

「那你呢？」齊爾特瞪向席特。

「兩位殿下不用再爭執。」赫雪走了過來。「因為我不具王族身分所以沒辦法進入陵寢中，但是從外觀看去並沒有任何異樣。非王族人想進去絕非易事，既然陵寢大門沒被破壞，那麼內部肯定是沒有受到任何影響。」

「若不是為了滋擾我先祖的安眠之地，那邯雨人佔據白月村有什麼目的？」席特不解。老闆娘思索了一下，給了席特她也不確定的答案。「也許是因為貝古爵士的仇。」

「貝古是誰？」席特印象中好像聽過這名字，記憶卻又十分模糊。

「他是白月村第二任村長。」赫雪歎息道：「丘德與亞多私下密謀奪取村長之位，亞多與貝古的妻子古氏通姦，他慫恿古氏在一次晚宴中毒殺親夫，計謀達成後又殺古氏滅口，順利讓自己的妻子韓森得到繼承之位。本來亞多想再製造一件意外事故讓妻子喪命，這樣他便能順理成章的接位。結果赫夏偷偷將從亞多那裡偶然得知的奪村計畫告訴亞多之妻韓森，因此得知丈夫歹毒計畫的韓森開始有戒心，再加上赫夏的慫恿，終於導致她與亞多在房間內發生爭執，兩人起了流血衝突，最後雙雙死亡。」

「我想起來了。」席特說：「妳是亞多跟韓森的長女赫雪，赫夏是妳妹妹。一切災禍都是赫夏和丘德所惹出，之後丘德封印了她，又把妳逐出村外，是我們尖牙堡為妳提供庇護。」

「所以呢？」齊爾特輕蔑地問：「揭露妳家的醜事和亞基拉爾有關嗎？」

「貝古大人和亞基拉爾大人以前是盟友，當初邯雨軍北征時貝古大人為他們提供支援。」赫雪肯定的做出結論：「亞基拉爾大人就是特地回到白月村殺害丘德為貝古大人報仇。」

「沒錯，丘德是死了，但不是因為報仇。」齊爾特指著成堆的士兵焦屍。「看到了嗎？他們血洗白月村，又一把火燒掉我們的支援部隊，再派庫雷和影休兩名大將駐守，那些人可都是邯雨的重兵喔！」

「不是為了破壞我族陵寢，也不是為了報貝古的仇，莫非真的想把這地方劃為他們的勢力範圍？小小的白月村對邯雨來說有何利用價值？」席特越感疑惑。

「那是你們該去查的。」齊爾特將責任全推給尖牙堡。

席特對他的說法不以為然。「你們血族之人就沒責任嗎？要知道你們自己的祖先也是長埋於此。」

齊爾特目光如炬。「那你剛剛為何不與我攔下他們？」

雙方爭執間，狼嚎聲漸漸變多，由遠而近，魔狼的數量也開始聚集起來。

這種狀況發生只代表一種可能——狼王來了。

席特看著天空怔怔地愣道：「父皇？」

不會錯的，尖牙堡之主、華馬的狼王、尖牙部族酋長布琉奇爾·尖牙親自來到白月村了。

在魔狼群的簇擁下，狼主偉岸的身影出現，褐色乾枯的濃密長毛內藏著許多骨製裝飾品，他的頭頂戴著半顆狼頭製成的帽盔，還有尖圓的獸耳以及看似發怒的眼神。

布琉奇爾怒吼：「我剛從厄法返回華馬，看看你們做了什麼好事？竟然趕走了影休大人。」他一個箭步衝向前，反手給了席特一巴掌。「蠢蛋。」

席特倒在地上，嘴唇流出鮮血，恐懼的眼神中夾帶一絲困惑。

布琉奇爾凌厲的目光看著齊爾特，「小子，你活得不耐煩了嗎？」

有那麼一瞬間，齊爾特似乎看見布琉奇爾手腕的邊緣多了一些閃閃發亮的東西。他很確定那不是飾品而是長在皮膚上的一種類似鱗片的皮癬，但這種病症不應該出現在多毛的尖牙堡人身上。至少他從沒看過、也沒聽過類似的皮膚炎。

齊爾特依然被指派到南方向他叔叔薩沙雷茲學習新的知識，但他總是表現得興趣缺缺，也不認真積極的向學。起初，薩沙雷茲還能看在自家人的份上教他一些戰法、如何訓練部隊、判斷敵我局勢。之後因軍務繁忙，再加上齊爾特吊兒郎當的態度令他深感不滿，於是也不再理會他。

某天，華馬的軍隊進攻塔丘的邊界，逮回一名高階軍官。齊爾特本想處決他，但他叔叔只打算關他幾天便放回塔丘。

紛爭並不見昭雲閣高層出來排解？」

齊爾特到監獄內探望他。「冬傲大人，你這幾天可要待在華馬作客了。」

軍官瞥了他一眼，冷淡地回應：「您的待客之道真是特別，竟讓客人蹲牢房。」

「我可不是來嘲諷您的。」齊爾特問：「我有個問題始終不明白，為什麼塔丘和華馬之間的紛爭並不見昭雲閣高層出來排解？」

「昭雲閣？」對方搖著頭。「我鄙視這個管理組織，它們美其名是在為魘塵大陸的和平、發展和經貿在努力，實際上只是各個勢力鬥爭的一個高階舞台。以前的決策大會是三大家族、厄法和亞基拉爾各有一票，哈魯路托佔三票來互相制衡並決定安茲羅瑟發展的動向。也許哈魯路托還在時，昭雲閣的決定算是有道理、有其目的，如今哈魯路托失蹤，昭雲閣的實權被五名理事瓜分。一旦利益發生衝突他們只會選擇對自己有優勢或是明哲保身的決定。」他繼續說：「拿這次的事件來說，安達瑞特和伊瑪拜茲選擇保持中立，因為此事與他們沒利害關係。厄法譴責華馬的侵略行為，埃蒙史塔斯和邯雨卻表示贊同。兩張支持票及一張反對票，這代表著華馬的進軍將不會受到昭雲閣制裁。」

「那華馬攻打你們的理由呢？」

軍官給了他一個微笑。「小王子，你該去問你親愛的叔叔。」

「打開門。」齊爾特命令看守的警衛。

「抱歉殿下，除了薩沙雷茲大人的命令外……」

齊爾特一劍砍了這個多舌的警衛，他撿起鑰匙打開柵門，接著依序關上電磁牆和取消結界。

冬傲對他的行為感到不安。「小王子，你這是做什麼？」他不覺得齊爾特是要放他出去。血族王子一腳踩在他胸膛上。「我問你的問題你就乖乖給我回答，別忘記你的生命操之我手。」

冬傲發出冷笑。「華馬的王族都那麼趾高氣昂嗎？」

齊爾特的腳加重力道，肋骨斷裂的劇痛讓冬傲也忍不住發出哀嚎。「好痛……是、是為了血潮狂徒，你的父親依利安王一直想要那把劍。」

「一把劍？」齊爾特納悶地問。

「那是渾沌與黑暗之神多克索所傳下來的神器，也是首任哈魯路托羅瑟・伊瑪拜茲的隨身配劍，擁有無窮神力。」冬傲痛苦的解釋。

齊爾特不自覺地發笑。「這算是什麼理由？既然是戰爭就要鬧得轟轟烈烈，我的父皇和皇叔也太不會玩遊戲了。」

冬傲見齊爾特慢慢抽出自己腰際的配劍，然後將劍尖緩緩指向自己……

在雲望角的戰報室內，討論聲音此起彼落，這時候大門卻突兀地被打開。

薩沙雷茲陰陰地看著齊爾特。「你可以這樣不請自入嗎？難道不用先報備？」

齊爾特大搖大擺地走入。「叔叔您才過分，開會也不找我嗎？」

薩沙雷茲冷哼道：「不需要你了，我們已經討論完畢。」他拍著手。「就按照剛剛制訂的計畫來進行，去負責各自的工作吧！我們解散。」

所有官員魚貫步出，戰報室內只留下薩沙雷茲叔姪。

「你有事找我嗎？」薩沙雷茲疑惑。

齊爾特笑道：「聽說你們為了爭一把劍而出兵攻打塔丘。」他拍拍魔心劍的劍鞘。「需要我借你們武器嗎？」

「誰告訴你的？」

齊爾特攤著雙手。「我和冬傲大人稍微聊了一下。」

「沒我的同意你竟敢私下和犯人會面！」他的叔叔不高興的說。

「是犯人嗎？反正再過個幾天你們又會放他回去了，就和小孩子打群架一樣。」

薩沙雷茲拔開酒瓶木塞，他將酒杯倒滿。「那是多克索的武器，也是神器。」

「真有那麼厲害其他人不會去搶，塔丘人不會留著自己用嗎？」

他的叔叔舉杯將酒飲盡。「布勞德家的先祖是替首任哈魯路托捧劍的隨侍，也就是說除了渾沌之神、哈魯路托與血族人外，沒人可以駕馭血潮狂徒，那是為我們而存在的神器。」薩沙雷茲接著說：「但是愚蠢的塔丘人卻把神劍當成神像般的信仰拿來膜拜，還設下結界將之封印，你不覺得這是種浪費嗎？」

「捧劍的隨侍——這還真是光榮的過去啊！我都不知道布勞德家的榮耀是幫哈魯路托捧劍得來的。所以血族之人才有資格接觸血潮狂徒嗎？」齊爾特語帶嘲諷而且頗感不屑。「我對你們發兵的動機毫不關心。」

「英雄哪怕出身低，我們家族的基業都是先祖跟隨哈魯路托一起拼鬥出來的。」他的叔叔側著頭看他。「你就為了這一點來找我嗎？」

「不是。」齊爾特搖頭說：「倒影城和尖牙堡發生戰爭了。」

「你消息挺靈通的。」他的叔叔再給自己倒上一杯酒後便把瓶口以木栓封上。

「原因呢？」齊爾特問。

「尖牙狼王布琉奇爾認為他身上的謎樣結晶來自於王家陵寢的詛咒，天曉得他是怎麼確認的。反正他拜託塔利兒大人幫忙解決這件事，亞基拉爾大人竟然趁機順手滅了白月村，我那大哥很不諒解這件事。」薩沙雷茲啜飲一口酒，隨後又馬上放下酒杯。「等等，你知道布琉奇爾王發生的事嗎？」

齊爾特回想起那天在白月村見到布琉奇爾手腕上的發亮鱗片，果真不是自己眼花。「所以他們為此發生爭鬥？」

「兩個家族有事先商議過，可惜最後沒辦法達成共識。」

那天兩人為了這件事而會面，依利安王表示：「以前白月村附近神力旺盛，為了讓死者能安眠，我們兩大家族都習慣將王族的屍體葬在那邊。現在不管你身上發生什麼事，要動陵寢前是否該經過我同意？」

「等你同意？那我不如先死給你看！」狼王不諒解的說。

「就算如此也不需要請邯雨人幫忙，我們布勞德家願傾全力協助。」

「這可是你說的，現在不止手臂，連我的鎖骨和胸部附近全長滿奇怪的結晶物，你得幫我解決這件事。」

幾天後，倒影城方面卻一點消息都沒有，於是布琉奇爾再也坐不住。「你答應的事處理的怎樣？我見你完全沒有任何動作。」

「事關先祖遺骸，我不能妄動。」依利安王遺憾的說：「也許您的病來自其他原因，您不再多查查看嗎？假若陵寢真的是您發病的主因，那麼我更得要謹慎，畢竟我可不想讓布勞德家染上這種怪病，所以我們決定繼續保持觀望。」

布琉奇爾勃然大怒。「你想推託？你要看著我死？你真打算如此那我肯定也不會讓你們好過，等著吧！我的靈魂不會一人獨自前往裂面空間扶神柱。」

聽完薩沙雷茲的話後，齊爾特只覺得可笑。「哼，他不知道這種舉動只會縮短他本來就不長的壽命嗎？」接著他又提出另一項要求：「請允許我回去協助倒影城。」

「不准！你得乖乖留在這裡，這是依利安王的決定。」

「我打算明天就返回。」齊爾特堅持。

一名衛兵走入戰報室內，接著在薩沙雷茲的耳邊輕聲說了一些話，他的皇叔表情驟變。「你殺了冬傲？那是我們的籌碼，誰批准你殺他的？」

齊爾特笑而不語。

他的叔叔憤怒地拍桌。「夠了，你這沒大腦的蠢石像鬼，給我滾回倒影城，立刻！」

「所以你被你叔叔趕回倒影城？」依利安王冷眼看他。「我該拿你怎麼辦才好？真是寵出事來了。」

「我已經知道白月村的事了，也知道亞基拉爾出兵的原因，只是不懂的是為什麼您對邯雨人那麼隱忍？」齊爾特問。

依利安王回答他的問題：「埃蒙史塔斯家遠在南隅，又沒辦法提供足量的鮮血滿足華馬的需求，我也只能透過昭雲閣商貿理事會和邯雨人進行交易。」

「所以呢？現在邯雨使者來，我們和尖牙堡又要停戰了嗎？」齊爾特難掩失望的神情。「父皇，您的野心和志氣到那去了？」

依利安露出鄙視的笑容。「魘塵大陸有二十三國，大大小小的家族加起來也有百來個，你要華馬把它們全滅掉嗎？」

「也可以。若您真想那麼做，孩兒會支持您。」齊爾特輕率地回覆。

「有尖牙堡擋著，我們都不宜再樹敵，免得要分兵又分神讓華馬得不償失。亞基拉爾可不比塔丘或尖牙堡，他隨時都可以召喚援軍或同盟助陣。而我們呢？你希望梵迦為華馬出兵嗎？」依利安嗤笑道：「那個短視近利的男人只顧著眼前的利益，新獄除了哈魯路托外全不放在眼中，所以要他浪費人力和邯雨軍正面衝突簡直比登天還難。你難道沒看見托佛的下場嗎？托賽因想與亞基拉爾在北境一決雌雄，最後呢？現在他的手下東奔西跑忙著為他復活，你就希望為父也落得這種下場嗎？」他拍著齊爾特的肩。「吾兒，亂世中明哲保身是首要之務，沒有絕對的優勢和相等的利益下絕對別與人做意氣之爭。等一下我還得與影休大人見面，你先回宮中休息。」

「您之前還教導孩兒要有無窮盡的野心和欲望才會更進步。」齊爾特哼道。

「那為父現在再教你一項新的觀念。」依利安緩緩說：「先有生命才有野心和欲望。」

齊爾特表情鬱悶，「就讓孩兒去和邯雨的使者談判吧。」

「我可以允許你跟去，但是你得管管自己的嘴巴，別再給我惹出什麼失態的麻煩。」

邯雨使者與布琉奇爾早已在大廳中等待多時。

影休身旁有一名死氣沉沉的男子，他手持邪杖，雙眼發白，雙腳飄離地面。

雖說是初次見面，但是齊爾特第一次有著背脊骨發冷的顫慄感。

依利安大步跨入自己的位置中。「你站在我身後就行了。」

「沒我的座位嗎？」

「我可是倒影城的王子……」齊爾特正要出聲抗議。

「閉嘴！」依利安打斷他的話。「保持你的教養。」

影休向兩位領袖鞠躬。「來自陵寢中的先生讓我轉告兩位大人，若想解除病症，就得拿紅丹血石和他們交換。」

「那是血族的珍貴寶物。」依利安王用手指搔了一下眉毛。「為什麼我得答應惡靈們的請求？它們玷污了我們先祖的遺骨，罪不容赦！只有讓它們塵歸塵，土歸土才是最好的選擇。」

「您的要求不難辦到，只是有人會因此賠上一命。」影休不特別說明，在座的人都知道他在指誰。

布琉奇爾的上半身幾乎被鱗片覆蓋，因為疼痛的關係，他的表情不怎麼好看。也可能是因為依利安的決定正發怒著，然後一句話都說不出話來。

一道詭異的薄影在血紅的酸霧中現形，眾人雖然早有察覺，但由於來者不帶敵意的關係，大家也就沒有什麼特別警戒的動作。

穿著紅袍的怪物出現在大廳之內。「奉血塚之主的命令與各位協商，我為使者納勇。」

依利安語帶譏諷地說：「真是什麼樣的妖魔鬼怪都能稱王。想不到活屍病菌利用王族屍身再加上地氣之力，最後竟然造就了你們這樣的怪物。你的主人為何不親自前來？派你這小小妖術師和華馬兩大家族之首談判，這表示我們的階級還不如你的主人嗎？」

納勇的頭顱大到蓋過雙肩，頭部兩側全是眼珠般的肉瘤，無髮又滿是皺褶的腦門異常的外凸，無耳無鼻膚色慘綠，細小的嘴像蛇一樣吐信。

「你是布勞德家族之主，不代表其他華馬人都認同你。」納勇說：「我相信其他人和我也有同樣的看法。」

「在拉攏我之前你是不是該釋出善意？」布琉奇爾忍著疼痛起身，病症的慘況讓他坐也不是，站也不是。「影休大人，為什麼我們必須得到依利安的許可？他根本無視我的死活。」

「想完全解除威脅，陵寢的病巢勢必得要全部撲滅，沒有依利安王的同意我們不會那麼做。」影休表示。「這也是邯雨軍守在白月村而不妄動的原因。」

「我得考慮幾天。」依利安沉思道。

齊爾特明白他的父皇雖然嘴巴上說會考慮，實際上他看向納勇的神情就已經完完全全的表明立場。依利安想要消滅這群惡靈，所以他絕不可能和納勇妥協。

「你要考慮多久？」布琉奇爾問。

「大概——少則一百天。」

「一百天？」布琉奇爾氣得掃掉桌上的酒和玻璃杯。「你分明想故意拖時間。」

「與血族無益的事我為何要答應？」依利安看向納勇說：「惡靈必須消滅！」

「消滅？你想順便連尖牙堡也一併鏟除嗎？」布琉奇爾怒道：「依利安，我希望你懂得唇亡齒寒的道理。當我們尖牙堡一倒，下一個就輪到你們倒影城。何況我說過，我不會一個人孤獨的死去，我已經叫來所有尖牙堡的部隊與大批魔狼包圍這裡，只要闇城被我們攻破，你們再撐也沒多久。」

依利安憤恨地看著布琉奇爾，若不是礙於形象，恐怕他會對著狼王破口大罵。

其實倒影城在戰備、人力、武器防具上都比尖牙堡來得有優勢，依利安根本無視布琉奇爾的威脅。只不過他可不想在這時候被納勇或影休從中得利，這讓他在決策上無法拿定主意。

「不如讓我說一些公道話。」影休跳出來勸和。「最近因為戰爭的關係，再加上聖路之地受到黑暗圈的影響，有很多因此死去的亞蘭納人，但是他們屍身上的血完全不能用。」

依利安冰冷地看向影休。「你突然說這個幹什麼？你們想拉抬鮮血的價格？或是不再對華馬供貨？」

「要漲價早在黑暗圈剛發生時我們就能漲價了，若因為敵對立場的關係我們也可以選擇不和你們貿易。可是亞基拉爾大人卻依然提供華馬需要的貨量，也不會坐地起價，為什麼？因為吾主有顆寬宏的心，總是能體諒鄰國的不便。」影休說：「在這次的華馬事件裡，我們邯雨也沒有得到什麼利益，卻仍然為了貴國而煩憂。所以您是不是也該退一步想想，讓華馬更加和諧呢？」

去你的，邯雨人最好有那麼好心。齊爾特在心中咒罵著。

「還有一點。紅丹血石可是得來不易的貴重物品，尖牙家族要拿什麼作為交換代價呢？要知道你們還欠邯雨一百多箱潔淨的靈魂玉晶體，您想要拿什麼來還？把整個尖牙堡全都抵押給我們嗎？」影休問。

布琉奇爾為難的說：「別和我提錢，我們窮死了。這筆帳不能記到祖迪大人的頭上嗎？」

「別緊張，就因為看在祖迪大人的面子上，亞基拉爾大人願意替您支付代價，您不用擔心。」

狼王鬆了口氣。「亞基拉爾那傢伙多的是錢，他都可以買下二、三個華馬領區了，這對他來說應該只是小事一樁。」

「天下沒有不勞而獲的事，等您的病痊癒後就麻煩您到昭雲閣繼續未完的工作囉。」影休接著轉頭問依利安：「那您呢？同意了嗎？」

「我不想冒風險同意這件事，但也不希望邯雨停止對我們供血。」依利安瞪著納勇。「不要太得意，你們得罪的可是華馬的兩個家族，華馬人容不下你們。」

納勇收下塔利兒交給他的紅丹血石後，再取出懷中的藥劑交給布琉奇爾。他發出狡詐的笑聲。「我們也是華馬的一分子，等著吧！等我們進化回來後就是皇權轉移之時。」

「去死吧！混蛋。」布琉奇爾忍住疼痛，他拽起椅子朝納勇扔過去，可是什麼都沒砸到，納勇已經在大廳中消失。

「小王子，這是我們第二次見面了。」影休給了齊爾特一個微笑。

「吾兒將代表我們華馬，應允你們邯雨提出的聯軍請求。」依利安王說。

影休高興的拍手，「那可真是太好了，小王子，我們今天就帶您離開。」

「我不是你們的下人，你要搞清楚！」齊爾特討厭影休的口氣。

依利安王乾咳一聲，給他兒子使了眼色，於是齊爾特又恢復沉默。

災炎地

銀諾

演唱會的現場熱鬧萬分，觀眾喝采聲此起彼落，現場大概有八萬多人在觀賞。不，可能還要更多。觀眾們全神貫注的盯著歌手且陶醉在歌聲中，他們的愉悅全投入在這場表演，當副歌達到高潮時所有人也會跟著搖曳手中的螢光棒，以此回應台上演唱者的熱情。

演唱歌手名叫艾蘿莎．米納，不知道是藝名還是真名，可以肯定的是她在亞蘭納的人氣相當高，每一場巡迴演唱會幾乎大爆滿，一票難求。

對於銀諾來說這卻是一種折磨。他承認歌手的歌聲好聽，人也長得可愛，可是在那麼大的會場內，好幾萬人同時吆喝著，許許多多的雜音讓安茲羅瑟人敏銳的聽覺承受著痛苦。僅管戴了耳塞，高亢的音量卻依然如雷貫耳，腦袋嗡嗡作響。

「要命。我也是半個亞蘭納人，為什麼我完全沒有享受的感覺？」銀諾雙手掩耳，喃喃地抱怨。「亞蘭納人為什麼會喜歡這種吵雜的娛樂？真搞不懂。」

舞台的聲光效果俱佳，佈景的變幻絢麗燦爛，歌手在演唱她的成名曲時也會依照歌詞內容來換穿符合風格的服裝。

銀諾的座位離舞台有一段距離，可以說比較偏角落。如果是亞蘭納人大概只聽得到歌聲及勉強看到螢幕上的影象；安茲羅瑟人則能夠清清楚楚地看到舞台上的細節，甚至於連後面每一位樂隊演奏者的長相都看得見。

銀諾並不享受這場表演，但他身旁這位披著黑色長斗篷的陛下給了他這個命令，因此他也只能如影隨形的陪同。

演場會在室內舉行，為了舞台的燈光效果所以把室內的大燈幾乎打暗，原以為這樣足夠不起眼了。但是火神的黑色長斗篷實在太怪異，就像是穿著深色雨衣一樣，沒有亞蘭納人會穿這種服裝來聽歌，因此多少還是引來一些人側目。

「小子，專心聽歌，你看什麼？」這種時候就是銀諾的工作了，他得趕走其他人的好奇心。說實在話，他非常討厭這工作，而且做起事來總有種窩囊感。

音樂節奏越快，聽眾越興奮；火神卻剛好相反，他垂著頭，一動也不動，很難判斷他到底在聽歌還是已經睡著。

「烈？你睡著了嗎？喂！」銀諾搖著火神。

火神冷不防地反手打了他一巴掌，正巧命中他的鼻翼，痛得他直流淚。

「你沒睡著可以出個聲音嗎？不需要用打的來提醒我。」

這名男子是魔塵大陸三大家族之一的安達瑞特家族長、災炎一族領袖、墜陽領主。人們給他一個稱號火神，但親近他的人會稱他為烈。在火神冷酷又沉悶的外表下很難看出他的心情波動，他的喜怒哀樂很少表現在臉上，為人又安靜寡言，給人一種深遠的距離感。話雖如此，安茲羅瑟人也都明白在平靜無波的表面下隱藏的是洶湧怒濤。烈有著非常暴躁的性格，又易怒，很容易就因為激動而殺人，不明究理的人總是把他當成喜怒無常、性格惡劣的瘋子。

其實烈在發怒前有個很明顯的特徵，那就是他原本深色的瞳孔會泛現熾熱的紅芒，當警訊一出現時就代表他的情緒將要轉變。銀諾跟在烈的身邊也很久了，這讓他養成比其他人更容易察顏觀色的技巧。

不這麼做銀諾早就不知道死了多少次，畢竟不是每個安茲羅瑟人都有面對火神的勇氣。當他怒意高漲後，燎原火便隨著怒氣向四面八方擴散，最後火神所經之處必定化為焦土。

黑色斗篷不止是掩蓋烈的身分，更能夠讓他與生俱來的熱燄之力得到適當的控制。

「烈，我們該提早離開羅本沃倫了，不要等到演唱會結束後才和其他人擠來擠去。」

「嗯。」這次烈的回應很快。不過他並沒有馬上起身準備離開，而是還黏在座位上不動，看樣子他還想多聽幾首歌。

銀諾伸個懶腰，他有點不想再等下去了。「紫都還有一堆事等著我呢！我說烈啊，你以後想聽歌能不能找其他人陪你來？每次我和你來一趟亞蘭納後，等我回去就諸多雜事都堆積成山了。」

火神把他的兜帽拉得更低，繼續裝作沒聽見。

有的時候銀諾這個被轉化的亞蘭納人還真的沒辦法理解安茲羅瑟人的行為模式。拿亞基拉爾和梵迦為例子：這兩個人的菸癮非常的大，而且因為鼻子敏感的關係，養成了他們愛聞香味的癖好。以前銀諾就曾經見過亞基拉爾手拿著一瓶香水，然後把小小的瓶口塞到鼻子內狂吸猛吸，就和吸毒者沒兩樣，多麼讓人匪夷所思的舉動。烈也有類似的怪癖，他平常總是戴著全罩式耳機，一有空就到處去聽音樂會或演唱會。據火神本人的解釋，他可能一輩子都離不開音樂了。因為唯有火神覺得美妙的樂聲才能把他體內的熱燄緩和下來，讓他得到平靜。

烈本身也精通各種樂器，最擅長的是彈奏鋼琴。在某一次昭雲閣會議的休息時間中，烈和亞基拉爾、加列斯三人一起演奏過，意外的獲得眾領主們的好評。當時銀諾還曾經嘲笑過他：「你的天份實在不適合掌管家族，也許你可以考慮當個音樂家。」

烈難得沒有生氣，他平淡的回應：「等希爾溫死後，要我去街頭賣藝也行。」

火神這句話惹得擁護哈魯路托一派的人非常不愉快，罵聲不絕。伊瑪拜茲家及埃蒙史塔斯家倒是當成一則笑話來聽。

至於唱歌的部分嘛——銀諾倒是從來都沒見過烈打開他的金嗓，連哼都沒哼過，最多只有用手指頭跟著節奏打拍子而已。

現在火神的食指也正跟著歌聲在椅子把手上輕敲著，看來他似乎在此找到他的滿足感。這些觀眾該慶幸他們躲過一劫，不然多的是可燃物能讓火神燒個痛快。

……所幸這只是銀諾比較戲謔的想法。實際上，火神早已越過天界那像渣滓一樣的封印來到亞蘭納很多次了，幾乎都沒惹過什麼麻煩，他大概對燒死亞蘭納人沒有什麼太大的興趣吧？

烈之所以能那麼自由自在，是因為他把安達瑞特內的大小事務幾乎全丟給高頓・熱陽去管理，自己則鮮少插手家族內的瑣事。依銀諾的觀察，烈在管理能力上的確有不足之處，再加上他的個性使然，讓他變成有名的不務正業領主。拜他所賜，階級不高的高頓・熱陽常常被其他領袖們在會議上揶揄，削盡顏面。

烈總是這麼說：「和埃蒙史塔斯家一樣，安達瑞特的家族名和我們的姓名並沒任何關聯，我烈的名字前也沒把安達瑞特冠上當作姓氏，所以這都是虛名而已，隨其他人去講。」

銀諾也覺得這番話有道理，但從一個家族長的口中說出來總是不妥當。烈的哥哥和兩個妹妹都是領主，他們則對火神的言論完全不諒解。「你這是在踐踏自己的家族，把榮譽當成墊腳布。」責備完後，他們幾人憤而離去。

「你說的話會讓手下們和封臣對你失望，也會被其他黑暗深淵領主們更瞧不起。」銀諾說。

「說閒話的人如果都變成了焦炭，他們還會有想法嗎？」烈反問。

銀諾恍然大悟。「你剛剛怎麼不對你的兄妹們這麼說？」

「因為不用我說他們也會照我的想法去做。」

這個性可一點也不好，一直到今天銀諾還擔心烈的兄妹們會直接以叛亂這種的激烈方式來表達自己的不滿。

和一般的安茲羅瑟人不同，火神的人形外貌底下掩藏的真正面目其實是一團高溫火焰。與其說他是生物，倒不如說是披著亞蘭納人外皮而且具備思考能力的元素人還比較恰當。這些火元素人族群在魔塵大陸裡有個共通的名稱——災炎一族。

很多時候亞蘭納人或少部分天界人總會把災炎一族的火元素人當成是安茲羅瑟人，不過事實並不是這樣。對安茲羅瑟人來說火元素人就是標準的異族，畢竟習性完全不相同，生活方式也有很大的差異，就連信仰的神祇也不一樣。

相傳火元素人是虛空之王雷亞納的創造物，祂在元素中注入靈魂及感情，讓它們有思考能力，同時可以自由自在地活動，於是在魔塵大陸上又多了一種特殊生物加入嚴苛的競爭環境中。灼傷地位於魔塵大陸中西王國以北、中區正西方、北境偏西南的一帶地區，也是安達瑞特家族的勢力範圍，災炎一族以墜陽首都怒火核心為其大本營。整座城鎮建立在活火山上方，其中有一處特別高溫的火山口，當地人稱之為世界熔爐，那是屬於安達瑞特家族的聖地，也是災炎一族的起源。

災炎一族的火元素人不需要飲食，至少銀諾從沒見過烈碰任何食物，除了菸、酒以外。而災炎一族的人幾乎把酒當成營養劑照三餐來飲用，而且酒精濃度越高越好，就連工業酒精也照喝不誤。有的時候火神為了提高身體的熱能，他甚至會吃硝化甘油或是大口喝著汽油。此外，在世上有一種叫做多腳蟲的叢林生物，當這種生物遇到危險時會燃燒自己對敵人造成傷害。以安茲羅瑟人來說這是屬於有劇毒且不可食用的動物，但若是火神真的急切要補充熱量，他便會去抓幾隻形貌恐怖的多腳蟲來吃，藉以吸收多腳蟲身上的可燃物質。

縱然火元素人擁有和一般人無異的樣貌，但他們依然沒辦法進行有性生殖。在銀諾還沒宣誓加入安達瑞特家之前，他對火元素人的繁衍有諸多想像。之後他才明白火元素人全都誕生自世界熔爐內的無盡熔核所噴出的火焰靈魂晶體，又稱作「火核」。依最終凝固的結晶完整度將影響到它們的人形外觀，而硬度強弱則影響到能力強弱，至於性別呢？銀諾曾經向災炎一族的族民詢問，得到的答案是：火焰靈魂晶體的溫度會決定男女性別。對方說得很不確定，銀諾也覺得這答案像是戲弄人的笑話，誰曉得是不是正確的解答？

演唱會即將告一段落，火神起身，稍微把袍子弄順。

「你終於想離開了。」銀諾催促著。「快走快走，我可不想忍受和亞蘭納人推擠離開的痛苦。」

兩個人悄悄地步出會場，沒有引起任何人的注意。

「回到魘塵大陸後，我就直接返回紫都了。不用我陪你吧？你會不會迷路？」銀諾問。

烈拿出之前在演唱會外收到的廣告傳單，他把單子撕成數片，然後利用掌心的火焰將之瞬間燒成焦灰。

「聽說艾蘿莎．米納和你是朋友，你不趁曲終人散的時候去後臺找她嗎？說不定那個歌星會高興的放聲大叫。」

烈從懷中拿出小型的鐵水壺，裡面裝著酒精濃度甚高的特製酒，他扭開瓶蓋後便咕嚕嚕地往喉間送。喝完了酒再來就是給自己抽一根香菸，烈不需要任何點火器，只要手指頭輕輕一點，香菸就點燃了。他抽的紙菸味道既濃又嗆，吐出來的煙簡直和煤炭一樣黑，據說連亞基拉爾那個老煙槍一抽到烈的香菸也會讓他咳個不停。

「亞蘭納人住的地方生活機能雖然高，不過我還是喜歡我在紫都的老窩，更何況我漂亮的主人正等著我回去。」銀諾說：「好好地看著這個地方吧！說不定過陣子就消失了。等到黑暗圈完全蔓延到羅本沃倫之後，到時就算請天神來拯救恐怕都救不回來了。」

烈停下腳步。銀諾對烈講那麼多話好不容易他終於有了反應。

他拉開兜帽，鮮紅亮麗的赤色長髮綁成馬尾，長長地垂落。火神的左臉掛著黑鐵面罩，左邊的眼珠被一顆鮮紅的圓形物體取代。這是烈以前和火山發生爭執時，火山的當頭一劈造成的永久傷害。因為是同部族的哥哥，所以他被火山砍出來的傷口完全沒辦法癒合，就連左眼說不定也失明了。為此，他才會戴上黑鐵面罩蓋住左臉的疤痕，接著再拿一顆異常鮮紅的怪珠子塞在本來應該空洞的左眼，藉以掩飾他看不見的事實。他有時也會用瀏海遮蓋臉部暇疵，不過別人仍然看得一清二楚，這樣做只是更增添他的陰沉感。

烈調整完他那副全罩式耳機的位置後，又再度把兜帽戴上。

「你對黑暗圈毫不關心嘛！」銀諾發出彈舌的聲音。「也對，亞蘭納人死再多個你也無所謂。艾蘿莎．米納死了你大概眉頭也不會皺一下，頂多就是少一個唱歌給你聽的人而已。」

「你要用你的嘴巴救嗎？」烈怒哼。

「肯回我話了嗎？叫我一個人像瘋子似的自言自語，我也是有自尊心的。」銀諾表情轉為輕鬆的說：「不曉得奧底克西真的破除封印後會變得怎樣，一定很有趣吧？」

「這種事你去問亞基拉爾．翔，看他開不開心。」烈冷淡地說。

「問他幹嘛？你似乎也是奧底克西的必殺人選之一，別講那種好像你是置身事外般的話。」

「往昔之主第一個會先殺掉亞基拉爾，再來就是希爾溫，第三個會殺費弗萊，第四名人選有可能是加列斯．辰風或是暮辰．伊瑪拜茲，不然就是大姐頭。」

「你真把你自己排除在外？」銀諾輕笑一聲。「就算奧底克西是石頭腦袋，我相信祂也不會忘記你的存在，邪神可是很會記恨的。」

「我沒排除我自己。」火神停下腳步，回頭對銀諾說：「但是在我前面比我更該死的人多的是，等他們全死了才輪得到我煩惱。」

「話說回來，討伐往昔之主的參與者比我想像中還要多。那天到底有幾個人加入行動？」

烈沉默了一會，才回答他的問題：「兩名天界人，再加上五名安茲羅瑟人。如果你把我也算在內的話就是六名。然後還要加上七名亞蘭納人，和一名趕來的半子援軍。」

「亞蘭納人？亞蘭納人？」銀諾有點驚訝，以致於他連問兩次，而且還加重音。「亞蘭納人有這本事？那七個強人是誰？」銀諾右手托著下巴想了一下。「會是五國聯盟的傳奇英雄七聖者嗎？哈哈，真笑死我了，我真的很想知道萊宇．格蘭特和他的戰友們到底做了什麼豐功偉業。」

烈輕蔑地朝地板吐了口水，石磚被火苗濺到後稍微燃燒一下便很快地熄滅。「名不符實的垃圾聖者。那七個人癱在一邊連動都不敢動，就差褲子沒溼而已。他們唯一的功用只剩他們的兩顆眼睛還能夠紀錄戰況，回去後再把慘烈的景象刻在石板上留作紀念。」

銀諾哈哈大笑。「我就猜到是這樣，沒用的人召集一堆更沒用的人自以為能壯膽，在看到往昔之主後也只能抱在一起取暖。」他搖著手指笑道：「不過這也不能怪他們，畢竟往昔之主都能把你們這群領主踩在腳底下磨蹭了。」

「什麼？」烈的腳步停下，他肯定被銀諾說的話給激到。

銀諾內心正得意著。「我原本還不曉得參與討伐奧底克西行動的人有那麼多個，聽你這樣說後我就完全明白啦！」他稍微退後一點，以便提防隨時掃過來的火焰。「別露出那麼可怕的表情，你們這些黑暗深淵領主的話總是要打個幾折，雖然不是說你們沒有實力，但是有時候你們為了面子也會過於吹捧自己。」他笑道：「光神也參與的話就代表那次的行動至少有一支軍隊的規模，而不是如傳聞中的亞基拉爾和他幾名夥伴的討伐行動。我認識你們那麼久了，也從沒聽過加列斯、亞基拉爾他們特別提到和往昔之主對戰的輝煌過去，照理說這應當是很光榮的事才對。」他清一清嗓子。「看你們對那時的情況閃爍其詞我就可以推斷出結論了——那就是戰役一定非常慘烈。如果你們不是遇到很大的困難才將祂封印，那麼肯定是被一面倒的擊敗，最後才出現足以扭轉局勢的援軍幫你們扳回顏面。你說說看，我猜得對不對？」

烈的手掌心朝著銀諾噴出柱狀火焰，但沒對他造成傷害。「在你以前還不成氣候時我就應該一把火燒了你。」

「別這樣，好歹這裡還是羅本沃倫，要打回魔塵大陸我再陪你打。」銀諾拍拍衣領，部分衣角被高溫燒得焦黑。「我剛剛講得太露骨你受不了嗎？那表示戰況真的如我所料。」銀諾推一下右眼的單眼鏡。「那個救你們的援軍是誰？希爾溫還是大姐頭？」

火神轉身繼續前進，不理會銀諾的問題。

「你要讓我自己猜嗎？可別等會我猜到後你又惱羞成怒。」銀諾在後面看見火神走的方向不對，連忙提醒他。「喂！別走那麼快，傳送門的位置又不是在那邊，你怎麼走到別的地方去了？」

銀諾從後方追過去，然後他馬上明白火神的用意。「你真的想去看黑暗圈嗎？原來你也會怕奧底克西。」

「你曾看過往昔之主嗎？」烈問。

「當然沒見過，當時的我都還沒出生。」

烈點頭。「所以你從來都不知道什麼叫恐懼。」

他們兩人來到一處可以俯瞰整片黑暗圈的高地上，天空與地面被黑幕連成一線，黑暗圈的中心點恰似一張猛獸貪婪的大嘴，如漩渦般不斷吞噬周遭景物。雖說聖路之地受到天界庇佑的關係而有聖光屏障，但在黑暗圈波及的範圍幾乎比魘塵大陸的任何一個地方還要來的更幽暗，裡面可能漆黑到就連有夜視能力的安茲羅瑟人都看不見吧？

從黑暗的世界裡吹來刺骨的寒風，冷到銀諾的腳心直發寒，一股涼意爬升至背脊。

烈深深地吸了一口氣。「淒涼的味道。」

「不懷念嗎？」銀諾揉揉鼻頭，這陣腥風吹來的味道比腐屍還要臭上幾十倍，搞得他連呼吸都不順暢。「我都快吐了。」

「奧底克西造成的影響遠不止如此。」烈捏熄香菸，然後把菸頭彈得老遠。

「給我點酒，我看著身子都發冷。」

烈拔開蓋子，喝了一小口酒後吐到銀諾的手掌心中，酒精經過火神的口中變成高溫熱燄，燙得銀諾直跳腳。烈瞪他，「這不是給你喝的。」

銀諾雙手交互搓著，減緩燒傷的疼痛。「就算是安茲羅瑟人都不敢靠近黑暗圈，更何況是亞蘭納人？我終於知道他們終日徨徨不安的原因了，怪不得羅本沃倫要往東方撤離、賀里蘭德要向南搬遷。」

從雲縫展露的一曦光芒中緩緩降下一條人影，光之羽翼奪目耀眼，叫人無法直視。

「又跑來一個麻煩的人。」銀諾用手臂擋光。

雙翼收攏，光芒漸退，站在他們面前的是身著金色鎧甲的天界戰士。雖然對方長得既高又壯，但與烈相比又顯得瘦小。

「光都五神座之一的戰神泰努斯大人，來聖路之地有何貴幹？」銀諾問。

來者摘下頭罩，他的額頭上有一處十字疤痕，綠色短髮，輪廓既深且五官鮮明的臉上蓄著綠色虬髯。泰努斯是以在戰場上勇猛著稱的戰神，也是光都的五大神座之一。他的個性善惡分明，不會偏袒徇私，受到天界人的敬重。

「銀諾先生、烈，爾等怎麼越過結界的？」戰神眉頭深鎖。

銀諾回頭一望。「有結界這一回事？」他又看了一下泰努斯的身後。「就您一個人？沒帶手下出來？」

「爾等安茲羅瑟人不被允許出現在聖路之地。」戰神每做一個輕微動作，身上的金甲就會發出與黑暗圈成對比的亮眼金光。「這可是嚴重違反邊界協定。」

「天界人的口音真討厭。」銀諾用手指戳著耳廓。「那是希爾溫和你們說好的，現在他既然已經失蹤，我們便不會承認、也不會遵守他之前和天界的所有約定。更何況聖路之地原先本來就是屬於安茲羅瑟人的居住地，是你們天界硬把我們趕到魔塵大陸，再把這塊土地讓給亞蘭納人居住。你們已經夠自私了，還和我們談什麼規矩？」

戰神抿緊嘴唇。「這是吾的職責所在……」

「如果我們不走又怎樣？你要在這邊與我們動武嗎？」銀諾挑釁的問。

戰神搖頭。「這不是好主意，何況是在黑暗圈前。」

「不用怕，奧底克西不會在我們打到一半時爬起來掐你脖子。」

烈的炯炯目光瞪著銀諾，他才知道自己太多舌。「我講錯話了，萬一祂真的爬起來就很可怕。」

「你在煽動誰？」烈問：「等會我和戰神打起來你敢先逃試試。」

「不是吧？」銀諾故意裝作驚訝地說：「您是火神，又是安達瑞特的家族長，八十億安茲羅瑟人中高高在上的五名黑暗深淵領主之一，不是你出力難道是我嗎？我只是上位指揮者，只配在後面幫你吶喊助威。」

「那就給我閉嘴，不要火上加油了以後還叫別人滅火，自己卻躲得老遠看戲。」烈加重語氣說。

「如果是我的話，我不會選這個不祥之地當作決鬥的場合。」泰努斯轉換成一般的語氣說：「這裡已經被黑暗圈侵蝕了，邊界也因此變得模糊不清，我會當爾等是來解決黑暗圈的問題而非來此生事。若是與我們聯手合作，那可真是再好不過，天界對黑暗圈同樣束手無策。」

「這才像個人話。」銀諾走過去拍泰努斯的胸甲。「幸好你沒與費弗萊、夏密爾、薩汀略爾等人同流合污，以前天界人中我最欣賞你，現在看來你還是不錯的。」

「天界神座們都是神聖而不可侵犯，對世人皆一視同仁。」泰努斯提醒他：「汝注意自己說話的用詞。」

「又來了，自以為高人一等的爛性格不管是那個天界人全都一樣，真叫人喜歡不起來。」銀諾轉向黑暗圈。「不過這玩意兒的擴張速度好像不如預期的快。剛開始黑暗圈如同病菌似的彌天蓋地疾速蔓延，現在卻彷彿靜止不動。」

「維持黑暗圈的穩定已經是盡天界最大的努力了。」戰神說：「黑暗圈之中有一股前所未見的域界神力正在茁壯，天界的壓制不知道能維持多久。一旦連我們都制止不了這股來自深淵的可怕力量，那麼後果將不堪設想。」

聖路之地亞蘭納覆滅就算了，與我何關？銀諾冷漠的心想著。

沉默一陣子的烈卻突然向銀諾開口要求道：「你試著走進去看看。」

銀諾還以為他聽錯了，搖頭晃腦地問：「誰？我嗎？」

烈打量著他。「讓我看看你的實力到什麼程度。」

「去你的，你當我是蠢蛋嗎？」銀諾激動地大叫：「你手下那麼多替死鬼，你不會找他們進去測實力啊？災炎一族的人全都是縱火狂，還只想動一張嘴就要別人賣老命，你們到底有什麼事做不出來？」

「這是你剛剛故意要挑動我與戰神之間仇恨的報應，何況這是我這家族長現在給你下的命令。你聽不聽？」烈強調。

「得了吧！要我在進入黑暗圈和打你選一個的話，我會毫不猶豫把你臉上的面罩打下來。」

「因為你辦不到，所以你還是得進去。」烈說：「拿出你那比蟲子還不如的膽量出來，不要只會耍嘴皮。」

一旁的泰努斯勸道：「三思而後行，不要拿命來試。」

「我可是紫都重要的總理大臣，紫都沒我不行。」銀諾找個藉口。

「如果你真的發生不幸，紫都後續的事我會交由高頓．熱陽去處理。」

銀諾為此歎息：「高頓大人真是能者多勞，什麼都要管，以後家族長就讓他來擔任好了。」

銀諾挖苦道：「我的上司這麼沒人性，我能有什麼辦法？安茲羅瑟是講階級尊卑的。」慘了，這下非進去不可。烈突如其來的要求完全在銀諾的料想之外。

「你從來也沒對比你高階的人用過謙詞敬語。」烈反譏。

「我是為了不要讓彼此的關係那麼嚴肅。」銀諾又問：「我要走到什麼程度？一進去後馬上就能出來？還是要多待一會？」

烈遙望著看不見的彼端。「去一趟位在黑暗圈中心的阿特納爾，回來再和我報告。」

「太危險了。」泰努斯阻擋他。

「你們天界人懂什麼？這就是領主命令，臣子不得不從。」銀諾苦笑道：「如果我變成了陰魂不散的活屍後，請直接淨化我吧！」泰努斯聽不出銀諾話中帶著自嘲的口吻。

銀諾獨自一人走近黑暗圈，他的身體還沒完全進入，靈魂就有一種被抽離的奇異感。

「好好地看著吧！偉大的銀諾大人要在此挑戰奧底克西，創下歷史輝煌的紀錄。亞基拉爾單槍匹馬面對往昔之主的英勇事蹟從今天起將要改寫，史學者會為我著書，詩人會為我傳誦，蒼冥七界的人民全都會尊敬我，供奉我為第十三位天神，我的靈魂將得到昇華。」銀諾不想點辦法拖時間不行，雙腳已經不聽使喚地在發抖。「我要是真能活著回來，女孩們也會瘋狂地愛上我。」

銀諾講了一堆話，後面的兩人都沒有什麼反應。烈的斗篷飄揚，毫無表情；泰努斯憂心忡忡卻也沒強硬阻止。

拜託，說些什麼話好嗎？送我一程也行，最好是能攔住我。為什麼你們都沒任何表示？兩個該死的混蛋，他內心咒罵著一句又一句惡毒的話。

放眼望去，四周圍的景物空曠，幾乎沒什麼躲避或遮掩的地方，也許之前是有，然後被黑暗圈吞沒了也說不定。

越接近黑暗圈的外圍，臭氣四溢的勁風就越強。銀諾光是站在原地，他覺得自己彷彿就要被拉近一個他想像之外的世界。這到底有多大？他朝天空及兩側看去都看不到黑暗圈的盡頭。之前遠眺這片黑壓壓的區域好像沒任何動靜，結果他才稍微靠近一點點，黑暗圈就如同等待獵物的野獸般，緊盯著自己猛瞧，然後隨時都有撲過來的可能。如果可以的話，他現在就想拔腿而逃。

銀諾又回頭看了兩人一眼，烈微微地抬起頭來，好像就是在告訴他：你他媽的在拖什麼時間？還不進去！

好吧！讓你們瞧瞧我的男子氣概，我可不是靠東躲西藏才升階的，銀諾深吸一口氣，然後又被腥風嗆到咳嗽。被轉化的亞蘭納人打頭陣，光翼天界人和火元素人在後方看好戲，這是什麼樣的社會在此就可以一目了然。

一步、二步、三步……他小心翼翼地朝黑暗圈走去。不曉得是自己的錯覺或個性太敏感還是心情太緊張，銀諾竟覺得耳朵聽到的聲音越來越薄弱。剛剛還在耳畔旁呼嘯的風聲彷彿被人把音量調小，漸漸的轉為沉默的世界。

銀諾屏住氣息，整個人沒入黑暗圈內。

這什麼怪異的空間？原來真的不是自己太敏感，而是黑暗圈的內外根本是兩個迥異的世界。銀諾發覺他的身體好像被浸在一個很油膩的空間，移動相當不方便且腳步變得較為緩慢，足下所踩的地方既鬆軟又黏稠。黑暗圈名副其實，就算使用照明法術也什麼都看不見，一切憑著身體的感官來行動，其實就連感官也變得很遲鈍。打從一進入黑暗圈後耳朵便完全聽不見任何聲音，甚至因為安靜過頭還產生耳鳴現象。鼻子被濃重的味道壓著，連喘都喘不過氣來。

安茲羅瑟人在裡面都不知道能撐多久，不懂使用神力的亞蘭納人絕對只有死路一條，難怪他們一有預警就馬上逃之夭夭，真不愧是蒼冥七界最弱小卻也最韌命的種族。銀諾在心中苦澀地想著。他一邊謹慎的踩出每一步，一邊戒備著可能發生的意外狀況。

銀諾總算能體會盲人的苦楚與不安感了，照這種摸索的速度走下去，到阿特納爾可能要花上幾年的時間。黑暗圈中的情況未明，他也不敢直接張開獸翼以飛行的方式前進，

「嗯——奇怪？」突然，銀諾敏銳地察覺到空氣流動產生變化，似乎有什麼物體正靠近自己。銀諾沒有辦法從神力、聲音、氣味、視覺上來判斷，只能憑藉著微弱的感官做出適當的應對。在這種鬼地方遇到的，大概也不是什麼好事。銀諾必須立刻做出選擇；繼續前進或快速撤退。

「哼，老子偏要看你是什麼東西。」銀諾張開雙掌，魂系神力卻無法施展。「怎麼會這樣？」他大吃一驚，扭身就逃。

銀諾前腳剛踏出黑暗圈，火神寬大的手掌已經掐住他的臉。「還沒完成任務你就想逃？」銀諾慌張地推開烈的手。「去死吧！後面有東西追來了，能不跑嗎？」

戰神泰努斯由百丈高地上疾翔而來。「不對勁，異樣的神力又再次聚向黑暗圈了。」

「所以我說過了嘛！」銀諾已經飛快地遠離他們兩人，躲在後方找掩護。

烈和泰努斯同時靜默並進入警戒狀態。撼地的重響不斷傳來，伴隨著地面的震動。銀諾跑出黑暗圈後，他的聽力便恢復正常，現在他已經可以判斷那是一陣又一陣，重物在土地上拖曳的聲音。

黑暗中的影子遇到了光芒後總算是現出原形。一個半身赤裸，皮膚覆蓋著螺旋狀尖角的怪物匍匐爬出，它的臉上除了一張可怕又潮溼血紅的嘴外，再無其他器官，也沒有體毛。「烈——泰努斯——」

「好巨大的怪物！」銀諾注意到它的腰部以下是一把龐大的劍刃，原來這就是拖拉聲的來源。

「烈——泰努斯——。」怪物一開口就是叫喚他們兩人的本名，原來目標早就決定了。

烈好像也感到詫異。「拉倫羅耶的劫掠者？」

怪物從地面躍起，利用腰部以下的劍刃對烈發動砍擊。烈閃避不及，被揮落的巨劍砍個正著。地面一分為二，怪物的劍身在地上斬出深遂可怕的大壕溝，這道蠻力延伸到後方的高地，讓高聳的石壁產生裂痕。銀諾嚇得到處逃竄。這個時候已經無關勇氣了，先躲過這劫難再說。

「眾星的眷族、被遺忘的子民、奧底克西的信奉者，已經消失的古代宗教國家拉倫羅耶為什麼會再度出現？」戰神指尖對準劫掠者射出一道神光，但不奏效。隨後他兩手托天，掌心發出金色耀芒，接著以聖系神力推動強勁的印記再次攻擊劫掠者。這一次怪物被擊退了兩丈遠。

拉倫羅耶，銀諾聽說那是由往昔之主所創造的奇特種族，他們的宗教信仰便是對往昔之主虔誠、忠心、奉獻。這個種族的人大概只有亞蘭納人的一半高，頭上長有一對長耳。不過一切都只是在書上讀過，從來沒機會親眼見證。難道這怪物是拉倫羅耶的創造物嗎？奧底克西是邪神，祂的信奉者也都是些怪物。

銀諾抬頭一望，他注意到有一架像鳥似的機器不斷在天空迂迴，那是羅本沃倫的無人探查機。看來亞蘭納五國聯盟也注意到黑暗圈附近的異狀了。

泰努斯振動光之翼，漂浮於半空之上。他雙手合十，前額壓低，朗聲吟誦著：「向天上諸神及聖潔與光明的精靈之神艾波基爾祈禱，賜吾賞善罰惡的執法權力。以天界六天領袖及光明指引的大執導師托留斯華薩為名，吾為光都五神座之一的戰神泰努斯，現在將審判汝的罪行。」泰努斯的雙掌之間慢慢地浮現一把華麗的雙首飾劍。「法網恢恢，罪不容赦。」戰神緊握劍柄，並將之高舉過頭，聖系神力刮起如同風暴般的旋流，最後又盡被戰神的配劍執法者全部吸收。他橫劍一揮，劍芒劃落使得劫掠者受創。

怪物發出怒吼，雖傷而不退。它擺動著劍刃的身體，對泰努斯回擊。

兩人的交鋒已經讓地形丕變，滿目瘡痍。銀諾擔心會引來更多這種強悍的魔物。

忽然由殘破的碎石地下疾射出一發火球，意外地把泰努斯從空中擊落。

「這裡不是天界，也不是你表演的舞台，你當我是什麼？」烈的頭部被重創，傷口處浮現燃燒的火焰。「我的獵物只屬於我一人的。」

火神脫去襤褸的斗篷，讓它隨風飛去。他的右手扯著栓在胸前的約束環鍊，很明顯的是被激怒了。

「等、等一下。」泰努斯從地上蹣跚地爬起。「汝不可在聖路之地使用你的力量。」

來不及了，銀諾倒抽一口涼氣，他也明白被激怒的火神是沒有人可以阻止的了。要是火神真的在這裡現出原形的話，恐怕會引來更大的麻煩，到時候成堆成山的亞蘭納人和天界人會被吸引過來。「克制一下自己，這可不是魔塵大陸。」

銀諾喊得太晚，約束環鍊落地，烈再也壓抑不住體內高漲的火焰。

「愚蠢。」泰努斯大罵：「汝的行為會破壞天界穩定黑暗圈的封印力量，亞蘭納將被黑暗圈摧毀殆盡。」

拔地而起的火柱宛如火山噴發，地面盡被岩漿覆蓋。泰努斯逃向天空，銀諾也往更高的地方避難。

「搞什麼鬼？」紫色短髮的男子瞪大雙眼如兩顆白球，簡直不敢相信眼前所見。

「天界的神力有限、火神的憤怒無盡，你知道結果就變成這樣了，很自然不是嗎？」銀諾由斷崖下跳回高地頂端時，才發現上面站著一名紫髮青年和另一位手持錫杖，黑袍華冠，面容枯瘦的中年人。銀諾一邊帶著苦笑，一邊和他們打招呼。「梅利斯坦·伊瑪拜茲閣下還有大法官沙蒙·拜倫大人，在這種地方又以最不好的狀況見面，我也不知道該說些什麼。」

「這可麻煩了。」沙蒙把金絲眼鏡稍微擦亮，再戴回他那張憂愁的臉上。「黑暗圈外圍受到如此強大的神力衝擊，也許擴張的速度會再受到影響。」

「沙蒙大人，你已經命人佈好防護網了嗎？」梅利斯坦問。

沙蒙點頭。「我不會讓羅本沃倫受到影響。」

飛鷹運輸機的螺旋槳聲自後方幾百公尺外傳來，被銀諾的雙耳清晰的捕捉。

運輸機很快地來到現場，機上人員喊叫著：「嗣大人，前面的溫度太高，陣風又強，我們沒辦法再飛得更過去。」

「到這裡就好，你馬上回去讓可能受到波及的軍民們快點撤離。」穿著動力盔甲的男子自繩梯垂落。

「是賀里蘭德的將軍。」銀諾實在沒有心情再關心到底還有那個愛湊熱鬧的人要過來。當他把視線轉回戰場時，高大的火焰人已經和劫掠者打成一團。這不是只有氣勢驚人，稍一靠近恐怕連命都丟了。

地面震動得很厲害，再過不久就連腳下所站的高地都要消失。

遲來的賀里蘭德人被高熱空氣燙得滿臉滾紅，他連忙戴上防護頭罩。「火神為什麼來此？銀諾大人，你們到底想做什麼？」

我做了什麼？不關我的事啊！銀諾聳著肩。「嗣衡將軍，我們多久沒見了？還記得我的名字真是讓我倍感榮幸。」

嗣衡懷著惴惴不安的心情說：「遙殿龍袍主祀儀大人的預料沒錯，果真發生變故。」他的身體逐漸往後移動。「我的動力盔甲是為了防護神力而製的特殊設計，卻沒辦法擋住火神釋放的火焰。」

「你們到底為了何事來聖路之地？這不是被天界明令禁止的行為嗎？」梅利斯坦用不帶任何善意的口氣問。

「我們只是——來聽歌的，為什麼會變成這樣我也不曉得，完全是始料未及。」銀諾明白自己的說詞敷衍不了他們，因為火神把事情鬧得太大了，已經無可挽回。

梅利斯坦生氣地指著銀諾。「五國聯盟會把這次的事件當成是安茲羅瑟人的挑釁，可別認為我們只會白白的吃悶虧。」

「安茲羅瑟人真不打算放過我們嗎？」嗣衡的面罩傳來清楚的歎息聲。「就非要亞蘭納人從蒼冥七界消失才甘心？賀里蘭德只需要一個能住得安穩的空間，這要求很過分嗎？」

「沉睡的奧底克西即將甦醒，光看祂的起床氣就知道祂的品性有多糟糕。你們想要安穩？太難了。」銀諾冷淡的說。他內心當下升起一股冤屈，雖然的確很想讓你們全都死光沒錯，但這次卻不是因為這個原因才動武。「算了，你們愛這樣想就這樣想吧！」反正安茲羅瑟人被當成殺戮與破壞的惡魔也不是一兩天的事了。

拉倫羅耶的劫掠者敵不過火神，不過片刻便被燒得一乾二淨，連屍體都沒留下。但火神並不滿足，他打算燒光這個讓他厭惡至極的黑暗圈。「奧底克西，滾出來！」烈大吼。銀諾抬頭幾乎看不見他的臉，只能瞥見一對倒勾的角。烈的腳埋在岩漿之中，每一吋皮膚也都閃著紅芒，那種近乎鮮紅的火焰根本就是屬於火神的獨特標記。

沒多久，好不容易沉靜下來的大地又發出咆哮，這次的震幅非常劇烈，地面已經開始土崩瓦解。

「這是做什麼？火神烈這混蛋打算把亞蘭納全部摧毀嗎？」梅利斯坦驚訝大過憤怒。

「走到哪就燒到哪，火神的暴躁性格人所皆知。」銀諾說。

「該不會是……」

銀諾很想對嗣衡說：你的猜想是對的。但他沒說出口。因為眾人光是膽戰心驚地看著眼前宛如末日來臨的景象，不用多說也已經讓他們的心中都有個底了——再不逃的人就是笨蛋。

「我們得快點離開。」沙蒙的提議沒人有意見。他和梅利斯坦、嗣衡各自散去。

越來越多名天界人被火神的衝動之舉給吸引過來，銀諾默默地向多克索祈求，希望保佑自己能安然地回到紫都。至於火神——就隨便他了，他死不死都和銀諾無關。

我到底該不該跟著亞蘭納人離開？銀諾看向戰場，火神解決掉劫掠者後，現在正與泰努斯激戰，天界的戰神正落於下風。銀諾非常肯定泰努斯不是烈的對手，等會烈如果殺得性起，會不會把自己也燒掉？銀諾打定主意，決意要撇下火神，自己先回去魘塵大陸。烈真該死。他帶著哀怨詛咒著火神。

地底下不斷傳出轟隆巨響，銀諾可不想等到怒吼的火山猛然升起後才走。到時就算勉強躲過災難，兩條腿卻有可能被燒個焦爛了。「要這種腦袋裝岩漿的大笨蛋開竅，這簡直就和他被自己的火焰燒死一樣的可笑。」銀諾再看火神一眼後，便不滿地啐了一口，準備離去。

說也奇怪，背後明明是熱到連鐵都能熔掉的高溫，為什麼眼前沒看到閃電卻聽到陣陣悶雷聲？因為雜音太多而聽錯了嗎？銀諾往前走個幾步，卻在一聲雷鳴之後，看見天空滿佈雷光，元系神力充斥於雲間。

「這難道會是……」銀諾心中的不安升到最高點。

雷神怒髮衝冠，黝黑的身體從高空俯衝而下，他的雙眼發出閃電般的光芒，背後一對雷光之翼熠熠生輝。「安茲羅瑟人竟敢在聖路之地惹事，該死！」

「慢、慢著，你的對手在我後面，鬧事的人是火神烈，你去找他算帳別來找我。」

銀諾的話拖得太長了，夏密爾一記掌擊便將銀諾的身體打飛了一圈，之後重重地摔落在地。他的全身不但發麻，還聞得到焦味。雷神的掌擊可比被閃電直接劈中，讓銀諾痛苦的不止是肌肉的麻痺痙攣，同時還有身上的血快要被煮沸的炙熱感。

雷電伴隨著夏密爾的吼聲，從高聳的天際落下一道刺目流光。銀諾狼狽的翻滾閃避，落雷在地上轟開一個大窟窿，爆炸的威力將他整個人吹飛。

身體又燙又麻，無端遭到攻擊，個性再好的人也會發怒。銀諾臉上浮現青筋，這些血管的顏色轉為深褐色同時越來越多，變色的血管爬滿銀諾的臉及身體各處，就連每一吋肌肉也跟著起了變化。血管由銀諾的腳底擴散，把土地變成了褐色的顫動組織，不到十幾秒的時間便向四面八方鋪開。「夏密爾，你敢拿我出氣？我也不是好惹的。」銀諾速度奇快無比，轉眼間已經賞了夏密爾的頭部一記重拳。

夏密爾指間放出電光企圖反擊，卻被地上的怪異物質給吸收。

「看到了嗎？在惡癌痕上，我的速度和力量比原本高出四倍以上。」

夏密爾不甘示弱，向銀諾展示了天界人獨特的戰鬥姿態。他背後的雷光之翼怒揚，身形變得較原本大上一倍。發出滋滋聲的電流竄過他的周身，最後在他的心窩處匯成紫色圓核。天界人在神力高漲時外觀也會產生不同的變化，這大概是他們和安茲羅瑟人的獸化原形比較類似的地方。

「過來，讓我看看光都五神座的雷神有什麼囂張的本錢。」銀諾挑釁的向雷神招手。

他們所處的位置已經熱氣蒸騰、板塊塌陷不穩，大概沒辦法支持兩人之間的久戰。

雷神深知這一點，雙手也持起執戒之槍，蓄勢待發。

兩人同時向對方衝去，交會之間，銀諾以右手硬擋執戒之槍的威能，矛尖放出光熱與巨響，瞬間讓他的右手完全灰化；雷神的側胸挨了銀諾一拳，退後了數十步。看似拳力不重，夾帶的惡性細胞卻讓雷神行動上產生窒礙。

地層隆起，大量燃燒的岩石四射，刮起的火焰之風將一切全數燒盡，驚人的火柱直衝天際雲霄形成奇觀。銀諾與雷神趕緊飛向天空，準備躲避災厄。不料，雷神轉身投出閃電槍，扎實地擊中銀諾的胸膛。

在銀諾落地之前，火舌與熔岩從四面八方襲捲而來。銀諾雙眼逐漸朦朧，似乎在熱浪中瞥見兩條不明的身影從前方掠過，但還來不及確認……

銀諾夢見他被急湧而至的岩漿包圍，在驚叫聲中他的腳踝開始燃燒，很快地整個人全被熔岩覆蓋住。灼熱的燒燙傷讓他苦不堪言，他覺得每一吋焦黑的皮膚都已經不再屬於自己。

眼前場景變換，恍惚之中他看到一條如銀河流瀉般的漂亮長尾，銀白色的柔毛外觀既美麗而且觸感又相當細緻。一條、二條、三條……九條尾巴纏繞著銀諾的周身，帶給他一種舒緩的安適感，身上的灼熱傷痛慢慢消去。

一片漆黑的暗幕遮蔽他的視線，耳朵內似乎斷斷續續傳來人聲。

「銀諾大人的傷勢怎麼樣？」

「我為他做了一些急救措施，已經沒有什麼大礙。」

「那為什麼他還沒醒？」

「慢慢來，他的傷口剛癒合，讓他休息。」

「如果我給他一桶冰水，會不會讓他更快起來？」

「你這是對待病人的方式嗎？」一聽到要被淋冰水後，銀諾馬上睜開雙眼，疲憊地從地上坐起。「我已經醒了，不需要你浪費力氣去提水。」

萊宇．格蘭特蹲在他的面前，死灰一般的瞳孔端詳著銀諾。「復原的很好，精神狀況也不錯。見到銀諾大人您平安，再沒有什麼比這個更值得慶賀的事了。」

「謝謝。」銀諾有氣無力的回應。他看向一旁的白翼天界人，即使在黑暗的洞窟內，那一對羽翼依然是最吸引目光的部分。「索洛昂，你現在才出現不覺得太晚了嗎？」

「我再來得晚一些，你連命都沒有了。」白袍尖耳的天界人回應。

「你再早來一點，說不定雙方也不會發生衝突。」銀諾哼道：「與其擔心我的狀況，你不如回去問問夏密爾，看看他傷得多重。」

萊宇表情凝重，語氣卻帶著嘲諷。「是，我們全看見了，您和雷神血戰的經過。」

「你們選擇冷眼旁觀卻不幫忙？」銀諾覺得右肩周圍有點搔癢，伸出左手去抓時卻是空盪的什麼都沒有。「我的右手呢？」

「沒了。」萊宇回道。

銀諾頓時覺得雙頰一陣熱紅，自己狼狽的模樣被其他人一覽無遺。他嘆了口氣。「我的狀況就不說了，烈呢？」

「已經回到魔塵大陸。」萊宇說：「只剩你還留在聖路之地，多虧你們兩位愛惹事的大人，黑暗圈外圍全被燒得一乾二淨，火神引發的爆炸讓亞蘭納的天空彌漫著火山灰，使得情況更雪上加霜，賀里蘭德和羅本沃倫都得過上好一陣子暗無天日的生活。亞基拉爾大人對你們觸怒天界和奧底克西的行為很難諒解，這不止是情勢出現變化，更驚動了沉埋已久的危機。您說說看，我能出來幫忙嗎？這豈不是叫我跟著淌這灘渾水？」

「烈竟然平安回到魔塵大陸了！你們天界人全是混吃等死的人嗎？怎麼不叫一堆人來圍毆他，直接把他打死在聖路之地豈不是有個美滿的結局？」銀諾咬牙切齒的抱怨。

「看到始作俑者平安無事，您好像心有未甘。」萊宇取笑道。

「你這不是廢話嗎？誰都知道我現在是什麼心情。」銀諾甚至為此賠上一條手臂。

「火神給昭雲閣惹了這麼一個大麻煩，赤華閣主和亞基拉爾大人應該不會善罷干休，魔塵大陸又將波瀾不斷。」萊宇嘆道。

「那天界呢？」銀諾問：「光神有什麼特別的指示嗎？」

「所有天界人遵從華薩命令，全面通緝你們兩人。」索洛昂露出戲謔的微笑。「身為軍團長，我是不是該……」

銀諾打斷他的話，「少蠢了，那你救我幹嘛？」

萊宇為索洛昂解答。「聽說天界聖殿裡的艾波基爾聖像流下血淚，天界上下慌亂成一團，戰神和雷神都被召回了。」

「你的消息倒挺靈通的，沒錯，這絕對是不祥預兆，更可怕的災厄以後會接連而來。我看我得回去坐鎮，免得惹人生疑，就先告辭了。」索洛昂擔心行蹤被五神座們發現，決定先行離去。

萊宇為銀諾倒上一杯熱奶酒，並遞給他幾塊焦黑的硬肉乾。銀諾喝了酒，嘴中嚼著肉乾，臉上表情不是很滿意。「我像是在啃樹皮，難吃得不像話。」

「被轉化的亞蘭納人雖然沒辦法和血統純正的安茲羅瑟人那樣擁有驚人的復原能力，但也不像亞蘭納人一旦失去手臂、腿，就永遠只能是殘廢者。」萊宇拿出一顆鹿鳴丹給他。「飯後要準時服藥。」

銀諾捏著鼻子勉強把藥吞下。「又臭又苦的東西。」服完藥後，他將口中的苦味連同口水一併吐出。「就算不吃藥，過一陣子我的手還是會長回來。」

「大人，我請問您一個問題。」萊宇意有所指地問：「如果在萬人演唱會中發生什麼事故，一下子死了那麼多人，會不會很愉快？」

銀諾回瞪。「是很有趣，但我們沒那麼做，我不喜歡別人硬是把沒做過的事誣賴到我的頭上。」

「那還真可惜，若你們只是出其不意的亂殺人就不會把事情鬧得那麼複雜。下次請做得簡單一點。」

銀諾沉吟一會，「我討厭亞蘭納人，他們的生活習性也和我不適合，這就是為什麼我選擇當安茲羅瑟人的原因。」他端視著萊宇。「倒是你，這種對同胞那麼殘忍的話你也說得出口。」

「選擇被塔利兒大人轉化的同時我就不再是亞蘭納人了。所謂的七聖者只是長存於聖路之地亞蘭納聯盟的精神象徵，但那並不是束縛我的名號。更何況除了我之外，該死的也死了，剩下的只是苟延殘喘的渣滓。」萊宇輕笑。

萊宇笑的詭異，這不免令銀諾有些許懷疑。根據烈的說法，奧底克西討伐戰當天，亞蘭納七聖者也參與其中，萊宇親眼見過往昔之主奧底克西的能為，有關於奧底克西復活一事對他來說應該要感到壓力龐大才是。「你已經是三千三百多歲的亞蘭納人，照理說應當是死到骨頭都灰化，和你同一時期的亞蘭納人早就全都到裂面空間的底神柱報到了，若非轉化的影響你也不可能活那麼久。」不要說被轉化的亞蘭納人了，安茲羅瑟人能活到三千歲的也沒幾個。

「即便是轉化，我的壽命也早該到盡頭了。」萊宇晦暗的說：「讓我生命得以延續者，是塔利兒大人。」

是的，銀諾自己也是被轉化的亞蘭納人，他知道靠轉化延長生命也是有其極限，不可能和純正的安茲羅瑟人一樣長壽。「活了那麼久，見識了亞蘭納誕生的歷史，也見證了往昔之主奧底克西的強大，你有什麼感想嗎？」

萊宇輕笑，「銀諾大人是希望我講古給你聽嗎？您以為我老到只能講往事？」

「我只是對當年的事不太明白，對於你們來說我相當年輕，有很多不足之處。」

萊宇抽著菸，飽經風霜的面容上顯露出疲憊之態，吞雲吐霧可以讓他放鬆許多。「你終於有我是你的前輩這個認知了嗎？」

銀諾呵聲笑道：「所以你想倚老賣老？」笑的時候總讓他的手臂產生疼痛。

「問我有什麼感想？那就是我只覺得自己活得很累。」萊宇仰了一下身體，「都活了那麼久，該看的也看過，該經歷的也經歷過；兒子有了，長壽有了，強大的神力也有了，我活的夠本啦，這個人生還有什麼好眷戀？我很明白像火神大人、亞基拉爾大人心中因長壽所產生的惆悵感。」

「但你依然還好好的活在這個世上。」銀諾惡毒的說。「而且你怎麼知道他們在想什麼？說不定只是你一廂情願的想法。」

「一雙看盡世態的厭倦眼神，和我一樣，這不是靠讀心術就能知道的事。」萊宇解釋：「避免重蹈覆轍的遺憾，修正我人生路上錯誤的過去，我還有很多事沒做完。」

「這不全都是藉口嗎？」

「是的，我不否認。更何況我的主人還沒允許我死呢！」萊宇捻熄菸頭，「你想知道關於奧底克西的事？那麼你得要有一個認知，清楚真相的人通常都活不久。」

「在我看來——你和火神活的夠久了。」

萊宇肯定的說：「奧底克西會復活，而且很快……」

「對這次的事件你似乎知道些什麼？」銀諾打量著他，同時右手臂的傷口正隱隱作痛。

「拉倫羅耶不止是準備迎接他們偉大的主人再次降世，更是決心為主人向那些褻瀆者復仇，用那些可憎的仇人鮮血來祭祀奧底克西是再好不過了。」萊宇說：「如果你們直接返回魔塵大陸那就什麼事都不會發生，可惜——烈的氣味還是引來隱藏在黑暗最底層的恨意。」

「那個劫掠者，能有那種強勁的戰力，拉倫羅耶僅存的絕對不是什麼雜牌軍。就算沒發生這次黑暗圈的事件，爾後再遇到一樣會戰得很慘烈。」銀諾十分肯定的說。

「那是必然的，他們能躲藏那麼久的歲月不被發現，再次回歸的拉倫羅耶一定有相當的準備。」萊宇問：「聽過安普尼頓的暗流教派嗎？」

「好像是什麼怪異的宗教吧，我以前有聽過。」

「這是我之前從暗流教派中取得的文件，非常機密，就連安普尼頓的官方也不知道有這樣東西的存在。」萊宇攤開一張發出腐朽氣味的古舊獸皮卷，上面有一些無法辨讀的文字和奇怪的地圖。

銀諾單手拿著鬼火燈照亮皮卷，然後困惑地問：「這是什麼文字？」

「艾殉文。」萊宇回道。

「消逝的古代文字，塔利兒大人會翻譯嗎？」

萊宇點頭。「塔利兒主人不懂，但亞基拉爾大人能夠解釋其中的意思。」

亞基拉爾那個怪物果真是什麼技能都會，銀諾心中暗自欽佩。他問：「裡面寫些什麼？」

「人們恐懼未知，所以初到世上便會哭泣；真神無惑所以無懼，穿越往昔之間者將得到真理。」萊宇說：「大概都是這一類的話，估計這是拉倫羅耶的教義文本。」他接著說：「地圖標記的位置就在那不屬於五國聯盟管轄的荒廢古堡血刺院，但由於其所在處已被黑暗圈掩蓋，所以也沒有辦法得到地圖的真相。不過從這個線索可以明白暗流教派是屬於參拜邪神的異教徒。」

「不是吧？機密文件得到的全是教義文本的廢話，那根本一點都不重要。」銀諾好奇，「你取得線索已經有好一段時間了，也知道血刺院有問題，怎麼什麼行動都沒有？」

「怎麼會不重要？至少證明了暗流教派的事端極有可能就是拉倫羅耶所引起的，若真是如此也表示他們已經暗中活動好一陣子了。」萊宇解釋：「不是我沒動作，只是這份機密文件在最初時我是直接交給希爾溫大人，他收下文件後便吩咐不可前往血刺院探查且封鎖消息。」

「是哈魯路托！」銀諾意外道：「哈魯路托為什麼要下這種命令？你又是什麼時候和哈魯路托見面的？」

「大人必是有自己的考量，我階級低，不便揣測。」

銀諾聽完後打了個哈欠。「結果還是一無所獲嘛！地圖沒發揮功用，那個什麼教派也沒辦法確定和拉倫羅耶有什麼密切的關聯，說不定只是狂熱分子引起的事端。更何況照你所說，暗流教派不是在安普尼頓被勦滅了嗎？」

「你看到的表面未必是真實，也許只是為了隱瞞真相的障眼法。我們從教義文本中得到了一個關鍵名詞詠嘆城，亞基拉爾大人和我都相信那會是我們要尋找的目標。」萊宇補充道：「據我所知，暗流教派只是表面上覆滅，事實上他們順勢化明為暗，繼續在五國聯盟招收信徒，暗中擴張他們的勢力。」萊宇將獸皮卷宗收起。

「若是這樣又該怎麼辦？根本不能找到他們的源頭。」銀諾抱怨：「所以這全都要歸咎於安普尼頓席列巴托大總統的無能，因為他沒辦法掃蕩那些不法之徒。」

「我的兒子亞凱．格蘭特也參與了討伐暗流教派的行動，表面上雖是風光的拔除邪教，最後的結果卻只是讓他們借勢遁逃，這不禁讓我懷疑一切都只是有心人安排的戲碼。」萊宇分析道：「能夠讓教徒們安然而退，又能安撫民眾的不安與緩和軍隊的追擊，有此影響力者真不難猜想，八成是政府幕僚、閣員級的高層，甚至包括——席列巴托本人。」

「當賊的人喊著捉賊，這種奸詐的人到處都是，你可以合理的懷疑，但你有找到證據嗎？」

「這就是我留在聖路之地的工作，遲早會讓我探查出事情的真相。」

銀諾不以為然。「你沒懷疑過你的兒子嗎？他不也是安普尼頓的高官？」

「收養他的沙凡斯家雖是權貴，但沒有那麼大的權力，何況亞凱和路易家的小鬼已經被亞基拉爾大人收為麾下。」

銀諾嗤笑。「亞基拉爾大人真是什麼人都收。」他又抱怨：「虧你還說什麼慎重……當初亞基拉爾大人不也在阿特納爾鬧得轟轟烈烈？」

「你們的情況怎麼相同？當初的局勢根本不明朗，誰會知道阿特納爾底下藏著奧底克西的神殿，又有誰會知道奧底克西竟然藉著這個機會打開黑暗圈？亞基拉爾大人只是按照計畫引托佛的人和天界人入局，其他不過是意外衍生出的變數。你和火神大人擺明知道黑暗圈的威脅，卻依然任性的在黑暗圈外茲事，這才是不被允許的。」

「是嗎？我可不這麼認為。」銀諾質疑道：「我們的北境皇帝不是後知後覺的笨蛋，恐怕事情的預兆都在他的計算當中。以謀略取托佛、以事端惹天界，就連奧底克西恐怕都是因為亞基拉爾大人故意踏入祂的神殿，才會因為恨意而被喚醒。最恨的仇人大方地踩進自己的家，任誰都會受不了。所以比起我們來說，亞基拉爾大人才是引發一連串事件的原兇。而他之所以不會受到責難就僅是因為他是宗閣長亞基拉爾大人；反而火神一向不得人緣，所以他扛下所有的壓力。」

「你的認為並不重要，也不能無視你們的魯莽。如果你真的那麼不滿，大可直接向亞基拉爾大人抱怨，反正你們多的是見面的機會。」萊宇說：「要知道現階段每一步都有大人的安排，天界我就不說了。羅本沃倫及賀里蘭德在大戰中已經選擇慢慢向安茲羅瑟靠攏，大人也計畫用兩國來牽制天界在聖路之地的影響力，現在你們破壞黑暗圈的穩定，不就是惹怒兩國，讓大人的計畫受阻？再來，烈正面與奧底克西的信徒對上，連天界都忌憚的黑暗勢力被拉上檯面，更不用說拉倫羅耶的目的是為了向亞基拉爾大人復仇，做這種扯後腿的舉動讓安茲羅瑟人一點好處都沒有得到。」

「你說的我也知道。」銀諾低著頭，「我現在擔心一回到魘塵大陸後馬上就被昭雲閣給帶走。」

「如果說在病榻地獄內反省可以讓黑暗圈造成的損害減少，那麼您是該進去待一陣子。」萊宇的話不知道是在安慰還是嘲諷。

銀諾嘟囔著。「為什麼事件過後變得好像都是我一個人的過錯？」

才剛踏上魔塵大陸，墜陽的大臣兼代理家族長高頓．熱陽所發出的一盞浮空火焰便傳到銀諾的面前。他伸手接下，火焰瞬間由他的指尖沒入身體內。

「我才剛回來您就迫不及待急著用神力傳音的方式要聽到我的聲音，需要我去一趟厄法昭雲閣嗎？我已經想好如何解釋了。」

高頓．熱陽發出的回應訊息由他處直接傳到銀諾的腦中。「不用，你可以先回紫都報到。」

什麼！這樣就沒事了嗎？因為銀諾過於意外，以致於一句話都說不出。

「這是祖迪大人要我轉告你的，就到此為止。」火焰從銀諾的前額鑽出，之後消失無蹤。

魔塵大陸北至災炎地、東到中區，南至西王國都有紫都的領區，其位於郢業西南方，厄法西北，昔洛以北，與正西方的太奧及荒理都有交界。國土所在地形非常崎嶇不平，整座白靈日宮王城被一顆巨大半透明的護罩包覆，飄於空中。受到浮力影響，有許多石塊、尖柱也在半空上被氣泡型護罩包住，形成特殊奇觀。

諸多阻礙難行的地面偶爾會瀰漫氣味甜膩的淡藍色毒霧，不熟悉的旅行者很容易葬身在此。

銀諾終於回到屬於他的家園。而他才剛步入大門，一股慵懶墮落的氣息便在他的內心升起，他現在好想倒頭就睡。為了國家的事務還得陪火神應酬，銀諾已經有一個多循環的時間沒闔上眼皮，就算把被雷神擊昏的那段時間當成是睡眠，他也不覺得自己身上的疲勞有一絲一毫的恢復。

銀諾命令下人準備洗澡水和餐點，他很快的將全身梳洗一遍，把破爛又沾滿血漬的衣服換掉。站在鏡子前面看著自己被雷神打斷的手臂，銀諾也不禁深深歎息。

滿桌精美的餐點和萊宇給他的硬肉乾相比簡直美味極了，可惜肚子雖然很餓卻因為精神疲萎的關係而沒什麼胃口。

最可惡的是在他用餐時還有個讓他倒盡胃口的人來拜訪他。

丁瑟．迪伊一臉笑意的走入。「歡迎我們的總理大臣平安歸來。」

看來火神在聖路之地造成的風波已經在魔塵大陸傳開，銀諾其實早預料到這種情況，但他卻不喜歡被其他人拿來大作文章，尤其是朝廷上的政敵。

「我累得要命，恕我無法招待你。」

「不用招待，我可以自理。」丁瑟擺手。「您的傲人事蹟我聽說了，怎麼有人敢向邪神往昔之主挑戰呢？我為您和火神大人的勇氣感到無比欽佩。」

「省下您沒意義的奉承，這點事根本算不了什麼。」銀諾放下叉子，拿起酒漱了一下，又全部吐出。「唉，不知道為何東西難吃，連酒都變得難喝了。」

丁瑟盯著銀諾的右手。「我們親愛的大人，您的手臂去哪了？」

銀諾站起。「你要講風涼話就請離開。我很累了，要去休息。」

丁瑟攔在他面前，此時的銀諾已經滿腹怒火了。「有什麼事不能上朝時說嗎？」

對方搖頭輕笑。「主人要見你。」

玉紘．翠瞳是蒼冥七界內屬一屬二的念系神力操縱者，其精神念力無人可與之匹敵，強如黑暗深淵領主階級的英雄也要對她畏懼三分。正因為念系神力非常耗費體能與精神，在每次施展之後玉紘都得陷入很長時間的沉眠，這一點銀諾比任何人都還要清楚。

難道主人從沉眠期中轉醒了嗎？銀諾感到疑惑。

現在也顧不得睡覺，銀諾快步移動到紫都領主的居住地白靈夜宮。

宮殿外充斥著特異的力量，整座建築物都被綠色植物攀附，連牆上也佈滿青色的草苔。裡面和外面是截然不同的空間，非常的涼爽，綠意盎然在眼前鋪開。銀諾來過很多次，所以很熟悉內部環境。

「大人，您終於回來了。」外表蒼老的賴索是銀諾在紫都的好友，雖然以安茲羅瑟人來說年紀不大，但皮膚卻皺得像年老時的亞蘭納人，身形也有點駝背。

「你們都不能讓我好好的休息嗎？」銀諾抱怨。

「事情正多著呢，怎麼有休息的時間呢？」賴索說。

「你們也不想想我為了紫都的未來勉強陪火神應酬，差點連我的命都賠進去。現在我椅子都還沒坐熱，丁瑟就找上門了，有人比他更討厭嗎？」銀諾耐心全失：「莫非他的鼻子是專門聞我的味道？我走到哪他都能跟到哪。」

「有眼線回報您的行蹤，丁瑟大人的行為並不意外。」

「是什麼人？你幫我找出來，我要殺了他。」銀諾可不是開玩笑。

賴索輕觸銀諾的傷口。「這斷臂之傷有點嚴重，你得花上一陣子讓手長回來。」

銀諾露出倦容，「真羨慕你們這些純正血統的人，能夠快速恢復傷痕。」

「這都是需要付出代價的，體力跟不上復原速度再加上神力造成的暗傷，其實很容易讓一個人崩潰。」賴索搖頭。

「話說回來，主人的沉眠期過了嗎？」銀諾問：「就我所知，應該是還沒到才對。難道她因為肚子餓所以想爬起來吃人嗎？」

「大人您真愛說笑。」

「別告訴我那個人選就是我。」銀諾戴上單眼鏡。「最近我衰運不斷，什麼倒楣的差事都可能落到我身上。」

賴索聽了只是發笑，並沒有回應。

「對了，很久之前亞基拉爾交代給我的那個南隅人，叫什麼來著？好像是什麼羅伯特・凱士托是嗎？」

賴索點頭。「是的。」

「人呢？我似乎好一陣子沒有看到他，難道他已經不在紫都了嗎？」

「請問您突然找他是有什麼事嗎？」

銀諾聳肩，「只是心血來潮想問問看。」

賴索停頓了一下，隨後回答：「有一段時間您不在時，多琳卓恩女皇有來找過您。」

「那女人又來幹嘛？」

賴索表情弔詭，臉上皺成一團。「我不曉得。」

「那她為何要帶走羅伯特？」

「詳細原因好像和伊瑪拜茲家有關，女皇說等你們見面後她再告訴您，所以就先將人帶回太奧。」

「自作主張的女人。」銀諾沒好氣的說：「那是亞基拉爾大人交代給我的人，又不是我的手下，她憑什麼說帶走就帶走？」他轉身面向賴索。「你也真是，就這麼隨便讓人在紫都內為所欲為嗎？」

「我的階級還沒資格與多琳卓恩陛下說話呢！」賴索問：「您要去把人帶回來嗎？」

「晚點，我得先見完主人。」然後還要睡個飽，在這個前提之前，銀諾那裡都不想再去了。

銀諾與賴索兩人併肩在白靈夜宮的綠色長廊中行走，左右兩側都是朝著四面八方開展的平原，走在其中令人感到心神舒暢。

微風送來這個地方特有的泥土香味，銀諾格外喜歡這種滋潤心靈的感受，這讓他能把不愉快的事以及身體上的疼痛疲勞都暫時拋到天外。

白靈夜宮深處，在一片迷茫不見景物的濃霧之中，一株聳天而立的巨大樹木映入眼簾。在樹幹下可以看見一扇銅紋雙門緊掩著，稍一靠近馬上就能夠察覺到從門縫處傳出的驚人念力觸動人心。「門是關閉的。」銀諾問：「不是說主人要見我？」
賴索聳肩，同樣不解。
銀諾指示道：「你去推門看看。」
聽到銀諾的話，賴索只是笑著搖頭。「我還想保住我的手。」
門的前方有一尊陶製人偶，它的眼睛被寫了符文的布條封住，雙手置於胸前做捧物的動作。銀諾兩人走近人偶並思量它的意義。
「當主人什麼話都沒說時，最好就是什麼奇怪的東西都別碰。」
賴索同意銀諾的說法。「這樣才安全。」
「銀諾大人，主人已等候多時。」
他們兩人朝聲音傳來的方向一望，一男一女由樹旁不起眼處走出。
「怎麼會是你們？」銀諾問。
獨眼的塔培茲和悠藍是屬於玉紘的近身護衛，兩人數百年來一直盡責的跟在他們的主人身旁，竭盡所能地侍奉及戒護。
白色半長髮的悠藍回答：「主人當然還沒醒來。」
「那叫我來的目的是……」銀諾已經知道麻煩又要臨身了。
「事實上，我在數天前收到來自霓虹仙境的請求書。」悠藍說：「是想請主人幫忙，但因為主人的沉眠期還沒過，這項工作只能交給你。如果沒有意外，也許你得去一趟北境。」

饒了我吧！我才剛從聖路之地回來。銀諾雖不明說，臉上卻顯現極不情願的表情。「說實在話，因為主人在睡覺我才暫時代為管理紫都，但我總覺得我做的事比原領導者還要多上許多。」

獨眼的塔培茲側身站在悠藍身後，白色長及腰的頭髮，猛一看會覺得她很有氣質，但只要一靠近便會被她漆黑的左眼眼罩拉出距離感，再來就會因為她的沉默冷酷而變得很難親近。

悠藍拿出一個封上蠟的信封並將之交給銀諾。「你的工作就在信中。」

銀諾拆開手中信件，內心一陣不安。當他仔細詳讀完內容後，面露難色。「這工作超出我的能力範圍了，不能另外指派他人嗎？像是丁瑟大人……」

「主人指名要你親自處理。」悠藍特別強調。

主人對我可真是信任啊！銀諾問：「有支援我的人嗎？」

「為了能讓這次的工作順利進行，由最初提出這次任務的亞基拉爾大人來提供支援。」悠藍說明：「你主要是協助霓虹仙境的拘役官和亞基拉爾大人共同將任務目標擒下。」

「但我的右手現在這種狀況，適合這工作嗎？」

悠藍將小藥袋交給銀諾。「這是特別為你調製的藥，對你傷口復原及肢體再生會有幫助的。」

銀諾愣著接過藥包，苦笑道：「我的主人是不是沒有我不行？那好吧，這個任務就交給我負責。只是──我還是得先睡個一覺。」

荒理

荒理王宮黎光院內，御醫正為妃妲雅治療傷勢，眾大臣均因她的遇襲而感到徨徨不安。荒理之主黛芙卓恩也來到此，親自在病床旁照料她的姊妹。「我的妹妹，妳有看到傷妳的是何人嗎？」

凱佩爾站在一旁看著她那躺臥在床，狀似虛弱的阿姨。他心中很肯定下毒手的是伊瑪拜茲家族，因為安達瑞特家族正是他們這百年來的勁敵。不過凱佩爾只是一語不發的看著，保持嚴肅。後面群臣傳來窸窣細聲，他們雖然不敢在病房內放聲說話，卻依然必須向來訪的高官行禮。

墜陽大臣兼領主職務代理人高頓．熱陽走到床邊，他端視了妃妲雅一會，接著猜疑的問：「是伊瑪拜茲家族嗎？」他發出的歎息聲大到周圍的人聽得一清二楚。「漢薩陛下根本不把紙面的停戰協定當作一回事，看來他們還打算繼續發動這種惡意攻擊，我們不能再悶不作聲，這件事就交給我吧！」

「妳確定行兇者是伊瑪拜茲家族的人嗎？」黛芙卓恩再一次向妃妲雅確認答案。

妃妲雅輕咳數聲，用微弱的音量說：「不是很確定，我沒有看清楚他們的長相。」

「能讓妳受創且躲過妳的視線，對方不簡單。」高頓說。

「沒有充份的準備，他們也不敢那麼大膽的行動。」黛芙卓恩下令。「所有人都離開，讓我妹妹一人好好靜養。」

眾大臣魚貫而出，唯有凱佩爾被黛芙卓恩叫住。「吾兒，你留下。」

「母皇，您有事嗎？」

「你留下來保護你的阿姨，她現在很虛弱，不適合吵雜的環境，你一個人保護就綽綽有餘。」

凱佩爾鞠躬接令。「遵命，我的母皇。」

房間內剩下臥病在床的妃妲雅、高頓．熱陽以及凱佩爾三人。

「妳的傷勢真有那麼嚴重嗎？女皇竟打算公開徵求能醫治妳身上傷痕的人。」高頓疑惑的問。「照理來說應該是要隱瞞妳受傷的消息才對，為什麼女皇卻反其道而行？這樣不是讓那些偷襲的人知道妳身受重傷，反而正中他們下懷？」

妃妲雅從床上坐起。「這點小傷對我影響不大，倒是身上留下的六角形傷口很罕見，只要稍微注意一下就能找到偷襲我的兇手。」

「妳傷勢是裝出來的？」高頓詫異，他那熾熱的火焰腦袋搖晃了一下。「妳們想用誘餌作戰，趁機引出那個製造六角傷痕的人？不，這種策略太幼稚了，若是對方稍微聰明一點，妳的狀況就被他們掌握住，甚至還可能反被算計。不如就交給我來辦，我會命人暗中處理。」

「高頓大人，怒火核心內及昭雲閣不是還有許多事等著您解決嗎？荒理的事我們有自己的計畫，就不敢再勞煩您了。」妃妲雅說。

高頓尷尬地看了凱佩爾一眼，然後又將目光移回妃妲雅身上。「好，那這事我就不管了。不過之後要是又發生什麼事請務必立刻找我，不管如何我都會幫忙。」

「真是感謝。」妃妲雅再問。「話又說回來，火神的親妹妹受了傷，為什麼我那哥哥卻不聞不問呢？」

「火神近來非常忙碌，但是他對妳們一樣很關心，並要我代為照顧。」

「他可以花一整天待在他那涼爽的房間中彈著吉他，大概連我受傷的事都拋到腦後了吧？」妃妲雅笑道：「由此可知我的兩位皇兄果真都是一模一樣的親生兄弟。你看看這個療復的火雕飾，這是多琳卓恩二姊給我的，當姊姊的人都比哥哥還要更盡心照顧我。」

「您也不是孩子，只是小事就別老是掛在心上，這會讓妳復原得更慢。假如真的需要幫忙也可以聯絡銀諾，我有轉告他這件事了。」高頓說。

「那個男人更不可靠，我幾乎都猜到他會說什麼話。他一定會很不耐煩的擺手，然後說：『妃妲雅死了沒？沒死那就是小傷，既然是小傷就不需要我多跑一趟，幫我送個花籃給她，一個不夠再多送一個。』」

高頓嗤了一聲。「妳形容得很有力，那個人就是這點讓人討厭。看妳現在的模樣應該是不用多擔心了，我就先回怒火核心。」說完，高頓離開房間。

「你呢？」妃妲雅問凱佩爾：「我不用姪兒你保護了，你可以去做自己的事。」

凱佩爾仍沒移動腳步。「這是母皇的命令。」

「我的好姪兒真是盡忠職守，那好吧！」妃妲雅自床邊站起。「我不想病懨懨的躺在床上，你陪阿姨去散步好嗎？」

荒理一直都是安達瑞特家族管轄下的重要國家，其領導者是來自怒火核心災炎一族的炎刃女皇黛芙卓恩並尤其妹妹妃妲雅擔任輔佐職。

依照魔塵大陸上的地理位置來看，荒理東近紫都、西近約里、北接太奧、南與卞安相臨，屬於一半災炎地一半西王國的範圍。國家內遍佈石林，整個環境被終年不散的黑霧籠罩著，部分地區會出現從地面產生的石孔中噴發藍色火焰的自然特殊奇觀。一般人感受不到這種火焰的溫度，等到身體接觸火焰時通常為時已晚，全身很快地會被焚燒殆盡。石柱與石柱之間有特殊的力量，會令不熟路況的旅行者迷路，甚至有可能被傳送到他處。迷失在荒理的人將永遠無法離開，最終的下場不是體力耗盡就是死於藍色火焰之中。

說也奇怪，這種易守難攻的環境最近竟開始被外人入侵。

妃姮雅在房間內發現陌生的神力留言，心中雖起疑，不過仍然到指定的地點赴約。她深信在自己的國度之內不會發生事情所以隻身一人前往，卻沒想到會遭受偷襲。對方下手毫不留情，每一次進攻都對準致命部位。妃姮雅雖沒死但被對方的兵器擊中，在身上留下六角形的特殊傷口。

黛芙卓恩認為這是敵人帶有惡意的行徑，但也不排除是自己國家的反動分子所為。這件消息公開後震驚了舉國上下，沒想到竟有人膽敢對災炎一族的皇室貴族下手。

凱佩爾走在他的阿姨身後，礙於禮儀關係，他不敢走得太快超過妃姮雅；又因為她是傷者的身分，所以他得盡責地看好妃姮雅的安全。

妃姮雅又被稱為織火天女，稱號來源和她特殊的元系神力有關。凱佩爾看著眼前那名黑色長髮的嬌小女孩，妃姮雅和他的母皇一樣有著清秀的外貌，不同的是她的臉比較稚氣。依人形外觀來看，白嫩臉蛋的她還比滿臉鬍渣的凱佩爾年輕，但論及輩份和實際年齡就不是這麼一回事了。

「您對前來偷襲的人真的沒有一點印象嗎？」凱佩爾問。

妃姮雅沉吟半晌。「有段時間我注意到有人在暗中窺視著我的行蹤，只是——我實在太過輕率了。」

「如果對方真的將您的一舉一動掌握的那麼精確，這樣您現在還在外面到處行走實在不是個明智之舉。」

「你希望我要有個誘餌的樣子嗎？我倒不認為那些人有蠢到那麼簡單就上勾。」妃姮雅轉身對凱佩爾笑道：「之後還得請我英勇的好姪兒替他的阿姨報這個仇。」

凱佩爾隱約發覺這次的事件有點蹊蹺，但是他說不出個所以然。

他們兩個人在行走途中，剛巧和那名正在荒理中養傷的亞蘭納人相遇。對方搖搖晃晃的走著，腳步不穩到甚至需要靠木棍來支持他行走。

「你還不可以走動，再這樣下去你真的會死。」一旁的醫護人員們拉著他勸道。

「別……別攔著我。」對方氣若游絲，臉色蒼白到沒有血氣。

「他不是我們前陣子救回的那個亞蘭納人嗎？」凱佩爾問他：「你這副模樣想去那裡？」

亞凱一個不小心往前跌倒，一口血吐到凱佩爾及妃妲雅的衣服上。

「你這小子竟敢……」凱佩爾激動的要拔出腰際的配劍，卻被妃妲雅制止。

「別對傷患動手。」妃妲雅趕緊命令那些醫療員將亞凱帶回：「快帶他回去，這個人的傷勢看來不太樂觀。」

要不是看在亞基拉爾大人的面子上，誰會理會一個亞蘭納人的死活。「您還好嗎？」

「哼，不就是一點血濺到身上而已嘛！」妃妲雅轉身要走，凱佩爾繼續跟上。她卻說：「看來他比我更需要人看護，你就暫時先去照料那個男人。」

「那您要去那？」

「換衣服，不需要跟著我了吧？」妃妲雅說完便離開。

根據凱佩爾的了解，荒理的巡邏隊是在靠近高淵夾地的附近發現這名亞蘭納人。當時的他正被托佛的殘黨凌虐，等到荒理的士兵抵達時亞蘭納人的心臟已經被挖，躺在地上只剩微弱氣息，依靠殘存的聖系神力維繫生命。

被托佛人綁架的亞蘭納人來自聖路之地的安普尼頓，名叫亞凱．沙凡斯。他是阿特納爾事件僅存的活人之一，雖然受到亞基拉爾庇護的關係讓他得以安然的在魔塵大陸過活，但他本人並不認為自己與亞基拉爾之間是主僕或存在著契約的關係。

目前失去心臟的他正依靠醫療團隊幫他新移植的心臟艱苦生存，但由於這亞蘭納人體內神力反噬嚴重的關係而沒有辦法接受新的心臟，每天嘔出大量的鮮血，體力即將耗盡。

這對安茲羅瑟人來說只是輕傷，對脆弱的亞蘭納人可就不同。最好的辦法就是進行轉化的儀式，直接讓他的身體能夠接受新的內臟。

「絕對不要。我是亞蘭納人，只要有一口氣尚存，我就絕對不接受轉化儀式。」

「真是固執的人，一旦死亡就什麼理念都沒有了，你在堅持什麼？」他的主治醫生勸道。

「要我當個沒有榮譽的人卑微的活著，倒不如就這麼死去。」亞凱仍堅持著。

亞凱被緊急送進治療槽中，口鼻戴上呼吸器，眼神渙散。

「知道托佛的殘黨抓他的原因了嗎？」凱佩爾問。

一名小兵回答凱佩爾的問題。「查到了，他們想取回托賽因大人的心臟進行復活的工作。」

凱佩爾不屑的哼道。「都已經是強弩之末了，就算復生後又有什麼用？難道他們還妄想從亞基拉爾大人的手中奪回托佛嗎？」

「神力反噬再加上心臟被取走，他還能活命已經算是福大命大了。現在就要看他的身體能夠支持多久，照他現在的情況來看，恐怕……」

就讓他死一死吧！凱佩爾漠然的看著表情痛苦的亞凱，而亞凱的臉上滿是斗大的汗珠。大概是真的非常難受，他又噴了口血，把呼吸罩給染紅。

「女皇下令全力保住他。」醫生說：「不然至少別讓他死在荒理，免得惹到亞基拉爾不快。」

「若亞基拉爾想幫忙早就派人來了。」凱佩爾說：「大人想必也知道這位亞蘭納人的狀況有多不好，若真的救不到他也是沒辦法的事。」

凱佩爾突然有一個憑空出現的念頭閃過，會不會這次的事件也和妃妲雅遇襲有關？已經亡國的托佛人還存在著痴心妄想，他們出現在高淵夾地的動機引人生疑。

荒理的地理環境太過特殊，並不是隨便什麼侵入者都能在此達到他們的目的，很可能僅只能在外圍徘徊或是稍微深入後被困在其中。由於荒理的敵人都很清楚這一點，所以不會貿然行動。

凱佩爾這幾天在荒理邊界進行的調查工作一無所獲，沒有找到可疑的陌生人，也不見任何托佛人的蹤影，他們很可能早已離開領區。

返回宮中後，凱佩爾鬱悶極了，他建立功勞的機會正一點一滴的消失，沒有什麼比白費工夫更令人沮喪的事。

凱佩爾召來卡摩革為他解除心中疑惑。這名頭部長滿白色鱗角的男人是火核軍衛的隊長，他時常隨侍在母皇身旁當近身隨扈，所以了解的事情也多，而且凱佩爾與卡摩革有著一定程度的交情，他認為隊長是值得被信任的。

「沒有誰比大人更忠於這個國家，更忠於母皇。」凱佩爾誇讚道：「所以我想請問您對這次的事件有什麼想法？」

「很遺憾的，目前沒有更具突破性的調查結果出現，對於襲擊者的身分至今仍一無所知。」

「就因為他有這麼強大的本領，難怪有恃無恐的進到宮中攻擊皇室成員。」

「確實是如此，而且還躲得過火核軍衛的追擊，那些人的能力出乎我的意料。」

凱佩爾留意到卡摩革欲言又止。「你有什麼話想對我說嗎？」

卡摩革托著下巴。「雖然不該這麼說，但整起事件確實有疑點。」

「喔，疑點是什麼？」凱佩爾急切的問。

「從妃妲雅閣下的角度來看，她為何要為了莫名其妙的一紙留言而赴約？又為什麼赴約時不帶一名護衛？當時雙方與會的地方真的沒其他目擊者？沒有人察覺到空氣中神力的變化？」卡摩革提出一連串質疑：「再來談那名侵入者，對方是怎麼從詭譎的環境中來到宮中？若不是熟悉地形變化的內行人，那就是有個在地的領路者。只要那麼一想，那可疑的範圍自然會縮小。」

「你認為是自己人做的？」

「我只針對有心人，而不是自己人。」卡摩革隊長還有事待辦，鞠躬行禮後便先行離去。

是誰呢？荒理領區多為災炎一族的子民，忠於自己的種族，難道有人會為了其他安茲羅瑟領主而拋棄國家和尊嚴嗎？說到這裡，如果不是自己人，那麼又有那些值得懷疑的外來者？

凱佩爾立刻聯想到亞凱．沙凡斯，但他只是一名正和身體病痛糾纏又半死不活的廢人，他不認為亞凱還有足夠的餘力可以做其他的事。

那……還有其他外來者嗎？

一個荒唐的念頭閃過，連凱佩爾自己也不得不啞然失笑。

在凱佩爾的印象中，當他孤單的來到這個世界上時，就是他的母皇黛芙卓恩收養他。如果沒有黛芙卓恩，那麼弱肉強食的魘塵大陸將會回收這個無父無母的棄子。

所以至今為止，凱佩爾一直非常感激他的母皇給他溫飽、給他教育、給他權勢。

不對，在想什麼呢？雖然對災炎一族來說自己確實是外來者，但是會質疑自己本身的想法實在太可笑。

安達瑞特家和伊瑪拜茲家之間的衝突日益擴大，受到昭雲閣對天界宣戰的影響，伊瑪拜茲家似乎打算趁亂強行霸佔安達瑞特家的領地，而首當其衝的就是與卞安相鄰的國度——荒理。

甚至有些無恥的人會利用戰亂來賺取利益，這些沒本事的人也只能用這樣的方式討生活。一名叫做季野的安茲羅瑟流浪者就是這種人，因此凱佩爾很瞧不起他。

凱佩爾原不想理會季野的挑釁，但由於兩人約定的地點就靠近荒理邊界，為了怕對方茲事，凱佩爾還是率領他的手下前去與對方會面。

王子留下大部分的士兵在外面，自己則帶著少許手下進入屋內。

房間內綁著幾具亞蘭納人的屍體，其中一具無頭屍靠近季野的餐桌。那個茹毛飲血的男人從無頭屍身上割下幾塊生肉丟近自己的熱羹湯中，用湯匙愉快地攪和著喝。

「凱佩爾王子殿下，很高興您來了，請坐。」

下人們為他拉開椅子，方便凱佩爾入座。

季野撥開他凌亂的長髮和凱佩爾打招呼，他笑的時候滿口尖牙一覽無遺，下垂的大耳與殘破的面容都令人作嘔。

凱佩爾點了根雪茄，他讓煙味留在口中一會後才徐徐吐出。「季野大人，我不想聽你說那麼多話，有事情就快講。」

「殿下，您對我還真不友善。」

「這不是我的義務。」凱佩爾放下手中的菸。「你這個被祖國拋棄，又被昭雲閣通緝的人，還敢在外面到處游走。該說你膽大還是說你無謀？」

以前季野也算是一名軍閥，但他的行為幾乎與強盜無異，殺人放火、擄人勒贖幾乎都做過。本來這在魔塵大陸上是很正常的行為，畢竟適者生存的環境就是如此。可是他最不該的就是動到伊瑪拜茲家族的皇室，澈底的惹怒漢薩陛下。

季野好不容易躲過漢薩的靈魂控制，帶著部下星夜逃出卞安。從那天之後他便被伊瑪拜茲家族除名並提報至昭雲閣，最終落得人人喊打的下場。

「所以我也是為此才冒險來找殿下。」季野放下手中的湯匙。

「找我？」凱佩爾不屑地哼道：「你找錯人了。」

「我沒找錯人。」他笑道：「殿下還記得我們先前在厄法的賭注約定嗎？我希望殿下履行您的金口承諾，把欠下的賭債一次清償，三十箱純粹靈魂玉而已，對您的財力來說應不成問題。這帳已經讓您欠很久了，因為在下現在急需用錢，所以請馬上支付。之後我會立刻離開荒理，再也不會回到此地。」

那次是在厄法的血魂鬥技場進行的格鬥賭局，結果卻完全出乎凱佩爾意料之外。常年的競技場冠軍竟然被一名新晉的挑戰者打敗，賭盤大爆冷門，凱佩爾在那一局除了必須支付賭場大筆的賠注之外，與季野另開的賭局也得賠償。

凱佩爾支付了厄法賭台的賭金，卻怎麼都不想把錢還給季野這個人。

「我已寬限您許久，但您總是找理由推托，之前我有事也就暫不追究，如今我逃亡中急需用錢，無論如何您都得把錢還來。三十箱純粹靈魂玉已經是基本的賭金，否則照規矩來談恐怕您還得支付欠款的利息，我看在您的面子上已是很大的寬容。」季野拿起紙巾抹抹嘴說。

哼，之前就算是耍賴不想還，現在更不可能還你。「要靈魂玉沒有，要劍我們多得是，想嘗嘗荒理餤刃的厲害嗎？你現在是昭雲閣的通緝犯，若我還你錢豈不是幫助你逃亡反而害我變成共犯了？別多說什麼，現在就給你兩條路走：立刻從我眼前消失；否則我就抓你去昭雲閣領賞！」

季野的眼神驟變。「也就是說──您無意償還囉？」他直點頭，叫人不安。「敬你還是一國的皇儲，不要別人給你面子還不要。你不過就仗著有個了不起的母皇在囂張，你以為黛芙卓恩大人可以永遠保得住你嗎？」

凱佩爾越聽他的話越發火，他掃去桌上的杯子，玻璃杯掉到地上發出鏗鏘的破裂聲。「你搞清楚，這裡是荒理的領地。你坐的位置、站的地方，這裡看得到的東西都是屬於荒理的，在這個地方我是王子殿下，我就是最大，你算什麼東西？我愛說什麼就說什麼，高興怎樣就怎樣，你又奈我何？我甚至可以趕絕你，讓你斷手斷腳的爬出去或乾脆讓你死在這個地方，一勞永逸，怎麼樣？你想選那一個？」

「凱佩爾，你不要想強詞奪理，當王子就可以欠債不還嗎？」季野毫不畏懼對方的恐嚇。

「那又怎麼？你可以去和我母皇申訴、去昭雲閣申訴、去怒火核心和高頓大人說我不還錢、去找漢薩大人解決，方法很多，你可以自由選。」凱佩爾故意這麼說的。「哎呀，我都忘記你正被通緝了，怎麼辦呢？你的申訴無門囉。」

季野怒火上升，殺意也有增無減。「我以為你有很好的家教，沒想到也是個不守信用的無賴漢，為了亞蘭納金幣不過三百多萬價值的靈魂玉賠上你自己的人格，值得嗎？」他的右手擺到後方，悄悄地打著信號。

凱佩爾站起，準備要離開，他一邊整理衣裝一邊回答。「隨你怎麼說，不過以後別出現在我面前。我醜話說在前，再讓我見到你可不像今天那麼客氣了。」

在凱佩爾轉身的那一瞬間，神術從季野的五指間放出激烈的光與熱，凱佩爾迴身閃過，側邊一人持劍揮砍也被凱佩爾反掌擊退。接著凱佩爾想拔劍攻擊，卻在這時一陣突如其來的暈眩感襲上腦頂令凱佩爾全身乏力。

「咒術……師！」凱佩爾吃力的跪在地上。

「為你準備的。」季野的聲音從後方傳來。

凱佩爾的頭部被人用鈍器重擊，打得他頭破血流，然後又被人從背後開一槍，他的左胸變成窟窿，傷口大到整個肺都快掏出來。

季野一腳踩在他的頸錐上，愉快的說：「不知道為什麼，我覺得全身舒暢。」

「呃……你……」大量的血液混合著唾液從凱佩爾的口中汩汩流出。「你出手攻擊我，別妄想離開荒理了！」

凱佩爾的血呈現墨綠色，他在地上試圖掙扎，並且嘗試恢復獸化原形脫困。

「你不要想跑，沒有用的，認份的當我的人質吧！」季野揪著凱佩爾的頭髮將他從地上拽起。「王子殿下剛才不是很囂張嗎？告訴你，我就是準備逃跑，所以錢我一定要拿到手。不過，你也不必太擔心我的安危，因為有你當籌碼我一定能安全離開荒理。哈……」

躺在治療槽內的亞凱痛苦不堪，他全身不停的抽搐，冷汗把整張臉和頭髮弄的濕漉，再加上不斷吐在呼吸面罩內的黑色血液，亞凱正在生與死之間徘徊。

在治療槽旁冷淡地做著紀錄的醫生只是默默的觀察，他們判斷亞凱應該無法度過今天了。一聲低沉的哀叫後，亞凱猛然地瞪大雙眼，他的肌肉呈現緊繃，隨後血從呼吸罩流出順著臉頰滑落，之後便不再有任何的喘息、抽動。

「他的瞳孔放大、呼吸及心跳停止、肌肉僵直、腦部也失去反應。」醫生宣布：「這亞蘭納人已死！」

「好，我去回報。」

「等一下，我和你一起去。」

「不，你留下，沒人看著他怎麼辦？」

「我不想瞪著一名亞蘭納人的屍體發呆。」

「那好，要走就一起走。」

空盪盪的病房再度恢復寧靜。

良久，走廊傳來炙烈的熱氣，飄浮的鬼火與人聲由遠至近。

「讓你們顧好病人，結果人卻死了！」

「高頓大人，那個亞蘭納人本身就是找我們麻煩，他在被送來之前就已經半死不活，一直拖著的只是那一口殘存的氣息。」

「藉口，你們連事情都做不好，想等我善後嗎？真是庸醫。」

「我們醫的是亞蘭納人可不是安茲羅瑟人，應該要有負責專門收治亞蘭納人的獸醫才對。」

「別吵，嗯——人呢？」

「奇怪？」

「咦！人呢？真的不見了，剛剛明明死在治療槽內了。喂！你不是也有看見？」

「是啊！屬下很確定他死了。」

「死了？那屍體呢？屍體跑那裡去了？」

「呃……不、不知道。」

「一句不知道就想了事？還愣什麼？你去查查看剛剛有誰進過病房。」

「是的，我馬上去。」

「至於你，和我分頭去找，死要見屍，聽懂了沒？」

花園內，滿地鋪開的鮮花美麗動人，天空蔚藍一片，日光和煦，氣候變得舒適宜人。亞凱正走在回家的路上，怪的是這一路冷冷清清，沒見到半個人。

當他推開庭院大門，鐵門發出摩擦聲響，隨後他緩步走入。

亞凱在大門口呼喊自己的家人，不過卻沒得到任何回應。真奇怪，難道全都出門不在家嗎？他狐疑地走進玄關，連個迎接的人都沒有，僕人全都到那兒去了？

有人嗎？他一邊走一邊叫喚，在自己家中做這種舉動實在莫名其妙，彷彿自己成了陌生訪客。亞凱在父親的書房內看見熟悉的背影，他那不苟言笑的嚴肅父親正背對著他在壁爐前端坐著。父親的搖椅微微晃動加上煙霧繚繞，亞凱心想父親應該正抽著他喜愛的煙斗在閉目沉思。

他上前禮貌的打招呼，但是父親並沒有回應。幾番問候，亞凱決定移動到他父親前方。

沒想到，驚駭的一幕就出現在眼前。

父親的嘴上仍叼著煙斗，他的頭無力的垂落，鮮血直流，整張臉成了血肉淋漓的骷髏。

是誰殺了您？是誰下的毒手？

父親那顫動的手緩慢的挪動，指尖比的位置——正是亞凱。

是你殺了我，是你下的毒手！

不，不是我，父親您誤會了。不……不……我……我不想殺您的。

亞凱頭痛欲裂，父親的臉也變得越來越模糊，甚至留下一圈黑色的凹洞。那個洞將所有的景物全部吸入，連帶把亞凱的思緒也一併被扯個粉碎。

「醒醒啊！」

亞凱被貝爾搖醒。

「這是……什麼地方？」亞凱感覺臉上有點潮濕，下意識的用手指去抹，想不到是鮮血。頭疼不已的他終於明白自己因為頭破血流而陷入昏迷，最後是貝爾救了他。

「你剛才挨了暗流主教的神術而倒地，你沒印象了嗎？」

暗流主教？好耳熟。「這名字是……我到底在做什麼？」

「你忘記我們正領兵攻打暗流教派嗎？你被主教重創時，我幫你緊急處理傷口，幸虧沒有大礙。」貝爾接著說：「主教現在逃走了，艾列金緊追在後，我們也得快去支援。」

是的，我現在正執行安普尼頓的任務在勦滅暗流教派的途中，不可以再繼續拖延。「好，我們快走吧！」亞凱振作精神。

「你還可以嗎？」貝爾關心的問。

「暫時沒什麼大礙，希望不會妨礙任務進行。」亞凱伸手摸向空無一物的背後，大吃一驚。他急問：「我的法杖呢？」

「沒有看見。」貝爾也在四處張望。

「有了，我看見了。」亞凱衝上前，法杖被放在玻璃櫥窗內。「誰把我的法杖放在裡面的？」他無法推開窗子，心急之下直接出拳擊穿玻璃，粗暴的拿出法杖。

他們一起步出屋外，亞凱發現天空變得晦暗，空氣在黏稠中帶著腐臭及血味，身體逐漸沉重步伐難移，周遭溫度既悶且熱，耳朵產生耳鳴，他覺得自己彷彿進入一個特殊詭異的環境，令他納悶不解。

亞蘭納的世界——曾有過這樣的景色嗎？

「注意！你得避開腳下的藍色火焰，它會在不知不覺中吞噬你。」貝爾發出警告。

亞凱小心翼翼的前進，避免被陰冷的火波及。這裡的地形讓亞凱難以適應，崎嶇畸形的孔洞會噴火，不知道是黑煙或是黑霧的物質瀰漫四周，使得視線極度不佳。聳立的石柱蘊含著神力，若非自己跟隨著貝爾的腳步前進則可能隨時會迷失路途

「藍色的火焰？暗流教派布置的陷阱真是越來越令人訝異。」亞凱問：「你說艾列金追去了，他們往那個方向？怎麼都沒看到其他隊友和援軍呢？」

貝爾解釋：「稍後會到，但我們得先與艾列金會合，萬一他被敵人孤立可就糟糕了。」

亞凱不疑有他，緊跟在貝爾身後。奇怪的是，亞凱沿途觀看路旁的景象，卻都是他從未見過的奇岩異石、特殊風景，就行動上也受到影響變得頗為不便。「這裡是安普尼頓的何處？」

「你在說些什麼？這裡是暗流的據點，你認不得了嗎？」

「別騙我。」亞凱停下腳步。「我從沒見過這些東西。」

這是他從小到大所生活的國度嗎？就算是未曾去過的區域應該也不至於會有那麼大的陌生感，亞凱覺得自己好像正處於夢與現實的界線，眼前的一切變得很虛幻。

「現在可不是說這些的時候。」貝爾著急的回覆：「因為你受傷沒多久，對周圍的事物特別敏感，也因為受傷的關係你才會覺得行動有窒礙，再加上暗流的幻術影響……亞凱，你精神狀況很不好，還是這一趟就由我一人前去？」

真的是這樣嗎？是因為我個人的因素？「不、不用了，既然知道這只是幻覺，那就沒什麼好擔心。貝爾，我相信你，再來就是找到艾列金。」

當他們尋到蹤跡時，只見艾列金被一群人押著，全身是血傷得很重，兩眼垂落無神。暗流主教走在他的門徒後方，帶著一張討人厭的笑容，他不時的轉頭對艾列金出聲吆喝。

「糟糕，艾列金失敗被擒了，我們該想個辦法。」亞凱回頭欲找貝爾，卻不見其蹤影。「貝爾，貝爾你在那？這關鍵時刻人怎麼不見了？剛剛不是才在我後面，怎麼跟丟了。」

亞凱看著隊伍漸行漸遠，再這樣下去不是辦法，現在無暇分身去尋找貝爾，恐怕也等不到援軍來救。艾列金因為體力不濟跪伏在地上，暗流門徒對他是又踢又踹，暗流主教甚至拔出劍來，作勢要刺他。

不好了，亞凱沒時間再等待與擬定救援的計畫。

「暗流教派的匪徒，快放開艾列金！」亞凱揚手使出聖系神術，一連數十發的光彈擊向暗流門徒，瞬間將一群人完全衝散。亞凱卯足全力，用最快的腳程衝上前，拉著艾列金且戰且逃。

「那來的混蛋？」暗流主教破口大罵：「把人追回來，別讓他們逃走！」

「艾列金，你還好嗎？你傷得似乎很重。」亞凱一腳踢向擋道的門徒。

艾列金口中發出糊在一起的聲音，話都沒辦法說清楚。雖然他勉強可以做出抵抗，但實在是有氣無力，幫不上忙。

暗流門徒死纏爛打緊追不放，一群人立刻又圍了上來。

「放心，我不會丟下你不管。」亞凱將法杖掛到背後，雙手畫圓結成法印，聖芒法印驟現。

「什麼？這亞蘭納人會使用聖系神術，他從哪兒冒出來的？」暗流主教詫異的問。

亞凱雖然覺得暗流主教的話中有古怪，卻也沒時間深思。只見他雙掌一推，強烈的光芒隨著衝擊擴散出去，將一窩蜂擁上的暗流門徒再次震退，不過沒對任何一名敵人造成傷害。真奇怪，暗流教徒什麼時候變的那麼強悍，神術都打不傷他們。亞凱心中納悶。

亞凱緊抓著艾列金的右手，「好機會，我們快逃。」

「逃那裡去？」暗流主教手掌放出黑色旋流，強大的吸力制住兩人的行動並慢慢的將亞凱及艾列金拉向自己。

後方暗流門徒趁機拋出暗器偷襲，艾列金的右肩又受到重創。

見到艾列金負傷，亞凱怒不可遏。「你們有完沒完？」

背後法杖上的神聖結晶釋放出銀光，亞凱雙手同時匯集聖系神力，隨後接連使出兩種不同的攻擊神術。

暗流主教擋下第一記攻擊，但被第二記攻擊打個踉蹌，不但施法被中斷而且還連退好幾步。奇怪？今天聖系神術在使用上特別順利，神力運行也毫無阻礙，進行回氣、凝聚、收息、調和等步驟時身體也沒有半點疼痛感，這到底是為什麼？難道神力反噬消失了？亞凱滿腹疑問。

就在這時，東邊傳來震天的喊喝聲。

「援……援軍來了。」艾列金無力地把這幾個字吐出。

安普尼頓沙凡斯機關的援軍們終於趕到，即便環境再黑暗，亞凱覺得他們就像一盞明燈般的耀目、充滿希望。

暗流教派的人見情況不對早已經各自逃竄。

亞凱長吁一口氣。「尤安·帝特，你這傢伙總是遲到，你有一天一定會害死你的老闆。」

荒理王家所屬昊光院的議事大殿內，黛芙卓恩雖靜如止水，旁邊的大臣們卻如坐針氈。荒理皇室唯一的皇太子凱佩爾遇襲，叫他們怎麼不擔憂？趁事件還沒擴大時，不但要治好王子的傷，還要將膽大包天的綁匪們繩之以法。

黛芙卓恩氣定神閒的托著下巴，以令人生畏的目光掃視她那一群手下們。身為荒理之主，雖然沉穩應對是必要之事，但對於獨子遇襲一事，她表現得倒是過分的鎮定了。

高頓．熱陽在大廳中央走道來回踱步，足履所及冒出陣陣黑煙，隨著他火光四射的頭部閃爍耀目，連帶他的周遭溫度也跟著升高。他不斷地以好奇的目光注視著黛芙卓恩，火神的這個妹妹有一張美麗的面容，一頭柔滑的白色長髮，身上配戴各種高貴的裝飾品，身材玲瓏有緻。正因為她權勢、名利、神力、美貌、家族、財富、子嗣什麼都有了，所以臉上總掛著對世界上任何事物都不感興趣的沉悶表情。現在的她也是如此，從表情上看不出任何端倪，讀心術也對領主階級的她無法起作用。

「有話直說，一直盯著我看是什麼意思？」黛芙卓恩對高頓的視線感到不耐。

「嘖，災炎一族的火元素人要人形外貌有什麼用？您和火神陛下同樣，甘願被虛假的外貌給局限住。」高頓抱怨似的說：「要是他還在的話，您這張臉還可以有點作用。」

黛芙卓恩表情乍變，平靜轉為惱怒：「舊事重提是什麼意思？我說過不許提到他！」

「不要誤會，在下並非故意揭開您的過往傷疤。」

「高頓大人，注意你的發言，小心禍從口出。」黛芙卓恩提出警告：「該回墜陽時不回去，留下來只是為了說這些嗎？即便你是代理家族長，口不擇言也是會嘗到苦果。」

高頓解釋：「我只是希望您能表現得更重視皇儲。」

「你現在是想指責我的態度嗎？」黛芙卓恩反問，現場氣氛頓時緊繃。

「您可以這麼認為。」高頓並沒有退縮，「先是妃妲雅小姐的遇襲事件，後又遇到凱佩爾王子遭綁，皇室接連發生不幸，您還能不動如山的安坐在王椅上，我不該擔心嗎？」

黛芙卓恩發出輕蔑的笑聲，「你想看我裝出很痛苦的表情才像是有在關心的樣子？」

「侵入荒理，無端襲擊我災炎一族安達瑞特家族成員的敵人一個都不可以放過！」高頓發出宣告。

「吾兒遇襲正是荒理的災難，也是災炎一族的大事，每個人都為此憤慨，希望找到兇手。怎麼您現在反而先怪罪到我這來，難道這些意外是我造成的嗎？」

高頓不想和黛芙卓恩口舌之爭。「夠了，兄妹全都一個樣，任性的火焰。」

醫生向守衛通報後，進入大廳。他朝他的領主行禮，接著報告：「王子殿下已經無礙，那名亞蘭納人也是。」

黛芙卓恩點頭，隨後命令眾大臣。「季野膽敢在我荒理為所欲為，立刻派人將他帶回，死活不論。」

「王子沒死，那麼傷勢自然不成問題，」高頓疑問：「我訝異的是那個亞蘭納人，你不是說他死了？」

「大人，我真是親眼看著他斷氣的，我都不曉得他怎麼死而復生。」醫生無辜的回覆。

「你還算是醫生嗎？」高頓質疑。

「大人，我是災炎一族的醫生，就連治療安茲羅瑟人都會有問題，亞蘭納人的狀況屬下自然沒辦法明確的掌握。」

「理由可真多，你這……」

黛芙卓恩聽的夠多了。「你們安靜！吾兒既然無恙，其他便不在我掛心的範圍，沒事的話全部退出大殿！」她命令道。

亞凱被帶回到黎光院後，不曉得為何又再度陷入昏迷。由於情況很特殊，災炎一族的醫務人員對他的病因又束手無策，因此他們只能無奈的向邯雨求援。

「那位既然是我們貝爾先生的好朋友，自然也是我的好朋友，所以我不希望看到好朋友在異地出事。」邯雨領主亞基拉爾特別囑咐道。

那麼你們何不派人把他接回邯雨治療呢？分明是想把麻煩丟給災炎一族，高頓不悅的心想。

塔利兒從血祠院指派一名僧官來到荒理，為亞凱診治病情的是一名邪里邪氣的僧人。「王下直屬血祠院修道者，萬生者麾下——麻瘋和尚。」

麻瘋和尚來的時候頭上帶著圓頂斗笠，身穿黑色袈裟，手持女屍杖。災炎一族的人皆懷疑他的能力及目的，無不對他心生戒備。等他將斗笠取下時，高頓看到的是一個在光禿禿的頭頂上刺上鬼臉圖樣的怪人。這和尚膚色慘白，左半臉是猙獰誇張的笑容，右半臉卻僵硬無表情。再仔細一看，他雙眼翻白，連身上幾塊屍斑高頓都看得一清二楚。

塔利兒的手下全是這種半人半屍的怪物，高頓不以為然地在心中暗忖。

「沙凡斯先生確實已經死了。」麻瘋和尚證實。

「死？哼，他救了我們凱佩爾王子的時候不知道多威猛。」高頓不承認對方說的話。

「心跳、呼吸停止，他與死人無異。」

你自己才是一個死人。「那他突然能自由活動是出於什麼原因引起的？迴光返照或是染上不該得到的活屍病？」

「這不是活屍病。」麻瘋和尚糾正：「貧僧認為與托佛領主的心臟有關。」

「請您解釋給我聽。」高頓興趣缺缺，他只想要一個理由。

麻瘋和尚掛著詭異的表情繼續說：「沙凡斯先生被救到荒理之前就已經因為神力反噬的關係而令他身體衰弱，再加上他之前不斷累積的傷勢，能夠讓他拖著一口氣奄奄一息的撐到荒理這已經算是他本身求生的意念相當堅強了。」

「講重點。」高頓提醒他。

「沙凡斯先生的壽命早就該到盡頭了，但是托佛領主心臟的寄體卻讓他因禍得福。」和尚說：「您想想，托佛領主和凡人有何不同？若是一般的安茲羅瑟人，托賽因早就能寄體重生了。但偏偏是孱弱的亞蘭納人，那該怎麼辦？」

「托賽因的心臟讓那個亞蘭納人的體質產生變化，它把那副破身體變成了適合那顆心臟寄宿的地方。」高頓已經明白緣由。

和尚點頭。「神力反噬最大的副作用就是沙凡斯先生體內殘留的神聖結晶餘燼，這也是造成他痛苦的來源。如今，那些餘燼已經全被托賽因的心臟吸收。」

「所以你的意思是——他被轉化成安茲羅瑟人了？」

「不，並沒有。嚴格來說，他現在只不過是個擁有特殊體質的亞蘭納人。」

高頓好奇的問：「有什麼特殊的地方？」

「心臟沒了卻仍能存活，這對亞蘭納人來說還不夠特殊嗎？」和尚接著說：「現在即使是把沙凡斯先生分屍，只要沒傷及腦部，他依然能活下來。差別只在於他不能和安茲羅瑟人一樣擁有恢復、接合、再生的能力。」

高頓聽完後卻呵聲連笑。「這真有趣，彷彿就是亞蘭納版的救贖者。」

「失去心臟，當然不會有心跳；現在他大部分的生存機能全都被他的腦部包辦，其他臟器形同虛設。我雖然做了顆心臟給他，但是對他的身體來說已沒什麼幫助。」痲瘋和尚戴上他的圓頂斗笠，拿起女屍杖。「我的任務就到此了。」

「等一下。」高頓擋住他：「那他為什麼要救凱佩爾王子？」

「那是他的錯覺造成的。」和尚轉身解釋：「我調查過他的記憶，看到許多支離破碎的片段。受到體內魂系神力與聖系神力的衝擊，連帶也造成他的精神混亂異常。他很有可能深陷在過去某個讓他印象深刻的回憶中無法自拔，所以才會有一些出人意表的舉動。」和尚以咒系神力在自己的正前方打開一個小傳送門。「現在的他也許會有人格分裂的情況產生，視他精神的穩定度應該會有不同的影響。不過這究竟是好是壞，後續你們可得好好留意。」

麻瘋和尚打開的傳送門直接與昊光院議事大殿連接，黛芙卓恩彷彿知道他早就會前來拜訪，已經從容地等待著。

高頓也利用傳送門的便利性，一起來到大殿上。

和尚摘下斗笠，恭敬地行禮。「貧僧工作完成，要返回血祠院，特別來向荒理之主道別。」

「偏勞了。」黛芙卓恩問：「不過那亞蘭納人您不順便帶回邯雨嗎？」

「陛下特別吩咐過，希望能讓沙凡斯先生自由抉擇，他的人生陛下並不會去干涉。」

「亞基拉爾會有那麼好心？他肯定別有目的。」黛芙卓恩一臉倦容。「算了，他想做什麼我管不著，但別把荒理當成醫院或是收容所。」

「不會的。」和尚彎腰鞠躬：「待沙凡斯先生痊癒後，讓他自行離開便可。」

黛芙卓恩輕輕撥弄她漂亮的髮尾。「還有要事嗎？如無就請回吧！恕我不起身送行。」

「塔利兒院主有託貧僧轉贈一樣物品，是要獻給您的，貧僧依令必須將東西交到女皇的手中，否則沒辦法交差。」

黛芙卓恩一聽到塔利兒這三個字就沒什麼好感。「幫我感謝塔利兒大人的禮物，但我不缺任何東西，對他的美意我是心領了。」

「不。」麻瘋和尚堅持道：「您必須收下，黑天童副院主還特別向貧僧提醒，這對您來說是很重要的東西，請務必接受。」

黛芙卓恩右手托著酒杯，杯中的酒卻沒來由的突然著火，眾人確實感受到黛芙卓恩上升的怒意。「我不再重複同樣的話，請回吧！」

麻瘋和尚仍執拗的一動也不動，本來就是固定表情的他對黛芙卓恩的恫嚇自然也沒有任何反應。

高頓．熱陽在這時跳出來圓場。「您身為荒理之主，是不是應該要有度量？他國的使者帶來的禮物不論輕重也算是心意，我們大可不必一直拒之千里，這樣有失自身風範。」他說這句話的同時也不斷在打量荒理之主的表情，但她始終如一，行為舉止沒有太大的變化。

黛芙卓恩低頭思考一會，然後她接受了高頓的建言。「好，將東西交給我。」

從麻瘋和尚的手中快速地飛出一顆紫色晶體，到了黛芙卓恩的手掌上便停止移動。黛芙卓恩將之握住，不知道從晶體裡得到什麼樣的訊息。

高頓將這畫面看在眼裡，心裡已猜到個大概。

忽然，黛芙卓恩大怒，整棟昊光院神力震盪。「塔利兒這個男人，他竟敢……真是大膽！」

高頓似乎一點也不訝異。「女皇息怒，難道您真想燒了荒理不成？」

片刻後，黛芙卓恩情緒依然激動。「那個人……他……」

麻瘋和尚卻先一步回答：「貧僧地位卑賤，那些事一概不知。您若想知道詳請，請親自與三權首或是萬生者一談，也許能讓您的疑慮一掃而空。」

「算了。」她輕哼道：「不用麻煩了。」黛芙卓恩恢復平靜，她回到以往的冷漠。「幫我感謝那些有心人。」

麻瘋和尚向高頓致意後便與黛芙卓恩道別。

等客人離開，高頓也把手下們全部支開，大殿內僅剩黛芙卓恩與他二人。

「果然是與他有關的消息，這個名詞在荒理中就是禁語，說了就一命嗚呼。」高頓帶著蔑笑質疑：「您是因為厭惡而不想再聽到那個人，或是因為太過在意才不去聽呢？」

「高頓！」黛芙卓恩語氣加重：「別以為你是皇兄的重臣就能對我無禮，我可以殺了你還不需要和皇兄解釋，你明白嗎？」

「女皇又何必動怒？這只是為人臣的一點忠告。臣可不希望您受到三權首或萬生者的愚弄，他們全都不是好東西。」

「我要做什麼事自有主張，你不必過度干涉。荒理沒有適合你的工作，我認為你還是及早返回墜陽，怒火核心多的是事情讓你煩惱。」

「妃姐雅大人與凱佩爾王子先後遇襲，這件事若沒解決，臣絕對不回去。」高頓肯定的回答。

黛芙卓恩右手撥弄著頸上一顆異常發亮的項鍊，看起來似乎是個奇特的小圓鏡。儘管很微弱，高頓仍能從那條項鍊上嗅到微量的咒系神力。「既然高頓大人你那麼堅持，那我也不再趕你回去。只不過……」

高頓專注地聽著。

黛芙卓恩故弄玄虛地輕笑。「我有一件事得和您先說……」

獨居病房中，室內與室外皆悄然無聲。亞凱的身體狀況較之前好轉很多，雖然他仍昏迷不醒，但是臉色紅潤、表情安寧，身上沒有任何創傷也不再嘔血，看起來就像是進入深沉睡眠。不過只要仔細端詳，就會發現失去呼吸加上心跳停止的亞凱靜的完全不像個活人；一動也不動的他，說他只是個假人也不會有人懷疑。

對外界事物毫無感覺的亞凱，當然也聽不到任何異樣的聲音。硬皮靴的踏地聲在走廊上迴響，正一步一步的慢慢靠近亞凱的病房，直到那隻手將病房的門緩緩推開……

把這次也算進去的話，已經是高頓在荒理王宮第二次發現亞凱失蹤了。這到底是什麼莫名其妙的狀況？偌大的王宮沒有半個人看見亞凱，一群災炎一族的精兵居然任由一個衰弱的亞蘭納人在王宮裡自由的出出入入，高頓認為從底層的護衛到高層的管理者都要好好的檢討過失了。

難道是亞凱又因為幻覺的緣故而起身離開嗎？不、不太對勁。第一次的現場有被破壞的跡象，病房被弄得亂七八糟，放在櫃子內保管的法杖也被亞凱打破玻璃窗硬是取出；但這一次不同，病房一如既往完全不凌亂，連亞凱的法杖都還安然地擺在玻璃櫃子。莫非是有人從病房內帶走亞凱？還是有其他的可能？

同一時間，官員們返回昊光院向黛芙卓恩報告狀況。

「被季野逃走了？」黛芙卓恩雖然面無表情，但她每一個質問都讓人擔驚受怕。「那麼多人行動卻抓不到他一個人？是你們的腳程太慢還是季野速度太快？我該把你們全換了然後將這種人才延攬到我手下幫我做事嗎？反正他一個人已經抵得過你們全部！」

官員們低頭不敢作聲。

「韋奇，你也失敗？為什麼？說個理由來聽。」

紅袍瘦弱的書生站了出來，他手執一本著火的書冊，可是那本書卻怎樣都燒不光。「我的女皇，我願受罰。」韋奇在她面前下跪。

黛芙卓恩凝視著他：「我是要聽理由，不是要你接受懲罰。」

「是的，我的女皇。」韋奇回報：「那個叫季野的人身手不過爾爾，但是他非常熟悉荒理的地形，甚至狹小的密道都瞭若指掌。屬下認為除了他自己有所準備外，還有第三者在暗中助他。」

「那個第三者是誰？」

「抱歉，屬下……」

黛芙卓恩不耐地打斷他的話。「我不要聽你們說不知道，快去查！他們只要在荒理的一天我就不會讓他們有活命的機會，你們若想建立功勞正是現在。去！派出所有可調度的人，即使把荒理翻過來我也要找到他們。」

一團深藍色的熱燄由黛芙卓恩左側憑空冒出，火光中隱約可見人形骨骸。「我的女皇，需要我的幫忙嗎？」

沙恩．弗列米是隨侍在黛芙卓恩身旁的護衛，忠心不二且實力堅強，人稱炎骨。

「愛將，我知道你的能力，但目前尚不需要你出手，只要繼續護衛我的安全即可，這些瑣事就讓其他人去辦。」

熾熱的火甲發出張狂的火芒，猙獰的沙恩像個躁鬱症患者，正茲意的張牙舞爪，看來很想大展身手。「我的女皇，只要您一聲令下，我會燒光這些令您操煩的罪人。」

黛芙卓恩與他的護衛沙恩正要一同前去探視她那受傷臥床的獨子凱佩爾，途中正巧與行色匆忙的高頓在走道上相遇。

「女皇，您把所有大將都調派出去找季野那個廢人，會不會太小題大作？若臨時需要用人又該怎麼辦？」高頓一張口就讓黛芙卓恩心情受到影響。

「不需要你提醒，還有人可以讓我調度。倒是你，遇到什麼急事嗎？」

高頓疲憊的嘆了口氣。「那個亞蘭納人又失蹤了，居然在我眼皮底下失蹤兩次！」

黛芙卓恩一點都不在意。「管他做什麼？他在或不在影響都不大。麻瘋和尚不是說過了嗎？他要離開時就隨他去。」

高頓不認同。「才不是這樣，亞蘭納人的行李及法杖都沒帶走，他大病初癒又一個人無依無靠，在這個陌生的國度裡他能去什麼地方？」

黛芙卓恩不屑地說：「你會不會太好管閒事？」

高頓按捺不住心中的不滿。「女皇，您變得遲鈍了，連一點危機意識都沒有嗎？莫非是安逸的日子過得太久？」高頓繼續反駁：「事情很奇怪，這陣子以來的事件似乎都有關聯，其中的端倪難道您都不想查證？好歹您也是荒理的統御者，是不是該多放點心思在自己的領區？看到妹妹和兒子先後遇襲受傷，這還不夠讓您有所警覺？」

沙恩含著怒氣瞪向對他的主上咆哮的高頓，那眼神就像是在說：你已經逾越了自己的權限。

「我無意冒犯。」高頓為他的失禮道歉：「非常抱歉，我實在是忍不住……」

「哼，我不是第一天認識你，也不想把這種事放在心上。」黛芙卓恩冷冷的回答：「既然你這麼關心荒理，那就有勞代理家族長您為我分憂解勞，後續的工作就交給你。」

黛芙卓恩與沙恩快步離去後便一路直往凱佩爾的寢居，留下一臉錯愕的高頓・熱陽。

「我的愛兒，你好點了嗎？」黛芙卓恩走入凱佩爾的房間，她急欲探視兒子的傷勢。

這時，沙恩突然衝上前。「女皇，小心！」

從凱佩爾躺著的地方莫名射出數十根火焰針襲向黛芙卓恩，護衛沙恩行動飛快，搶先擋在他的主上之前並化解所有攻勢。

「誰膽敢暗襲荒理之主？」黛芙卓恩單手將擋在前方的沙恩推開，自己則完全暴露在敵人的視線中。

發招的人手持一根空心且尖銳的長型武器攻上去，黛芙卓恩以兩指便輕易扣住武器前端。

「六角長槍？」黛芙卓恩似乎不太驚訝。「擊傷妃妲雅的惡人，你終於現身了！」

對方想抽回武器，卻發現武器依然牢固地夾在黛芙卓恩的兩指之間絲毫不動。

「你想要？那還你。」黛芙卓恩指頭一彈，連那名殺手一併彈飛起來。

殺手雖然被擊退，但他很快地擒住受傷的凱佩爾，接著化成一團火舌，飛快地竄出屋外。

「那人抓走我兒子，千萬別讓他逃了。」黛芙卓恩對著沙恩大聲下令。

另一方面，高頓正獨自一人在王宮內毫無頭緒的四處搜尋亞凱的蹤跡。

「裡面真的一個守衛都沒有，女皇究竟在想些什麼？把所有人全調出去只為了殺一名沒用的人。」高頓喃喃地抱怨個不停。

此時，他已經察覺到熟悉的氣息來至他的身後。

「您為何……」正當高頓轉身要說話的瞬間，一道淡藍色的劍芒閃過，就在高頓剛要做出反應時劍刃便已貫穿他的火炎體。

「這……為、為什麼？」高頓露出不可置信的神情。

劍刃持續揮動，每一斬都犀利無比。高頓身不動，火焰的光芒卻逐漸黯淡。

黛芙卓恩與護衛沙恩兩人一路在後沿著火舌留下的焦黑痕跡進行追蹤，那名殺手似乎有目的性的引著荒理之主遠離她的宮殿。黛芙卓恩在半途中便已明瞭對方的意圖，她向沙恩打個暗號，讓沙恩繞到前方進行攔阻。

殺手揮動手中那把外觀特殊的長槍攻向阻攔他前路的沙恩，兩人短暫交手數回合，沙恩擔憂在對方背上昏迷不醒的王子安危，馬上又拉開距離。

等到那人靜下來後，黛芙卓恩才可以好好地端詳那殺手的外貌。

「想離開我的領區，你能嗎？」黛芙卓恩雖然一路追趕，卻沒有露出絲毫疲態。「放了荒理的王子再供出幕後主使者，我可以考慮任何你所提出的條件且讓你安然離開荒理。」

那名殺手的頭髮呈現燃燒的火焰狀，臉頰消瘦蒼白，一口尖牙再配上他那兩顆圓大的眼白，模樣猥瑣。他左手持長槍，右手利爪抵住凱佩爾的頸部。

此時的凱佩爾雖是清醒過來，但全身乏力，根本沒辦法對敵人還擊。

「母……母皇……救我。」凱佩爾用虛弱的聲音向黛芙卓恩求救。

眼看獨子的命懸在他人掌中，黛芙卓恩語氣驟變。「聽不清楚我說話嗎？只要放了吾子，你的條件隨便你開。」

殺手不語，他只是繼續小心的戒備著。

同一時間，昊光院內發生變故，黛芙卓恩的居處受到不明人士襲擊。她雖然感應到神力異動，但現在卻無暇分身去處理。

妃妲雅意外的從後方出現。「姊姊，原來妳在這裡，皇宮遭人入侵了！」

黛芙卓恩帶著嚴肅的表情回答：「我知道，我的神力受到影響了。」

妃妲雅一見到那名殺手，駭然叫道：「是他，就是他攻擊我！」她向前走了數步，對那名殺手喊話：「你有膽在荒理內襲擊我，現在又挾持王子，你到底是誰？你背後的主使者又是誰？究竟有什麼目的？」

一連串的問題，對方皆不理也沒回應。

「不理會我們的問話，是不能回話還是想保持沉默？」黛芙卓恩即使不直接說出口，她的命令也可以透過神力傳遞的方式告知沙恩。「哼，想不到荒理內還有不受我支配權影響的災炎一族。但……你以為這樣就可以讓你逃過一劫嗎？」

沙恩元系神力運使，驚人的火焰劍猛烈地在雙手間綻放火光。只見他雙手握劍，毫不猶豫的衝上去對殺手展開一連串的猛攻，絲毫不將王子的生命安全放在眼裡。

「姊姊，您怎麼下這種命令，難道您想忽略凱佩爾的生死嗎？」妃妲雅詫異的叫道。

黛芙卓恩卻不為所動。「安靜！在一旁看著。」

沙恩連番快攻，殺手本欲拿王子當擋箭牌，卻發現對方無動於衷，一心只想取自己的命。在無可奈何之下殺手只好把成為累贅的王子丟在一邊，全力應戰。

「姊姊，妳可真是殘忍。」妃妲雅將一切都看在眼裡。

「殘忍嗎？我想這算是決心才對！禍害的源頭就由我來親自解決。」黛芙卓恩右手亮出長劍御火者。此劍由藍火匯集而成，劍刃本身呈藍紫色、發光、雖不發熱卻溫度極高。當她正欲為沙恩助陣時，情況丕變。「怎麼會這樣？」黛芙卓恩發現無法使自己的神力與御火者進行連結。

「發現御火者的附魔被封住了嗎？妳可真遲鈍。」妃妲雅揮劍從後方砍向黛芙卓恩的頭部，不過被她反手以御火者擋下。妃妲雅咋舌。「妳擋住了？妳竟然在提防我！」

「我不會問妳理由，因為背叛我的從來只有死路一條。」黛芙卓恩殺意驟升。

妃妲雅難掩笑意，她以神力逼退黛芙卓恩。「沒有這個機會了，真是可惜。」

「那裡，原來你就在那裡。」身形搖晃不穩的亞凱走近戰圈，他的精神似乎又出現異狀。

「找到了，暗流主教，快停止你愚蠢的行為！」

黛芙卓恩知道亞凱的出現是經過妃妲雅的刻意安排，現在的他不知道將自己當成什麼人，唯一肯定的是絕對不是他的朋友。

「他身後那把稀奇古怪的杖所發出的魂系神力竟然壓過術者本身。」黛芙卓恩側著頭問：

「是妳送他的？」

「不是我，應該是亞基拉爾給他的禮物。因為之前法杖和他體內的聖系神力衝突所以沒法使用，現在托賽因的心臟為他重新製造的新身體讓魂系、聖系神力兩者兼容，他與法杖互相排斥的情形已經消失。」妃妲雅解釋。

「乖乖和我回城中受刑，你的罪花一輩子的時間都沒辦法償還。」亞凱雙手一推，聖系法術發出，其威力讓地面產生龜裂。

黛芙卓恩右手收入亞凱的法術，隨後反彈回去，亞凱反而被自己的神術吞沒。

「這是妳的幫手？」黛芙卓恩雙眼瞇成一線，表情多為不屑，亞凱根本弱到不像話。

「還沒完呢！」妃妲雅話剛說完，亞凱又再度站起，瞳孔中透露出瘋狂的迷離。

「這、這攻擊就只有這種程度？暗流主教你是技窮了嗎？」亞凱讓幽靈杖佇立在自己前方，雙臂伸展手掌朝天，兩種截然不同的神力在他的身體游走，氣勢相當嚇人。

「雙使聖系與魂系神術。」黛芙卓恩肯定的說：「他、他已經不是亞蘭納人了。」

妃妲雅看準時機又再次攻向黛芙卓恩，兩姊妹相互纏鬥，藍色的火焰波及整個戰場。亞凱的聖系與魂系神術合招如暴風掩至，雖然黛芙卓恩早已提防，卻仍被逼退。

妃妲雅劍尖指地，藍火劃成一條整齊的火浪，從火焰傳送門裡面衝出咒術師以咒系神術干擾黛芙卓恩；火矢部隊以亂箭射向荒理女皇，最後是一隊步兵持劍與盾與她近身交戰。

黛芙卓恩身上各處負傷，所幸都沒有造成很致命的傷害。

「隨身武器被封住，妳還能掙扎多久？」妃妲雅自認勝卷在握，心中卻還是有些許不安。

沙恩在一旁乾著急，無奈沒辦法前去援助他的主人。那名持六角長槍的殺手現在變成牽制沙恩的人，而對方只是以攔截為主，不強攻卻專拖時間。

「妳的自信從那裡來？」黛芙卓恩不解地問，她還是一臉泰然。「既然不服我，為什麼不提出篡位者權利？因為妳沒自信堂堂正正贏我對嗎？」

妃姮雅發出嘖聲，「不是不想問我理由嗎？」她和她的手下一步步進逼，就是不讓黛芙卓恩有逃脫的機會。

「太蠢了，妳真是無可救藥，我若是妳至少會等到我無力反擊時才揭露意圖。」黛芙卓恩繼續出言相譏。

「我不想陪妳繼續浪費時間，更不願屈於妳之下感受愚蠢的火焰。」妃姮雅心緒開始波動。

黛芙卓恩反問：「所以呢？聰明的妳就只想得到這種方法殺我？未免自我感覺良好。」

「隨妳怎麼說。」妃姮雅下令。「攻擊！別再讓她開口。」

但是妃姮雅的手下們不但不進攻，反而停下攻勢。

妃姮雅意識到情況不對。「攻擊，你們為什麼不動？」她心慌了。

他們全部轉向妃姮雅——咒術師們以陰冷的目光看著她、弓兵隊將火箭矢瞄準她、步兵們舉起劍尖慢慢走向她。

「不可能！這些人都是經過我精心挑選，應當不會受到妳的靈魂控制才對。」妃姮雅正在腦中努力的思索，到底是那一部分的環節出了差錯。

「荒理是我的領區，怎麼會有妳的手下呢？」黛芙卓恩理所當然的說。護衛沙恩以及那名和他搏鬥的殺手也一左一右的困住妃妲雅，將她的退路盡封。

「卡彭．火金，原來你也受到黛芙卓恩的影響？」妃妲雅驚呼：「我的手下全部都聽從妳的命令了，我失去我的勇士、失去我的計畫了嗎？」

「我已經說過，這裡從頭自尾就沒有妳的手下，就連那個殺手也是我安排讓她和妳接觸，所以妳之前演的戲我從頭看到尾一點都沒有遺漏。妳實在太天真了，仍是個不成氣候的小孩。以為弄了點假傷，搞一齣假入侵者的戲碼能瞞騙我嗎？」

「卡彭挾持凱佩爾、沙恩不顧王子安危猛烈進攻、妳和卡彭的對峙全都是演出來的？」妃妲雅啞然失笑。「原來妳比我更適合當演員。」

「妃妲雅大人，妳真是叫我失望。」意外的人竟然再度出現。「我本來並不相信女皇的話，災炎一族的皇族居然同室操戈，叫我怎麼向管理者燐大人回報？唉，難道這就是災炎一族的本性嗎？火神大人是這樣，火山大人也是一樣，現在連妳們姊妹都……」高頓單手壓制住亞凱，他的語氣透露著氣餒與無奈。

「高頓，你被我砍了數劍竟也沒死，我分明就確認過……我到底遺漏了多少？」妃妲雅又氣又怒地質問黛芙卓恩。「妳究竟是什麼時候注意到我？」

「我只是好運，幸虧黛芙卓恩大人事先提醒我，讓我有提防的準備。我的火核安然無恙，咒術替我掩蓋了這個事實。」高頓勸道：「停手吧！只要您肯認錯，我會為您求情。」

黛芙卓恩搖頭。「高頓大人，這是沒用的。妃妲雅，我不會回答妳任何問題了，妳太讓我失望、太可憐了。妳唯一的成就僅是封住我的御火者讓我措手不及，除此之外……呵呵。妳認為我們沒半個人找到季野？妳想知道他躲在那裡嗎？」沙恩輕輕一拋，季野那死不瞑目的首級滾到妃妲雅腳邊。「他死了，很早就死了。妳再猜我為什麼要派那麼多人去找季野？」

「清空昊光院的守備是陷阱！」妃妲雅自己說出這個讓他大受打擊的事實。

「韋奇輕而易舉就收回昊光院，妳的本事就只有那麼多。」黛芙卓恩單手一揮，從空氣中劃出半弧形的藍色火波襲向妃妲雅。

亞凱突然奮力掙開高頓的壓制，他緊張地衝到妃妲雅面前，代替她擋下黛芙卓恩的神術。

「嗚哇……暗流主教你休想……」亞凱的臉和上半身受到藍火灼燒，痛得在地上打滾。

「快……快走，貝、貝爾，你……你不能死，不能……死在此，不可以！」

黛芙卓恩啞口無言地看著亞凱所做的脫序行為。「他瘋了。」

亞凱的衣服和頭髮仍有火花，他忍受著皮膚灼傷的疼痛、刺鼻的焦味及發麻的四肢。「不……不可以。」亞凱堅強地爬起。「暗流主教，我不會讓你隨心所欲。不、不對，你……不是暗流主教，你是……是亞基拉爾，該死的亞基拉爾。」他舉起抖動的手臂運使神力，背後幽靈杖回應亞凱的施術，泛起紫光。「亞基拉爾，為維文和死在阿特納爾的士兵們償命。」

「呵呵，你把我當成亞基拉爾？」黛芙卓恩走近亞凱。「你的眼睛長到那兒去？」

「閉嘴！別想再騙我。」亞凱畫出法印，捏咒成術，白光與紫光結合形成無匹神力。

「裁決咒文？亞蘭納人怎麼會這種神術？」高頓注意到的時候已經太慢，一道衝擊波自亞凱手中疾射而出，勢如狂風，在他面前的士兵轉瞬間被絞成火苗，地面也被擊成兩半。黛芙卓恩身形不動，身體直接被裁決咒文掃中。

眼前，白光與藍火形成暴風，在波及範圍內的士兵均不能倖免於難，至於將領們則被衝擊力道各自震退。

等到煙塵落下，藍火消散，白光退去之後，大地又恢復寧靜。然而，站在現場的竟是一團不斷燃燒的人形火焰，其型態頗為高大，身體披掛著的是不受藍火影響的火甲，而不斷向四周圍發散的火浪及元系神力則十分駭人。

亞凱搖晃無力。「我……我盡力了。」接著頹然倒下。

「哼，這亞蘭納人讓我現出原形。」黛芙卓恩哼道：「他的法杖強化了施術者本身的神術，然後又融合我的元系神力，真是出乎意料。」

「我嚇了一跳，您沒事嗎？」其實高頓很清楚那招對黛芙卓恩並沒什麼太大的影響，只是出於擔心而發問。

黛芙卓恩片刻後便恢復人形，但眼前的妃妲雅卻不見了。

「別靠近我，你們不想讓悲劇發生吧？」妃妲雅挾持癱軟的凱佩爾以求生機。

「妳連自己的人格都不要了，居然挾持自己的姪兒，這種行為真是下賤。」黛芙卓恩步步朝她走去，對於凱佩爾的安危一點都不掛心。

「女皇，小心皇儲的安危，別再靠近了。」高頓大喊。

「懦弱！」黛芙卓恩說：「我不會縱容背叛者在我的眼皮底下為所欲為，你想要凱佩爾的命？那妳儘管拿去。」她繼續往前走。

心驚的妃妲雅被逼上絕路。「王子殿下，要怨就去怨你的母皇，是她的殘忍無情害了你。」她給凱佩爾狠心的一劍。凱佩爾發出慘叫後，全身焚燒最終成為一堆餘燼。妃妲雅趁機逃走，後面黛芙卓恩迅速追上去。

「王子殿下，這可糟了。」高頓不知道該如何是好。

兩人一前一後，妃妲雅始終擺脫不了黛芙卓恩的糾纏。

「姊姊，妳還真是窮追不捨。」她停下腳步。

「知道妳還犯了兩個大錯嗎？」

「什麼？」妃妲雅對黛芙卓恩的話起疑，生怕她又想說些什麼來擾亂自己的心緒。

黛芙卓恩面帶冷笑，她摸著自己鎖骨上的圓鏡項鍊，鏡子反射火光不斷閃爍刺激妃妲雅的視線。「第一個錯就是這個。」

妃妲雅心神受到影響，隨後產生一陣暈眩。「啊——頭昏腦脹。咦？我這是在做什麼？為什麼會在這？姊姊妳……」

「很茫然嗎？」黛芙卓恩舉劍走向她。「第二個錯就是——我隨時都能解開劍的封印。」

語畢，手起劍落，流轉的寒光劃過妃妲雅的致命處，她對這道兇狠的劍勢猝不及防。

「呃啊！」妃妲雅發出一聲短促的驚呼，她瞪大雙眼，傷口處的火花飛濺。

「永別了，我的妹妹。」黛芙卓恩的圓鏡項鍊登時斷裂，掉落在地上碎成數塊。

同一時間，遠在天界領區亞諾瓦爾的兩人受到感應……

南恩希亞發出低吟聲。「咒系神力回歸了。」

身旁的宿星主薩汀略爾則以嫌惡的眼光看著那道咒系神力。「最毒婦人心，可悲。」

天界宿星主薩汀略爾以官方名義拜訪荒理，女皇黛芙卓恩親自接見，雙方進行領區會談。會議結束後，他們幾個人來到會客室內閒聊。

「……所以荒理會保持中立的立場，不去理會邯雨的邀約？」宿星主問。

黛芙卓恩興味索然地回答：「我要看心情來決定。」她一邊品酒一邊玩弄自己的髮尾。

「作為此次來訪的禮物，吾贈汝這條圓鏡項鍊。」南恩希亞將鍊子交給荒理女皇。

黛芙卓恩好奇地觀察手中的項鍊。「蘊含聖系及咒系神力的東西，這是類似咒系神術的法器吧？你們怕我無聊嗎？」

「是有這種意思。」南恩希亞笑道：「是吾自製，算是聊表一點心意。它又叫反思之鏡，能夠操縱對方，讓彼做出和自己心思相反的事情。」

「能力的極限？時效呢？」

「只限一人，短則數天。」

南恩希亞的回答讓黛芙卓恩大失所望。「無聊的玩具，妳不能把玩具改得好玩一些嗎？」

南恩希亞苦笑：「其實這鍊子已經是種增幅器，隨著使用者的能力差別也能發揮出各有不同的強弱功用。依汝的能力，再加上吾的神力催行，強如上位指揮者也能被控制。不過這東西製作不易，請妥善使用。假如對方來意不善，想要對汝不利時就可以用它，瞬間就能讓彼改變心意。」

「要是搭配咒系神術，也許能發揮意料之外的能力，應該也可以讓使用時間無限提升才對。」黛芙卓恩會心一笑：「妳倒是給了我一個好東西，南恩希亞大人不愧為天界第一咒術師。」

送別天界的人後，黛芙卓恩正思考要如何運用項鍊的能力。她的右手手指輕輕敲著桌面，左手托著臉頰。沉思之後，她又露出愉悅的笑容，看來已找到好玩的用法。

「來人，去傳咒術師韓德．星燄來見我。」

半刻後，匆忙而來的鬼火體直接穿越房門來到黛芙卓恩面前。

韓德飄浮在半空，底下不見他的雙腳，頭戴紅色尖帽，身著大袍子，手持熔岩杖。「我的女皇，請問何事吩咐？」忽明忽滅的五官看起來頗為弔詭。

黛芙卓恩將項鍊遞給他。「改造一下，讓項鍊適合對我的妹妹妃妲雅使用。」

自從綁架凱佩爾的行動失敗後，季野淪落成喪家之犬，四處逃竄人人喊打。荒理女皇下令封鎖邊境，沒有人可以安然逃出。季野東躲西藏，每日提心吊膽、睡不安穩，總是找不到讓自己安全的辦法，甚至他更後悔接下這份差事。

回想起那天與對方約定好的日子……

「韓德．星燄大人，您貴為荒理的高官貴爵，有什麼事需要我這無賴漢幫忙？」

「你又被卞安通緝了？這次伊瑪拜茲家族可不會輕易放過你，要隨時有丟掉性命的準備。」韓德提醒他。

「我知道，因為有韓德大人您的幫忙，我才得以脫身。」

韓德突然變的陰沉。「你也知道我幫你忙，所以你是不是該給我一些回饋？」

「當然。」季野點頭，「我不正是為此而來？唉呀，大人您別那麼嚴肅，您高貴之軀不能做的事，就由無賴漢來代勞。」

「很好。」韓德接著說：「那就有勞您把凱佩爾王子綁到我這邊來。」

季野正點燃的一根菸掉落地面，他簡直無法相信耳朵所聽到的任務。「凱、凱佩爾？你們荒理的王子？為什麼？大人您要造反嗎？」

「細節何必多問，你不需要知道。難道你不願照我的吩咐去做嗎？」韓德動怒。

「這件事會很麻煩，相當的棘手。」季野為難的表示。

「你不是說可以為我代勞任何事？」

「是啊，但這件任務危險性太高。」季野內心充滿疑慮，難道黛芙卓恩的靈魂控制失效？為什麼她的臣子中會出現叛徒？

「我不是要你考慮，而是你一定要去做，而且越張揚越好。」韓德接著說：「聽說你和我們的王子之間還有一點恩怨沒解決。」

「沒錯，凱佩爾仗著自己是王子就欠帳不還。」季野不滿地抱怨。

「那就去報復，我給你機會、給你人力，讓凱佩爾王子的神力失去作用，讓您更容易行事。」

「但是這代價嘛……」季野正評估風險。

韓德威脅道：「聽著！你可以選擇讓我把你送回卞安或是直接殺死在荒理。」然後他又提供新的條件，「只要你去綁架凱佩爾，我不但給你五百箱靈魂玉，還無條件送你去亞蘭納聖路之地，讓你永遠離開伊瑪拜茲家族的追蹤。」話剛說完，韓德的手下將季野包圍，並且把刀刃架在他的脖子上。

貪生怕死的季野馬上一口答應。「好、好，只要您保證我的安全，我可以答應。」

「大人，荒理女皇震怒了，我沒成功綁到凱佩爾，他被一個亞蘭納臭小子給救走。」韓德保持沉默，始終背對著季野。

「大人，別再猶豫了，我現在的處境非常危險，您該履行對我的約定。現在我連安達瑞特家族都得罪，不逃到聖路之地一定會死。」季野懇求著。

「在你離開之前……有個人想見你。」韓德神情古怪，居心叵測。

「見我？誰啊？」季野隱隱有種不好的預感，打從他進入躲藏處後，一陣又一陣強大的元系神力如潮湧掩至，實在難受。

黛芙卓恩意外從火焰中現身，季野一時嚇得說不出話，連動都沒辦法動。

「初次見面，感謝你綁架吾兒。」黛芙卓恩向他致意。

「啊……妳妳……」季野連話都說不清楚了。

「是的，是我要您去綁架我那不孝的兒子，本來凱佩爾應該讓我來處置。」黛芙卓恩發出歎息。「為了感謝您認真的執行任務，您要的五百箱靈魂玉我已命人準備好。」

五百箱靈魂玉安放在季野面前，他甚至懷疑的眨眨眼。季野不可置信地打開箱子，本來深怕裡面藏著死亡陷阱，但卻是貨真價實的靈魂玉。

「是的，你拿去吧！」黛芙卓恩和善地說：「我即刻命令韓德為你打開聖路之地的傳送門。」

原來是黛芙卓恩要親自制裁自己的孩子，難怪韓德不敢不從。此刻的季野變得有些安心。

「唉呀，真是感謝女皇恩賜，您的大恩大德在下永記於心。」

季野和他的手下們歡喜地搬起靈魂玉，接著一行人魚貫的走入傳送門。

沒想到等他們全部進去後，傳送門發出一聲脆響，頭顱、血液、內臟噴濺飛出。

黛芙卓恩拾起季野那帶著驚異表情而死的腦袋，她很不情願地用手指拎著血淋淋的頭顱。

「嘖，廢物回收。」

穿過由石孔噴發的藍火形成的天然屏障，撩過似煙非煙的黑色陰霾，最後來到石狹壁縫的一處隱密山洞。這裡鮮為人知，既不是進攻點也不是防守點，連臨時基地都稱不上，所以荒理的巡守並不會特意把此處列為巡邏點。

奧維斯．冷羽拿了張木凳，靜靜的坐在火盆旁，利用火光看書。

石洞內悶不透氣，僅有一處剛好符合一個人身大小的隙縫作為出入口。外面是高溫灼熱的藍火以及不透光的黑霾，今天和往常一樣沒有任何動靜。

奧維斯持續翻動書頁，奇怪的是頁面上什麼文字、圖案都沒有，每一頁都是空白。

接受了梵迦．石葉的請託，奧維斯親自來到荒理，配合布利考．魁進行針對荒理王族的行動計畫。他們只有一個目的——殺掉黛芙卓恩、妃妲雅、凱佩爾三人。

只要三名皇族一死，荒理失去統治者階級的領導人，又沒有可以補充的代理領主及繼承人，那麼安達瑞特家族等於是失去了一個領區。即便從怒火核心再臨時派出代管者也無法彌補遭受的重大打擊，這就是埃蒙史塔斯家的打算。

最初，單純的布利考．魁提出了暗殺黛芙卓恩的方式，但被奧維斯予以否決。

奧維斯希望做到的是讓他們安達瑞特的王族自相殘殺，如此一來埃蒙史塔斯可以減少資源的浪費與投入；二來又不需要直接面對災炎一族的敵意；三來就算出現什麼狀況也比較好全身而退。奧維斯是個謹慎的人，同時也信守承諾，答應的事一定會去做；但是，他很珍惜自己的性命，同時也不想在這種沒有直接利益的任務中使盡全力，所以大部分的時間他都坐在這個狹洞中等待、觀察、判斷、修改計畫。

梵迦知道奧維斯的個性，也擔心他在任務中難盡心力，因此他特別向宿星主薩汀略爾提出請求，讓天界的人加入這次的行動。

這可非同小可，一旦讓其他領區的領主知道埃蒙史塔斯聯合天界人對付自己昭雲閣的同盟，那後果如何可想而知。

宿星主毫不猶豫的答應合作提案，並且讓天界首屈一指的咒術師南恩希亞協同奧維斯以咒系神力進行控制荒理領主黛芙卓恩的任務。

黛芙卓恩最直接、同時也是唯一的弱點就是她的兒子——凱佩爾王子。利用荒理女皇與兒子的接觸機會，南恩希亞與奧維斯聯手合力以咒術動搖黛芙卓恩的心志。儘管天界首席咒術師與奧維斯兩人的神術配合無間，但對於領主階級的黛芙卓恩在控制上仍然有相當高的困難度，他們無法操縱荒理領主的言語、行為及思想，只能以引導的方式讓黛芙卓恩照他們的方向按部就班的執行策略。

南恩希亞贈予黛芙卓恩的反思之鏡是一種咒術增幅器，天界人不但利用反思之鏡維持施加於黛芙卓恩身上的咒術，還能用來擾亂妃妲雅的思想並改變她的個性。

布利考．魁始終認為這樣的方法太過費時費力，而且怕夜長夢多，擔心計畫才走至半途便被識破而功虧一簣，於是他再次提出要刺殺黛芙卓恩的計策，而奧維斯也再一次拒絕布利考的提議。奧維斯認為沒有必要留一個把柄給安達瑞特家發揮，若災炎一族的咒術高手從意識交流中讀取到殺害女王的人就是埃蒙史塔斯家的殺手，豈不是惹的一身麻煩？

想要成功並且完美的執行計畫，除了謹慎及小心之外，首要之務就是讓韓德．星燄察覺不到端倪，其次就是維持住黛芙卓恩身上的法術強度，最後再讓整個荒理的內政雞犬不寧，無暇分身注意女王身上的異樣；所以奧維斯和南恩希亞先一步控制韓德，再讓反思之鏡持續作用，而妃妲雅也如天界所料開始有了異心，一切進行的都很順利。

直到多管閒事的高頓．熱陽來到荒理後，天界人開始感到不安，他們擔心這個變數會讓任務生變。奧維斯打算利用高頓對妃姐雅的信任，趁其不備讓妃姐雅下手刺殺高頓。

妃姐雅和卡彭．火金暗中演了一齣在宮外遇襲的假戲，準備假裝受傷降低黛芙卓恩對自己的戒心，還可以趁機分散昊光院的守備力量。黛芙卓恩則想利用季野，讓凱佩爾在一場綁架事件中不幸遇害。荒理皇族自相殘殺的戲碼正按照天界的布局完美進行中。

「事情拖久了會生變，咒術也不可能長久維持。」布利考．魁實在想不透奧維斯一再拖延的原因及好處。

「告訴我……即使讓你最後的身影留在災炎一族的火核中都無所謂嗎？」奧維斯接著說：「這不是兩、三天就可成的事，當然我也沒打算長長久久的僵持下去。」

「南恩希亞尚有許多重要的工作，這次的行動最多再持續一週。」宿星主給了最後期限。

「首先，你得知道我們並不是真正的控制住黛芙卓恩，只是影響她的判斷，所以你刺殺行動的成功機率不會太高；再者，一擊不中則後患無窮。即便讓你得手了，要撤退是一個問題，消除你的神力是一個問題，消除火核的意識又是另一個大問題。最後，魁氏家族的任務是打亂荒理的局勢，梵迦大人可沒要你非得暗殺掉黛芙卓恩不可。」奧維斯說：「我希望要死就讓他們三人一起死，這才是正確，才是一勞永逸的做法。不強求成功，失敗也能全身而退不連累埃蒙史塔斯家。」

按照計畫程序，黛芙卓恩應該要親手處決自己的兒子凱佩爾，最後和妃姐雅自相殘殺，落得兩敗俱傷後由韓德．星燄收拾殘局。

沒想到變數再生，亞凱的出現根本不在埃蒙史塔斯家的估算中。亞凱的幻覺讓他誤打誤撞把凱佩爾從季野的手中救出，打亂了奧維斯的布局。

奧維斯一臉若有所思的樣子，雖然手拿著書，眼神卻沒聚焦到書冊。火盆裡的燃料不足，火勢逐漸變小。「失敗了，真愚蠢。」他將書闔上，閉目等待。

布利考．魁帶著兩名手下急匆匆的來到石洞，「我們的行跡敗露，該撤了。」

南恩希亞也來到洞內，「真是遺憾，天界與埃蒙史塔斯首次的合作竟是落到這種結局。」

「妳是來說風涼話的嗎？」布利考．魁面帶惱色。

奧維斯將書本放下，他端視南恩希亞，「您以靈體的方式前來，是早有預料會發生變故嗎？天界人斷尾求生的能力可真是不同一般。」

「反思之鏡碎了，咒術的連結也會隨之減弱，這是遲早的事。」南恩希亞說。

「我們不能繼續在荒理逗留，得趕緊離開。」布利考催促道。

當這群人剛踏出石洞口外，荒理的軍隊馬上圍了上來。

「慢了一步。」奧維斯面無表情的說：「該怎麼辦呢？」

由黛芙卓恩親自領軍，護衛沙恩隨行，高頓·熱陽、韋奇、卡摩革、韓德·星燄等重將皆已到齊，軍隊在石洞外列隊圍成弧形，將埃蒙史塔斯家的敵人困住，生路盡封。

見到這種陣仗，布利考·魁變得膽怯了，他沒有自信能從黛芙卓恩的手下活命。

奧維斯倒是一臉淡然，他和南恩希亞就像置身事外的人一般。

黛芙卓恩率先開口，第一句話就是夾帶怒氣的指責：「膽敢以咒術愚弄我，你們將成為藍火灼燒後的餘燼，但我也不想讓你們死的那麼輕鬆……」

奧維斯打斷她的話，「在下想請問您一個問題，能給在下一個機會嗎？」

黛芙卓恩思考片刻，然後她答應了。「你問。」

「我和南恩希亞大人所施加的咒術再加上反思之鏡應當是完美無缺，少了韓德大人與妃妲雅大人的幫助，您是怎麼憑自己的力量解開咒術而且還沒讓我們察覺到呢？」

「我沒有自行解開，因為我並不黯咒術。」黛芙卓恩拿出麻瘋和尚交給她的紫色晶體。「我該好好的謝謝塔利兒大人，是他喚醒我的意志，避免讓我犯下不可挽救的錯誤。麻瘋和尚告訴我，只要好好利用反思之鏡，要做出蒙蔽你們的假象並不困難。」

不可能，荒理的資訊已經都在我們的控制之下毫無遺漏，南恩希亞不認同黛芙卓恩所說的這個理由。「即便是塔利兒大人，他的神通也不會無遠弗屆。遠在北境的他如何知道荒理的事？」

高頓舉起亞凱的幽靈杖，「這是亞基拉爾陛下贈予亞蘭納人的禮物，也是由塔利兒先生打造的特殊法器。雖然贈禮的實際目的並不光彩，但法杖本身能紀錄亞蘭納人自己及周遭發生的事並回傳給塔利兒先生。透過幽靈杖的神力傳遞，再加上麻瘋和尚的視線，塔利兒先生一眼就看出女皇身上的狀況。你們兩人不愧是操縱咒系神術的翹楚，也只有塔利兒先生才能解開這個死局。」

黛芙卓恩接在高頓的話後面怒道：「若非如此，我真的差點和妃妲雅一起下裂面空間！」她的怒火燒至布利考的眼前，接著御火者劍刃落下，布利考的手下挺身接招卻被夾帶藍火之威的御火者當場劈成兩半，屍體在火焰的灼燒下發出陣陣惡臭，最後成為焦塊。

「魯威……妳殺了我的家臣！」布利考盛怒的叫嚷：「哼，即便我們失敗也無所謂，接下這個任務的時候我們就有心理準備了。反正能讓凱佩爾以及妃妲雅一起陪葬也不算太吃虧。」

高頓發出疑問：「你說妃妲雅大人和凱佩爾殿下怎麼了嗎？他們一直都在我身後，您就算沒用眼睛看到，單憑神力應該都感覺的出來吧？」高頓退開後，妃妲雅和斷了一臂的凱佩爾出現，同時怒視著罪魁禍首。

「了不起，利用意識恢復後這麼短的時間裡還能振作起來，思考最佳的應對之法，我甘拜下風。」奧維斯背後突現傳送門。「我的工作已經完成，雖然並沒有成功……這裡也不會是我的葬身之所，因此我認為和諸位大人道別的時間到了，相信我們會有再見面的一天。」他的身體漸漸沒入傳送門中，很快的消失在眾人眼前。

「奧維斯大人，您就這麼離開我可怎麼辦才好？」布利考緊張的大叫。

彷彿像是預料到奧維斯能輕鬆逃離，黛芙卓恩冷冷的質問韓德．星燄：「你就這麼眼睜睜的看著主使者消失在我眼前嗎？」

韓德慚愧的低頭道歉：「是屬下無能，技不如人。」

高頓面向南恩希亞，「那天界人呢？想到以靈體的方式過來真是聰明。」

白翼天界人也不願在此久留。「對吾或宿星主大人有任何的不滿，吾等在亞諾瓦爾恭候諸位大駕。」靈體完整的表達完自己的意思後也隨即散去。

「那剩下的人……」高頓將目光移到布利考的身上，「你可要倒楣了，因為你得承受所有惡果。」

「姊姊，讓我處理。」妃妲雅站了出來，「愚弄我們姊妹，真恨不得把他塞入石孔內永生被藍火焚燒！」

「那代表妳們姊妹兩人的警覺性不夠，妳們應該好好的反省而不是在這裡齜牙裂嘴。」妃妲雅的怒氣正無處發洩，「高頓，你說誰齜牙裂嘴？」

「注意自己的修養！」荒理之主提醒她：「妳的傷勢還沒痊癒，安靜在一旁看著。」妃妲雅不甘願的退至後方。

「到此為止了，剩下就讓我這個渺小的人物來為各位大人處理善後。」非亞的富文·戴利千里迢迢來到荒理。

「富文大人？」布利考對於富文的出現頗感驚訝。

「眼睛不要瞪那麼大，我是來帶你們回南隅的。」富文站在布利考的另一位手下前方，「不過我一次只能帶一個人回去，所以只好委屈你了。」富文左掌瞬間掐住那名手下的臉。

「富文大人，你要做什麼？快放了席坎！」

「你叫席坎嗎？不好意思，讓你白走這一遭了。」富文右手一掐，然後用力扭轉，竟活生生的把他的頭顱扭斷，接著殘暴地將頭顱和頸椎給拔起來。「你說他叫什麼名字？我真的才剛記住又忘記了。」隨後富文舔著頸椎上的血液與骨髓。

「你瘋了嗎？你幫外人殺我的家臣！」布利考怒吼。

「不考慮大人，我說過只能帶你一個人回去。」富文一臉無辜的說。

「我是魁氏家族的族長布利考不是布考利。」他糾正道：「你這行為是公開的背叛我們埃蒙史塔斯家！」

富文否認布利考的指控，「我是非亞的貴族，同時也是昭雲閣公義法庭的官員啊，你難道不知道我的身分嗎？現在荒理有足夠的證據可以控告你和天界人合謀，所以公義法庭需要你的證詞。現在我奉宗閣長亞基拉爾大人之命押你去公義法庭受審，你還有什麼話要說？其實也不用說了，留著上法庭再辯解吧，到時候你會有很多很多的時間。」

布利考聽完富文的話後本來就青色的臉變得更暗淡，頭上一對短角顫動個不停。

郢業

天聖河川流不息，源頭發自天界萬神山，由北向西南一路下沿，切入郢業首都多別克。天聖河的上游本是乾淨清澈的高山泉水，直到河水進入郢業邊境後便轉成黑色的泥漿。

郢業大部分的土地都鋪滿黑灰，寸草不生；黑灰汙染了本來清澄的天聖河水，讓河中大部分的生物難以生存或因污染而變得畸形；黑灰同時也會隨風飄揚於天空，造成嚴重的黑塵，不止影響天空及視線，還令人呼吸困難。

自從災炎一族的頂尖強者煬進駐郢業後，可怕的他運使驚人的元系神力，將多別克的地層破開，火山拔地而起，熔岩覆蓋大地，噴飛的火山灰籠罩整個郢業使其變成了可怕的世界。此舉不但使得郢業的空氣充滿硫磺味，更讓不穩的地層震動連連。

由於氣溫高、地形破碎崎嶇，因此食物的取得也不容易；再加上氣候乾燥，天聖河的水質受到黑塵污染而變得濁如泥漿導致無法釀酒等等不便的生活因素，所以除了災炎一族的火元素人以及少數冬霜一族被污染的沸水元素人外，連安茲羅瑟人也鮮少會選擇這一片位在灼傷地中的領區當作居處，甚至完全不願意接近郢業。

在地理上，郢業位處於災炎地最北方。東北角與亞諾瓦爾、華馬間的交通聯繫被山脈阻斷。南方與同盟國紫都的邊境相接，西邊雖然是災炎一族的大本營隧陽，但自從火山煬與火神烈兄弟之間產生矛盾後，跟隨火山的只剩下死忠的部下，隧陽首都怒火核心則不會再派遣士兵支援火山。

正北邊為駐守在萬神山亞諾瓦爾的天界一軍團，這支同時也是天界九大軍團中實力最堅強的軍團，由光神費弗萊親自鎮守軍事要塞勝風關。雙方邊境交疊，時常爭戰。亞諾瓦爾主城桑多塔因代表著天界的光明與聖潔，郢業首都多別克代表安茲羅瑟的黑暗與殘酷，兩邊世界一明一暗，象徵永世的爭端與對立。

多別克今天迎來了遠方的客人，這是罕見的事，畢竟很少有安茲羅瑟人願意來到灼傷地。而這位客人不遠千里的從邯雨前來，郢業也派出官員接應，以示待客之禮。

「我是代表郢業的接待戈羅恩。」這個災炎人沒有雙腳，他的下半身如蛇般彎曲的在地上滑行，上半身除了黑色板甲外，皮膚的部分盡被紅色鱗片和角質化的硬物覆蓋。頭部及下巴還有關節各處都長著尖銳長角。

「您好，我是來自邯雨的貝爾。」

戈羅恩想與貝爾握手，但是貝爾一見到對方那隻有利爪的手以及在指間燃燒的火苗後，就顯得猶豫不決。貝爾只是回以微笑，他擔心這個手一握說不定反而會被高溫燙傷。

使者看穿貝爾的心思，他也不勉強。簡單問候完畢，使者帶著貝爾先四處參觀郢業的地理環境。他們首先進入埃多伯隆山的深洞入口，這座山的中央位置是空心的，底層是巨大的岩漿口，而首都多別克則建立在岩漿上方。

貝爾忍耐著炙熱難當的高溫環境與使者四處閒逛。

「底下就是首都多別克，火山大人則住在更深淵的岩漿中心——赤色之渦。」使者轉身指著山崖。「看到那一排峭壁上的建築物嗎？那裡是兀嶺要塞，裡面連結著政治與權力的重心——兀嶺宮，同時那裡也是郢業高官貴族的皇家住宅以及郢業領主安洛陛下的居處。」

「人能住在岩漿內嗎？不會被燒死？」貝爾天真的問。

「哦呵呵……」使者哈哈大笑。「您的笑話真有趣。」

「咦？有什麼好笑？」

「火焰就是災炎一族的故鄉、發源地，既是平常的生活環境，又怎麼會有事，難道你連呼吸都會被毒死嗎？」

「那可說不定……」貝爾低著頭喃喃自語。

戈羅恩狐疑的打量著貝爾。「邯雨從來沒派使者來過，您還是第一個。是什麼原因讓亞基拉爾大人會做出這種決定？是心血來潮嗎？」

貝爾頓了一下後回答：「陛下說我應該見見世界有多大，所以他給我一週的時間來郢業增廣見聞，時間到後我就得返回邯雨軍營。」

戈羅恩點頭。「看你也不太像安茲羅瑟人，似乎也不是亞蘭納人。真是奇怪吶！第一次聞過你這種味道，你從那裡來的？」

「很遠的地方……不是屬於你們所認知的世界。」

「宙源以外的地方？究竟是那裡呢？」

「一個天空蔚藍，氣候怡人，空氣清新，陽光和煦的地方；有白雲、森林、大海、青山、綠水、鮮花。」貝爾一提到自己的故鄉，表情隨即變得歡愉。

「聽起來真是糟糕到極點的環境，有人會住那種地方？」戈羅恩失去了興趣。

「話說回來，一個郢業為什麼重要的行政區要劃分兩邊呢？」貝爾不解。

「您來之前不知道郢業是什麼樣的地方嗎？」

貝爾聳肩。「很抱歉，我事前的準備時間沒有太多，我的主上一想要我做什麼，我就得立即執行他的命令，不能有異議。」

「好吧，反正您有一週的時間，就讓我盡一下地主之誼。」戈羅恩說：「會分成兩區是因為災炎一族和冬霜一族的居住環境不同所致，對外我們仍會稱多別克是郢業首都。」

「以前的安茲羅瑟人都是一個部族與另一個部族來區分的嗎？」
「很久以前是這樣，其實現在也差不多。安茲羅瑟人不像亞蘭納或天界，可以用單一個名詞概括整個生活在魘塵大陸的族群。」戈羅恩繼續往前走，沿途沒遇到半個居民。「災炎一族是屬於火元素的世界，那是愚昧的天界才把我們劃入安茲羅瑟人。就像南隅的雀一羽陛下，他是霓虹仙境的原生霞族住民；伊瑪拜茲家是龍裔一族、亞基拉爾陛下是具備夜視能力卻不會飛行的翔氏一族、厄法的蘭德家是半人馬等。」戈羅恩轉身面對貝爾。「明明差異性都很大，傻瓜天界人自己分不出來，卻把魘塵大陸上的部族全部劃成安茲羅瑟人。那一天他們心血來潮，說不定亞蘭納人、救贖者也全都變安茲羅瑟人了，反正對天界來說都是外族，那有什麼區別呢？哼，我最討厭自大的天界人。」
「我怎麼聽說是因為大家都屬於哈魯路托子民的關係，所以才稱為安茲羅瑟人？」
「話是隨便人家說的，哈魯路托一派的人也許是這麼覺得，但我可不是這麼想。」戈羅恩揮動他那如蛇般的足部，看起來很是不滿。「要我們高貴的災炎一族與僕、劣、下者、半子、被轉化的人一同歸為安茲羅瑟人，可真是恥辱。」他帶著笑容轉身。「我這句話可不是針對你。」
「半子和被轉化的人不管走到那裡都不受歡迎，這我知道。」貝爾苦笑。「說起來，吾主肯收留我，也是個偉大的人。」
「那也未必，紫都的總理大臣銀諾就是被轉化的亞蘭納人，昭雲闍沒有領主會瞧不起他。」貝爾因為使者的話而發愣，戈羅恩笑道：「也許你也有機會，努力吧，銀諾熬了很長的一段時間。」

這是貝爾第一次見到多別克人，發紅的皮膚皺得萎縮乾癟，雙眼沒有瞳孔，缺少耳、鼻，大部分人都沒有頭髮，即便是有頭髮，也很稀疏。

貝爾注意到他們每個人的嘴巴幾乎都被縫上。「那是……自己縫的嗎？」

「你問他們的嘴嗎？」使者回答：「因為火山大人不喜吵雜，所以無功之人便不被允許有說話的資格。」

連說話的權利都被剝奪，太殘酷了，貝爾心想。他好奇地張望，然後又問：「他們天生就長得這個樣子？」

「不，有些人是因為燙傷的緣故。」戈羅恩說：「但大部分的人全都是受到火山大人的元系神力影響，進而導致外貌不變。」

「有點類似亞蘭納人受到輻射或核污染產生的變異或畸形。可是據我所知，輻射或核污染對安茲羅瑟人是沒有影響的，但這些人卻因為火山大人的元系神力而變形。」貝爾內心發毛。「火山大人的性格怎樣？有什麼禁忌需要注意的嗎？」

「火山大人是令人尊敬的英雄，他有顆寬容的心，所以您別擔心。」

「我不想落得這種下場。」貝爾肯定的說：「影休大人在我出發前已事先提醒過我，要我別犯到火山大人的逆鱗。」

戈羅恩用似笑非笑的表情回答：「貪生怕死這點和亞蘭納人簡直一模一樣。」

「抱歉，我還有不能死的理由，也不希望受到這種嚴重的傷害。」

「你不用為此操煩。現在是火山大人的休眠期，大人已沉睡數年了，現在也還不到他甦醒的時間。除非有人貿然去喚醒火山大人，否則你想見也是見不到。」

貝爾一路跟在使者背後，他看著多別克人拿著鋤頭、鐵鏟辛苦的工作，雖然也有用到一些機械設備，但並不多。「他們都做些什麼？」

「很多事，他們的功用不少。」戈羅恩舉例：「像是擴建城池、挖掘礦石或靈魂碎片、製造武器裝備、搭架、造牆等。」

多別克不太像是首都的感覺，以貝爾的觀察來看，這裡像挖掘場、礦坑更多過住宅地。

「那麼是火山大人來到郢業後，奴役這些人嗎？」

「多別克人是郢業的原住民。」

戈羅恩停下腳步。「要懂得怎麼說話，因為話是隨便人說的。如果我說這些人是自願服侍偉大的火山大人呢？你不認同？」

貝爾用手指搔著臉。「抱歉，我失言了。」

「你的時間有限，最好別浪費在這些無意義的話題上。」戈羅恩提醒他。

一名戴著墨鏡的多別克人駕駛著工地機器人，搖搖擺擺的走近貝爾兩人。

「督官，你抓到越境的犯人了嗎？」對方問。

貝爾登時啞口無言。

「你看他的樣子像犯人嗎？」戈羅恩反問。

「那他是做什麼的？」

「何必問那麼多？做好你工作。」戈羅恩拿著三叉戟指著來時的方向。「我剛經過時看了一下，你的工程進度依然落後。」

「人不夠用，請督官再點幾個工來支援。」

戈羅恩的語氣轉為責怪。「加肯先生，你知道嗎？我給硫磺工廠的人力只有你們工地的三分之一，但他們都能如期完工，而你們卻一拖再拖。我在此慎重地警告你，如果再拖到超過規定工期的話，我就把你那批手下全部燒死，連你也一起燒，然後我再換另一批工人。」

「好好好，我去催促進度。」加肯駕駛的機器人踏著笨重地腳步遠去。

「他是多別克首席建築師，工地的工頭兼負責人。雖然設計的建築物很不錯，但協調能力、辦事態度卻十分差勁。」戈羅恩搖頭。「單靠一樣才華在啃老本的人，總有一天會被淘汰。」

他們雖然繼續參觀，但貝爾始終覺得看這些東西對他沒什麼幫助，而且越往城內走，環境就越炎熱。貝爾幾乎得靠神力庇護才能防止自己被高溫燙傷，每一步都走的特別困難。

「我不想再前進。」

「是沒辦法前進還是不想？」戈羅恩故意問，他正嘲弄著貝爾。

「兩者都有。」貝爾使用神力防身，身體與頭髮被汗水沁濕，也因為疲憊的關係精神變得很不好。「這裡沒有休息的地方嗎？」

「當然有，看你想去餐廳、酒吧、賭場還是鬥技場，該給多別克人的福利我們一樣都不會少。」戈羅恩問：「你想去那？」

可是多別克人沒有自由啊！貝爾喘著氣。「可以去酒吧休息嗎？」

「好吧！」戈羅恩看著沒用的貝爾。「若讓你被燙死在這裡，和北境之王就很難交代了。」

酒吧內一樣空氣悶熱，好比身處火爐之中。雖然客人不少，但由於嘴巴被封住的關係，室內一片寂靜無聲。

「他們怎麼喝飲料？」

「多別克人用指尖便可吸收水份。」

貝爾找了張凳子坐下，戈羅恩因為足部不方便而無法入座。

多別克人有的在睡覺、有的在打牌、有的只是發著呆，唯一讓貝爾注意到的是一名多別克人拿著針筒扎自己，隨後一臉迷幻愉悅的表情。「那是在做什麼？」

戈羅恩看了他一眼，「喔！那是來自南隅的衣患散，雖是毒品，但我們並不制止他們使用。」

「為什麼？」

「藥效能讓他們更有活力，至於副作用和成癮性就不在我們關心的範圍。反正只要能讓他們有精神的繼續工作，其餘的就隨便他們。」

「但是不怕他們會做出傷害別人的舉動嗎？」

戈羅恩回答：「衣患散的副作用會傷害身體，不過並不會對多別克人造成幻覺，而且若有人想以此作怪也無妨，我們只需要一把火就能解決一切。」

酒吧服務生將兩人點的飲品端上桌。

貝爾忽然察覺到異樣，隨著目光落點，該名服務生衣著整齊，半邊黑髮遮住他的紅臉，嘴巴被一塊鐵片封上。那人將東西擺上桌後，即與貝爾四目交接片刻，接著便拿起端盤欠身後離開。

戈羅恩也注意到貝爾的視線。「他有什麼問題？」

「這個人是……」

「看不就知道了？他是服務生。」戈羅恩說：「他叫忽侏列，是被伊瑪拜茲家族通緝的逃犯，之後來到多別克開始他的新生活，至今已經在此十多年了，沒犯過什麼錯。」

「但是……」貝爾本來想說什麼，卻因為身體不適而放棄。現在的他滿臉潮紅，氣喘個不停，汗流浹背。「我好像在他身上嗅到聖系神力。」

「胡說，這邊的人怎麼都沒有感覺。」戈羅恩拿起飲料，「你熱到頭昏腦脹了，喝東西吧！」

貝爾手還沒碰到鋼杯就已經感受到熱氣，他看著杯內滾燙冒泡又黏稠的液體後，整個人大受打擊，快要暈倒了。「這……什麼東西？」

「硫磺溫泉泥漿，不喜歡喝嗎？」戈羅恩惡作劇似地舉著他的杯子。「還是你想喝我這杯？這可是熔鐵喔！你能喝嗎？」

「我……我覺得很難受，身體好像脫水了。」貝爾眼神渙散，一陣天旋地轉。「好燙、好熱、好悶的地方。」

「怎麼了嗎？」湊巧經過的酒客看見貝爾痛苦不堪的樣子，他走了過來。「真是太亂來，沒有準備就來到多別克。」那個人拿出一顆白色珠子讓貝爾吞下後，貝爾雙眼一瞪，熱意全消。貝爾體內的燄氣頓時消散，他隨之精神一振，「這是冰塊嗎？太感謝你了。」

「戈羅恩，你故意捉弄客人嗎？」酒客質問。

「怎麼會呢？我一點感覺都沒有，是他覺得熱而已。」

你當然不會有任何感覺，貝爾心中咒罵。「謝謝你。」他又再一次向那名膚色蒼白，銀髮、六耳的男人道謝。

「你不該讓客人在沒有做任何事前準備的情況下就貿然的帶他進入多別克，這是謀殺。」

「每個人的神力庇護狀況本來就很難評估，他出乎意外地對火焰毫無抵抗能力。」戈羅恩瞟視著那人。「話又說回來，冬霜一族的人來多別克做什麼？你走你的路，我執行我的命令，要你多嘴？」

「不要太相信這個災炎人所說的話，他的存在本身就是噩運。我給你一顆附加元系神力的恆定冰球，它能讓你在面對熱浪侵襲時減少許多傷害及痛苦。」

貝爾接過冰球，感激連連。「真是幫了大忙，請問大人的名字是？」

對方慎重地自我介紹。「寒冰領主尤瑞嘉爾麾下將領軍官艾迪爾．霜語。很抱歉不能久留，若有機會來到兀嶺要塞，我會親自招待您，恕我先失陪。」

「以前火山大人曾說：『和討厭又令人作嘔的火神相比，冬霜一族的厭惡感自然就會大大降低。』唯有這句話，我到現在還沒辦法體會。」戈羅恩將滾燙的熔鐵一口飲下。「這杯東西冷卻之後就變成固體，到時候沒辦法喝就浪費掉了。」

「那真的能喝嗎？」貝爾嘖嘖稱奇，魔塵大陸內的生物真是千奇百怪。「話說回來，災炎一族和冬霜一族有什麼恩怨嗎？」

「理念不合罷了，雙方倒沒什麼衝突。與墜陽內部皇族的爭執相比，什麼都變得很和善。」

「但是一國兩制下，制度上不會有什麼不便或衝突嗎？」

「沒有什麼一國兩制，火山大人不參與政治，災炎一族對郢業的政策發展鮮少介入。何況兩族之上還有更高層的管理者安洛陛下，內政方面不需要我們這種人擔憂。」

貝爾氣息正常，體溫也有下降。「我感覺好多了。」

「你東西不喝嗎？」戈羅恩看著那杯滾燙蒸騰的熱飲。

這怎麼會是給人喝的？貝爾婉拒。「您可以拿去喝。」

戈羅恩也不喝，「好吧！那我們準備離開。」

「稍等一下，有關剛剛那個服務生……」

戈羅恩沒好氣地回：「你還提剛剛那件事？有什麼憑據嗎？」

貝爾也沒有辦法具體地形容他的感受。「我不知道該怎麼說，但是我確實有發現聖系神力……不、不對，好像是一種神術。」

「你講半天我卻聽不懂你在說什麼，總之你仍是懷疑多別克有內鬼。」

「我不確定他的動機，只是……」

戈羅恩耐性盡失。「好了，你剛剛熱到頭昏了才會有這種錯覺。我們現在該想的是，你要住那？」

「可以別睡在多別克嗎？這裡溫度太高，我受不了。」

「那麼我帶你去兀嶺宮。」

他們回到多別克的入口，比照一開始進入熔岩洞的方式，戈羅恩走到一座光柱旁，用他那隻滿是鱗片的長爪輕輕地刮著。隨後光柱投射出一道強光至兀嶺要塞入口，正是光橋。

貝爾和戈羅恩搭上光橋，不需要移動腳步光線便慢慢將他們推往目的地。此時，聳立在貝爾眼前的雄偉建築不禁讓貝爾驚嘆這鬼斧神工的技術；站在兀嶺要塞前，自己彷彿縮小許多。

入口處，兩名冬霜守衛精神抖擻地戒護著要塞周圍。

「您不和我一同進入？」

戈羅恩揮手。「裡面的溫度不適合災炎一族。」

貝爾正感納悶，當他一走進兀嶺要塞，旋即又發抖跑出。「裡面太冷了，溫差太大可是會害人暴斃。」

戈羅恩無可奈何，「你兩邊都嫌，那麼你打算今天在那休息？」

「郢業未免太過極端——不是熱到會燙死，就是凍到會結冰。」安茲羅瑟人住的領區就沒有一個是正常的。他滿心無奈的問：「請問我可以在埃多伯隆山外頭休息就好嗎？」

晨間，貝爾被突如其來的噪音吵醒。其實他分不清現在到底是什麼時刻，由於熔洞內有火光的關係，郢業比其他魔塵大陸的領區還來得明亮。之前好不容易習慣從溫度、黑暗間的一些端倪來判斷時間，現在到了郢業後生理時鐘又出現變化，令他覺得有點倉皇。

昨晚睡覺時，貝爾就已經覺得很難入眠。一來，是環境炎熱。二來，地面凹凸不平睡不安枕。三來，身體狀況變得很差。他都不曉得自己是來當賓客還是來當難民的。貝爾原本還很慶幸終於可以放自己一週的假好好的休息；因為邯雨那種地方根本不是人待的，貝爾一直這麼覺得。現在自己的窘況一定也在亞基拉爾的預料中，陛下就是不會讓自己過得太如意。

吵醒貝爾的是一群穿紅袍、頭戴大兜帽的修行者隊伍，這群人井然有序地排隊準備進入多別克。每一位修行者都低著頭，雙手合十誠心的禱唸咒文。話說郢業那麼炎熱，他們卻還把自己包得那麼緊，難道不會悶嗎？貝爾好奇地心想。

「睡得好嗎？我還沒來，您就先醒了。」戈羅恩向貝爾問了早安。

這裡根本沒有床啊！怎麼睡的好？貝爾一臉惺忪，伸個懶腰後從地上坐起。「還算有休息到。話又說回來，這些像僧侶的都是什麼人？」

「聖火修行者——伊索恩教派的學員們，全都是火山大人的信徒，今天是來總壇進行課程。」

「信徒？火山大人還有培養自己的信眾？」

因為貝爾這句話，戈羅恩大怒。「什麼叫培養？你這是誣蔑！火山大人本就是崇高的存在，信徒們的信仰是發自內心，而不是刻意培養或逼迫。」

「對不起，我又失言。」貝爾見對方震怒，先道歉再說。

「我來是要告訴你，今天你可以到處自由活動，我沒辦法再帶著你到處逛。」

「是因為我剛剛說那句話的關係您生氣了？」

「不是。」戈羅恩解釋：「今天我本來就有事在身，沒辦法再和昨天一樣跟你四處閒逛。即使只有你一個人也沒問題，有什麼需要可以到多別克或兀嶺宮找人幫忙。」

這是什麼學習之旅，每個人都那麼冷淡，那我自己一人又該做什麼？貝爾心中千百個疑問。

「好的，您去忙吧。」貝爾無奈地說。如果自己一個人真的能自由自在的散步，也能夠減少旁人跟著的束縛感。他接著問：「我可以跟著那些修行者一起行動嗎？我對他們還頗感興趣。」

「請隨意。」戈羅恩行禮後離去。

聖火大教堂就建在多別克的人民廣場內，這個禱告堂裡面充滿了煤灰，已經夠炎熱的室內竟然火盆一個接著一個的燃燒。雖然室內空間廣闊，但是卻密不透風，整座教堂就好比烤爐一般，恐怕真的已經熱到能把食物烤熟。

多虧昨天那名冬霜將領贈送的調節冰球，再加上貝爾自身以神力抵禦，還算勉強能在這種地方活動而不致受到高溫的傷害。其他的信徒們不但沒有調節冰球，再加上裹緊的衣服，貝爾光是在一旁看著就覺得難受，真不懂他們為什麼還可以若無其事的靜靜祈禱。

最前方的講臺後面還有一座壁爐，裡面雄雄大火熾烈地燃燒，身處其中的貝爾覺得實在太瘋狂了。

聖火講師自稱是聖火修行者——伊索恩教派的六大賢者之一，名字叫萊瓦·黑灰。他有一顆禿得發亮的光頭，身高不高，一撮深黑色的長鬚垂垂落下。

他清了清喉嚨。「各位學員，歡迎來到多別克聖火大教堂，今天除了在座的見習學生外，還多了一位來自外地的旁聽者，我們也同樣熱烈歡迎他。」

外地人？看來是指我了。貝爾東張西望，不過其他學員仍沒注意到他。也可能是早就知道了，所以才不理睬。

「很好很好，大家都很棒。選擇火焰這條道路是對的，火之道將是各位開啟成功之扉的一把鑰匙，而堅定的信仰正是不二法門。」萊瓦攤開雙臂，表現得熱絡。「歡迎各位，我們今天要談的主題也是『火焰』！」

慘了，這場演說好像會很無聊。貝爾真的那麼覺得，他腦中浮現想轉身離開教堂的念頭。

「最早包圍著魘塵大陸的，正是無邊無際的黑暗，因為第一道原始火炬的燃燒，所以才讓魘塵大陸有了生命。人生於火，死歸於火。」萊瓦抹抹嘴後說：「是這麼解釋的，每個人的生命都是從原始火炬而生，當然死後必定有歸於本身理當去的世界，那是終結的世界。唯有經過火化，才能在世界熔爐繼續開啟新的生命。所以生命的輪迴，正是不斷的經由火焰而生，再葬身於火中。」

「那死後沒火化的怎麼辦？」貝爾不經意的自言自語，音量很小。

然而萊瓦卻聽得一清二楚。「人不能只要求別人付出，而自己則坐享其成，那是不對的。死後沒有火化的屍體，注定得不到輪迴，去不了世界熔爐，一輩子只能在空間裂面下當個孤苦無依的幽魂。要知道，原始火炬的能量是需要靈魂去推動，大家死後都不火化，原始火炬能量消滅，連帶影響新生命的誕生，蒼冥七界將瀕臨毀滅，世界也回到黑暗。」

太厲害了，竟能聽到我細碎的聲音。貝爾不敢再表達意見，他還是把話放在心中就好。

「各位，各位，聽到我這邊。」萊瓦舉起雙手。「現在的世道太混亂、太可怕了。所有人都自私自利地只為自己而活，完全忽視運行世界的真理法則，早晚會連累所有生民；當黑暗降臨時，沒有火焰那會是多麼無助？這絕對是一場浩劫。我們聖火修行者是無私的，隨時可為世界奉獻的，我們理應做的工作就是讓火焰再次燃燒整個魘塵大陸，甚至整個宙源。燒吧！燒吧！盡情的燃燒吧！將你們看到的所有東西全都燒光，一把火全燒為灰燼。讓死去的靈魂得以安息、讓世間的罪惡消弭、讓普羅大眾感受火焰的恩惠、讓悖離的真理回歸正常軌道。」

豈有此理！簡直歪理連篇、胡說八道，在這裡聽著這種東西的我真是浪費時間，貝爾慢慢地鑽出人群，接著走到其他房間。哼！要是讓亞基拉爾領主聽到這群瘋子想要把邯雨連同他本人一起燒光，不曉得會有什麼想法。到時，多別克的命運大概就和托佛一樣悲慘了。

另一間演講廳的演講者剛到現場，正要準備開始他的演說發表。

他自稱是聖火修行者——伊索恩教派的六大賢者之一，名字叫帝達斯．火波。一個身形乾癟瘦小，蠟黃的皮膚上刺著難看的圖案，語調緩慢的人。他正用意味深長的目光掃視著大廳上每一個列席的聽眾。「今天我要為大家演說的題目是——火從何而來？」帝達斯的目光停在貝爾身上。「小兄弟，你曉得火是從那裡來的嗎？」

火不就是自然界中的元素嗎？「呃……我想應該是從原始火炬而來。」

「從原始火炬中誕生的是生命。」帝達斯糾正貝爾。
「那麼會是大雷擊落嗎？還是自燃？焚風？我……我不知道，只能亂猜一通。」
「那你曉得我們信仰的主神嗎？」
「火山大人？」
「又錯了，火山大人是帶領我們的英雄，我問的是主神。」
「渾沌與黑暗之神多克索？」
「我們是災炎一族，不是其他安茲羅瑟人。」
貝爾煩躁極了，明明自己什麼都不知道才會來聽講，幹嘛特別要挑自己來問問題。「那……應該是能量與元素之神，人稱虛空之王的雷亞納？」他不確定的回答。
帝達斯點頭。「總算答對了一題，幸虧你對十二天神還算有個概念。」
「我當然有概念，好歹也在亞蘭納住了二十多年，只是還不太熟悉而已。我知道天界人信仰聖潔與光明的精靈之神艾波基爾、亞蘭納人信奉平衡的雙子之神阿加優和歐霍肯、救贖者崇拜著掌管生死之神希沃涅爾……」
「好了好了，這不是我們今天要談的主題。」帝達斯撇嘴。「我不知道亞蘭納人本來的知識就是這麼貧乏或者是你得到的知識來源根本是錯誤的。不管是什麼，有關平衡的雙子之神阿加優和歐霍肯那段簡直大錯特錯。亞蘭納人和平衡的雙子之神一點關係都沒有，因為你們亞蘭納人全都是異地來訪的不速之客，宙源的一切本來就和你們完全無關。」

以前，貝爾也曾經聽亞基拉爾說過有關亞蘭納人是外來種的事，但他始終不明白原因。「請問，亞蘭納人的起源究竟是什麼？」

「別再打岔了，我不是說過嗎？這和今天的主題沒有關聯。看來你的頭腦似乎很不好，難怪會說出可笑的知識。」

貝爾雖不服，但他也承認自己的確只值這麼點斤兩，「是的，您請繼續說。」

「創世之神坦海恩構築了宙源的雛型後，虛空之王雷亞納便前往凡人不可到達的聖域——元素之間，進行祂身為神的工作。祂在元素之間施展神力令這個世界的部分元素有了自己的意識，因此創造出獨一無二的元素生物。也由於火、水、風、地等元素出現的關係，宙源才得以達到安穩與平衡。結束任務後的虛空之王雷亞納離開了元素之間，祂下一個目的地就是我們眾所皆知的裂面空間。一直到現在，撐起整個宙源的偉大主神，正是雷亞納。」

「既然都是同樣的主神創造，為什麼災炎一族和冬霜一族還會不合？」

帝達斯反應很快，馬上回答貝爾：「那你要怎麼解釋同是多克索子民的亞基拉爾領主與托賽因領主雙方為何要互相殘殺？」

貝爾真的沒辦法回答這個問題。

「來，我們再進一步的解釋信仰與陣營。同是一樣的主神，為什麼我們伊索恩教派和伊利恩教派卻有不同理念呢？」帝達斯又問貝爾。「你知道為什麼同是亞蘭納人，卻要分成五國嗎？既然要成立五國聯盟，那又何必分成五國，合併成一國不是比較好？」

不要再問我了，我怎麼可能都知道原因。貝爾猛抓頭皮，一句話都沒辦法解釋。

「這不是很簡單的道理嗎？因為世上沒有任何人和自己的想法是共通的，就連天界人也不例外。不同的理念、不同的政治觀、不同的喜好、不同的族群、不同的種族等等，人總是可以分出自己以外的族群。伊利恩教派和我們雖同出一脈，在核心思想上卻大相逕庭。災炎一族奉為圭臬的行為準則只有守護以及破壞；太奧的多琳卓恩領主代表守護派的保守與傳統，維護災炎一族的榮譽；我們郢業的英雄火山．煬代表守護的防衛者，火焰的敵人都需要受到制裁；荒理的黛芙卓恩代表中立派，人不犯我，我不犯人；墜陽的火神．烈代表著破壞，燒盡一切後重新再造。」帝達斯繼續解釋陣營和信仰的形成，災炎一族與其領區的深層關係，還有災炎皇室的貴族們與必須被認識的英雄。「……信徒能從信仰的主神身上得到神力，前提是你得要有虔誠的心、忠貞的信念、奉獻的精神。一名失去火焰庇佑的災炎人將會死亡，他的屍體必定回歸世界熔爐。」

「講師，我有個問題。」貝爾發問：「對火神大人不認同的伊索恩教派為何會選擇和異族一起建國？伊索恩教派支持的不正是火山大人的信條——『火焰的敵人都需要受到制裁』這點嗎？但與冬霜一族相處時卻沒感受到理念的貫徹。」

「因為雙方是屬於暫時性的同盟，以毀去迂腐無能的伊利恩教派及邪惡的天界為首要。」帝達斯回答。

「但是據我所知，伊索恩教派與冬霜一族的人民之間也不算融洽。雖然沒有大規模的衝突，但零星的紛爭依然從不間斷，這不是很矛盾嗎。」

「這是郢業內部的問題，外人不必多問。何況我也沒有辦法代替伊索恩教派高層回答你任何有關策略執行方針的問題。」

「你們可以為共通的目標放下成見，那我也可以成為災炎一族的朋友囉？」

「不行！」帝達斯斬釘截鐵的回答。

「那你們承認冬霜一族是你們的朋友嗎？」

「不承認！」帝達斯搖頭。

「那冬霜一族與我仍能在郢業活著而不被火山大人燒死的原因到底是什麼？只是因為伊索恩教派不想腹背受敵才選擇妥協嗎？」

「世界熔爐仍不需要你們，現在還不是時機點，火山大人有他自己排程的計畫，我們追尋的信徒得按部就班來行動。」帝達斯有些不悅。「別把我們和那些低俗又瘋狂的伊利恩縱火犯相提並論，以為我們只會放火燒人。能接受真火的洗禮是榮幸、也是榮譽，不要用你的定義來玷污我們真火洗禮的神聖儀式。」

貝爾認為這都是藉口。「恕我無禮，但整場演說在我聽下來，伊索恩教派似乎不是忠於信仰，更像是火山大人盲目的追隨者。」

「小子，要知道真火第一個焚燒的對象就是那些口無遮攔、滿口胡說八道的造謠之徒。今天我不特別針對你是因為我看在你無知的份上才予以寬恕，別再讓我聽到這樣輕率的話。之後，有關你提問的任何問題我將不會再回覆。」言罷，帝達斯頭也不回地離開講演廳。

貝爾在聖火大教堂的圖書館內看見一位灰袍學者正舉起那隻瘦骨嶙峋的手將書放回架上。

「您好。」貝爾向他行禮。

對方有一張蒼白慘澹的臉色，雙頰凹陷，眼瞼翻白，一副失魂落魄的模樣。「什麼事？」他拿起手帕擦手。「外地人，要聽課去演講廳，想看書就好好坐下，想冥思就去靜堂，我沒有什麼可以和你說的。」

「您也是聖火修行者——伊索恩教派的修行成員嗎？」

「是的。」

貝爾笑道：「但我看您全身傷痕，看起來疲憊不堪，與外面那些精神飽滿的修行者不太一樣，您更像是咒術師。」

「我們無時不刻都在修行，至死不渝。不過我和那些見習學員比起來要年長得多，從我入門修行到今天已經過了很長的歲月。」

「所以您也能指導那些後進的學員，當他們的導師了？想必您在教派內的地位也很高，不知道您擔任何職？」

「還是第一次有人在初次見面便問我身居何職。」他用瘖啞的嗓音笑道。

「很沒禮貌嗎？但是我又怕不知您的職位對您在用語上失禮，也怕自己會得罪到多別克的官員。我的老毛病一直是這樣，這幾天已經惹火不少人。不過在這裡倒是還好，要是在邯雨裡問得太多，陛下一不開心我的日子就會很難過。可是要叫我壓抑好奇心不去說話，這也很難。」

「呵呵，反正已經很無禮了，也不在乎再多一些是嗎？好，我原諒你。」他好奇地問：「不過你找我有什麼事嗎？」

「只是覺得您的氣質、裝扮、神力都與眾不同。」

「那麼，你的猜測是？」

貝爾思考一會，他不太確定的說出自己的答案。「或許……是六大賢者之一嗎？」

「很遺憾，你猜錯了。」他呵聲笑著。此時正好從一旁走過來的傳令向他行禮。「領導，您要的資料在這。」

貝爾瞪大雙眼，一時啞口無言。

「你確實很敏銳，但還不夠好。」對方笑道，他彷彿像在看著貝爾的窘狀來取悅自己般。

「啊！那個……我很抱歉。」貝爾害怕的問：「我無意的，這……這算有罪嗎？我不會被施以火刑吧？」

伊索恩教派領袖煞有其事的評估。「也許會也說不一定，不過若你肯表現出對多別克及聖火修行者更多的友善，我會既往不咎。」

「您希望我怎麼做呢？領導大人。」

他捻捻鬍子。「我叫安霍恩，你並非教徒，所以你不對我加尊稱也無所謂。」

「不不，我不想再因為失言而被厭惡或產生誤會。」

「你想增加雙方的友好度，那麼就照我的話去做。」安霍恩說：「伊利恩教派和日冕議會一直都有派遣探子在郢業收集情報，我要你至少帶一具他們的屍體回來給我，如果對方是火元素人則取出他體內的火核。」

「我不是殺手，不想接受這類的工作，能不能另外指派我其他任務呢？」貝爾為難地表示。

「想想你的處境，即使要你永遠留在郢業多別克你也能接受嗎？」安霍恩那張慘白的臉仍掛著算計的笑容，貝爾不免膽寒，自己又惹到什麻煩了？

「我……我不擅長做這種事，難道沒其他更和平的談判方式或解決之道？也許我可以幫你們找出那些人，再由你們自己發落。」

「你的行為將決定伊索恩教派對你的態度，自己做出適當的判斷吧！」安霍恩說：「如果你有能力為郢業解決苦惱的麻煩，相信亞基拉爾陛下大人也會以你為榮，災炎一族將對你改觀。」

據安霍恩的說法，伊利恩教派經常會派人潛入多別克，或化成平民百姓、假裝是伊索恩教徒、遊客等方式滲透郢業。這些危險因子既不好根除，放任他們不管日後也必定會埋下禍根。

話雖是如此，但這和我有什麼關係呢？貝爾實在是不明白，自己本來是外賓，之後變成流浪漢，現在又變成殺手。安茲羅瑟人的行事風格就是想要做什麼就做什麼，胡來一通，從不替別人思考。貝爾邁步前往酒吧！一路上他滿心怨懟，覺得自己不該是做這種事的人。

安霍恩事前告知過貝爾，日冕議會這個組織和聖火修行者不一樣。聖火修行者可以是來自魔塵大陸各地的人，只要對火保持虔誠的信仰，擁有掌握元系神力的能力即可加入。日冕議會則是只有災炎一族才能加入，他們對火山、火神兩人的恩怨沒有興趣，整個組織的目的旨在維護原始火炬的安定，戒護世界熔爐的安全，並計畫掃除對世界熔爐有危害的一切事物。

安霍恩向貝爾提出告誡：「由於是正統的災炎人，在外貌和神力的辨識度上一定會有不同，若真的讓你遇上日冕議會的成員，請迴避為上，避免與他們正面衝突。」

一提到間諜，貝爾篤定的認為與那天在酒吧遇到的那個服務生肯定有關聯，第一個要懷疑的對象也是他。貝爾花了整天的時間待在酒吧內監視忽侏列的一舉一動，但對方只是盡責的工作，並沒有什麼特別奇異的舉止。

不可以被表象欺騙，貝爾堅信酒吧內人來人往，從而得到郢業的資訊也會容易得多，若他是情報探子，也會選這種地方工作。

一整天光看忽侏列在店裡走來走去，看他用固定的一套招呼客人。貝爾哈欠連連睡意濃烈，他的眼皮逐漸加重，等他再次清醒時，已經不知道是什麼時刻。貝爾從位子上跳起，擔心自己錯過重要的一幕，四下也找不到忽侏列的身影。

怎麼會搞成這樣？看個人也會看到睡著。「可惡，人跑那去？」貝爾自言自語。他注意到平時忽侏列站的位置擺著背包，正是忽侏列隨身攜帶的行囊。他跨過笨重的鐵椅，正猶豫要不要拿走。他必須謹慎的思考才能做下這個決定，萬一自己的判斷錯誤，忽侏列一點嫌疑都沒有，那自己豈不是落得成了偷竊的犯人？

貝爾沒辦法在此浪費太多時間，他一方面得小心其他人的目光，另一方面得擔心萬一忽侏列回來自己可就解釋不清。拿吧拿吧！什麼事都要做了才知道，自己那時的感覺絕對沒錯，那是聖系神力。就在貝爾終於下手拿取忽侏列的背包時，對方竟還在此時回來，貝爾的行動被忽侏列逮個正著！

「你是誰？你拿我的東西要幹嘛？」

貝爾一時不知所措，拿了背包就往門口逃。在逃跑的同時他已經後悔了，然後也明白自己這次做的是最愚昧的抉擇。

貝爾到處躲躲藏藏，但這邊是別人的領區，自己能躲得了多久？又能躲到什麼時候？從外賓變殺手，又從殺手變成小偷，他恥笑自己的愚笨，內心五味雜陳。

對了，要證明自己沒錯，唯有出示忽侏列是間諜的證據。他翻找背包，裡面卻都是雜物，一點可用的東西都沒有。自己的思考也太不周全，正常謹慎小心的人那有可能會把重要到能讓自己性命產生威脅的東西隨身攜帶呢？

戈羅恩搖晃著身子像蛇般滑行而來，看得出來他很生氣。

「你在搞什麼？怎麼去偷別人的東西？」戈羅恩揮舞著三叉戟。「要知道，根據聖火教義，你犯下偷竊的罪行最重會被施以火刑。你認為我該拿你怎麼辦？直接把你就地正法？」

貝爾將忽侏列的背包交給戈羅恩。「我……我不知道該怎麼解釋。」

「你不用解釋，我知道你在做什麼。」戈羅恩的蛇足憤怒地左右擺動。「我不是和你說忽侏列沒有嫌疑了，你怎麼那麼固執？你有找出關於他犯罪的證據嗎？」

「沒有。」貝爾簡單的回答聽得對方是怒火中燒。

「所以你是白忙一場？」

「可以這麼說。」

「你到底有沒有腦筋？」戈羅恩以三叉戟指著西方，「從這裡直直前去，你會找到一座還沒完工的礦洞，裡面的道路錯綜複雜，運氣好你可以平安離開郢業，到時候你的懲罰就由亞基拉爾大人來執行。萬一你不幸在裡面迷路或是提前被衛兵發現，那就是你的性命注定要留在郢業，你自找的也怨不得別人。從這一刻開始，希望我不再與你這個麻煩精有任何無謂的牽扯，你自己保重。」等到戈羅恩離去後，貝爾才懊惱不已，自己幹嘛一定得聽安霍恩的話不可？這從頭至尾都和自己無關。就算郢業有內應又怎麼樣？那也對自己沒有什麼損害。但是為了幫他們揪出那些人，自己卻先背了個不明不白的黑鍋，這下要找誰解釋？

貝爾好不容易避開衛兵，到達戈羅恩說的礦坑。

就是這裡嗎？他仔細的觀察這個入口窄小，看起來詭譎奇異的山洞。裡面似乎十分黑暗，從洞口處就可以感受得到陣陣熱氣，不曉得到底會通到何處。洞口右側掛著一塊歪斜的木牌，上面寫著貝爾看不懂的文字，大概是「施工危險，請勿進入！」這幾個字吧？

一旁都是堆積如山的破舊工具，損毀的機械設備，看起來好久都沒人使用，這座礦坑還有在開挖嗎？貝爾站在洞口前躊躇不定，他始終有一股不詳的感覺。會不會戈羅恩是想害我，趁機讓我死在洞中？郢業的人讓貝爾十分不信任，如果他們存心要害自己，那麼想要安全離開多別克就困難了。看著進來的地方被亂七八糟疊起的障礙物圍住，兩邊延展開的牆則用石製尖刺砌成，這裡根本不是礦洞，嚴格說起來更像是防禦工事，只是沒有士兵留守。

管他的，自己快窮途末路了，那還有得選。

「等等。」

貝爾聽見戈羅恩的聲音從背後傳來，他剛剛才宣稱不想再見到貝爾，沒想到那麼快就吃掉自己所說的話。

「我就知道你往這裡來。」戈羅恩喘著氣，明顯是急忙奔馳而來。「不是這個地方，再往西北邊一點才會到。」

「你沒仔細的和我解釋，現在我怎麼來得及過去？」貝爾左顧右盼。「追兵應該很快就找到我，不能再拖了。」

「總之，你不能進入裡面。難道你沒注意這附近連個多別克人都沒有？這是屬於郢業的禁區，別說你了，就連我也沒辦法踏入。」

「那要我怎麼樣？能替我想個安然脫身的方法嗎？」

戈羅恩沉吟後，隨即搖頭。「唯今之計，只好讓我燒死你。」

貝爾罕見地動怒。「什麼話你們都說得出口，你們還是人嗎？不、不是，你們只是一堆沒腦子的火焰。」貝爾不再忍讓，他奔入洞中。「來吧！想追我就進洞中。」

「可惡！你出來，讓我燒掉你。」戈羅恩全身冒出熊熊大火。

貝爾也不管在洞外嘶叫的戈羅恩，反正他不敢進來，只要知道這裡面是禁區就好了，短時間內可保自己安全。現在該煩惱的是下一步該怎麼做，還有什麼可以逃脫的路線？

洞內通道彎曲、既深又幽長，裡面的路徑並不複雜，甚至可以說是有點單調。貝爾這一路走來除了提心吊膽再加上很深切的不安感以外，倒沒有看見什麼重點。真奇怪，既然被列為禁區，總一定有它存在的理由，到底是為什麼？

不知不覺，貝爾竟然走到通道盡頭了。

「這裡是終點，已經沒路了？」貝爾驚訝多過疑惑，這是搞什麼東西？裡面根本什麼都沒有，連自己的生路都斷了。既然是個什麼都沒有的地方，也難怪連災炎人都不派出守衛，也許這裡只是單純不讓人進入而已，的確沒有其他目的。

貝爾心灰意冷地癱坐在地，他真的覺得好累，一股疲憊感油然而生，他不想再動了，乾脆出去認錯然後被燒死算了，人生有夠痛苦。

……不行，絕對不可以，自己是為了什麼來到蒼冥七界？是為什麼浪費二十多年的時光待在亞蘭納，又是為了什麼來到魔塵大陸？是為了父親，為了再見到父親一眼。

貝爾試圖振作起來，他從地上站起。「好，我出去自首好了，偷個東西而已應該罪不致死。」

「你從不會思考還有其他路徑的可能嗎？」天外傳來熟悉的聲音，是亞基拉爾，他竟然能遠從邯雨用神力傳音到郢業，這是什麼樣的怪物？「找內應也好、找出路也好、自首也好，你做事從來就不懂得變通，抉擇的路永遠不會只有一條。」

「陛下？是陛下嗎？」貝爾這時竟然會覺得聽到亞基拉爾的聲音是令人感到安心的事。

「我是叫你來郢業幹什麼的？是想讓你觀察郢業的國內情況，看看亞諾瓦爾跟郢業人有沒有更進一步的衝突，再看看火山的情況，也看看災炎一族最近想幹些什麼……結果你搞什麼東西？

誰讓你去管別人的教派之爭，而且還真的插手其中變成了逃跑的竊犯。沒用的蠢材，老實過頭的人就很容易變成被人利用的對象。你連玩笑話都分不清楚，難怪被人當傻瓜。要知道你是邯雨的人，就算不聽從安霍恩的話你也能平安無事，你連一點自知之明都沒有，真的很想乾脆就讓你永遠待在郢業別回北境。」亞基拉爾提醒道：「現在就好好想想，把禁區通道都摸索一遍，也許你會發現不一樣的地方。」

「您是說……這裡面有暗道？」

「愚昧，這正是我希望你去做的事。」

陛下早就料到會有這種情況？貝爾不解。「您想要我找什麼？」

「我也想知道郢業的大人物們到底在搞什麼，仔細調查，等你回來我要知道具體結果。」亞基拉爾的聲音自此中斷。

貝爾依照亞基拉爾的指示去做，他一邊摸著牆一邊行走，不過都沒找到暗道。這樣摸索要到什麼時候才能找到？這條路又那麼長，等到暗道找到時自己也被拖出去綁在十字樁上燒了。

貝爾握緊雙拳，雙手交叉在腹前。只見他全身被紅光籠罩，隨後急竄的紅色神力直透入牆，接著再擴大神力的範圍，紅光隨著通道一直不斷延伸過去，貝爾打算利用他自己的異能來搜查。不久，貝爾兩眼閃動，他終於找到這個地方的關鍵之處。

「就是那裡！」貝爾尋至神力中斷處，他單手一拍，石牆挪位後接著再開出一條隱密的地下通道。「竟然是往下？」貝爾才剛踏上第一階石梯，他馬上就知道裡外是不同的空間。熾熱的蒸氣讓他的上半身滾燙；冰凍的冷氣竟讓下半身僵硬，這是什麼？怎麼會有這麼不合常理的環境。

就算依靠艾迪爾贈送的恆定冰球也沒辦法擺脫蒸氣的傷害，貝爾不得已，只好再使神力抵抗底下奇特的環境變化。

底下和上層的結構不同，通道裡面既狹窄又難走，道路毫無定向，一下子要上下爬行，一下子又左右難辨，貝爾身在其中因而失去方向感，內心的不安感攀到最高點。

迷路倒還好，最困擾的是裡面時冷時熱，溫差之大很難讓身體適應。

「好難受……」貝爾的身體被凍到難以行動，他本想扶著牆徐步行走，卻被高溫的石牆給燙個正著。世界上竟然有在冰冷的地方被燙傷、炎熱的環境被凍僵這種事，說出去誰也不會相信。但這確實是貝爾現今所處的地方。「唉，我到底是在為誰辛苦？」

忽然，凍結的空氣傳來腳步聲，嚇得貝爾急忙躲到角落並將神力暫時收回。

「奎斯奇大人，奎斯奇大人，別走得那麼快，我的腿剛剛被燙得有點痛，等我一下。」

「桑達，你如果安靜些我們就能早點離開了。呃啊——你害我吸了一口冷氣，全身畏寒。」

似乎有兩個人從走道另一端走過來，一個叫奎斯奇，另一個叫桑達。因為環境黑暗，兩個人的長相貝爾都無法看清。

才剛收回神力，貝爾身體的難受程度馬上加劇。由於兩個身分不明的人就在旁邊，因此他也不敢聲張，只好輕輕地搓著結凍的手，再用冰冷的掌心去擋住襲向小腿的蒸氣。

「等一下，其實我開始覺得那個計畫不是很好，萬一那個人被放出來後，不是去墜陽反而來到郢業，那不是自找麻煩？」

「你講的計畫是冰火同源還是病榻地獄？」

「您明知故問。」

「那不是我們此時此刻該煩惱的事。」

「我總是覺得這種大事一定得事先和梅夫人以及安洛先生討論……」

奎斯奇打斷他的話。「他們不會同意的，你只要知道這是火山大人的命令即可。」

「真是胡說八道，這不就是您出的餿主意嗎？您不可能沒想過後果。」

「你發什麼神經？一定要在這裡和我吵這件事嗎？」

「您的權慾太重了，誰都看得出您主導的那些計畫風險有多高，您該不會是想……」

「沒用的臆測少說為妙。」

貝爾聽得出他們正為某事而起爭執，但他聽不出他們說的計畫更具體的內容是什麼。

逼人的寒意讓貝爾直打哆嗦，就連鼻水也不爭氣地流下。「哈、哈啾！」貝爾忍不住打個噴涕，隨後又嚇得趕緊以雙手摀口。

「是誰？」

僅是一眨眼的瞬間，貝爾感受到懾人的殺意由他頭部右側三吋處直入壁心。那是一把刀刃尖端，之後那柄不知道多長的武器又慢慢地收回。

「桑達，你不要轉移話題，我說的重點你有沒有在聽？」

「我剛剛的確聽見有別人的聲音。」

「有嗎？我怎麼沒聽見？大概是凍結的牆壁受到蒸氣影響而龜裂的聲音吧？」

「真是這樣嗎？」

兩個人的說話聲逐漸遠離，貝爾這才鬆一口氣。剛才對方以刀刃插入硬如鋼鐵的堅壁時，貝爾差點以為他要死在此地了。

貝爾終於發現那個深藏在多別克地底的祕密。當他一踏進那個被多別克人視為重要禁區的房間，剎時他的眼界變得更廣闊了。他再向前更進一步，異樣的高熱由腳心傳到全身，激烈的汗水揮如雨下宛若傾盆大雨般，他的內衣、背心全都沁濕。汗水由額頭滑落，順著脖子、胸膛、腹部，甚至滑到大腿。再更踏前一點，身上的汗水凝結成霜，寒氣襲上心頭，一口涼氣化成白霧由貝爾的口中吐出。但這些都已經不再重要，因為他看到的絕對是讓他畢生難忘，既匪夷所思又令他瞠目結舌的場景。

房間正中央的低處是炙熱耀目的岩漿，難以逼近的高溫，地面裂開的痕跡就像開展的枝椏，以岩漿為中心點不斷地向四面八方擴張。熔岩的正上方有一個明顯是承受神力的特殊神器，像是伸展的手掌一樣，以神力托著關鍵的奇妙物體。

那團混合著火與冰的特殊光球發出驚人無比的元系神力，紅色的火光與淡藍的冷氣在球體內流洩，能量不斷地在球體表面及內部移動著，同時交融成詭譎的色彩。

這就是亞基拉爾陛下想要知道的真相嗎？

上方同樣有個朝下的神器，一上一下將球體固定在房間正中心。天花板則是冰的世界，細長的冰錐看起來晶瑩剔透，而且完全沒受到底層岩漿熱度的影響，連一滴水都沒落下。

貝爾來回踱步，目光始終無法從光球抽離。他突然興起了一股很想去觸碰它的念頭，不曉得那會是什麼樣的感覺，反正亞基拉爾大人也需要真相不是嗎？

他下定決心，隨即張開獸翼以飛行的姿態接近光球。

好美，這東西太美了。貝爾和光球近距離接觸，它散發的神力讓貝爾的血液翻湧，他好久沒有出現這種興奮感。真的是……好想擁有它，擁有它的力量、擁有它的光彩、擁有它的熱情與冷酷。貝爾雙手輕輕與光球接觸，他並沒有摸到實體的感覺。取而代之的是一股空虛感，那是世間萬物盡被毀滅的空虛，一切皆歸於無。

黑暗，渾沌，虛無……

「停下，回神！」亞基拉爾的聲音喚醒貝爾。「這是致命的陷阱，你被力量迷惑了，快退開！」

貝爾急欲抽手卻為時已晚。他的右臂被冰霜覆蓋，碎成一塊又一塊的冰晶；他的左臂被火焰吞沒，焦黑的手臂不過片刻便成了灰煙。

手沒了，他親眼看見自己的兩隻手臂被廢，心裡的驚懼更勝過肉體的疼痛。

貝爾一路嘶吼喊叫，他倉皇地逃出被冰火包覆的房間。

好不容易回到禁區的上層通道，一條莽撞的人影卻擋在受傷的貝爾前方。

是誰？到底是誰？……原來是忽佚列。

「東西還我，你這個小偷。」他顯得很憤怒，「你知道些什麼？你又發現了什麼？」

「不，我不知道，什麼都不知道。」背包裡面根本什麼都沒有，他在緊張什麼？

雖然他不是多別克人，照理來說也是要遵守郢業的規定。這裡面既然是禁區，那忽佚列就不該出現在這個地方；結果他為了背包的事追到這裡，顯然他很在意背包裡的某個東西被別人發現。還有另一個讓貝爾納悶的疑點，那就是忽佚列是怎麼準確的知道自己會出現在此呢？

忽佚列揮動短匕攻擊，刀尖附有魂系神力。貝爾受傷在前，極不願意在這種時候與別人發生爭鬥，他一心只想著要脫身。

兩人在暗道內近身纏鬥，失去雙手的貝爾處於劣勢。一邊的傷口被凍傷，一邊的傷口被烤焦，幸好只是劇烈的疼痛而沒出血，否則貝爾的體力會流失的更快。

忽侏列手持短匕連續突刺，貝爾受創不斷，累加的傷痕不止是產生疼痛，更是對他精神的折磨。斷臂之傷本來就讓貝爾的內心遭受打擊，再加上敵人毫不留情的猛攻，貝爾一時情緒不穩，終於怒氣爆發。

從貝爾的斷臂處突然冒出血色紅光，正是神力與血液融合而成的神術，以不規則的形狀在半空交織迴繞，最後化成一柄血刃擊中忽侏列的腹部。這一記攻擊讓忽侏列的肚子開了個大洞，他見情況不對，抱著腹部對開的大傷口狼狽地逃跑。

貝爾殺紅眼的從後方追擊，現今的他儼然因為理智的喪失而變成反咬的猛獸。

一路追出禁區，忽侏列卻已不見蹤影。

「嗚嗯。」貝爾發出類似野獸的喘息。空氣中激盪著爆炸的響聲，數枚火球瞄準貝爾射去使得他猝不及防，身體硬是挨了兩記攻擊。滾燙的疼痛感、焦熱的氣味，讓他又想起剛剛接觸光球的情景。貝爾的衣衫各處被火花灼燒好幾個洞，爛掉的傷口暴露在外，每當血與汗滑過時，那種撕裂的痛楚讓貝爾再也止不住哀嚎。

六名聖火修行者繼續朝貝爾發動攻勢，連發的火球被神力化成的紅色血牆擋下，勉強撐過。那些修行者所穿的衣服上印有特殊的圖騰，貝爾無法辨認，只知道那不是屬於伊索恩教派所有，難道這群人是伊利恩教派？真是禍不單行，竟選在此時遇到真正的敵人。

「燒掉這個蟲子！」在隊伍後方發號施令的根本不像個人，他的外形更像是猛獸。張開的大口吐出熱息，尖牙清楚可見，長形的頭顱上有鱗有角，強壯的身體約為一般亞蘭納成人的三倍大，揮舞的尾巴力道十足，身上雖沒穿著甲冑，可是夾帶火光的厚重皮膚卻看起來比鋼鐵還堅硬。

「遵命，日冕之子。」伊利恩教徒一擁而上，接連圍攻貝爾。

貝爾不再悶不吭聲地任由他人攻擊，也不想當白白挨打的木偶。殺意一解放後，血翼隨之直貫入地，無數血紅的針刺由地下浮出，兩名閃躲不及的教徒被浮起的紅尖插中，身體懸上半空。

日冕之子向前發動衝撞，紅色尖刺四散，巨大的手掌隨即拍落，不過沒擊中貝爾。由日冕之子周身發出的火圈向周圍擴張，熱燄逼得貝爾無法近身。貝爾拋出血刃回擊，對方硬是以肉身擋下而且連一點擦傷都沒有。

「日冕之子，我們的行動已經被發現，得迅速離開。」伊利恩教徒報告。

「既然被發現就別妄想離開多別克，我們要將所有看見我們的人全部燒光，一個不留。即使豁出全力，也要同歸於盡。」

你們這些人都是瘋子，全都不講理。絕對不要死在你們這種人的手中，絕對不要！

鮮紅的光芒照耀整片禁區，貝爾體力不足以打持久戰，他選擇一口氣突圍。既然範圍攻擊無效，那就集中神力，攻擊同一個部位。

日冕之子吐出熱息，毀滅性的元系神力吞沒了空氣以及周邊景物。貝爾無路可退，拼出最後一擊。只見紅芒集中凝聚，以熱浪中心為目標投出長錐形的氣勁，兩邊神力互衝，貝爾的攻勢突破火焰吐息，筆直地射中日冕之子的心窩。然而，火波也包覆貝爾全身，他雖以神力抵禦，卻痛苦不已。日冕之子被逼退數步，依然沒有受創。

貝爾雖然避免了被火焚身的下場卻因為負傷在身再加上魂系神力的副作用使得傷勢更重，他已陷入意識模糊，氣若游絲的狀態。

「我之前和你說過的話，你又全忘了嗎？」亞基拉爾陛下？現在這的確是他的聲音。「聽著，無法評估後果的行為就稱作魯莽。你現在不是在賭桌上拼運氣，我需要的也不是賭徒。你可以輸得起口袋內所有錢，甚至全副身家；但是，你輸得起靈魂嗎？因為你的不懂事和不長智，所以我也不厭其煩地再次提點你。這是我最後一次出手助你，之後不管你想從郢業爬回邯雨或是被人抬回邯雨，都隨你之意。」言畢，天空落下數道斜影，隨之而來的是幾聲短而急促的哀嚎。伊利恩教徒的屍體上立著一根箭頭沒入皮肉的箭矢，唯有日冕之子負傷沉重卻沒倒下。

一支箭矢不偏不倚射入貝爾的右胸，但是箭上所附帶的神術卻是緩止貝爾傷勢的擴大，傷口出血停止、疼痛感減緩，不過存在體內的暗傷依然沒有好轉。

「小、小蟲，你……以為這樣……」日冕之子不死心，一步一步走近貝爾。

貝爾喘著大氣，他虛弱地坐起，意識依舊混亂。日冕之子雖然負傷，要殺害貝爾仍和殺死蟲子一樣輕易。面對敵人的威脅，貝爾卻已無力還擊。

日冕之子踉蹌的拖著沉重的步伐走向貝爾，他倒是固執的想拉貝爾陪葬。

你來吧！要死一起死。貝爾用神術代替手拔出腰際短刀試圖抵抗，但他也相信刀子對日冕之子不會造成影響，自己做的只是困獸之鬥。

日冕之子距離貝爾只剩兩、三步。忽然，他悶哼一聲後，隨即無力地頹然倒落。貝爾看見日冕之子的背上有刀傷，是什麼樣的武器能夠貫穿如同鋼甲的皮膚？

一柄又長又寬的刀刃懸在半空，之後又緩緩收回。

那是一把能夠自由伸縮的寬刃，它的使用者是名披著獸皮、不修邊幅的粗獷男子。「哼，日冕執行者都能進多別克，我們的守備是該好好檢討。」他收刀入鞘，接著走過去踹了日冕之子的屍體一腳。「差點讓你闖入禁區。」

貝爾聽出這個聲音是來自禁區內，那名叫桑達的男人所發出。

「發生什麼事？戰爭了嗎？」另一名穿著白色長袍、藍皮膚的矮小男子正蹲在屍體旁檢視著。他一邊拿手帕掩口，一邊翻動屍體，似乎不太喜歡那股味道。

「奎斯奇大人，這裡有一個還活著耶！」桑達用腳踢著貝爾的背部。「幸虧我們及時回來觀看，否則什麼計畫都被墜陽知道了。」

「有的時候就算預先知道，也未必就能改變命運。」奎斯奇用手帕抹完手後便隨意的丟棄在屍體上。「原始火炬對元系神力非常敏銳，火神說不定早就了然於心。」

「那這個人怎麼辦？」桑達指著貝爾問。

奎斯奇戴上手套拔出伊利恩教徒屍體上的箭矢。「當然要救，因為他有個賠上大半郢業都惹不起的強大靠山，算他好運。」

桑達把虛弱無比的貝爾從地上架起。「好運的老兄，要我送你回北境嗎？」

桑達扶著貝爾回到聖火大教堂，並命人搬張床讓他歇息。聖火牧師隨後趕來替貝爾治傷，這才讓他的情況穩定下來。

「這支箭真了不起。」聖火牧師小心翼翼的拔起插在貝爾胸膛的箭矢，並誇讚道：「若非如此，這個被轉化的亞蘭納人可能就因為傷勢嚴重而回天乏術。他沒有再生能力，然後已經身受重傷還勉強使用神術，太亂來了。光是體內暗傷的爆發就可能讓他毀滅，更別說想和人搏鬥。」

桑達放了些菸草進嘴中咀嚼。「好運的老兄就是好運的老兄。」

聖火牧師在一只漂亮的杯子內盛裝不明液體，接著他指尖輕觸杯緣，杯中物便燃燒起來。「忍耐著點。」牧師將整個杯子的燃燒液體直接倒在貝爾的傷口上。

可能是因為原本的傷口就已經非常疼痛，貝爾反倒覺得現在這輕微的溫熱讓他感到舒適。

「我們的守備沒留神的地方竟讓你這個外來客代為注意。」奎斯奇笑道：「看在你辛苦為郢業抵禦外敵的份上，我們該回以禮數。」

在衛兵的催促下，忽侏列也來到教堂大殿。

「偷你東西的就是這人嗎？」安霍恩緊跟在後，他指著貝爾問道。

「是的，就是他。」忽侏列不知何故滿頭大汗。「他偷了東西，根據聖火教義，理應判處火刑。」

安霍恩贊同地點頭。「是啊！應該如此。」

戈羅恩拎著忽侏列的背包，然後粗暴地丟還給他。「東西拿去，這是你的背包，點點看裡面的物品有沒有缺少。」

忽侏列只是隨意的翻開背包瞄個幾眼。「沒什麼，我的背包失落事小，偷竊罪事大，各位大人應該嚴加審視這個案件。」

「你這樣就想走了嗎？你可是當事人。」戈羅恩擋住他。

忽侏列表情痛苦。「我受了傷，可以讓我先回去養傷嗎？」

貝爾的神術對忽侏列所造成的傷害竟然到現在都還沒辦法讓他傷口痊癒，連貝爾本人都覺得驚訝，他不明白究竟是自己太強或是忽侏列的身體太弱。

「急什麼？牧師不就在這裡？就讓牧師先生為你治傷。」桑達轉頭對貝爾笑道：「話說回來，你的神術竟然讓人傷口無法療合，挺厲害的嘛！」

「你是在哪和貝爾先生打鬥的？」奎斯奇用陰沉的語氣問。

「這……這個……是在他搶我東西後，我追出去攔他的途中所發生的衝突。」忽侏列顯得支支吾吾。

胡說，明明就是在禁區之中打鬥的，貝爾在心中反駁忽侏列的話。

「那麼讓我親自為您療傷好嗎？」安霍恩走近忽侏列，「我略懂醫術。」

「不……不不不，感謝領導大人的美意，怎敢勞煩您呢？」

「既然知道是領導大人的美意，你敢拒絕？」戈羅恩在一旁施加壓力。

安霍恩輕蔑地發出哼聲。「傷口內的魂系神力和你的聖系神力互相衝突為其一，貝爾先生的神術夾帶火焰與寒冰之力為其二；這兩項就是造成你傷勢不但沒法痊癒，還會惡化的主因。」安霍恩錟杖敲地，生氣的質問：「為什麼你也敢踏入禁區？你幫誰做事？墜陽或是天界人？」

「災炎人可不蠢。」奎斯奇表示。

「沒有，絕對沒有此事。」忽侏列申辯道，他已經滿臉冷汗。「這是誤會。」

「既然你想證明你的清白，那就讓我檢視傷口，我要知道那可疑的聖系神力是從何而來的。」安霍恩搖頭道：「在真火面前，所有謊言都會被揭穿。」

忽侏列被逼上絕路，他還妄想試圖抵抗眼前的眾人。

「別嘗試反抗的話，你將死的有尊嚴。」安霍恩建議。

忽侏列這種時候那裡聽得進勸，他拼死地撲向安霍恩。

「就讓虛空之主雷亞納引導你前往裂面空間。」安霍恩錟杖一敲，由天而降的白光罩住忽侏列，接著他整個人被高溫灼燒，就在哀嚎過後留下的僅剩一個人形的焦印。「真火庇佑，火山大人宣判通敵者為唯一死罪，行刑完畢。再見了，來自亞諾瓦爾的天界人。」

奎斯奇轉身，對著貝爾回以笑容。「郢業的朋友，這一功也算在你身上。」

貝爾一想到自己也是偷入禁區的一員且發現冰火同源的祕密，心情更是尷尬。「這……其實我……」

「什麼都不必說，你歇著吧！」奎斯奇拿出一罐透明玻璃瓶，裡面裝著的是一種似曾相識的奇異物體。「這是我們的一點心意。」奎斯奇把東西擺在貝爾的腹部上方。

在那一瞬間，暖流和寒意同時襲上心頭。

貝爾大感意外，沒想到奎斯奇贈他的竟然是冰火同源的一小部分！

墜陽

那是個可怕的回憶，簡直就是夢魘——影響一個人一輩子，且如影隨形的恐怖惡夢。彷彿活物一般，那個夢隨時會伸出冷酷的爪子，將那沉睡中的人，殺害於夢境之中。

身為伊利恩教徒的克洛克桑特向火神宣誓他的忠誠，他將傾盡畢生歲月，永遠侍奉他唯一的主上。

歲月匆匆，經過許多爭戰洗禮的克洛克桑特累積不少戰功，深得災炎一族的認同，甚至得到火神親自拔擢。他在墜陽建立起威名，然後成家。有一個他深愛的妻子，還有一個讓他的人生更具意義的獨生子，生活和樂美滿。

但是……這個幸福快樂的時光並沒有維持太久。一切就從他接下熔爐管理者交代的任務開始，克洛克桑特原本平靜的生活自此變了調。

執行任務的地點位在墜陽領區西南邊，是一處名叫「阿西奧沙漠」的荒涼地帶，罕有人居。

當克洛克桑特帶著軍隊信心滿滿地前往阿西奧沙漠後，他們在那裡待上一個多循環，各種棘手的問題一件又一件地浮出。首先是食糧補給經常會中斷，雖然對於災炎一族的火元素人來說這根本毫無影響，但對聖火修行者們卻是精神上的打擊。

另外，空曠的熱砂地幾乎無能建立起堅固的防禦工事與棲身之所。每當士兵們準備休息時，毒物、飛蟲、沙怪的滋擾煩不勝煩，而且每一項威脅都足以致命，稍有閃神便遺恨在這塊荒漠中。

天塵是住在這片沙漠中，必須知道的災害之一。它類似暴風沙，不過影響的區域沒有那麼大。雖然只有局部範圍會發生，但卻十分危險，在天空上不斷匯聚的塵沙就像活物般，會機靈地追著生命體移動，之後再將之完全包覆，直到失去生命跡象為止。

話雖如此，不過在阿西奧沙漠裡最具危險性的代表仍然非土賓人莫屬，這是一支遠古以前便住在阿西奧沙漠的原住民部族。

根據觀察者的描述，土賓人長得矮小又駝背，佝僂的他們總是慣於在地上爬行。此外，土賓人擁有在沙地內潛行、快速遁地、膚色與環境同化等能力，由於其力大無窮，再加上會噴吐強酸這類的攻擊，使得他們成為可怕的敵人。即使是能征善戰的災炎一族，在地利、天時皆失的情況下，幾乎不能從土賓人身上佔到什麼便宜。墜陽幾次進入阿西奧沙漠的行動均以失敗告終，就連克洛克桑特領導的勁旅也不例外。

依照《腐朽文本》上的艾殉文記載，怒火核心高層們均相信土賓人正侍奉者古代往昔之主其中一位名叫古托拉奧佩茲納祖的邪神。這群不懷好意的土賓人就聚集在阿西奧沙漠的深處，每天進行各種邪惡的儀式，試圖呼喚那個來自黑暗虛無的可怕往昔之主。這一點始終讓墜陽的災炎一族感到徨徨不安，因此進入阿西奧沙漠勦滅土賓人就成了墜陽的重要軍事目標之一。

火神・烈曾是往昔之主奧底克西的討伐者之一，也因此土賓人的侵略行動被視為報復。墜陽不能允許在他們的領地周邊出現這種威脅，土賓人的存在無疑是芒刺在背。

第一次見到矮小不起眼的土賓人時，克洛克桑特心中很瞧不起這些原住民，他們怎麼能和偉大的災炎一族糾纏那麼久的歲月呢？

當克洛克桑特使用最得意的神術攻擊他們後，這才發現土賓人沒有自己想的容易對付。那一瞬間他們全潛入地層中躲過攻擊，而且藏得無聲無息，伺機等待反擊的機會。

輕敵為兵家大忌之一，克洛克桑特的軍隊並沒記取先烈的歷史教訓，他們又重蹈覆轍嘗到敗果。在土賓人的夾擊之下，聖火修行者們節節敗退，所有生路盡被阻斷。

克洛克桑特唯一的獨子勒德在接獲父親戰事不利的消息後，隨即帶著幾名朋友與父親的部下前往阿西奧沙漠支援。很不幸地，他也捲入了土賓人的追殺行動中。克洛克桑特被迫看著愛子慘死在眼前，自己卻無能力將他救出。悲痛交加的他不顧其他部屬的阻撓，執意正面對上土賓人為子報仇。最終克洛克桑特戰死在前線，聖火修行者全數被殲滅，無一生還。

濃厚的火山灰取代雲層延伸萬里高空，赤黜乾燥的紅土鋪滿墜陽領區，大量的二氧化碳使得墜陽產生強烈的溫室效應，唯有火元素災炎一族以及少數能適應高溫環境的安茲羅瑟聖火修行者能在墜陽內行動自如。

墜陽首都為怒火核心，其地理環境上有著複雜且連綿不斷的火山，頻繁活躍的火山活動使得領區內充滿硫酸氣體，岩漿佔滿所有地勢較低的區域，高地則凹凸不平。由天際落下的火石威力萬鈞，掉落地面造成一個又一個的火焰陷坑。而每顆火石落地後，即會產生一名火石守衛。

火石守衛沒有生命、不會思考，為災炎一族用來抵禦外敵的最佳工具。其巨大的身體既笨重又遲鈍，唯表面溫度極高，攻擊力強大。因為是由少量元系神力驅動，一旦被打碎使得元系神力逸失，火石守衛便恢復成死物。

天降隕石、地成火海，怒火核心外寸草不生，與煉獄無異。

世界熔爐位於怒火核心的深層，是災炎一族的誕生地，蒼冥七界中溫度最高的地方。因其被災炎人視為崇高、神聖的重要場所，所以戒備森嚴，設下的結界、防護網、防禦工事一層連著一層，十分慎重。

火眼比哈歐從容地進入世界熔爐，在裡面已經有手下等待著他的到來。比哈歐是個標準的災炎一族族民，在世界熔爐擔任執法者的工作。

「已經將克洛克桑特大人的屍體運回來了。」小兵向他報告。

比哈歐來到置放克洛克桑特的石室，他的屍體擺在石臺上，因為高溫的關係，屍體已化成血水。從外觀的毀損程度來看，克洛克桑特生前已被殘忍的土賓人攻擊的受創嚴重，現在躺在石臺上的屍身光從外觀上已無法看出是克洛克桑特本人。

世界熔爐管理者燐命令比哈歐將這次行動失敗的檢討報告整理後再交給他，然後需要重新擬定進攻土賓人的任務計畫。

比哈歐認為，燐的錯誤決策才是行動失敗的主要關鍵。

連同這次克洛克桑特領導的隊伍在阿西奧沙漠中慘虧，這已經是墜陽第六次的失敗了。燐雖然位高權重，卻無法擔任策略的指揮者。他始終認為針對土賓人只需要兵力、戰力上有優勢即可，但這次的問題可不是那麼容易就可以解決。看輕敵人的能力，在情報掌握上沒有確實做到完美，就連戰力上也沒有給予最好的支援。光以聖火修行者的力量就想弭平作亂的土賓人，那麼失敗當然就是遲早的事。

火神本就不常出現在墜陽，若是連高頓．熱陽大人也因公出差，那整個墜陽儼然成了無主指揮的領區，長久下來對墜陽來說絕不是好事。

比哈歐嘴上雖不批評，心中也不想對崇高的火神有不敬的想法，但是火神的行為實在太令相信他的子民失望了。

眾所皆知，火神．烈為墜陽災炎一族的領導者，更是安達瑞特家族的族長。身為安茲羅瑟人最具影響力的五大軍閥之一，在魔塵大陸上有三分之一的領區歸安達瑞特家族管轄，災炎一族可調動的軍力為整個魔塵大陸士兵總數的五分之一，在昭雲閣本來也有舉足輕重的發言權。郢業守住亞諾瓦爾一軍團的侵略，荒理及太奧抵擋伊瑪拜茲家族的進攻，有這樣堅強的實力作為後盾，災炎一族理當是安茲羅瑟中的強權才是……但事實卻不是如此。

別說伊瑪拜茲家或是亞基拉爾了，近來在昭雲閣的地位還漸漸被埃蒙史塔斯家超越。

既然掌握原始火炬，就更應該把火焰的榮耀照遍魔塵大陸才對，這才是災炎一族的使命；可惜火神本人也許並不這麼想。

火神從不在他自己的領區中久留，沒人知道他去什麼地方。階級為黑暗深淵領主，卻不當自己是一國之君，慣於在蒼冥七界各地到處流浪，當個沒人知道的流浪漢。

他不喜歡參與政治，從不在領區裡執行任何決策。不管事、不在乎、不理會，更可以說是一種近乎冷淡的態度。不止是對自己轄區這樣，據說也從不參與昭雲閣的會議，一個人獨來獨往，和自己的領民、其他領主、親人、朋友全都沒有來往。與他炙熱、狂烈的形體不同，是一名個性、談吐、行為模式都很陰沉的男子。

火神的任性獨行讓他在各領主間評價低劣，如亞基拉爾、漢薩、赤華、雀一羽這幾個同階的黑暗深淵領主更是對他諸多批評、輕視。外人的惡言惡語比哈歐尚可忍受，畢竟是不同領區的競爭對手；但是，自己領民的不滿發言可就讓他沒法忍受。

比較不受火神控制的領區太奧及同盟國郢業，在居民之間常幫火神取一些很不得體的綽號，例如：盲目之火、災難之火、麻煩鬼火、流浪漢領主、空心火焰、獨眼鬼火等等。

這些綽號聽在怒火核心高層的耳中很是刺耳，平常只要在現場聽見，這些高層都能讓對方把話吞回他的屍體裡，然後再一把火燒掉。不過久而久之，這些外號竟然變成火神的既定形象了，從來沒見過火神本尊的人也可以把一些子虛烏有的閒言閒語講得煞有其事。

不曉得火神本人到底有什麼想法？從來沒聽過他為了維持自己或墜陽災炎一族，甚至是整個安達瑞特家族的名譽而大開殺戒。是真的不在乎嗎？

的確有某部分的事實也正中他的外號，火神真的就是這種讓人無法尊敬的領主。例如比哈歐只要在墜陽內看見火神，通常不出三天他又行色匆忙的離開，就是不肯久待。而一般來說他會返回怒火核心就只有三個原因：第一是心血來潮想回來住個幾天。第二是找到侵略攻擊的目標，所以回來調動戰力與兵源。第三是在外惹出了他自己沒辦法解決的風波，所以回到墜陽尋找幫手，或是直接把麻煩扔了就不管。……就算是自己的領主，也會有受不了的一天。

「比哈歐大人，注入火焰的儀式要開始了。」

咒術師的話將比哈歐拉回現實，「好，那就開始吧！」

幾名咒術師圍著克洛克桑特的遺體吟誦咒文，儀式的過程看似莊嚴，實則給人一種鬱悶的詭異感。

在施術的過程裡，克洛克桑特的遺體一直痛苦的不斷抽動。如果他還保有意識的話，現在應該正承受難以想像的煎熬。

藉由咒術復生的方式各有不同，即使復生後的狀態也有明顯的差異。例如被救贖者利用活屍病菌拯救的亡者依然會處於死亡狀態，頂多只能算是個會依照命令行動的怨生魔偶，沒有自主意識。所以就算讓克洛克桑特利用火焰之力死而復生，他也不一定能恢復到生前的模樣。

「死者對蒼冥七界仍保有很重的怨念，它不願歸於裂面空間。」

「那他什麼時候會醒過來？」

「快了快了。」火焰咒術師以陰冷的語氣說：「正在建立靈魂與軀體的連結。」

由於克洛克桑特屍體的聲帶損毀，只聽到它發出一些細碎的雜音，不曉得這有什麼意義。隨後在顫動、不安的氛圍下，克洛克桑特的屍身冒出熊熊大火。

可怕的熱能夾帶神力釋放出的火焰風暴把整間石室全都包覆，不過身在其中的全是災炎一族的族民，對這種高溫早已經習以為常。

「土——賓——人——」克洛克桑特顫抖的聲音是透過神力在火舌之間傳導，聽起來很像回音。這時的他全身著火燃燒猶如一團火球，看不清身形，只有一對銳利閃爍的眼神在火焰中緊盯著他的目標。

克洛克桑特重生了！而且正如比哈歐所料，他變成一個介於安茲羅瑟人與災炎人之間的怪物，外表看起來就是一副燃燒著火焰的亡骨屍骸。

「比哈歐大人，我要燒光他們，燒燒燒……他們殺了我兒子，害我的妻子自盡，我要燒光他們。啊啊啊——」克洛克桑特起身，情緒很激動，發出意義不明的咆哮。

「你倒是很了解自己的狀況嘛！看來復生的情形良好。」比哈歐揮著手。「冷靜一點，我叫人幫你換上一套能承受你火焰的神力護甲。」

「不不不……我要燒死土賓人，該死的，讓我離開！」克洛克桑特被下人推著離開石室。看起來他的精神狀況似乎有異常，希望別救回一個瘋子。

儀式結束後，比哈歐前往熔爐內界打算尋找管理者大人，卻被日冕菁英守衛攔下。

「我有通行許可。」比哈歐將之出示。

「抱歉，比哈歐大人。」守衛解釋：「熔爐主君饕豐正休息呢，您進去的時機不太對。」

「管理者大人不在嗎？」

「燐大人離開一段時間了，也許您可以去末日之燈找他。」

災炎一族的最高行政中心末日之燈亞敘德？燐大人和亞敘德雙臣的政見一向不合，除非大人與太陽皇子有要事非談不可，否則大人應該不會在末日之燈出現。

如果不在末日之燈，那只剩另一個地方……

這裡以前叫征怒火海，是個火浪翻湧的激烈岩漿湖，現在則為怒火核心中最為寂靜的地方。原因是火神不喜歡他的居處太吵雜，所以撤走所有日冕守衛，再利用神力將湖面轉為平靜。即便現在火神已不常回來，卻也沒有人會想靠近此處。

燐站在火湖邊緣，面無表情地看著湖中央的火脊島。

「克洛克桑特復生了。」比哈歐向他報告。

「我知道了。」世界熔爐管理者燐身穿厚重的黑色熔岩鋼板甲冑，連接的細縫發出赤紅的不詳之光，披風由附魔神力的金色縷絲編織而成，上面紋章滾著閃閃發光的亮金色，就像火舌吐燄般亮麗。護肩與頭盔各有兩對打磨過、漆黑反光的漂亮黑角。掛在鎖骨前的為漩渦狀金色鋼扣，看起來華麗，實則卻笨重。鮮明的一身裝備在火光的反射下耀眼輝煌，氣勢驚人。「這次由你和克洛克桑特一起行動，回到阿西奧沙漠吧！」

「又、又回去嗎？」

「不用擔心，這次不用你們強攻，我只需要你們收集情報。」燐看穿比哈歐的不安，他解釋道：「之前我想觀察土賓人的行為模式，打算從幾次的進攻裡判斷他們的弱點。如今我放棄與土賓人正面對決的想法了，現在我需要很多資料，你們得為我處理這件事。」

「那麼您呢？要繼續待在這裡嗎？火神大人並未返回。」

災炎一族的皇室成員皆由燐大人體內的火核一小部分分裂後誕生，包括火神、火山、太奧及荒理領主。說起來，燐大人算是這些領主們的父皇。

管理者沉默許久，接著凝重的問：「比哈歐，如果說我要將久無人居的火脊島毀去，可行嗎？」

「火脊島一毀，火神此生大概也不回再返回墜陽了。」本來就已經對自己的故鄉毫不眷戀，若是連家都不見，火神的想法連猜都不用去猜了。

「那個不倫不類的地方……」燐轉身說：「反正他不想回來，也沒人能強迫他。把這地方填上後，我們能做更多的用途。」

「非常的不妥。」比哈歐認為。

火神和自己的兄弟姊妹也處得不好，乖僻的性格更是讓他與哥哥火山成為勢不兩立的死敵。和父親的關係也是劍拔弩張，兩人見面就像仇人似的分外眼紅。究竟為什麼會如此，箇中因由除了當事人以外大概也沒人知道。

燐會稱呼火脊島為不倫不類是有原因的。據說島內的溫度非常低，火神在他的房間內擺放冬霜一族的恆定冰球來降溫，使得室內與室外溫度差異極大。

火神曾經說過這樣一段話：「唯有音樂和寒冰能緩下我體內循環不息的熱火。」但是他依舊菸酒不離口，冷酷的外表下仍是暴躁易怒。

從燐大人複雜的神情來看，很難判斷出他是在想念他的兒子，或者是對不成材的兒子感到失望。管理者揮動戴著鐵手套的手。「你去工作吧！」隨後繼續陷入沉思。

阿西奧沙漠的入口處被稱為血岩廣場。這裡的沙石不知為何，就像是沾到動物的血液般，既黏膩又鮮紅，土賓人的特長在此不容易發揮，所以墜陽選擇這裡建立安全的據點。

聖火修行者在此堆砌石牆，建立簡易的崗哨。

比哈歐的體型不太適合在這種地方移動，他宛如蜘蛛的八隻步足在濕濡的紅泥巴裡爬行，每移動一步，那隻腳總會沾滿黏滑又發出惡臭的紅土。

他帶上的幾名災炎士兵被腳下的紅土激怒，點火就想燒。這些人把墜陽外可以燒的全燒光了，他們還想燒什麼？有的時候稍微聰明一點的貴族都會去約束手下的行為。這些滿腦子光想著要燃燒東西的人，大概對領主做什麼也都不在意，反正他們只要能發揮所長，盡情地縱火就好。

「蠢材，甭浪費力氣，在外面好好戒備。」比哈歐語氣充滿鄙視。

「我們何不直接殺過去？只要一把火就可以解決的問題……」災炎士兵很多都是這副蠢德性的愚昧火元素人。

「不行！」比哈歐斬釘截鐵地拒絕。「我們這次的工作是以收集情報為主，沒有必要與土賓人發生衝突，白費無謂的人力與資源。我們要記取之前失敗的教訓，然後平安回到怒火核心。」

「你太懦弱，根本不必顧忌這些。」克洛克桑特發怒時，連帶身上的火也燒得更加旺盛。他指揮著火焰，隨後燒向一名伊利恩教徒。教徒的身體被點燃，在痛苦與咆哮中化為灰燼。

比哈歐看向地上的焦屍，他明白克洛克桑特根本沒法冷靜下來，讓他貿然出去太危險。「我是指揮官，你得聽我的。」

克洛克桑特全身顫抖，在狂怒狂喜中發出陰沉冷笑，身旁的伊利恩教徒全都退得老遠，不敢接近。

「冷靜些。」比哈歐安撫道。

克洛克桑特那聽得進去，他大吼一聲，熱燄向四面八方燒去，教徒們以神力防禦，比哈歐跳上牆緣避難。

一道神風由崗哨大門吹入，凜冽冷氣旋轉襲來，將火圈衝散。那名女人在手下的簇擁下從容走入，毫不畏懼已然發狂的克洛克桑特。

比哈歐抖動八隻細長的步足，由牆角向崗哨屋內低矮的天花板快速爬行，他倒立在眾人頭頂，看起來像隻巨大恐怖的火焰蜘蛛。「是誰？」發問的同時，比哈歐仔細觀察來者。

對方身著一襲水藍色低胸長擺洋裝，邊上繡著輕柔蕾絲，傲人的上圍吸引目光，半透明的裙擺讓修長的小腿若隱若現。漂亮的高跟鞋鑲著如雪花般的碎鑽，帶著寶石戒指的手正執著一把白色柔毛摺扇，雙耳垂掛著耀眼的長形綠綴耳環，黑色的長髮盤起並以粉色髮網包住，僅留下一點微捲的髮尾。

光從她胸前那個詭異方形中央有張血口的刺青，比哈歐就知道她的身分了。「亞敘德大臣涅語小姐？妳怎麼會來到阿西奧沙漠？」

她戴著一張沒有五官的白色面具，額頭上有一顆像眼睛的裝飾品，會隨著人的身形而跟著移動，給人一種不寒而慄的陰森感。

「我來提供你們必要的協助。」涅語說話的同時，摺扇揮下，克洛克桑特便被一股莫名的壓力制服在地。

「燐大人有同意嗎？」

「我是末日之燈亞敘德的臣子，向太陽皇子宣誓。即使是燐大人或火神大人也無權干涉我的行為。」涅語問：「比哈歐大人，您何必一直站在天花板上說話？」

比哈歐一躍而下，「您的事情我的確無從過問，但阿西奧沙漠從來就不是個友善的地方，您的一切安危我們無法負責。」

「不必顧慮我，大人請忙您自己的就好。」

比哈歐表示：「在此浪費太多時間了，我得開始進行工作。」

「您能帶上克洛克桑特大人嗎？至少遇上危險時能有個照應。」

比哈歐搖頭，「他不行，我沒辦法跟他溝通。」

「放心，就照我的話去做。」接著，她鬆開對克洛克桑特的神力束縛。

比哈歐並沒有接受涅語的提議，他仍孤身一人到前線查探。

天塵肆虐，比哈歐小心翼翼地在沙堆中潛行，避免被這致命的災害盯上。怪異的是，土賓人似乎無視天塵，而天塵對他們也沒有什麼影響。

土曜崗哨是這次行動發生慘劇的第一現場。比哈歐隔著石籬笆往內一瞧，伊利恩教徒的屍體散於各處，破碎不堪，看得出土賓人強攻時的激烈慘況。

比哈歐跳入營區，運用神力收回聖火修行者屍身殘餘的火源，趁時間還有餘裕時他多收集了些散落的靈魂玉。

「可憐的教眾，虛空之王雷亞納會保佑各位安然的前往空間裂面。」

他本來想火化這些死不瞑目的教徒，又怕引起土賓人的注意遂作罷。比哈歐在一具充滿黏液與髒血的土賓人屍身下方看見克洛克桑特獨子勒德的遺骸。

「比哈歐大人。」勒德殘留的意識化為魂魄站起。

「我來得晚了，可敬的戰士。」比哈歐向他鞠躬。

「父親呢？平安脫困了嗎？」

「你父親他仍安好。」

勒德的靈魂稍微得到寬慰。

「我將把你的遺骨帶回並送還給你的父親。」

勒德點頭同意。隨後他比出食指，指尖指向某個方位。

順著勒德的手勢，比哈歐看見一道連接天地的巨大沙漠龍捲風，就在彌天蓋地的氣勢與漫天揚起的風沙中，他看見一條偉岸高聳的人影。

「那是什麼？是土賓人嗎？」比哈歐略感驚訝。

「小心。」勒德留下安全的提醒後，便消失無蹤。

比哈歐收拾完勒德的遺骨後，因為內心總是忐忑不安，所以他決定往沙漠龍捲風發生的地點一探究竟。

塵沙飛揚，沙漠地一片迷茫。比哈歐在一座沙丘上發現古城的廢墟，看起來已年代久遠。古城受風沙侵蝕影響，看起來十分陳舊，而且建築物很不穩固。雖然樓宅裡有崩塌的、有破損的、有被掩埋的，但是城池整體看來頗有規模，在久遠之前此地應該也是個文明重鎮。

幾次風沙翻滾，比哈歐沿途注意到數具土賓人腐朽已久的屍首，除此之外再無其他發現。就在沙丘的下坡處，巨大的陰影蓋過比哈歐的身形，他嚇得趕緊找掩蔽物躲藏。那是一具可怕的石製魔像，大到很難看清全貌。比哈歐相信，這具魔像就是站在沙漠龍捲風下仍不為所動的怪物。

從高處觀看，魔像身後的背景均被一座又一座砌沙而成的高塔佔據，那全都是土賓人的巢穴。滿坑滿谷的土賓人在底下辛勤的工作，有的在掘土、有的在四處巡邏，整個部落看似井然有序的活動著。至於魔像的功用也許就是類似警戒與防禦的守門員。

為了避免驚動土賓人，比哈歐隔著一段距離靜靜的觀察。這些矮小的怪物不停的移動，盡責的做好本份，看起來雖然駑鈍，但團結起來的力量卻無堅不摧。

不知道過了多久，這些土賓人突然開始鼓譟不安，就連遠處也可以聽到他們大吼的叫聲。土賓人情緒激動，狂性大發，一股腦的向東方奔去。就連石製魔像也感應到什麼似的，踩著沉重的腳步徐步前進。

壓不住好奇心的比哈歐慎重地跟去，他一路半身潛在沙中，避免被捲入紛爭。

三隻體型大得驚人的魔物開始攻擊土賓人的巢穴。牠們用六隻鱗爪在地上匍匐爬行，尾部拖著長長的棘刺尾，速度並不慢。凸出又靈活轉動的一對眼球盯著沙丘高塔，隨後不是用頭上的尖角衝撞高塔，就是用流著唾液的尖口啃咬。

土賓人家園被破壞，各個怒不可遏，奮不顧身地拼死衝向魔物。他們發動猛烈的攻勢，卻怎麼樣都佔不到上風。魔物背上厚重的尖刺鱗片可以將土賓人的攻擊反彈，即使他們遁入土內，牠也能用勾爪把土賓人掘起，然後一口吞下。

比哈歐看得目瞪口呆，本應該是在沙地內強憾無匹的戰士，如今卻被魔物當成眼中的珍饈。不管土賓人發動什麼攻擊看來都像是垂死掙扎，得寸進尺的魔物破壞一座又一座的沙塔，大口一咬又是斷肢殘骸。比哈歐喜悅的神情藏不住，他意外的發現土賓人天敵，這可是能好好運用的情報。

趁著土賓人如浪潮洶湧的全部衝出巢穴全力護衛家園時，比哈歐把握時機，一探沙塔巢穴內的構造。他從巢穴入口開始便以神力沿路留下紅色光點註記，以免迷路或是遇到土賓人折返時能快速退出巢穴之外。

塔內的路徑非常窄小，可以說是專為他們土賓人自己設計的通道，比哈歐的身體在裡面行動時很容易和牆壁發生摩擦，顯得絆手絆腳。

所幸通道非常單調，而且沒有岔路。等到比哈歐進入下層地段時，通道開始逐漸變大、好走，每經過一間密室都可以看到裡面長著奇怪的魔繭，雖然比哈歐很想知道繭中包著什麼東西，又怕會誤觸陷阱。在小心謹慎的原則下，他決定先忽略這些可疑的事物。

路徑變得越來越幽深、繁雜，比哈歐擔心如果臨時遇上意外，自己可能會變得很難脫身。由於一路上都有做記號，所以不會有迷路的問題。只是地底下的溫度較外面略低，又帶點潮濕。整座巢穴瀰漫著土賓人身上的朽味，同時在洞中充斥令人不安的神力，比哈歐在生理上產生排斥。

就在他腳步輕移時，他偶然聽見奇特的聲音傳來。隨著音源的方向小心的追尋而去，就在某間偌大的大廳中，他看到的是一名體型較大、膚色較深、皮膚會發出螢光的土賓人。

怪異土賓人的身旁還站著手持蘂木彎杖的術者，下半身看起來很正常，但是仔細一瞧就會發現他的手是勾爪之類的物體，赤綠色的三角頭部長有兩根細長的觸鬚，嘴巴則是像節肢動物般的口器，這是個半人半蟲的生物。

從那生物的外貌判斷再根據腐朽文本記載：這是同屬於往昔之主的子民，賽達姆之子——血蠹人。至於那個奇怪的土賓人八成是這個巢穴的酋長。

看來土賓人的行動是有幕後指揮者，並不是憑著本能在進行。賽達姆之子操縱巢穴酋長，然後巢穴酋長再指配任務給他的子民；假如墜陽日後再有行動，那麼肯定是要針對血蠱人出手。

第二名血蠱人從另一側通道走入，他和房間內的血蠱人術者並沒有交談，僅是以觸鬚輕輕地交互碰撞，這大概是他們的溝通方式。

不知道為什麼，比哈歐心裡有種不好的預感。這裡畢竟是敵人的大本營，被發現可就麻煩，更別說土賓人隨時都有可能返回。比哈歐得到他要的資料後，隨即從原路返回地面。

很幸運地，當比哈歐悄悄的離開巢穴後，土賓人才剛準備魚貫地返回他們的沙塔，他也因此逃過一劫。

本來收集完土賓人的弱點後就該返回崗哨，但是比哈歐總覺得阿西奧沙漠的隱形危機並沒有眼前所見的那麼簡單。不止是土賓人的規模和勢力越來越強大，就連好不容易發現的血蠱人賽達姆之子，墜陽對他們也是一無所知。敵暗我明的情況下要交戰實在太不利，究竟這個沙漠還有什麼不為人知的祕密，賽達姆之子除了控制土賓人、製造巨大的恐怖魔像外，還藏著什麼武器？這些情報比哈歐都想了解，雖然這有點貪婪，但他確實還想掌握更多關於他們的情資，甚至更進一步取得有關往昔之主古托拉奧佩茲納祖的歷史事蹟。

比哈歐以空氣傳火的特殊神術把現有的情報分成兩部分傳回血岩崗哨和怒火核心，然後他打算更深入查探。

繼續往西南前進，土賓人的數量開始銳減，沙漠變得廣大、無邊無際。漫步在這一片沙地上，就連比哈歐也會覺得自己的渺小，但過沒多久，這股空虛感隨即被沉悶與無聊取代。一路上沒有什麼新奇的東西，沒有可用的情報，沒有什麼起伏的事件，好像這一切突然變得很平和。

突然，轟隆隆的滾沙聲自正前方傳來，空氣中飛砂的速度開始加快。不會錯的，這正是阿西奧沙漠特有的暴風沙，正要朝自己的方向撲來。其實比哈歐根本沒有足夠的避難時間，臨時也找不到避難空間，在無計可施之下，比哈歐把身體盡量壓低，然後運使元系神力防護。

暴風沙襲捲而來，在頭頂上就像個怒吼的野獸，需要空氣呼吸的生物早就被風沙掩埋而窒息，不過這對比哈歐倒無所謂。

待在暴風沙下的時間好像過得特別緩慢，比哈歐一直在等待暴風沙過去，他默默地在心中數著火焰。良久，等到風聲漸緩，比哈歐才像隻沙蟲似的從厚重的熱沙中鑽出。

天空依舊灰暗，暴風沙沒帶走什麼，也沒改變什麼，因為這就是阿西奧沙漠的生態。唯一留下的只剩塵沙中的一條詭異八腳身影，僅此而已。

就在行進途中，比哈歐又遇到他平生罕見的奇景。

放眼望去，前方好像一片空曠無物，實則是危機四伏。仔細觀察地面，會發現沙子以旋渦狀向內流動，而且速度很快。還不是只有單一個現象，地面一窟一窟的全是流沙，也是致命的陷阱。起先比哈歐並沒有注意到腳底下竟有流沙，而是在發現土賓人的遺骨後，比哈歐才提高警覺。阿西奧沙漠是土賓人的地盤，連熟悉地形的他們都會死亡，那麼當然得十分留意。

惡毒沙蠍是造成這些流沙的元兇。在這片沙漠上生存的生物都很兇猛，除了土賓人和血蠹人外，體型很大的惡毒沙蠍也是致命的掠食者。當牠從沙層底下翻身鑽出土面時，可以看到他螺旋狀的尾巴，雙螯並不發達，頭部有一對彎曲向下的雙角。牠並不會在沙地上主動攻擊生物，而是靠潛入沙層下方製造流沙，一旦有生物落入其中，便會被強大的吸力拉住，隨後被鬆動的沙子捲入底下。

這些在地的掠食者對比哈歐的威脅不大，他可以判斷出安全路徑，不會受到影響。需要注意的是，有些惡毒沙蠍並不會製造流沙，反倒沉穩地在平靜的沙地下埋伏，然後再躍起將獵物扯碎。

天空忽而出現明滅閃爍不定的亮光，這在幽暗的天空特別顯眼。

感受到聖系神力，比哈歐這一路上都在躲躲藏藏，這次也不例外。他看見天上劃過數道光芒，接著後面跟隨幾名速度飛快、半人半鳥的生物。不會錯的，是光翼天界人和有翼天界人，肯定是巨神關五軍團——聖音城的斥侯。阿西奧沙漠出現異狀，就連天界人也注意到了。

最好別在這裡延續安茲羅瑟人和天界人的恩怨比較好，相信天界人大概也是同樣的想法。等到天界人遠去後，比哈歐才繼續他的任務。

原本這次的工作至少可以有個人一起分擔，可惜克洛克桑特死而復生後變得實在太不可靠，為了避免他礙手礙腳，倒不如自己一個人行動。

空氣中腐敗的氣味越來越重，周圍的環境雖然沒變，但是比哈歐肯定自己正在慢慢接近一個氣氛壓抑的地方。那是種說不出的黑暗，令人恐懼的存在，光是想像就叫人頭皮發麻。

路上殘破的建築物逐漸增多，一些看起來像是遺蹟的古物已被深埋，僅露出一小部分。比哈歐試圖去理解刻在古物上方的象形文字，可惜徒勞無功，畢竟這不是他的專業。

要找的目標離自己很近了，也許就在不遠之處。

比哈歐發現有個區塊裡滿是散落的魔像碎片，在眾多碎片的中心位置還有一塊發光石碑直立著插在土裡，上面有什麼玄機或寫了什麼東西他都看不清楚，也沒感受到神力。他想走過去一探究竟，卻又怕這是陷阱。心思細密的比哈歐放出小型火焰生物，試試看那塊碑文會有什麼特殊反應。小生物按照比哈歐的指示，搖搖擺擺的向石碑前進。在牠還沒來得及走近石碑前，散落一地的魔像碎片卻突然聚攏合而為一，可怕的魔像大腳一踩，小生物當場變成爛泥。

該死！這片沙漠真的非常危險，比哈歐不得不打消接近石碑的念頭，儘管他很想知道那到底有什麼特別之處，遺憾的是現階段他並沒有任何方法能夠靠近。

聳立在前方的是一整片老舊斑駁、沾滿塵埃的巨牆，風化的牆面不知道撐了多久的歲月，牆上的雕刻是神祕的眼睛圖案，瞳孔中央則為時間的刻度。看起來很像是某個古代強國建造的護城牆，但比哈歐卻對這裡的歷史一無所知。

與巨牆相比，自己真是渺小的微不足道。究竟是誰又出於什麼目的要造這種石牆？牆後又是什麼？一連串的疑問完全得不到解答。

帶著腥味的風自高牆上方吹出，令人不自覺的一陣噁心，視線也變得常常模糊不清，身體有股難受的沉重感。造成這一切的，卻不是比哈歐所知道的任何一種神力，而是一種深沉又難以理解的力量，沒人能去探究這股力量背後的真正面貌。

靠近石牆的邊緣，在一根傾斜的半截石柱旁，比哈歐注意到那裡有個孤獨的營地。兩個人忙著升火，一個人準備工具，另一個看起來像領袖的人物則背靠著石板在看書。這群人都是安茲羅瑟人，而且均不帶惡意。

「竟然有人能夠安然來到此？」比哈歐上前打招呼。

其餘三人沒有回應，仍繼續忙手邊事務，唯獨那名白髮白鬚的領袖將書闔上，回答比哈歐的問題。「你這個災炎人不也能來到此？這並不值得大驚小怪。」

比哈歐向對方簡單的介紹自己，然後表明來意。

聽完之後，那人展露笑顏。「如此一來，我們可以說是有共同目的囉？」他起身致意。「我們是『追溯神蹟公會』的成員，有關十二天神、往昔之主、超凡先知、諸界聖者、半神、未知生物、神器等全都是我們追尋的重點。」

「追溯神蹟公會？我聽過你們。」比哈歐從頭到腳打量著那名白鬚領袖，他身材高胖，有個大啤酒肚，右手拿書左手執菸斗。「你是領袖畢格博金學者？」

「是的，我就是。」他肯定的點頭，接著擺手示意。「接受我們的款待嗎？雖然這裡的招待沒辦法包君滿意。」

比哈歐靠近升起的營火，火焰散發的能量令他慢慢恢復體力。

替營火加乾柴的人開玩笑的說：「你可別燒了我們。」

畢格博金坐回原來的位置，他放下書然後點燃菸斗。「我們在半個循環之前來到這裡，目的是調查往昔之主古托拉奧佩茲納祖。土賓人雖然兇猛，但他們不可能把這麼大的阿西奧沙漠守的滴水不漏，所以我們還能在此地安全紮營。」菸草燃燒後冒出濃得化不開的黑煙。「這是個是非之地，可以說是什麼牛鬼蛇神都有，棲身在此的全都是噬人猛獸，而只要是人都不懷好意……」

比哈歐解釋道：「我無意和你們起衝突。」

「哈哈，你例外。」畢格博金笑道：「不過是敵是友還不好說。」

「在離開阿西奧沙漠之前，我保證你們將不會被無謂的火焰波及。」

「我信任你的保證。」畢格博金接著轉身指向沙漠。「媽的，你看到附近那些蟲丘嗎？嗡嗡作響的聲音令人厭煩，這些惡蟲的振翅音能讓人昏昏欲睡，之後惡蟲再趁機吸光沉睡之人身上的血液。」他看向比哈歐，思忖道：「災炎人的火焰體好像不太受蟲子的青睞，你看起來沒有受到蟲群的影響。」

「這我可不太清楚。」比哈歐看向巨牆。「您曉得這面巨牆的來歷，牆後又有什麼嗎？」

畢格博金態度轉為冷淡，「追溯神蹟公會並沒有和陌生人分享知識的習慣，但是看在你如此奔波忙碌的份上，我可以提供你一些線索。」

在畢格博金的帶領下，比哈歐隨著他一同前往巨牆下方。

「很久以前，這裡的文明曾是血蠹人建立的，也就是賽達姆之子，沙漠中的智慧。」

「他們有過這麼繁榮的時期？那為什麼會淪落到現在的地步？」

「據說在一次封印往昔之主古托拉奧佩茲納祖的行動中，『古日帝國』受到封印行動的波及，血蠹人的文明在短時間內迅速沒落、消逝。」

是什麼軍團有這樣的本事？比哈歐也不免吃驚。「這……究竟是誰封印往昔之主的？」

「說實話，我們公會的人一致地認為，這應該不是人力所能及。不但封印往昔之主又讓古日帝國覆滅，也許只有十二天神才辦得到。」

「也許？為什麼是這麼不肯定的答案，你們不是專門考證這類問題的專家嗎？」

畢格博金聳肩，露出一臉無奈的苦笑。「那是遠超出凡人想像的領域，人力終究有盡時。縱使我們仍會不懈地追求天神的真相，可惜所知依然很有限。在魔塵大陸上，我們的行動備受阻礙，大部分的安茲羅瑟人認為我們深入探索的行為對天神們是種褻瀆，於是我們的人員遭受無謂的攻擊，生命受到威脅，這對公會來說是一大打擊。所幸某位領主給予公會及時的支援與保護。」

「所有安茲羅瑟領主都是天神虔誠的信奉者，是那個領主會這麼做？」

「對方怕惹麻煩，所以並沒有透露姓名。」

比哈歐不相信。「一點端倪都沒有？」接著又說：「若我沒記錯的話，貴公會曾經來墜陽調查過熔爐主君饕豐。假如我在現場的話，我也會毫不考慮便將你們化為灰燼。」

「很坦率，我相信正常的人都會這麼做。不過雖然我們公會的情況很不好，但對於前來公會求援的人卻還是會予以協助，您曉得是為什麼嗎？」

「因為貴公會沒有再得罪人的本錢。」

畢格博金臉色一沉，看來這不是他認定的答案。「不是，我們是希望能有更多人懂得去質疑。」

「為何要去質疑自己的信仰？」

「我們不覺得這是不敬的行為，只是想了解那些藏在神話底下的完整形貌。倘若你們的信仰有十分確切的論據可以支持，豈不是能幫助你們更虔誠的去侍奉天神嗎？很多人只知道一味的去迷信、崇拜、奉獻，卻連主神代表的意義以及信仰對自己所造成的利弊都不清楚，這種人我們視之為盲目愚信。」

比哈歐不以為然。「已經親眼見證的神蹟，你們還想證明什麼？」

畢格博金停下腳步，神情嚴肅。「虛無飄渺的神蹟我們並不需要，我們想知道的只有——神究竟何以能自稱為神？」

比哈歐暗自吃驚，這些人實在太狂妄了。他們根本不是想追溯神蹟，而是試圖挑戰眾神並打破神話！若不是自己需要他們的幫助，比哈歐真的想一把火燒光這些不信神的異端。「以後我們若在阿西奧沙漠外相遇，到時候立場必定不同。」

學者聽出比哈歐的弦外之音，他淡淡地回應：「您現在做的事和我們沒有什麼不同，您一樣在追求往昔之主的真相。你們的行為說穿了只不過是相信自己的信仰而去否定掉其他神的存在，縱使你們不承認，但往昔之主依然是血蠹人及土賓人忠誠不二的唯一真理。」他拍著心窩說：「公會相信的只有本心，我們不去否定神的存在，因為這樣會讓我們的研究變得毫無意義；可是，要我們去承認未經證實的神蹟，太難了。」

比哈歐看見一道輝煌壯麗的高大石製拱門，彷彿世界上的一切都不曾沾染上這石門般，上面一點塵泥都沒有，光滑潔淨。門上有一雙銅製的眼睛雕飾，一左一右，睥睨世間萬物。比哈歐的目光無意間與銅製雙眼對焦，就在那一瞬間，回憶中害怕、悲傷、痛苦、憤怒的負面情緒湧上心頭，接連不斷的片段恍若跑馬燈，一頁接著一頁快速地刷過比哈歐的腦海。這突如其來的衝擊讓比哈歐身體僵直、眼睛無神，整個人呆板地愣在原地，一動也不動。

畢格博斯用力的拍了比哈歐的背部兩下，這才稍微把比哈歐的精神拉回現實。

「不要盯著任何和眼耳口鼻有關的雕飾看，那都是被往昔之主下過詛咒的物品。眼睛雕飾會使人產生幻覺，精神受到打擊。鼻子會使人窒息或嗅不出味道。耳朵會使人失聰或收到不明的低語後產生崩潰、迷惑等負面情緒。嘴巴會使人發不出聲音或是成為詛咒帶源者，只要一開口說話便讓對方受到詛咒的傷害。」

「可、可怕……」好不容易回神，比哈歐仍說話結巴，身體止不住顫抖，一股惡寒由背脊爬升。

「即使你是災炎火焰體，再多看個幾眼依然會受不了痛苦而發狂。」

「這就是凡人無法逾越神的界線嗎？」

「放寬心情，你不是第一個，也不會最後一個。」學者提醒道：「門後就是古日帝國的遺址，但是這道拱門實在太危險，所以我們沒辦法大搖大擺的走入。昨夜有一群天界人試圖飛越這道石門，之後全都死於非命。」

「那我該怎麼做？」比哈歐問。

畢格博金帶領比哈歐繞過巨牆，爬上一座乾燥的沙漠岩石小山。

「我們沒辦法進入拱門，翻越巨牆，唯一能夠做的就是盡量用眼睛去接受自己看到的資訊，看多少就算多少。」畢格博金往前一指。「這是個好地點，能看見部分古日帝國的樣貌。快看！這就是現今的古日帝國。」

比哈歐集中精神，向前一望。只見巨牆後的天與地被染成一片漆黑，什麼景物都沒有，只有陣陣難聞的腥風迎面吹來。

「古日帝國被吞噬了！」比哈歐下了這個結論，他表情呆滯的看著那個絕望的黑暗世界，就像是靈魂也一併被吸入旋渦內般。「這就是……黑暗圈？」

比哈歐終於發現控制阿西奧沙漠的幕後黑手，但是他卻沒有任何喜悅，反而被氣餒的無力感壓垮內心的鬥志。

「看到黑暗圈後，你有什麼感想？」比哈歐的神情似乎正中畢格博金的預料。

比哈歐陷入沉默，看來他正處於苦惱的狀態中。

「覺得勝算渺茫嗎？」畢格博金試探性的問。

「即使火神大人在都不一定有勝算，現今的墜陽猶如一盤散沙，根本沒法抵抗往昔之主。」

畢格博金笑道：「往昔之主的實力真有那麼強勁，為何在前線騷擾你們的只有低下的土賓人？」

比哈歐恍然大悟。「你的意思是？」

「古托拉奧佩茲納祖和奧底克西一樣，現階段仍處於封印狀態。這也代表他們沒辦法施展全力，僅能指揮他們的信奉者做事。」

「傳說討伐奧底克西的成員多為蘇羅希爾兄弟會的成員，包括火神，然後……」

「不，我不是要你講這個，何況傳說多為穿鑿附會，不具事實。」學者制止比哈歐繼續發言，「不管這些往昔之主究竟被什麼封印都不重要，我要說的是想要對抗這些古神，你們會需要遠古看守者的協助。」

「遠古看守者？」

「每一名往昔之主都有負責看管祂們封印情況的英雄，遠古看守者則是我們公會對這些人的稱呼。」

「你們從何得知世界上有看守者的存在？」

「你都稱呼我們是專家了，我們當然有特殊的情報來源。」學者說：「像往昔之主這麼危險的存在，單是封印能讓人心安嗎？」

「但是遠古看守者的能力也很讓我質疑，被封印的畢竟是往昔之主。」

「也許遠古看守者的真正身分並非是人，而是其他神祇也說不定。」

「搞半天你講的都是推論？」比哈歐有點不滿。

「以前我們的確是這麼推測沒錯，直到我們偶然找到拉倫羅耶的密卷──《沉淪集》，終於證實我們的論據是對的。」

「那個沉淪集的記載有比腐朽文本詳盡嗎？」

「流傳世間的腐朽文本不過是沉淪集裡面的一小部分篇章罷了。」

「我想看那個東西。」比哈歐提出請求。

畢格博金搖頭拒絕。「那個密卷很重要，不能輕易出借。更何況您懂得翻譯拉倫羅耶古語嗎？」

比哈歐陷入短暫沉默後回答：「不懂。」接著再問：「那麼古托拉奧佩茲納祖的看守者是誰？」

「沉淪集沒有明確註明這些看守者的身分，何況拉倫羅耶視他們為眼中釘肉中刺，要是早知道身分的話豈不是會有所行動？」學者說：「不過想要明白看守者是誰也沒那麼困難，拉倫羅耶汲汲營營的目的都是為了能讓往昔之主重返世間，那麼他們的目標肯定先指向遠古看守者，所以只要從他們的一舉一動就可以看出端倪。」畢格博金意有所指的笑道：「你知道土賓人為什麼想侵略墜陽嗎？」

「因為領地靠近，他們想擴張勢力。」

學者點頭。「您想的點不錯，但並不是如此。試著想想，土賓人在自己主人都還沒完全解封前就四處招惹別人，是想證明自身有過人的實力與自信嗎？結果現在卻引起墜陽和天界人的注意，這就是他們想要的結果？若他們想要的不是這樣，那又是什麼原因？另外，你還記得我們公會曾派人調查過饕豐的事吧？」

比哈歐狐疑的說：「你想說古托拉奧佩茲納祖的看守者就是我們的熔爐主君饕豐？不可能。」他很肯定的回答。

「你又為何那麼篤定不可能？」

「既然調查過熔爐主君，你們也該知道主君大人的來歷並不是什麼遠古看守者。」

「虛空之王雷亞納是讓元素產生自我意識的天神，而一切元素能量的起源則是來自原始火炬。」學者解釋：「雖然叫火炬，但卻和字面名稱毫無關聯。原始火炬代表的是世間水、火、風、土的平衡點，也是支援自然界所有元素的重要關鍵。而現在……這原始火炬就存在於饕豐的體內。」

比哈歐大為震驚。「你們到底知道多少？」

學者卻一如往常般，平淡的說：「這股力量不正是能抗衡往昔之主的最佳選擇嗎？還有什麼好懷疑。」

「就因為原始火炬蘊含四族強大無比的元系神力，饕豐主君無法駕馭自如才導致常常失控。原始火炬之力若是外洩後果不堪設想，為了安全起見，主君大人如今被十八條煉獄鎖銬在熔爐核心的最底層。」比哈歐嗤之以鼻。「所以你說主君大人那還有餘力去看守往昔之主？」

「雖然我沒親眼看見熔爐核心內部的情形，不過我大概可以想像那個畫面。」學者意味深長的問：「煉獄鎖能鎖住原始火炬，想必是非常不得了的東西，請問那是像鐵鍊般延伸出去的枷鎖嗎？」

「我看過幾次，所以我能肯定的回答你——沒錯！那是十八條巨型神力鎖鍊，大到你難以想像。」

「那您知道鐵鍊的另一端延伸到那嗎？」

「不知道，也許是將煉獄鎖束縛在熔爐底端吧？」比哈歐並不確定。

「那麼，只要饕豐想脫困，豈不是把熔爐的地形扯個粉碎就好了嗎？」學者輕笑。「有沒有可能饕豐不是不動，而是不能動？因為鎖鍊的另一端拉著的正是足以和原始火炬神力抗衡的往昔之主，所以饕豐才動彈不得。」

比哈歐大叫一聲。「這……這、這怎麼可能？你怎麼會想到這樣誇張又離譜的故事。」驚異的表情代表比哈歐的內心已經動搖。「不、不、不，你說的確實有可能。你、你到底是什麼人？為什麼會知道這些連災炎一族都不曉得的情報？」

「現在是問這個的時候嗎？」學者攤著雙手。

「對，不是說這些的時候。我必須回到墜陽，然後一見主君大人。」

追溯神蹟公會營地來了一名不速之客，也是個讓比哈歐感到意外的人。那名身體冒著大火，外貌已被燒得不成人形的人是克洛克桑特。

「你是怎麼來到這邊的？」比哈歐疑問。

克洛克桑特身體微傾，抖動的雙肩讓身上的火焰不安地搖晃，從外觀看來他的神態呈現瘋狂，樣貌陰森恐怖。「人們刺穿耳蝸躲避無時不在的煩亂，穿越往昔之間的耳語卻依然在呢喃著，直到精神衰竭為止。」他低聲的朗誦著。

「要留神。」學者提醒道：「這個人已經神智不清。」

「你知道我是誰嗎？我是火眼比哈歐，熔爐執法官，你的上司。」

克洛克桑特似乎沒有聽見比哈歐的話，他依然沉浸在狂亂的情緒中。「跪拜吧！向神祈禱吧！末日就要來臨。」

比哈歐拿出勒德的顱骨。「還認得嗎？這是你的兒子，你唯一的獨生子，還記得他怎麼死的嗎？別跟我說你忘了。」

克洛克桑特指尖一指，火焰彈瞬間打碎他兒子的頭骨。「別白費工夫，愚民們的掙扎皆是徒勞，信奉偽神者全都有罪。」他敞開雙臂。「天神就要降世，祂將在世人面前揭穿那十二名偽神的真面目。」

突如其來的神術攻擊讓比哈歐猝不及防，他的背部被貫穿一個大洞，當場倒地。傷口既大且深，不斷冒出黑煙及火花，比哈歐趴在地上痛苦的掙扎。

一個接著一個，為數眾多的土賓人從地面躍起，把整個追溯神蹟公會營地團團包圍，人數有數百人之眾，這群潛在地底的刺客竟都沒人發覺。

血蠹人腳步緩慢，緊跟在後，他們也一併加入包圍網。

「我是拉倫羅耶天示使者，上帝已宣判爾等的罪行。」一名頭戴罩臉金盔，身穿閃閃發亮的金袍，手持玉杖的人移動到比哈歐的身旁，他就是發出神術偷襲的男子。

天示使者的腳部鬆垮癱軟，像觸鬚似的在地面鋪開，其中幾條觸手還包住比哈歐的臉。

克洛克桑特左手掌心打開，裡面有兩道在空氣中迴轉的火焰。

「那……那是我的傳導之火，你竟把重要的情報給截住！」

就在比哈歐的注視下，克洛克桑特把傳導之火捏熄。「天神的祕密不能被洩漏，你們的靈魂也要永世留在阿西奧沙漠，生生世世成為神的僕人，以償還罪行。」

天示使者以玉杖底端輕點比哈歐的背部，接著他整個身體開始灰化，最終被消滅殆盡。

「還有你們。」天示使者轉身看向追溯神蹟公會的四名成員。

畢格博金膽怯地退到三位隨扈的身後。「我能不能安然離開全靠你們三人了。」

只見站在中間那名隨侍的臉開始出現裂痕，接著痕跡越來越大並開始分解。他喉間發出低沉的笑聲。「呵呵，拉倫羅耶又怎麼樣？只不過殺了幾個沒用的聖火修行者和天界人就變得猖狂，真當安茲羅瑟沒能人嗎？我們惡災殃鼠眾就偏不把你們放在眼中。」那人的指甲轉尖，虎齒變利，粗糙的鱗片刮破假皮。「讓你瞧瞧哈魯路托直屬菁英部隊以及血祠院萬生者的本事。」

比哈歐外形被毀，變成鬼火的他拖著殘命飄回怒火核心。

管理者燐一掌將鬼火從空中擒下，隨後再以塑形神術幫比哈歐重造軀殼。

比哈歐看著自己復原如初，心中滿懷感激。「多謝燐大人。」

「發生什麼事？」

比哈歐注意到亞敘德大臣涅語也返回怒火核心，於是他忽略燐提出的問題，急忙向前追問阿西奧沙漠的情況。「涅語小姐。」他雖然著急仍不忘行禮。「您知道克洛克桑特發生的意外嗎？」

她解釋道：「克洛克桑特大人突然情緒激動的衝出營外，原本我還想派人去尋找，但土賓人卻突然大舉來襲，導致血岩崗哨大亂。雖然早已做好應敵準備，仍然有戰力上的差異。土賓人實在太驍勇了，再加上地形之利，我們也只能先選擇退回墜陽。」

「我有遇到克洛克桑特大人，可是……他似乎已經神智錯亂，認不出我來。」

燐聽到此，也大致了解情況。「現在說這些都於事無補，早該料到他死在阿西奧沙漠之後，屍體會有被控制的可能發生，毫不意外。倒是你有完成交辦的事項嗎？」

比哈歐正想回報，他開口的同時卻被突然闖入的傳令打斷對話。

「燐大人，火、火神大人回來了！」

火神·烈的回歸無疑是替墜陽打入一劑強心針，他們一行人立刻趕奔至征怒火海。特別是燐，他想見兒子的心情更為強烈。

不過等到達目的地後，即使他們還沒登上火脊島，光站在火海旁就已經知道島上此時毫無神力存在。

「又說火神回來，為什麼卻感受不到他的神力？」燐有種被戲耍的感覺，他的怒意頓時浮現。

「他……火神大人他剛剛……」守衛顯得結結巴巴，「進火脊島拿了把吉他後就要離去。」

開什麼玩笑？恣意妄為也該有個限度，火神的心中到底有沒有把墜陽當成是自己的領地在管轄？比哈歐不明白，他更是氣憤。

最後，他們趕在火神步出墜陽前攔下他。

「我只是回來拿東西，別擋著我。」火神的左眼戴上獨眼眼罩，右手扶著背上的吉他。「恆定冰球的效用時間快過了，吉他要是損壞，我唯你們是問。」

「你就只關心你那沒用的音樂，看看你穿的是什麼死樣子。」燐對火神沒使用尊稱，語氣裡充份表現出他的惱怒。

火神今天穿著黑色的長襯衫搭深色長褲，第一、二格的鈕扣還故意不扣，脖子掛著一條粗鍊子，看在災炎人的眼裡確實是奇裝異服。「閉嘴，我現在很急不和你爭，別讓我重複的話再說第二次。」火神急躁的性格讓他停不下來。

「火神大人。」比哈歐擋在火神前方。「有關熔爐主君大人以及往昔之主的消息，您一定得聽。」

「與我何干？」火神大發雷霆，再不讓路恐怕怒氣就要爆發。

比哈歐仍堅持擋道，這件關係到墜陽未來的事無論如何他絕不讓步。想不到自己效忠的領主竟然這麼墮落，安達瑞特家族的未來真是堪慮。「火神大人，事情是這樣……」

碰——蹦——。烈燄炸開的聲音發出巨響，比哈歐幾乎在沒有掙扎、沒有哀叫的狀況下被赤紅的高熱吞沒。可憐的他好不容易在阿西奧沙漠逃出生天，卻被火神的無情一擊送回大自然。

比哈歐的意識和元系神力盡被火神吸收，他腦中的資訊、獲得的情報已經深植入火神的腦海。就某方面來說，比哈歐也算達成使命。

「嗯——古托拉奧佩茲納祖和黑暗圈……」遺憾的是，火神明明了解情況的惡劣，他依舊無動於衷。

其餘的災炎人全都瞠目結舌，他們變得噤若寒蟬，再不敢擋在火神前方。

火神邁開大步離開，就在他與涅語擦身而過時，不知為何又折返。

「我看過妳嗎？妳是什麼人？」火神問。

涅語恭敬地向火神行禮。「向崇高的火神致意，屬下是向太陽皇子宣誓的亞敘德大臣涅語。」

「太陽皇子手下有妳這樣的美人我竟不知道，我果真不配當領主。」

奇怪的是，火神並不像真的在稱讚她。兩人之間短暫的接觸，卻有種劍拔弩張的壓迫氣氛。

涅語絲毫不懼火神施予的壓力，雙方正面對峙，之後是陷入詭譎的沉默。

「您好好保重。墜陽現在有您這種人才也不需要我擔心，就此道別。」

涅語扶著裙擺欠身。「恭送火神。」

火神以眼角餘光瞟了她一眼後，便頭也不回地遠離。

太奧

太奧在魔塵大陸的地理位置上位於灼傷地中部，周邊鄰國甚多。北邊為墜陽，東邊與紫都、荒理相鄰，南方與約里連接，往西與魁夏對望。其領區內火山群密集，隆起的地勢接連不斷，熔岩頻繁地噴涌讓地表破碎不堪，乾燥、荒蕪的嚴苛環境讓太奧的可用資源很稀少。

虛偽火山是太奧境內最大的活火山，它的噴發口終年被有毒的氣體和濃烈的黑煙佔據，熔岩則覆蓋山勢周圍。最特殊的是虛偽火山噴發的濃煙氣體不但只是彌漫整個天空，甚至形成獨特的黑雲浮島，人與物皆可在雲端之上佇立而不致墜落。

這樣的奇景當然也被太奧人妥善的利用，首都暗雲高淵就建在這個以煙塵建構出來的黑雲浮島上方。市區裡的種族以逐星族人佔的七成比例最多，其次為災炎族人的三成比例，幾乎沒有外地人。

奇特的逐星人從濃煙而生，以塵霾為家。大部分的逐星人活動範圍不似災炎人那麼廣闊，他們僅以在太奧內的區域為主，鮮少在魔塵大陸的其他領地出沒。雖然不受火神的指揮，卻尊敬原始火炬，同樣也信奉虛空之王雷亞納，在暗雲高淵內建有天神的神殿。

銀諾以外賓的身分來到太奧，他正上上下下仔細的端視著眼前的石面人。

「一個人的外貌竟可以改變的那麼澈底。」銀諾訝道。

那名石面人正直挺挺的站著，既安靜又沒有任何細微的動作，讓人不禁懷疑他到底是不是活物。他的顏面僵硬無表情，菱角的巨大身形看上去很粗糙，如果沒有頭上飄逸的頭髮，看起來就與路邊的石雕無異。笨重的身體還穿著鋼板冑甲，連看的人都覺得沉重。

「幸虧只有表面皮膚石化，還勉強有個人形。至少他們沒殘忍到把你真的變成一尊石像，讓你待在室外風吹日曬。」

「您就別挖苦他了。」巴札姆說：「雲主吩咐過，要讓他留在太奧的先決條件就是皮膚石化及割去舌頭。」

「實在太過分了！」銀諾輕嘆。「伊瑪拜茲家族對你在都史瓦基做的事有點意見，所以紫都迫於壓力真的是沒辦法留你；但是我當初要是不救你，恐怕亞基拉爾大人又會生氣。拜託太奧收留你，又弄到現在這種下場。就算你不怪我，我也很自責。」

石面人安靜地佇立著，沒有任何反應。

「我好像在自言自語一樣，羅伯特．凱士托，你能給我點反應嗎？」

巴札姆糾正他。「雲主賜他新名為靜心，請別再用舊的名字稱呼他了。」

「靜心？」銀諾輕哼一聲「假如他連內心都平靜無波，那就真的和死物無異了。」

「他可不是死物，您有見過死物每天會固定到同一個地方，然後一直注視著南邊嗎？」

銀諾面向靜心。「你還想著要回都史瓦基嗎？如果是這樣，我勸你連想都不要想了，面對現實吧！」

「在這兒待著只會讓你胡思亂想，沒事的話就和其他人一起四處巡邏。」巴札姆命令道。

靜心挪動僵硬的身體，他走到房間角落從劍架上取劍後佩於腰間，在銀諾的目送下離去。

「雲地議會今天沒什麼事嗎？怎麼巴札姆大人這麼閒暇？」

巴札姆的外表正符合一般大眾對逐星人的想像，他從頭到腳就像是一體成形的人型黑霧。頭部以厚布巾裹滿，只留下一對陰邪的眼神，腳部如煙繚繞，輕飄於地面之上。

他和另外五名逐星大臣一同組成雲地議會，掌握太奧的行政管理大權。逐星人自此已佔滿整個黑雲浮島，無垠的天際就是他們的勢力範圍。

「多琳卓恩大人說不想讓您再像上次那樣擅自闖入軍事重地。」

「誰曉得你們選那種地方練兵。」銀諾頓了一下，他質疑道：「所以你是來監視我的行動？」

「是接待。」他又糾正銀諾的說法。
「用不著這麼做，我沒有要見多琳卓恩女皇的打算，看完靜心後我會離開的。」銀諾強調。
「就直到您離開為止！」
銀諾真是討厭這種被盯死的感覺。

浮雲閣內傳來女性的尖叫聲，銀諾與巴札姆帶著幾名守備員連忙衝入。大廳內摩裔公主朵蕾娜雙手摀臉，雙腿無力地癱軟在地，她的正前方有一面已破碎的小鏡子，玻璃碎片散於滿地。
「玻璃？」巴札姆一揚手不知道施了什麼魔術，公主前方的鏡子碎片全都消失無蹤。「是什麼人那麼無知？竟敢在公主的活動範圍內擺放玻璃，更別說是鏡子了，這是犯了禁忌的死罪！」
「唉呀——」銀諾從喉間發出詫異的驚呼，就算他不說，周遭的人一聽就能稍微猜到端倪。
摩裔公主大怒，她衝上前賞了銀諾一記響亮的耳光，接著歇斯底里的一邊嘶吼一邊衝出大廳。
銀諾無辜的摸著臉。「我什麼都沒說，她怎麼就猜是我？」
「您也不是第一次來太奧了，這麼嚴重的事您會不知道嗎？」巴札姆看向銀諾，語氣多有責備之意。
「所以呢？你要判我死刑嗎？你要叫劊子手砍我的頭？」銀諾似乎也變得不悅。

巴札姆知道他自己不能這麼做，所以他無奈地嘆道：「現在您打算怎麼辦？」

「我來安撫行嗎？我負責讓公主的情緒穩下，你們就沒話可說了。」

巴札姆沉默不語，看來他不太信任銀諾說的話。

這就是她誕生的地方，充滿熾盛、高溫的火光，除了明亮以外什麼都沒有。但是她很享受這種空虛的感覺，彷彿整個世界就像是為了她一人而存在般，環境很舒適，什麼都沒有的火團內連物質欲望、心靈需求都沒有，她在這個地方得到最大的滿足，並希望能永遠待在此。

「虛空之王雷亞納賦予妳生命，從世界熔爐中誕生的那一刻開始，妳將擁有自主意識。」

不，我不喜歡外面，我想要永遠待在這裡，永遠當一團什麼都不用想的火焰。為什麼？為什麼要讓我有思考的能力，那我就成了必須苦惱的火焰。為什麼要讓我有動物的情緒？那我就成了有喜怒哀樂的火焰。為什麼要讓我有形體？那我就成了被外表局限的火焰，同時也不再是純粹的火焰。到底為什麼要逼我接受這個複雜的世界？

不能再回到過去嗎？我喜歡以前那個單純的環境，就只是這樣而已。我對外界的點點滴滴不感興趣，不想追求華麗又虛假的表象，我只想當個為燃燒而生，能量消逝即滅的單純火焰。這個世界強迫我面對它，神沒經過我的同意就創造了我，我不感激祂，我恨祂的殘忍。

「藍火，美麗的火色。」這是管理者燐大人的聲音。

「我執炎之刃為捍衛災炎一族而生，妳呢？」這是黛芙卓恩大人的聲音。

「管它是什麼，就燒吧，盡情地燃燒，把妳眼前看得到的事物通通燒光。」這是火神・烈大人的聲音。

「讓整個宙源都處於火光的燃燒之下，這才是真正的世界熔爐。妳不也懷念以前的形態嗎？就來改造這個世界吧！」這是火山・煬大人的聲音。

「……（細碎的雜音）」

咦？這是什麼聲音呢？為什麼那麼耳熟。

「……（雜音越變越多）」

在那裡？聲音從那裡傳來的？

「……（音量緩慢增加）」

一片鏡子？

聲音逐漸清晰明朗。「來，過來這裡。」

你是什麼人？為什麼叫我？

「妳認不出自己的聲音嗎？」

自己的聲音？熟悉的聲音原來是自己的聲音，但是我人就在此，是誰學我的聲音說話呢？

沒有人。

鏡子內空無一物，照不出景物，連自己的臉都照不出來。

你在那裡？

「我不就在此……」

模糊的鏡面漾起漣漪的水波。

在水波中點入一滴黑墨，慢慢的化開，最後鏡面染上一抹漆黑，就在那鏡中……

啊——

她什麼都沒看見，卻感受到發自內心深處的恐懼。

這種陰沉的感覺是從何而來？好像怎麼逃都沒辦法逃出黑暗的糾纏，她好想回到過去那個溫暖的出生地。

火光，令人心安的一道火光。

「我是妳的母親——多琳卓恩。」

「母、母親？」

「以後妳就是太奧的摩裔公主朵蕾娜。」

「我嗎？」

「忘記過去的一切，以後好好的在此生活。」

我是公主，我擁有太奧的一切，這裡的人都聽從我的指示，滿足我的一切需求。我什麼都有了，但是為什麼我還是感覺不到快樂？

喜悅，到底是什麼樣的情緒？從小到大從來就未曾體會過，我真的擁有過歡愉喜樂的感情嗎？

「遺憾嗎？何不結束妳痛苦的一生。」

又是妳，妳到底是誰？為何在我最痛苦的時候妳總是會出現呢？

那張令人生厭卻又叫人羨慕的笑臉。

我恨她的笑容，因為她嘲笑的是從來都沒感覺到快樂的我；我愛她的笑容，因為她的笑是我想擁有的。

曾經……

「我不遺憾，也不痛苦，沒什麼比這個人更值得讓我開心的了。」

「妳在說什麼？」銀諾一路追出，直到轉入空中花園後，公主便失去蹤影了。

這名膚色黝黑，上半臉戴著面具，身上穿著黑色風衣外套的女子是銀諾在此唯一遇見的人。

「妳的打扮再加上一頭黑色長髮，是打算隱身在這片漆黑的雲地中嗎？」銀諾問：「妳有沒有看見朵蕾娜公主經過？可以的話請把剛剛妳說的話再說一次。」

黑衣女子掩著嘴竊笑，一副不懷好意的說：「公主，死了。」

「死掉啦？」銀諾搔著臉。「那我可傷腦筋了，要是朵蕾娜公主真的死了，回去後多琳卓恩一定不會放過我。」

「你只想到自己嗎？自私的男人啊！」黑衣女子臉上笑容不減，在她周圍卻無端升起黑色的氣勁。「讓朵蕾娜公主痛苦的來源，必須被消滅。」

銀諾被迎面而來的黑色神力嚇了一大跳，他連忙往後迴避，但那股黑暗力量卻彷彿有生命般竟靈活的追逐而去。

「這是黑火焰嗎？」銀諾運起神術護罩擋下。「喂！再繼續攻擊的話我可要還手囉。」

「別想逃。」女子單手運使黑色火焰並捲起暴風襲向銀諾。

「哼！」銀諾的右臉及右手臂浮起無數條可怕的紫色筋脈，隨後由他的指尖射出數道宛如枝椏開展的紫色裂痕，雙力相衝把黑雲內的灰燼與炭粉吹得四散，現場視線完全被遮蔽，塵埃嗆得叫人沒辦法呼吸。

「咳咳……」煙塵退去後，朵蕾娜輕咳數聲，從地上坐起。

「安心了嗎？」黑衣女子問，她始終面帶笑容。

「妳到底是……」

「我是銀諾，您看見什麼東西了嗎？為什麼嚇得跌坐在地？」銀諾把公主扶起。「這裡只有公主您和我兩個人而已，您有想找的人嗎？」

「那麼，我就先離開。」黑衣女子揮手向她道別。

「等一下！」朵蕾娜急切的呼喊。

「我會等您，不用擔心。」銀諾安撫道。
「我不是和你說話。」
銀諾環視周邊，「那您和誰說話？」
「妳沒看見那名黑衣女嗎？」
銀諾明白她說的話，點頭道：「有喔，剛剛陪我做完暖身運動後就走了，她還在嗎？」
「你真的看見她？」公主緊揪銀諾的雙臂。「在那？何時？」
「不是說剛才嗎？」銀諾禮貌地輕撥公主的手。「之前也曾見過幾次，她又幹了什麼事？」
「不。」公主茫然地搖頭。「沒、沒事。」

第一次見到太奧領主多琳卓恩時讓銀諾大吃一驚，那是在八十年前昭雲閣的會議裡，經由卞安領主漢薩．伊瑪拜茲介紹認識。昭雲閣每一次開會相隔的時間實在太久了，安達瑞特家族也沒有聚會的習慣，再加上多琳卓恩不喜外出，終年待在太奧，因此雖然銀諾聽聞太奧領主的大名已久卻從未真正見過面。若非她此次剛好來到厄法，他們可能一生都不會有相見的機會。
銀諾剛接紫都的大任不久，曾有多次盟國參訪與交流的機會，但銀諾三次去太奧拜訪時接待他的人都不是多琳卓恩，讓他好失望，所以今天的初次會面是有意義的。

多琳卓恩看起來就像衰老的亞蘭納老嫗，白髮蒼蒼，皮膚滿佈皺紋，個頭不高又有點駝背，身上穿著顏色老舊且樸素的斗篷，手裡緊抓著拐杖。作為一名統治者階級的太奧領主，這種毫無朝氣的外貌與精神萎靡的疲態實在很奇怪。

但是這也很有趣，那有安茲羅瑟人會衰老的道理呢？假如你在路上見到一名老者，那一定是變身術的詐欺。

當多琳卓恩主動和銀諾打招呼時，陌生的雙方理所當然以微弱的神力互相測試對方的底蘊。太奇怪了，雖然她的目光異常犀利，擁有的元系神力也十分強大，可是神力的頻率微弱（這是神力凝聚產生窒礙才有的現象）、體溫也不如其他災炎人那麼高、從體內深處傳來的火核能量也很不穩定。怎麼會這樣？

雙方初次見面，銀諾只是和多琳卓恩簡單的幾句寒暄，沒有深入交談。

「您是半子？」

「不，我是亞蘭納人。」

多琳卓恩感到意外。「亞蘭納人？哈，您真的很了不起。」

「感謝，女皇您謬讚了。」銀諾鞠躬。

「我這可不是恭維，被轉化的亞蘭納人能夠升階至上位指揮者已屬不易，更能在紫都取得高官爵位，想必玉紘大人一定很信任您。」

「做臣下的盡力侍奉主上，實屬本份。」

「說得好，這幾年以來就連安茲羅瑟人都缺乏這種忠臣之心。」多琳卓恩繼續稱讚：「你能和火神陛下安然相處，就代表你已經勝過許多墜陽的高等貴族了。」

「那裡的話。」銀諾回答：「陛下是個值得受人尊敬的君王。」

這句話倒讓多琳卓恩表情僵硬。「若我還有情緒的話，這絕對是值得讓人發噱的事。我那個皇兄從來就沒什麼讓人尊敬的特質，做的事也都很幼稚，全憑他自己的心情。」

「其實我有同感，剛剛是恭維他而已。」銀諾呵聲笑道：「要是能一直這麼坦率的聊天真的會很痛快。」

在那之後過了八十年，銀諾和多琳卓恩在太奧內相會，此時兩人的關係已變得非常親暱。銀諾迫不及待地趨步向前迎接，他握住多琳卓恩的右手，接著在她的手背上輕吻。

「您還是一樣的美麗。」說完，他忍不住摟著多琳卓恩的腰，兩人深情地接吻。

片刻，她推開銀諾。「夠了。」多琳卓恩還是一樣沒有任何情緒變化，不過看得出來她並不特別反感。

「有什麼關係？」銀諾笑道。

「我還有國事得處理，何況眾大臣仍站在我的身旁。」多琳卓恩右側是災炎一族的焚獄領主炙・血陽；隨同在左側的是逐星族長兼黑雲領主無面者夏隆雷瑪。身後跟著石面人護衛靜心、亞基拉爾麾下邯雨信使埃蓮菈・翔、太奧首相圖加・火文、暗炎軍團大將軍穆尼德・火峰、聖火修行者伊利恩教派密賴斯・艾恩利奇主教、災風司令「無影無蹤的」古里斯圖，空中還有一隻畸形的翼龍「風脈守護者」霍恩。

「聽說您曾經前來紫都找我？真是太抱歉，那天我正好和火神大人外出。」

「我已經聽賴索大人說過了。」多琳卓恩反而向他道歉：「抱歉，那天是我自作主張帶走羅伯特．凱士托，希望您不要見怪。」

「怎麼會，我沒怪過您。」銀諾如此說道。

多琳卓恩側著頭，「但是賴索大人說您那天似乎很生氣，還指責我的擅自作主。」

該死，賴索這個大嘴巴。「沒有，我講的人是賴索。我希望他最起碼不管什麼人來紫都或做什麼事他都能立刻向我回報，但是他沒做到這一點，所以我是生他的氣，絕對不是指責您。」

「原來如此，我就知道您不會這樣。」多琳卓恩解釋：「漢薩陛下希望我們將羅伯特送回卞安，恐怕他們是想追究都史瓦基發生的事，我是怕紫都為了此事感到為難而下此決定。」

「沒事沒事，羅伯特在太奧確實比在紫都好。」銀諾看了靜心一眼，然後面有難色的說：「不過石化他的皮膚就算了，怎麼把他的舌頭也割掉了呢？」

多琳卓恩回頭看了靜心，接著她說：「我的原意是想要讓他能更快融入逐星人的族群，所以石化他的皮膚。可是我並沒下令割他的舌頭，羅伯特大人是自願保持沉默的。」

銀諾轉身瞪著巴札姆，「臭小子，滿口胡說八道，你和賴索湊一對剛好。」

巴札姆一臉事不關己的樣子。

「如果沒有其他問題，那我先去處理公務了。」多琳卓恩向銀諾點頭致意。

「沒問題，您請忙自己的事。」銀諾以拇指劃向後方。「但可以別讓他再跟著我嗎？」
「巴札姆閣下相當盡責，你介意嗎？」
銀諾連想都不想，「非常介意，不過如果是妳的意思，那我也只好接受。」
多琳卓恩點頭示意，之後和那一大票圍繞著她的手下安靜地離開現場。

幽閉的室內，密不透風的房間，來自深層的恐懼慢慢爬升。
鏡子，一面掛在牆上的橢圓形鏡子，黑暗的倒影在鏡內蟄伏著。
鏡中浮現出一顆被黑色火焰包覆的人頭，它正不斷發出淒厲的哀嚎，那是撕心裂肺的可怕慘叫，叫人不敢去聽。
朵蕾娜瑟縮在牆角，她不敢看向鏡子，雙手摀著耳朵，表情驚恐。
恐怖的叫聲依然毫無阻礙地灌向她的雙耳，令她的精神虛弱。這種強迫性的折磨再持續下去，恐怕朵蕾娜的神智就要瀕臨崩潰。
燃燒的人頭衝出鏡面，它一邊帶著悲慟的慘叫一邊接近朵蕾娜。
「呼——哈——」她大口喘著氣，這種可怕的壓迫感究竟從何而來？
從黑色的火焰中，她逐漸看清楚那顆頭的面貌。那個五官、那個外形、那個表情，簡直和自己一模一樣，就像是自己站在鏡子前的投影。

砰的一聲，鏡子猛然碎裂。

由破裂的鏡面伸出一隻被火灼傷的手臂，張開的火掌就像面目猙獰的怪物，隨後朝著朵蕾娜的方向撲伸過去。

尖叫聲過後，朵蕾娜終於從惡夢中緩緩轉醒。

「我可憐的孩子，妳又做惡夢了嗎？」

朵蕾娜從床上坐起，這才恍然大悟，剛剛看到的恐怖景象全都是夢境。朵蕾娜難過地抱著多琳卓恩，在母親的懷中顫抖，此刻躲在母親保護下的她好不容易有了安全感。

「她的精神每況愈下，體內的火核十分不穩，熄滅只是早晚的事。」黑衣女子笑道。

「珍．黑火，妳一直待在這裡？」多琳卓恩問。

「女士。」她行禮，「是我抱著公主回到她的房間。」

多琳卓恩看了她的女兒一眼，然後靜靜地讓她躺回床上。「妳現在可以離開了。」

「女士，您要對我說的話就這麼多嗎？」

「我說離開。」多琳卓恩面無表情，卻用不耐煩的口氣說：「妳才是讓朵蕾娜痛苦的來源，別讓我在太奧內再看到妳。」

「您不怪那個把鏡子帶入浮雲閣內害摩裔公主病情發作的銀諾，卻反倒責怪將公主帶回房間的我？您還真是偏心。身為太奧的領袖，攜帶鏡子進入浮雲閣是唯一死罪的命令不就是您頒布的嗎？現在銀諾違反規定，您卻把他的罪責推來給我，這於理不合。」

藍色火焰陡然驟昇，火圈在地面形成陣法包圍住珍的周身。

「珍和朵蕾娜都是我的女兒。」多琳卓恩宣稱。

銀諾漫不經心的點頭，「我知道，我都知道。」

多琳卓恩執起銀諾的手，模樣雖然呆滯，語氣卻流露出不安。「銀諾大人是我最信賴的人，也是安達瑞特家族仰仗的英雄，您的重要性不言而喻，不管對我或是整個家族來說都是如此。」

銀諾看著多琳卓恩，再把視線移到她那一雙充滿皺紋又細弱的手臂，隨後他重嘆一口氣。

「在我的人生中，最重要的三件事就是：太奧、我的女兒以及你了。」

銀諾了解她的意思，他輕輕地拍了拍多琳卓恩的背。「妳對我也一樣重要。」

「太奧有諸位大臣協助我治理國家，而您是紫都的領導人，本來一切都可以很美好。」多琳卓恩低下頭，「但是我放不下朵蕾娜和珍這兩個女兒。」

一講到她們，銀諾又變得心煩，他並不願意與這兩個女兒有任何牽扯。「關於她們兩人，我認為這份感情……」

銀諾的話被突兀地打斷。不對，應該說多琳卓恩不願讓他繼續說下去。「她們兩人都是由我的火核分裂而出，和我同出一體；是我的曾經，也是我的全部。」多琳卓恩看穿銀諾的想法，但她依然向銀諾提出懇求：「我不願意離開您，也不願意放棄她們，您對她們也是一樣的想法嗎？」

這太自私了，沒有人會那麼慈悲為了別人的好而犧牲自己的生活。銀諾心中拚命抱怨著，但她看到多琳卓恩時又於心不忍，那兩個麻煩鬼真使人厭惡。「是的，我是的，所以妳不用擔心。不管她們變得怎麼樣，只要她們一天還是妳的女兒，我就會盡責的照顧她們。」這是違心的承諾。

多琳卓恩語氣變得寬慰，「您的承諾非常可靠，我可以放心了。」

這根本不是什麼有趣的工作，可以說是扯後腿。銀諾本來就事多繁忙，他幾乎沒有多餘的心力可以分神去照顧她們兩個，何況還是精神有問題的女兒。

摩裔公主朵蕾娜是個成天悶悶不樂的孩子，她像個幼稚的小孩動不動就發脾氣。她有著與個性差異甚大的氣質外表，模樣相當清秀，留著一頭經過女僕每天整理的褐色長髮，女僕們還會為她精心設計服裝和妝扮，使她看起來更加高雅漂亮。但……這都只是虛假的外貌表象。

朵蕾娜和多琳卓恩不同，她的母親是沒有明顯的情緒表現；朵蕾娜則是被各種低落的負面情緒所困擾。平常的她兩眼無神，將自己深鎖在幽暗的房間內足不出戶。等到沮喪、痛苦、悲傷、哀怨、憤怒這些歇斯底里的症狀出現後，她就開始大吵大鬧，動輒破壞物品、打罵他人，相當令人苦惱。至於另一個叫珍的女孩則把自己當成是朵蕾娜的護衛，她和朵蕾娜長得是一模一樣，差別在於那一頭烏黑的長髮，個性上也多為負面情緒。珍本身有嚴重的暴力傾向，平時保持沉默冷靜的狀態，一有機會就會露出他猙獰狡詐的一面，對太奧的領民造成各種傷亡。雖然這對兇殘成性的安茲羅瑟人來說沒什麼大不了，但若是連自己都沒辦法控制這種瘋狂，那外人真的就必須嚴加提防這顆不定時炸彈。

而且朵蕾娜和珍之間存在著一種很奇怪的規則，那就是當朵蕾娜出現時，珍就會消失；反之當珍出現後，朵蕾娜也會不見蹤影。而且朵蕾娜只能在自己沉睡或昏迷時看見珍，但珍卻可以在四下無人僅剩她們倆姊妹且當朵蕾娜正處於睡夢狀態時出現在她的身旁。

一開始銀諾真的對她們姊妹身上發生的事感到詫異不已，他一直認為朵蕾娜本身會不會是解離性人格，其實她和珍本來就是同一個人，因為病況的關係才會一直變來變去。後來經過一段時間的觀察後，銀諾確定她們兩個的確是獨立的個體，並非一人扮演兩角。

至於為什麼會有這種詭異的狀況，銀諾認為這是一種惡意的咒術詛咒所致。

多琳卓恩為了照顧她這一對麻煩女兒幾乎就只能待在太奧，國事由眾臣代為分工處理，不是重要的外賓則不會接見。為了朵蕾娜和珍兩人，多琳卓恩讓自己的人生被束縛住，無奈的成為背著兩個包袱的普通母親。而災炎一族的體質畢竟異於常人，銀諾打從一開始就將朵蕾娜身體因素的病況給排除，那剩下的就是心理疾病以及咒術影響了。

多琳卓恩保守的個性讓她拒絕為女兒找醫生診治，導致問題不斷地惡化。這怎麼行呢？有病就一定得要治療，這種消極的做法對事情的改善根本毫無幫助。有的時候銀諾甚至會認為，真的應該要先看心理醫生的一定是多琳卓恩而非她的女兒。

咒術……若真的是詛咒會相當麻煩，災炎一族的人對咒術多為門外漢。像這種要緊的時刻，銀諾腦中僅浮現一名可以幫他處理問題的人——血祠院的不死者塔利兒。

「亞基拉爾陛下，請您讓塔利兒先生幫幫忙好嗎？」銀諾為此前去拜託亞基拉爾。

「我當然同意幫忙。」亞基拉爾抽著旱菸，「別看我這樣，我為了昭雲閣的和平可是相當的努力。可是光讓塔利兒先生主動幫忙沒有用，女皇也得合作才行。如果病患拒絕被醫治，那麼醫生其實是莫可奈何的。」亞基拉爾為他的菸桿添了一些氣味特殊的菸草。「其實我早就注意到女皇身上所發生的狀況，遺憾的是就算眼睛看到了，自己也幫不上什麼忙。」他抽了一口菸，「你知道在『某種意義上』來說多琳卓恩女皇已經死亡了嗎？」

亞基拉爾的這句話讓銀諾內心為之驚愕。

「一個人會有兩種死亡的型態：肉體死亡以及精神死亡，而我所指的是後者。」

「什麼意思呢？」銀諾不解。

亞基拉爾帶有深意的微笑，「觀察吧，用你的雙眼去觀察。你的能力很優秀，爬到上位指揮者後距離統治者階級只差臨門一腳，但是這一腳的距離可能和蒼冥七界兩端的距離一樣遠。」

銀諾聽得出亞基拉爾的話意，「您在挖苦我嗎？」

「萬事俱備，只欠契機啊。」

「多琳卓恩大人她……她那張毫無表情的面容下隱藏的是極大的空虛，是我們難以想像的低落，可以說她對這個世界已生無可戀。若非還有太奧和朵蕾娜這兩個淺薄的責任感在維繫著她，說不定她早就已經選擇自我毀滅了！」

亞基拉爾認同地點頭，「所以說當領主有什麼好的，我們背負的龐大壓力和痛苦對一般平民來說又怎麼能夠想像？他們看到的是我們人前的風光，卻看不到風光背後失去了多麼珍貴的事物。當領主的人就是這樣，在痛苦中不斷的磨練成長，而當你拒絕痛苦；剩下的就只有死亡。我們付出了無數的歲月，在靈魂連結的過程裡得不到真正的解脫。一旦走上領主這條路時，那時候已經沒有太多的選項可以選擇，即便是我，有的時候也沒辦法完全覺悟。我的泰半人生幾乎都在兵戎干戈、血光劍影中度過，有什麼人生的意義可言？我很希望能讓所有想要升階的安茲羅瑟人都有這樣的認知，可惜的是沒體會過的人終究還是沒辦法感同身受，以為當上領主後就可以和托賽因那個蠢蛋一樣張狂跋扈的過日子，等到他們開始和領區進行靈魂連結時才赫然發現這是一條充滿荊棘與折磨的不歸路，可嘆。」

「您似乎感觸很深，難道您對世界也是充滿厭倦嗎？」銀諾才不相信亞基拉爾的說詞。

「誰能不倦？打了千年的戰爭，再有趣也是會麻痺到變成例行公事。」

銀諾看著桌上那個擺在玻璃小瓶內的菸草一眼，接著說：「我知道，所以你用這種東西讓你自己麻痺，和吸食衣患散的人沒有兩樣。」

「我也可以放下一切，就在我把光神幹掉之後……在那之前我可不能先倒下讓費弗萊看我笑話。」亞基拉爾以酒潤喉，「言歸正傳，多琳卓恩大人患上的是心病，會連帶的影響朵蕾娜公主的情況。心病還需心藥醫，而能治療這心病的良醫也就只有她自己本人。放棄能澈底的毀滅一個人，女皇的情況就是在於她知道自己陷入困境卻依然放棄掙扎。即便她忍過了當領主所受的苦楚，內心的黑暗依然纏繞著她，這是一道外人無法幫忙解開的難題，她遲早會讓陰影把自己吞沒。一個人跌倒了，我們會有很多拉他起來的辦法；但如果跌倒的人因此賴在地上不起，那旁人怎麼攙扶都沒用。安達瑞特家族的人其實都有這樣的心理疾病，原因追根究底都出在管理者燐大人的身上，這個人在培養火核的過程裡太過制式化，過度要求結果而不計過程的後果就是造成他的兒女們個性不變，這是災炎皇族的通病。你看烈跟在溫和的哈魯路托身旁那麼久了，他的性格有一絲一毫的變化嗎？沒有，完全沒有，所以你盡力就好，不用過於強求。」

亞基拉爾的話正中銀諾的內心想法。由於多琳卓恩的惡劣狀況不是一朝一夕造成的，肯定是經年累月的心理壓力讓她瀕臨崩潰。管理者燐、黛芙卓恩、甚至是火神都一定有注意到這明顯的性格變化，但是她們都選擇對多琳卓恩置之不理，這還算是一家人嗎？簡直比自己的領民還不如。高頓．熱陽大人是災炎一族中較為熱心家族事務的大臣，他多次來到太奧關心多琳卓恩的狀況，無奈因為火神的毫無責任心，高頓要處理的工作比起銀諾還要更多且繁重，幾乎安達瑞特的大事都要由他來經手處理，最後分身乏術，無暇再顧及多琳卓恩。

可是也不能再這麼置之不理下去，多琳卓恩身上的神力頻率開始有斷斷續續的症狀，這大概意味著火核凝聚元系神力的功效越來越差。等到火核熄滅之後，多琳卓恩的火焰體就會從這個世界上澈底消失；朵蕾娜疑神疑鬼的症狀與日加重，她最後一定會在自己的房內發瘋；珍的暴力已經觸及到服侍朵蕾娜的女僕身上，死了幾個再換，換了又被珍殺死，都沒人敢來伺候朵蕾娜公主了。再一段時間，等到她有足夠的實力時，她絕對會變成一個以殺人為樂的狂魔。

「您為了多琳卓恩女皇的事來找我嗎？」高頓與銀諾兩人在厄法昭雲閣的會議室內見面，同樣在會議室內整理報告的還有昭雲閣副閣主赤華．蘭德以及厄法親王謝法赫．蘭德。銀諾分別向蘭德家的兩位大人物行禮，接著便行色匆忙的想拉著高頓到一旁交談。

「我們那令人尊敬的美麗太奧女皇怎麼了嗎？」赤華起身將桌面的文件全部收入皮袋內，再將其交給侍官統一做整理。

銀諾一臉尷尬，「高頓大人，您還忙嗎？請借一步說話。」

「有什麼事就說出來一起討論，蘭德家願意提供所有幫助，為安達瑞特家解決任何問題。」謝法赫親王表示。

「外力的幫忙可能很有限，我只是想了解一些情況。」銀諾說。

高頓深嘆一口氣，「唉，如您所見也就是這樣了，只有更糟而不會比較好。」

「這種情況到底是從什麼時候開始發生的？」銀諾問。

赤華看著兩人，一臉疑惑的問：「到底是什麼大事？你們兩人之間的氣氛還真凝重。」

高頓表現出心事重重的樣子，「我試著開導過她，為她尋求各種解開心結的方法，我試過很多次了，她拒絕我也很多次，到頭來依然徒勞無功。我翻閱過亞蘭納人的書籍，裡面有一種叫抑鬱障礙的心理疾病，病徵與女皇身上的情形完全相同。真沒想到亞蘭納人所生的病，居然也會發生在災炎一族火元素人的身上。」

是憂鬱症，沒錯，就是這個病！「在我還是亞蘭納人的時候曾經聽聞憂鬱症的事，這麼說來我現在需要的是一名心理醫師？」銀諾點頭。

謝法赫已經知道銀諾在為何事煩惱了。「我仍記得三百五十年前那場全部領主都出席的決策大會，當時多琳卓恩女皇身上的神力能量已有中斷的現象。這種持續衰弱的症狀只有在暗傷嚴重的安茲羅瑟人身上會出現，照理來說在女皇身上應該不會有類似的情況才對。現在想來，的確是一件使人納悶的事。」

「持續的憂鬱、悲觀與絕望會嚴重打擊一個人的身心，對女皇來說每一天都是折磨，這不是我們可以一語輕鬆帶過的事。」銀諾面向高頓，「所以我需要大人您的幫忙。」

「該幫的我已經幫了，實在是束手無策。」高頓說完就想要告辭：「墜陽還有要事急待處理，在下就先行一步。這本來只是安達瑞特家族的內務事，耽誤兩位蘭德大人的時間真是過意不去。」

「何必這麼介懷？昭雲閣是厄法的首都同時也是安茲羅瑟聯合政府的代稱，同盟有難怎麼可以置之不理。」謝法赫說。

銀諾見高頓無心於此，一時怒火上升。「連你都想一走了之，是不是打算等多琳卓恩死了你們再另外派人接管太奧？災炎一族的人全都是這個死德性嗎？」

「我既非心理醫生，又不是咒術師，能做的實在有限。」高頓為難的說。

「都是推託之辭。」銀諾餘怒未消，「我只是要知道她的病況是從什麼時候開始發生的，你閃閃躲躲的是有什麼好難以啟齒的嗎？」

「是啊，看在是同家族人的份上，難道不該伸出援手嗎？就連銀諾這個外人都比你們積極。」謝法赫幫著銀諾說話。

眼看高頓產生動搖，銀諾繼續以話勸道：「父親、兄長以及姊姊都對多琳卓恩棄之不顧，若連高頓大人您也放棄，那太奧該怎麼辦？」

「放棄是管理者燐大人的意思。」高頓沉重的表示。

果然，管理者毫不意外的下了這樣的決定。「多琳卓恩都已經成為領主了，災炎一族該想的是怎麼讓她恢復健康並管理好太奧，而不是急著找新血想取代掉她。」銀諾忿忿不平。

「管理者大人對女皇長期陷入低潮的情緒感到不耐，他認為女皇已沒有恢復的可能，太奧遲早要換領主。」高頓向銀諾賠罪，「抱歉，這本來不應該由我的口中說出。」

「這種想法很有問題。管理者大人的心中只想看到美好的一面，對於缺陷若不是視而不見，那就是只想著要抹除。」謝法赫不認同的說：「培養一名上位指揮者需要多少時間？那麼培養一名可以和領區進行靈魂連結的統治者又需要多少時間呢？若一有問題就想換人，災炎一族有多少人才可用？」

「我當然也是反對這樣的做法……」高頓也是身不由己。

其實最該換的領主就是火神，他才是對整個家族毫無貢獻度的無用之人。管理者之所以對他睜隻眼閉隻眼就僅只是看中他的階級，因為火神是安達瑞特家中唯一的一位黑暗深淵領主。「既然反對就該直接站出來表示意見，若管理者大人真有心為家族好的話就會虛心接受批評。」

「銀諾大人，您把事情想的太簡單了，您也該知道燐大人的個性……」赤華提醒銀諾。

「就是知道才不認同，這話我忍很久了，不吐不快。」銀諾再問：「高頓大人，現在你的決定是什麼？要合作就合作，別浪費彼此的時間。」

高頓沒有考慮，他點頭應允。「我幫忙，我會告訴你我所知道的事。」

「所有人立刻退出會議室，沒朕的指示不得進入，也不可以讓其他官員進來。」赤華下令，所有侍官領令後快速的步出議廳大門。

「為了有效管理安達瑞特家日益擴張的領區，多琳卓恩大人便是基於這個目的而從世界熔爐的無盡熔核中誕生的火焰元素人。」高頓接著說：「正如管理者大人的期待，多琳卓恩大人很努力的精進自己的神術，階級的提升也十分順利。就在接掌太奧後不久，女皇竟意外的向管理者大人提出退下領主之位的想法。理由是她沒有姊姊黛芙卓恩和兄長火山的欲望及野心，也沒有如同火神一般擁有卓越的能力。她自認自己不是當領主的好人選，所以希望等到太奧局勢穩定後能請管理者大人另外派人來接掌，這段時間就由她來安穩局勢。」

「多琳卓恩在一開始就已經萌生退意，這點我是知道的。」銀諾說：「這可以是換領主的理由，但是放棄多琳卓恩，任她自生自滅我就不能認同。」

「女皇以前就有抑鬱的徵兆。她缺乏自信、不喜歡宮院的生活，她認為自己只是單純的火焰，為了燃燒而生，能量消逝後就熄滅的一團火焰。」

「心理缺陷的這麼嚴重，真想不到還能升階至統治者。」赤華覺得意外。

你這年輕的後輩還比多琳卓恩的階級更高，這叫其他努力奮鬥的前輩們情何以堪？銀諾看著赤華嘲弄的心想。而懂得讀心術的赤華馬上回以銀諾淺淺的微笑，這讓銀諾更想揍他。

「這正是優良火核的證明，像我就沒這種命格。」謝法赫自嘲。

「亞父，您可真是言重了。」赤華說。

「管理者大人怎麼可能會同意女皇這種擅自作主的決定，他堅持要女皇待在她的崗位上，沒管理者大人的指示不得隨意變更領主。強制性的命令讓女皇深感焦慮，她覺得自己每一天都度日如年，這是管理者大人的希望卻不是她自己想要的人生。為了擺脫這強烈的鬱悶，她做了一項特殊決定——那就是把自己的神力與軀殼完全分開。」

銀諾詫異道：「那朵蕾娜公主就是……」

「她不是火核分裂出來的個體，而是多琳卓恩的本體。女皇是讓毫無情緒的神力元素體執掌太奧，而本身的軀體則待在後院中安靜的生活藉以消除內心的苦悶。」

「妳說她沒有情緒，但有時候她在情感上還是會依賴我。」銀諾說。

「神力體沒有喜怒哀樂，這和她能感受善意是兩回事。」高頓糾正道。

「朵蕾娜公主就是多琳卓恩女皇本人？」就連赤華都不知道有這種緣由。

「那麼珍．黑火呢？」銀諾問。

「軀體沒有神力，所以珍是女皇派去保護軀體的影子。」

「三人其實是同一人，那麼真正患有心病的只有朵蕾娜一個？」銀諾的疑問終於得到解答。

「朵蕾娜公主的狀況越不好，女皇的神力就會持續衰弱，模樣也會更加蒼老；珍本來就是分離的影子，本體力量消滅的越多，影子就越不容易控制。」

「您都知道問題是出在朵蕾娜身上，那只要提前解決或預防的話，也不至於會變成現在這樣。」銀諾怪罪道。

「銀諾大人，您好像都把錯推到高頓大人身上了。」赤華糾正道：「這種事大家都不會希望它發生。」

「我過於激動了，抱歉。」銀諾試著讓自己平心靜氣。

「一開始的女皇並沒有像現在這麼失控。」高頓回想，「神力體雖然失去情緒，可是忠於本份，神力維繫也相當安穩；朵蕾娜公主在房內打掃、看書、安靜的過日子，根本沒有什麼異樣。」

「會不會是長時間的憂鬱壓迫內心太深，終至爆發呢？」赤華問，隨後又自己否定這個答案。「都已經當到領主了，還有什麼比靈魂連結還要更痛苦的事？不太可能。」

「是從什麼時候開始出現症狀？」銀諾問。

「我已經記不得是什麼時候了，就在某一天突然就變成這樣。」

謝法赫揣思一番，接著問：「事情發生後，有什麼狀況是特別讓您感到印象深刻的嗎？」

「沒有，朵蕾娜就如現在所見，她的情緒已然不能控制，在她的身上能見到不安、恐慌、畏懼、悲傷、哀痛、憤怒等負面狀態，隨著情緒的加大而漸漸崩潰，甚至影響到神力體。」高頓說：「女皇的思想逐漸錯亂，她真的認為神力體是她的母親；而神力體也把軀體當成是女兒。她對影子極度害怕，珍的出現代表朵蕾娜必定昏厥。」

「這聽起來比較像是幻覺之類的，女皇周邊的環境或人事物有異樣之處嗎？」赤華問。

高頓想了一下，接著點頭。「有，女皇變得對鏡子和玻璃製品很敏感，在浮雲閣內任何會反射出影子的物品全都被她破壞。」

「鏡子？這到底是為什麼？」銀諾不解。

高頓攤手，「也許女皇是從鏡中看到什麼可怕的影象，但我自己是什麼都沒看到，也不知道她到底在怕什麼。」

謝法赫像是想到什麼，接著追問：「那些反射影子的物品中有發現神力殘留嗎？」

「我知道您想問什麼。」高頓回答：「元系神力有，咒系神力沒有。」

謝法赫摸著嘴唇，若有所思不發一語。

「亞父，怎麼了嗎？您想到什麼線索？」赤華問。

「我問你，我們是什麼時候把瑞亞齊斯領主押入病榻地獄的呢？」謝法赫回頭問赤華。

「這個嘛……」赤華在腦中回想著。

「瑞亞齊斯領主？我在那裡曾聽過這名字？」銀諾有印象，但他想不起名字的主人長什麼樣子以及做了哪些事。

「他是前任厄法血魂鬥技場的主人，因為暗中在鬥技場內培植勢力、對皇室圖謀不軌、控制地下賭盤、販賣人口、涉及多起謀殺及製造混亂，最後被公義法庭控告數十項罪名，由亞父親自將一千罪犯全押入病榻地獄終身監禁。」赤華說明。

「這樣窮兇惡極的人怎麼不直接處死？」銀諾問。

「尚有他的同夥未被一網打盡，而且他的勢力滲入厄法皇宮，我懷疑朝中還有大臣正聽命於他的指揮。貿然將他處死可能會引起不必要的混亂，因此我們才做出這項決定。」赤華回答：「先留著他的一條命，等到他的底牌盡掀，到時就是他的死期。」

「瑞亞齊斯領主那一夥在逃的通緝犯當中，有個善於使用鏡子妖術的人。」謝法赫說。

「有這種巧合嗎？」高頓不安的問。

「利用女皇內心脆弱的陰影趁虛而入，製造別人的恐懼正是她的拿手好戲。」謝法赫肯定的回答。

「那麼……」銀諾想再進一步詢問。

「我想現在您應該至少有一個方向了。」謝法赫說：「拿我的信去北境，塔利兒大人肯定能給予女皇需要的幫助。」

手執謝法赫信件前往北境的銀諾拜訪了血祠院咒術師塔利兒，兩人交換了意見，對事情的處理有了初步的共識。他們擬訂了讓多琳卓恩復原的階段計畫，並準備按計畫進行。

「就只有這種時候才想到我們塔利兒大人嗎？」坐在塔利兒右肩上的矮小娃娃全身漆黑，頭戴魔法尖帽，頭大身小，整張臉沒有任何五官，手拿一根細小的魔法棒，外觀看起來猶如布娃娃，身高大概就如正常亞蘭納人半隻手臂的大小。他為血祠院萬生者之一的黑天童，由於塔利兒不能言語，所以大多由他來和別人溝通，至於出力施術的工作則全交給塔利兒。

「請塔利兒大人務必伸出援手，幫助女皇脫離痛苦的桎梏，安達瑞特家族會銘記您的恩惠，日後必定圖報。」高頓誠懇的拜託。

「回報什麼的就不用了，我們也只是依照亞基拉爾陛下的吩咐做事。」黑天童說。

他們在虛偽火山附近徘徊，等待著銀諾回報浮雲閣內的情況。

「如何？」一看到銀諾孤身一人從黑雲步道穿越塵霾走來，黑天童立刻向他詢問。

銀諾從上衣口袋中拿出鏡子碎片，「我照您所說，在公主的房間擺上您給我的鏡子。」

「很好，我們會得到有用的訊息。」黑天童說。塔利兒同時伸手接下鏡子碎片。

「鏡子破了也無所謂嗎？」高頓問。

「無妨，只要有照到朵蕾娜公主的身影，我們就能探知她的異常狀態。」黑天童說。
銀諾再度返回浮雲閣，他第一個想到要探視的人當然就是多琳卓恩。
眼前的多琳卓恩看起來壓力很大，內心的疲憊大石在不久後就要將她壓垮。
「公主還好嗎？」銀諾想到的是先和她道歉：「抱歉，其實我也是在找讓公主恢復的方法。可能這個嘗試並不正確，公主的性情變得更壞了。」
「我知道，您會這樣做一定是有您的理由，我相信您不會害我們，您不必感到自責。」
銀諾給了她安慰的擁抱，「我會找到治好公主的方法，妳等我的好消息。」
多琳卓恩搖頭，「我不對此抱以奢望的期待，只要您能繼續待在我身旁支持我，這就足夠了。」
傻瓜，這怎麼夠！我一定要看到妳完全復原。銀諾心想。
銀諾內心不捨的輕撫多琳卓恩那粗糙乾枯、灰白相間的長髮，並暗自為她抱不平。同樣是災炎人的皇族，為何多琳卓恩和兄姊們的待遇差那麼多？
銀諾憂慮的看著多琳卓恩，眼前的她靜如止水，空洞的雙眼就像沉淪在黑暗深淵中的落難者，她正伸出無助的手，等待一名將她從深淵裡拉起的救援者。靜謐的空間，哀愁的思緒，脆弱的人心就像是一把無情的刀刃，緩慢又殘忍的一刀一刀割著本體的血肉，直到身上滿是時間的刀痕為止。多琳卓恩身體的變化就像經過了四、五十年歲月的亞蘭納人，她的髮絲白如霜雪，皮膚加速老化，臉頰消瘦凹陷，流逝的青春就在轉眼之間，神力的衰弱即將奪取她所剩不多時間。

「怎麼了嗎？」多琳卓恩盯著銀諾的雙眼問。

「沒有，妳真的很美，很美……」銀諾稱讚道。不能再拖下去了，朵蕾娜公主已撐不久。

根據黑天童所言，影響多琳卓恩的異樣來源不會離浮雲閣太遠，可疑的部分都要詳細搜索。於是高頓和銀諾兩人在不驚動太奧眾臣與領民的情況下快速的查找黑天童口中的可疑異點。儘管搜查的相當仔細，卻依然是一無所獲。非但如此，多琳卓恩和朵蕾娜還雙雙陷入不明的昏迷。眼見事態緊迫，銀諾和高頓只得臨時編一些理由讓塔利兒進浮雲閣，銀諾則隱瞞了多琳卓恩的情況，繼續裝作無事發生的樣子。

「對方已開始準備取走女皇的火核神力了。」黑天童說：「這是一種靈魂契約，不知道女皇和那名咒術師進行怎樣的約定，可以肯定的是代價就是她的性命。」

「您有找到那個異樣點嗎？」銀諾急問。

「就在神力體之中。」黑天童指向多琳卓恩，「對方十分卑鄙，利用不具軀殼的神力體防範上的疏漏趁虛而入，神力體的存在就是軀體真正的夢魘的來源。」

「太可惡了，一定要把那個咒術師找出來燒死！」高頓誓言。

「塔利兒先生，請您立刻解除對方的咒術。」銀諾要求。

「無能為力。」黑天童指稱：「我們得維持神力體的安穩，避免讓神力體崩潰後被對方取走火核。同時朵蕾娜的狀況亦不安穩，這裡需要我待著。」

珍．黑火出現，她不帶任何善意。「離公主遠一點，你們全都是褻瀆她的罪人！」

對了，只要朵蕾娜一昏迷她就會出現，真不是時候。

「她把我們當成敵人了。」高頓說。

「高頓大人，請儘可能的悄悄處理，別引起風波。」銀諾說。

高頓輕哼，「我還不把她放在眼裡，這事輕而易舉。」

塔利兒揮動女屍杖，正準備建立傳送門。「我掌握了特異點的源頭，即將開啟連接的奇異傳送門，就由你一人前去清除深藏在多琳卓恩內心深處的黑暗。」

「我一人？您不和我去嗎？」銀諾不安的問：「我不懂咒術，實在沒什麼把握能從多琳卓恩的思想世界裡幫助她解除陰霾。」

「由於奇異傳送門的另一端是虛構的世界，我得維持傳送門的安穩，無法陪同隨行。」黑天童表示：「雖然只有你進去，但你的意識會與我相連，任何問題我都能即時給予援助。」

進入之前銀諾還特意看了塔利兒與高頓一眼，接著擔心的提醒道：「塔利兒大人，女皇和公主就拜託你了；高頓大人，勞煩您制住珍，繼續維持太奧的安定。」

「快去，時間已不多。」黑天童催促道。

銀諾點頭，他謹慎地看了奇異傳送門一眼，深吸一口氣穩定心情後旋即穿越而入。

幽暗之刻，渾沌之間，這個事物停滯、環境單調的地方就是束縛朵蕾娜的痛苦根源。銀諾鼓足氣勢，像這樣的地方不管有幾個都絕對要將其破壞殆盡。

「英俊的紫都首相，您終於來到這裡了。」空氣中傳來妖詭的女聲。

「鏡妖，妳出來！」銀諾放聲大吼：「快給我離開多琳卓恩的身邊，否則我會撕碎你！」

鏡妖發出陰險的笑聲，「如何？就憑你和塔利兒兩人能夠讓多琳卓恩恢復原狀嗎？懸崖就在眼前，滿心絕望準備求死的自殺者能聽得了來自背後的呼喊？不要傻了，死神的耳語能蓋過任何人的聲音。捨棄這個讓人毫無眷戀的世界，身心的解脫就在翻眼後的下一刻，僅僅只有一步之差……為何你要阻止別人前進的路呢？就讓她往前踏吧！一念正是解脫與痛苦的分界線，就像是美夢與現實的差距，這樣的反差讓人欲罷不能卻又寂寞空虛。眾人何不思求長久的快樂之道，將各種痛苦永遠放逐呢？」

「你就是這樣勸別人自殺的嗎？自私的渾蛋！」銀諾罵道：「因為人性的脆弱才有感情維繫的必要，感情能為人性架起堅強的護盾，你這種人完全不懂。利用多琳卓恩內心渴求安寧自在的弱點趁虛而入，你罪不容赦！」

「看來你並不曉得我們之間訂定靈魂契約的內容。」鏡妖說：「無所謂，就按你所想的行動吧！奴也想看看你能做到什麼程度，需要奴給你一點提示嗎？」

「你有膽量就現身，當面和我說明。」

鏡妖語帶蔑笑，「魔鏡告訴奴這世界上最愚蠢的人是誰了。」話語一落，鏡妖不再與銀諾對話。接著一張被塗黑的畫紙憑空飄於銀諾的正前方，那張畫紙除了已先被人用墨塗黑之外，上面什麼都沒畫；無景無物無人無字，連一點留白的空間都沒有。

才剛一接觸畫紙，銀諾馬上又被拉到另一個世界。

甫睜開眼，銀諾看到的是熟悉的景物。「這裡……是太奧？我離開傳送門了？」他納悶著。天空傳來黑天童的聲音，「這裡是朵蕾娜在內心構築的世界，不是真正的太奧。」

「原來如此。」銀諾問：「那我該怎麼做呢？」

「你唯一要注意的一點只有──『神力無法改變世事無常』這個事實。」

「什麼意思？我不能在這裡使用神力嗎？」

「不是。」黑天童進一步解釋：「這裡畢竟還是多琳卓恩的內心，不是我或鏡妖以咒術施法變出的幻象。在這裡的一切全是依多琳卓恩本人的意志與想法來構築，不管是你、我或鏡妖都不能改變，誰都不能。鏡妖唯一能做的就是把女皇的內心導向更黑暗的世界，直到支撐女皇內心的最後一根支柱倒塌為止。所以你要做的事便是反其道而行，把女皇扭曲的想法導正，讓她自行排除心魔。假如女皇不願回頭而且還一路沉淪時，你就得要有心理準備。當你的神力及呼喊改變不了任何事實，你就只能認命的撤退。在這個地方你盡力而為就好，否則你將會跟著女皇一起永墜於這個滅絕希望的世界。」

銀諾仰天一望，昏暗的天空猶如濁水，就像人世間的無常。「都走到這裡了，您要我聽天由命嗎？」銀諾搖頭苦笑，「我不要這樣，我不喜歡這樣。都付出努力了，為何還得不到收獲？世間事都是有始有終，如果這裡就是多琳卓恩的終點，那……我願陪她！」

黑天童的笑聲很令人厭惡，「不過我可不能陪你們，一旦多琳卓恩撐不下去我會當機立斷的解除連結。至於你要不要離開就隨你之意，但在這之前我會盡力的幫你。」

朵蕾娜心中的太奧比現實的太奧還要更黯淡，不止是天空，還有虛偽火山、浮雲閣、岩漿、人物、背景全都沒有色彩；而且這個世界完全沒有聲音，說話聲、風聲、踢石頭的碰撞聲……全部都沒有，為何會這樣？

悲慘的世界啊，這就是朵蕾娜平時的心情寫照嗎？看到的人事物全是死寂的黑白，沒有半點帶有活力的色彩。消音的環境莫非是希望心中得到平靜亦或僅是不願聽到凡世的雜音？

那麼朵蕾娜現在又在那裡呢？

浮雲閣外下起腥紅的細雨，幸好這種異象只發生在虛構的太奧，否則光是災炎地下雨一事就會成為魔塵大陸的新聞了。說也奇怪，高空的雲層上好像在不知不覺中多了一對巨大的眼睛正盯著自己的一舉一動，銀諾走到哪眼睛就跟到哪，這是什麼情形？意思是朵蕾娜對外人提高了警覺嗎？地面放眼望去盡是稀爛的人型泥巴，再從泥巴的形狀來觀察，銀諾認出了幾團泥巴所代表的人物：形體狂放的是炙．血陽，泥巴形狀高大且頭部呈橢圓形的人肯定是頭上纏著繃帶的夏隆雷瑪……銀諾找了半天，認出很多太奧大臣，但怎麼沒有自己的泥巴人型呢？

對喔，自己本身又不算是太奧的人，不可能會有我。

等到地上不再出現泥巴後，取而代之的是一堆在原地緩慢旋轉的悲傷稻草人。這些稻草人各個哭喪著臉，當銀諾經過時，稻草人便停止旋轉並紛紛面朝銀諾；不管銀諾走到那裡，稻草人也跟著轉到那裡。其中有一支稻草人相當與眾不同，它不會旋轉，也沒有哭臉、沒有五官。當銀諾好奇地走近觀看時，它的五官突然整個凹陷，接著就沒有其他的事發生，不曉得這代表的是朵蕾娜內心的何種變化？

浮雲閣內部變成一潭漆黑的池水，在這水池內不時會伸出泥濘的手臂，然後向銀諾招手。銀諾無視掉他所看到的任何奇景異樣，他一股腦地直往浮雲閣深處探去。朵蕾娜的石像就在她平時所在的房間裡，以站立的姿勢完全石化。

怎麼會這樣，朵蕾娜在她的世界裡只是一座石像，自己又該怎麼樣才能解救她呢？銀諾木然的盯著石像，他將手掌輕輕貼上石像哀怨的臉，感受從石像傳來的刺骨冰冷。

房裡來了三名不速之客：中間是虎頭生角，人高馬大身穿黑鋼板甲的半獸人。左邊是身著紫紅絲質長袍的樹人，頭頂著茂密的綠葉。右邊是雀頭人身，穿著棗紅色長禮服的鳥人。

半獸人稀哩呼嚕，嘴巴講一長串銀諾聽不到的話。那名鳥人持續張開牠的喙，看起來似乎很生氣。牠們的獸鳴都會被這個世界消音，銀諾無法從聲音得到牠們想要表達的意思，只能看到牠們對自己張牙舞爪的模樣。

不管怎樣，從他們的行動來看，根本就對朵蕾娜的石像不懷好意。

「在女皇陛下的心中，她的哥哥與姊妹們就是這種形象。」黑天童傳音解釋：「半獸人是火神、樹人是妃妲雅、鳥人是黛芙卓恩。」

居然是這種涵意，銀諾都不知道自己該不該笑。

「趕走這些人，對於朵蕾娜公主會有幫助。」黑天童說：「至於能不能減少她內心的陰霾……這點我不敢保證。」

我不需要這麼模稜兩可的答案，難道就不能給我一個肯定的方向嗎？銀諾不知道自己做的對不對，他橫臂擋住牠們，不讓其接近石像。不管趕走這些夢魘能否使朵蕾娜復原，反正牠們的存在的確會造成朵蕾娜痛苦，所以必須將牠們排除。

半獸人賞了銀諾一記耳光，接著發出無聲的咆哮。

銀諾摸著刺痛的左臉頰，這種感覺……不會錯的，跟火神打人時一模一樣。這種打人像打狗的方式只有火神做的出來，而且每次被打時總會讓人發自心底升起熊熊怒火。

在外面也就算了，難道我連在朵蕾娜的內心世界也要受此屈辱嗎？銀諾不想忍耐，正待怒氣爆發之時，黑天童又送來傳音。「火神雖然形象變得不同，不過實力並不會因此削減，畢竟這是女皇對火神的正常認知。」

銀諾不信，他與半獸人比試神力，結果當場被震退一段距離。

「開玩笑嗎？我才沒這麼弱，火神也沒強成這樣！」銀諾發出抗議。

「這就是你們兩人在女皇的腦海裡對決的結果，你該接受。」

火神、黛芙卓恩、妃妲雅逐步逼近石像，再怎麼說她都是你們的親人，真的要那麼狠心嗎？銀諾心念一轉，背起石像後立刻衝過三人身旁，直往浮雲閣的出口狂奔。

「塔利兒，快打開傳送門！」銀諾朝天呼喊。

火神三人隨後從一面鏡牆內步出，他們竟能毫不費力的以傳送術攔在銀諾前方。

「這就是你所想到的解決方法嗎？以為將石像帶回現實世界就算是解除女皇的夢魘了？簡直天真且幼稚。你作的夢再美，惡夢再怎麼恐怖，它們何曾在現實成真過？」鏡妖揶揄道：「虛構的依然是虛構，你無法把石像帶回現實生活，任何人都辦不到，所以你注定要失敗。」

「我不會束手就擒的，多琳卓恩會脫離你的控制。」

「天真，你要用什麼方法喚醒沉睡的美人呢？」鏡妖笑道：「如果女皇現在作的是一個永遠無法清醒的夢，而且這個夢還是惡夢，你說這會是多折磨人的事？」

火神射出火焰彈，銀諾化出氣形護盾卻被火彈擊散，餘燼則波及銀諾全身，令他灼燙難當。

「想要救多琳卓恩，奴會給你機會。」鏡妖控制住局面這個事實真令人崩潰。「你需要這個機會嗎？這是奴能給予你的唯一善意。」

「虛賦月大人，你可真有自信。」黑天童回覆道：「你就不怕我奪回控制權嗎？」

「如果您辦得到的話，那麼讓遊戲多一點樂趣也沒有什麼不可以。」

黑天童吃吃的笑道：「貪婪的惡魔，你以為我不知道你打的是什麼主意嗎？哼，也好，連遊戲規則都不知道，那可沒辦法玩。」

「聽著，想要知道靈魂契約的內容，你就想辦法解開這三道謎題：第一，熔岩之花的真正顏色。第二，夢魘的根源。第三，是什麼改變了女皇？奴很希望你們至少能有取悅奴的本事，不然就一起成為奴的收藏品也是美事一樁。在那之前……你得先接受答錯問題的懲罰。」

火神、黛芙卓恩、妃妲雅齊力發招攻向銀諾。本來在現實世界裡銀諾已經不可能抵擋他們三人的攻擊，至於在這個神力被弱化的內心世界就更不用說了。銀諾瞬間被紅、藍雙色火焰包覆，片刻後便灰飛煙滅，從朵蕾娜的世界中澈底消失。

好溫暖的感覺，一股如春風般的暖流吹拂周身。銀諾睜開慵懶的雙眼，第一個映入眼簾中的是多琳卓恩的面容，她正面無表情的低頭看著自己。雖然她沒有什麼特別的反應，卻給銀諾一種心安的踏實感。多琳卓恩身上的火核能量帶給銀諾安適，就像躺在青鬱的草皮上，沐浴在溫暖的陽光下一樣。這感覺只有以前在聖路之地時才能體會得到，而陰暗的魘塵大陸則從沒出現這種情景過。銀諾伸個懶腰，把頭從多琳卓恩的大腿上移開。「我枕在妳腿上睡了多久？」

「一刻半，您可以繼續休息。」

銀諾抓抓脖子，打個哈欠。「妳怎麼不叫醒我呢？」

「平時您沒有什麼時間可以休息，現在正是最好的時候。」

「但是紫都和家族內還有其他的事需要我……」

多琳卓恩拉著銀諾的衣服，「我請高頓大人幫忙了，您就忙裡偷閒一下也可以。」她拉著銀諾，讓他安躺在自己的腿上。

「唉呀，我會睡不入眠。」銀諾不安的表示。

多琳卓恩輕輕撫摸銀諾的頭髮，讓他試著閉上雙眼平靜的休息。

「這樣對高頓大人太過意不去了，妳要是把對我的好分一半給他就……」說著說著，銀諾的眼皮又如鉛垂般沉重，很快又沉沉的睡著。

火焰逐漸消退，傷勢盡皆復原。銀諾在全身滾燙的燒痛中轉醒，他發出痛苦的嗚咽聲。

「你被火神燒死了，還好這裡只是虛構的世界。」黑天童提醒：「清除朵蕾娜內心陰影的行動失敗了，僅剩兩次的機會，你該好好的把握。」

銀諾又回到一開始的混亂空間，周遭環境的顏色變得有些潮紅；黑雲飄動，一朵一朵變成了向銀諾傾訴冤屈的悲傷靈魂；地面踩踏有聲，那是打破靜謐的滴水之音。

失敗？被火焚燒的疼痛還烙印在身上，這怎麼樣都不太像幻覺。除了親身經歷過的人之外，不會有人能對這種痛苦感同身受。

銀諾搓揉疲憊的臉，這種沉重的壓力快讓他喘不過氣。

「打起精神，你還有段路要走。」黑天童安慰道。

「都已經近在眼前了，鏡妖到底還要我們解什麼謎題？」

「若不是為了拖延時間，那就是他也需要掌握謎題的答案，兩者皆有可能。」

銀諾沉吟半晌，「不知道鏡妖給的題目到底是什麼意思。」連題目都不明白的話，要解出答案根本不可能。銀諾環顧四面八方，接著他在沉寂的西邊發現一棵低矮的樹。因為整個混亂空間只有那麼一棵完整且真實的樹，所以它的存在非常明顯，銀諾趕緊湊上前去查看。

那是棵再平凡不過的樹，只是它已經枯死，頂端的枯枝彎曲乾燥，沒有任何葉片。

奇怪的是在枯枝上還掛著一顆蘋果，而且果實的表面正處於燃燒狀態卻不會點燃枯枝。

銀諾試著以右手輕觸那顆蘋果，他並沒有感受到火焰的熱度。就在下一刻，銀諾的意識再次被傳送到新的世界。這次被傳送過去的地點是墜陽的怒火核心，銀諾在當下就已經心裡有底。

照理來說，怒火核心是個灼熱狂放的火球，肉身之軀沒有辦法承受這種環境，即使有強大的神力護體也不可能久持，肉體待在其中遲早會灰飛煙滅。也許因為這只是假想的怒火核心，所以自己才能置身於此吧？銀諾也只能以這種理由來說服自己。

把自己送到怒火核心來究竟要做什麼？銀諾正思考這個問題的答案。他想到鏡妖給他的第一道謎題「熔岩之花的真正顏色」。什麼是熔岩之花他聽都沒聽過，不過既然名字叫熔岩之花那必是與火有關，相信自己或許能從這個火元素的誕生地內找到答案。

熔爐管理者燐獨自來到無盡熔核的邊緣，他怔怔地目視著火舌滾動的圓形火池，似乎正準備要進行什麼事。只見他取出自己的火核碎片，接著放入無盡熔核內準備創造出新的火元素人。

「藍火，美麗的火色。」管理者燐自言自語的說。

「不、不要，住手！」這是女皇的聲音。

銀諾明明沒看到多琳卓恩，卻聽得到她的聲音。

這是多琳卓恩誕生前的情景嗎？所以現在我處於多琳卓恩的內心世界中？那我該怎麼做。銀諾傷透了腦筋，他自認自己不是亞基拉爾或梵迦那種聰明人，為什麼老是出這麼抽象的問題要讓他找答案？銀諾知道從無盡熔核內變成火元素人是多琳卓恩一生痛苦的開始，那麼現在他應該要阻止管理者燐還是放任不管？自己跑去阻礙管理者的行動有可能會造成多琳卓恩消失，若視而不見則讓多琳卓恩留下陰影，那究竟是阻止還是不阻止？

這決定實在萬般艱難，在愛與犧牲之間銀諾沒有太多的時間可以讓他抉擇。

銀諾隨後出手干擾管理者的行動，燐差一點就可以為火核碎片注入元系神力。

「管理者大人，我為自己的行為道歉，冒犯了您是我的不對。」銀諾手指著火核碎片解釋：「但是……那個火核碎片它不會希望自己變成人形，所以您、您不可以強迫它。」

「你在胡說八道什麼？」燐面帶慍色道：「你是從那裡溜進怒火核心？你又是誰？」

管理者不認識自己了？這沒道理，難道這個時候的自己還沒加入安達瑞特家族，仍然只是霍圖其中一個名不見經傳的軍官嗎？銀諾腦中被年代的錯亂感搞混，可是現在卻不是想這些的時候。沒錯，管理者不認識自己正好，那不管做什麼事都不會有綁手綁腳的感覺。

「不管我是誰，您的做法不對。」銀諾看著火核碎片說：「萬物皆有靈，沒有人可以代替別人主宰他人的生命。」

「我主宰了誰？你說火核？它可還沒成形。」燐嗤笑道。

「但是無盡熔核加上原始火炬之力已經讓火核碎片很快有了自己的思考能力，它告訴了我它自己不想成形的這個事實，因此您不可以用元系神力強行把火核塑成元素人形。」

「這是災炎皇族必經的誕生過程，全都由我親自塑形，你一個外人憑什麼介入且還敢大放厥詞？」燐哼道：「不是萬物皆有靈，是我的給予他們才能擁有，這是原始火炬賦予我的使命。」

「不是的，您只不過是讓火核擁有生命，您給了他們新的人生道路，但不是由您來指導他們怎麼走。即便是分裂的火核也有自己的思想，是獨立的個體，他們不是您的分身。」

「你有多了解我們？你才憑什麼代替我的火核碎片發言。」管理者怒火熾盛，「我的是非絕對輪不到你一個外人來多嘴，光是你擅闖災炎一族的聖地就已經是死罪。」

「請您再聽我解釋一下……」

話未說完，管理者已經挺掌逼壓，飽滿的元系神力使得銀諾不得不提足自身神力來防禦。兩股勁力相衝，無盡熔核內岩漿翻騰，銀諾被管理者的神力直接壓制在地。

又來了，真該死！我在妳的心中到底有多弱？連管理者都不如。銀諾埋怨著不了解自己的多琳卓恩，他同時也理解到以武力相搏已無勝算。

心一橫，銀諾縱身跳入無盡熔核之中。他認為反正打不贏管理者，乾脆把火核碎片搶到手後找機會逃走還比較省事。

出乎銀諾的意料，無盡熔核內外是兩個截然不同的世界。滿地是鋪開的火草，翅膀飄著點點火光的蝴蝶圍繞著火焰花蕊在飛舞，天空是赤紅的火球，地面有一條炙燄的火河，一棵火光熠熠的怪異巨樹朝銀諾緩慢走來。「陌生人，你來無盡熔核做什麼？」巨樹問。

銀諾直言來意，「我來尋找剛剛被管理者大人扔進來的火核碎片。」

巨樹也很耿直的回答銀諾的問題。「我看到碎片飛入火草圃的中央，你找找看。」

銀諾聽完巨樹的話後立刻前去尋找。而東西也不難找，他很快就發現那碎片飄浮於半空中。別動，讓我乖乖的把你摘下來。就在銀諾這麼想的同時，碎片從他的指縫溜走，接著鑽入火草圃內，片刻後生出了一朵怪異的花。

銀諾還搞不清楚狀況，他茫然地將花摘起。「這個……會是熔岩之花嗎？」

「有可能。」黑天童也不太確定。「我們算是解完第一道謎題了？」

銀諾總感覺沒那麼簡單，「但是這花是枯萎的，它不像其他火焰花一般那麼有朝氣。」

「四處找找，既然花是在無盡熔核內誕生的，那麼其他兩個謎題的關鍵很可能也在其中。」

銀諾贊同黑天童的猜測，畢竟這個無盡熔核可不是一般生物能夠進來的地方，既然多琳卓恩帶自己回到她的出生地，想必這裡面存在著關於她內心陰影的關鍵。

銀諾在火草圃的北方發現一棟燃燒的木屋，基於好奇之心他走了進去。那屋子裡面沒有主人，室內也沒什麼擺飾或家具，這是棟兩層的建築，相當單調。銀諾到處走走看看，接著順著樓梯上到二樓。他推開火門，這個地方簡直就和發生火災沒兩樣，看得到的東西全都在燃燒，只是燒之不盡，而火焰對自己來說也不灼燙。

房間中央的牆壁有一個像是樹洞般的窟窿，裡面無火，漆黑陰冷，不過沒有任何東西。桌上擺了隻空花瓶，桌子的正對面是一扇打開的木窗。窗邊火蜘蛛結網，牠抓到了火蝴蝶。銀諾動了無謂的惻隱之心，他拆掉網子把火蝴蝶放走。

「不要浪費時間。」黑天童說：「把熔岩之花插入花瓶內試試。」

對喔，自己剛剛怎麼沒想到。花就是要插在花瓶裡，否則拿在手上一點用都沒有。銀諾照黑天童的話去做，結果熔岩之花的花朵真的隨即開展，綻開豔紅的花瓣。

「這就是熔岩之花真正的顏色，我們解開第一道題目了。」黑天童的語氣聽來很雀躍。

但真的是這樣嗎？銀諾捧起花瓶左看右看，好像有點奇怪。

銀諾注意到本來無一物的窟窿突然憑空出現一團透明的燄球，赤裸的朵蕾娜就像小嬰兒一樣屈著身體被包覆在內，看起來像是陷入沉睡。銀諾趨步向前，他喚著多琳卓恩這個名字而非朵蕾娜，但她沒任何反應。這團燄球看起來就和胚胎沒兩樣，意思是多琳卓恩正要從這裡誕生嗎？

「不要輕易打開或接觸，這不知道會對女皇造成什麼影響。」

銀諾知道，所以他不敢妄動。這個時候的多琳卓恩依然是朵蕾娜的外貌，她還沒將神力與情緒完全分離，睡著的她看起來非常的美麗，容貌超凡脫俗。

「可是現在的我又陷入僵局了。」銀諾困擾的說：「剩下的兩個謎題讓我毫無頭緒。」

思考啊，像個聰明的人一樣動腦好好地想，多琳卓恩已經提示的很明顯了。

點點火花在銀諾的頭上盤旋，這不是剛剛他救的那隻火蝴蝶嗎？

「牠似乎想帶你去什麼地方。」黑天童說。

要帶我去那兒？難道這隻火蝴蝶也是受多琳卓恩影響嗎？

火蝴蝶在熔岩之花上迴繞了三圈以後便從木窗飛出，銀諾手拿花瓶連忙跟上。

「這是蝴蝶的報恩，牠會幫你解開謎題。」黑天童開玩笑的說。

要是真的如此就好了。

銀諾循著火焰留下的軌跡緊緊跟隨，他爬過小丘，穿過火樹叢，最後那隻蝴蝶跟牠的其他同伴在一條火焰之河上開心的飛舞，一共有七隻蝴蝶。

到此為止了？牠們帶我來這裡幹嘛？

看著激烈流動的火焰之河，就像一條生命力旺盛的火蛟，它正在銀諾的腳下翻動，彷彿隨時都能化成火龍騰飛高空翱翔而去，氣勢磅礴的令人讚嘆。

火河與生命？對了，這說不定可以拿來灌溉熔岩之花。銀諾將少許燄河的火能之源舀進花瓶之中，期待看到花朵出現變化。結果花蕊的部分只是稍微綻放片刻的光芒，隨後又轉為黯淡，就像什麼事都沒發生過，看來這並非是解答。

七隻火蝴蝶成一列，全部整齊劃一的朝著同個方向飛去。不管怎麼看都覺得牠們是刻意在指引路線，銀諾沒理由不跟隨在後。

「你要小心，我注意到你正在接近一股不明的擾動神力。」黑天童提醒銀諾。

銀諾跟著火蝴蝶走過一座跨越火焰之河的長橋，目的地就在眼前了。

「火洞？」銀諾問：「這是陷阱嗎？」火蝴蝶在此處散去，隨後銀諾謹慎的探入其中。為防萬一，他只敢在洞外觀察內部情況。洞中空間不大，相較於洞外則相當昏暗，中央處有一座小石臺和四根置放白蠟燭的長架，除了已經點燃的四根蠟燭外，裡面沒有其他的火源。

銀諾腳步放輕，雙眼注視著石臺，他看見一面極不明顯的小圓鏡立於石臺之上。

「這就是多琳卓恩夢魘的來源吧？」銀諾不敢直接觸碰，「塔利兒先生，我可以拿起它嗎？」

黑天童回答：「那是媒介法器，具有增幅的功能，相信它對女皇是有影響，但我不能肯定影響有多深。你可以拿起它，只要沒有咒術師在一旁催動咒語它就不會有作用。」

銀諾將鏡子拿起，「熔岩之花的顏色、夢魘的根源、改變多琳卓恩的原因我全都知道了。」

「但是第三個答案還沒出現。」黑天童不解。

「已經呼之欲出了，還猜不到就太遲鈍了。」銀諾一臉如釋重負的表情。「多琳卓恩可以恢復，她得以從痛苦中解脫，太好了。還等什麼呢？快開個奇異傳送門讓我回去。」

「且慢……我感覺到有強大的元系神力出現在火洞外，我無法在這種情況下施術。」

銀諾狐疑的走至洞外，意想之中的人真的就站在眼前。

「我還在想我這一路實在太順利了。果然人只要一往壞處想，壞事就會跟著一起來。」

管理者燐殺意熾盛的盯著銀諾。「竟然玷污我們災炎一族神聖的無盡熔核，你真該死！會讓你闖進來是我的失職，所以我也會為此負起責任——將污垢清除！」

「我所做的一切都是為了災炎一族。」銀諾宣稱：「雖然很無禮，但我還是得和您解釋清楚，您現在的做法非常不恰當，甚至會造成之後災炎皇室的分裂，請一定要三思而後行。」

管理者燐因憤怒而恢復原形，他整個人轉為炙紅的火焰體，噴發的熱流在他的周身跳動，元系神力的流轉在他的背後形成一圈火環，閃耀的光芒強烈到讓人無法直視。

「慢著……」銀諾無法視物，他急提神力為自己架起護罩。

太遲了，燐在雙掌之間捲動火浪，彌天蓋地的火焰之珥將銀諾的身體完全吞沒，他甚至連慘叫聲都還沒來得及發出……

紫都的白靈夜宮內，悠藍與賴索、塔培茲三人在領主玉紘．翠瞳的房間外守候，今天在領主的神力庇護下依然是和平安詳的一天。

賴索來回踱步，完全定不下心。「悠藍大人，若沒事的話請允許在下暫退。」

「你去那裡？」悠藍看著他，「你想找銀諾大人？」

太了解我了，賴索點頭。「在下想先看個新聞。」

悠藍明白的說：「並不是每次銀諾大人出門都會惹事生非，那是和火神在一起在會茲生事端。」

「都已經去太奧好一段時間了，按理來說銀諾大人都會定時的報告他自己的行蹤以及詢問紫都內有沒有其他問題。」賴索擔憂的說：「安靜成這樣不是大人的行事風格，我擔心是不是有事發生。」

悠藍眉頭緊皺，「沒事回傳就是好事，難道你想聽到什麼壞消息嗎？太奧那邊毫無動靜，這證明一切只是您自己太多慮。」

但願如此，「也許是這樣。」賴索和銀諾一向走得最近，他也很清楚銀諾的性格。在賴索的心目中，銀諾一直是個認真負責的人。即使家族內有什麼重要的事需要他去處理，但都比不上紫都在他內心的重要性，畢竟是玉紘大人不顧昭雲閣其他領主的訕笑堅持拔擢亞蘭納出身的銀諾，讓一直被埋沒在霍圖的銀諾得到重用。這是銀諾一生最重要的轉折，從此之後銀諾對紫都中的事務全都是鞠躬盡瘁、任勞任怨的全心付出。

即便是半天沒有銀諾的消息回傳讓夠讓賴索覺得很不對勁了，更何況還已經過了那麼多天。

悠藍和塔培茲兩人交頭接耳，好像為了什麼事正感到困擾。

「你難道沒任何感覺嗎？」塔培茲問賴索。

賴索沒遲鈍到對周遭環境的變化一無所覺，他早就因為一波一波擾動的念系神力而頭痛不已。這不是第一次發生的事，當玉紘陷入沉睡時，常會有無法完全控制念系神力的情況出現。因為這不是玉紘的本意，所以對周邊的人並不會造成太大的傷害，但是精神多少會因此有所折損。頭部傳來陣陣疼痛還算是正常的情形，反正過一陣子就結束，不會有後遺症留下。

不過這次有點奇怪，念系神力的擾動情況比往常持續還要久，而且略為劇烈。所以這也變成賴索想要早退的原因之一，持續的頭部抽痛實在很讓人心煩。

「是不是聖者將要甦醒的前兆？」賴索問。

悠藍自己也不是很肯定，他將頭湊近樹屋的木房門打探。然而這舉動除了讓他的頭更加疼痛外，什麼資訊都沒得到。

妖異的氛圍從門縫透出，白霧狀的氣體不斷飄飛。當賴索注意到這情況正要提醒悠藍時，一條拉長的白色狐影迅速穿透木門衝出，在賴索三人還不及反應之前就已經筆直的衝入天花板頂端消失無蹤。

「是聖者大人。」塔培茲瞠目結舌的說。

「主人怎麼會還在這時候……」賴索不懂。

「聖者的神力正往太奧的方向移動。」悠藍轉過頭來對賴索說：「看來你的擔心是對的。」

銀諾睜開雙眼，迅速從地上坐起，同樣的情形已經在他身上重複兩次了。

「媽的，又是這樣。」銀諾怒拳搥地，真是叫人心有不甘。在多琳卓恩的心目中我比一個小孩還不如，連管理者的一擊都挨不了。

「你又出局了。」黑天童像個看戲的人，他把銀諾當成諧星。

「你一點忙都沒有幫上！」銀怒抱怨道：「我被管理者大人攻擊的時候你應該能做點什麼。」

「就因為我做了，所以事情依然順利。」黑天童反對銀諾的說法。

「你做了什麼？」銀諾摸摸衣袋，熔岩之花與圓鏡居然完好無缺的留在身上。

「三個謎題解其二，最後一個必是珍．黑火。」黑天童說。

隨著銀諾的失敗次數增加，空間也變得更詭譎恐怖。天空已經佈滿猙獰的惡鬼，它們在骯髒昏黑的天空四處游動，不時張口對銀諾發出無聲的咆哮。

無樹的地方居然會有落葉飄飛，枯黃的葉片在這唏噓的空間裡沒有目的、沒有節奏、沒有意義的四處搖擺；當葉片接近銀諾前方咫尺處時，無名的黑火會將葉片燃燒殆盡，沒有煙灰、沒有氣味、沒有色彩，就像從來不存在般，轉瞬出現又在眼前快速的消失。

殘影浮現人形，珍．黑火毫不意外的在銀諾前方現身。

「這就是你能控制的部分？」黑天童啐道：「最後簡直是送分題。」

珍的聲音已轉變為鏡妖的聲音：「你只剩最後一次機會了，可要好好的把握。」他微笑道：「奴覺得你真的挺有耐性和定力，接連兩次的失敗都不能讓你產生動搖或負面影響；不過多琳卓恩本人可就不一樣了，她內心最後一道防線即將崩潰，我們之間的契約即將圓滿完成。」

鏡妖話語一落，銀諾立刻猛烈且迅速的朝珍的臉部揮拳，但被對方僅以左掌輕易的接下。

「不要在這個世界使用武力，你已經失敗兩次了！」黑天童再次提醒。

「盲目又無知的人才會一而再的重複同樣的錯誤。」鏡妖嘲笑道：「反正你的時間已經所剩無幾，不如好好的想自己的遺言，也許奴會考慮替你實現。」

「那麼你去死吧！」如果你能一起死，那我死又何妨，銀諾豁出去了。

「適可而止，你該做的不是這件事。」黑天童說。

「我就是氣不過……這人太可惡了！」

「憑你是無能在奴的影響之下驅除珍．黑火的陰霾，所以你只剩唯一的一次機會……」鏡妖藉由珍的嘴問銀諾：「你找到三道謎題的答案了嗎？」

簡直幼稚又無聊，你就是用這種方式在拖延我的時間不是嗎？銀諾從衣服內袋中取出熔岩之花與圓鏡；他舉起拿著花朵的右手，「這是熔岩之花的真正顏色。」接著再舉起拿著圓鏡的左手，「這是夢魘的根源。」最後銀諾兩眼直勾勾地盯死珍的身影，「害多琳卓恩改變自己的……就是你！」

「奴？你指的是珍還是奴呢？」鏡妖不解。

銀諾不覺得好笑，「我可沒心情陪你玩。答案我給你了，現在你該從這個地方永遠消失！」

珍喟嘆道：「奴給了你時間，你卻將時間白白浪費了。」

銀諾身體一顫，鏡妖的話使他動搖。

「你跟奴說那朵黯淡又平凡無奇的花就是真正的熔岩之花，那你自己相信嗎？塔利兒應該有告訴過你，女皇的內心世界是屬於女皇自己的，別人不能、也沒辦法去佔有。你曉得這圓鏡的用途是什麼嗎？如果不知道的話，你憑什麼說它是女皇的夢魘根源？再者，如果奴能夠改變女皇的心志，那麼奴早就取得她的火核離開這個地方了，何必陪你們在此浪費時間？一堆毫無依據的憑空猜測，相信你能找到答案的奴更傻，簡直愚蠢！」說完，珍的中指一彈，圓鏡猛然爆裂，銀諾受創倒地。

銀諾右手仍然緊抓著熔岩之花。他不可置信的撿起圓鏡破片一看，從鏡子裡映照出來的正是一張眼睛瞪大、滿臉是血的面孔。接著那張臉漸漸扭曲變形，恐怖的影子正對著自己獰笑，就好像他的奸計得逞了。

血？怎麼會有血？自己應該是身處在多琳卓恩內心架構出來的虛擬世界，不該有血的。倒地的銀諾完全不懂，各種疑問攪亂他的思緒，身體漸漸地失去知覺。

「糟了，銀諾你撐著點！」黑天童大叫。

「沒用的，你救不了他。」鏡妖宣告：「奴會讓銀諾在這個地方『真正的死亡』，這是做為他浪費奴時間的懲罰。」

綠色的光柱罩在銀諾身上，「你說了算嗎？如果我不讓他死呢？」黑天童不服。

「何必浪費神力呢？這是徒勞無功之舉。」珍緩步走到銀諾身旁，她低頭看著已陷入昏迷的銀諾，「奴就在你的面前殺了這個蠢男人，讓奴看看你要怎麼阻止我。」

銀諾的血液順著手臂滑至手掌，熔岩之花沾上銀諾的鮮血後立刻閃耀著靛藍色的光芒。珍停止行動，愕然地注視著熔岩之花。在藍光的照耀下，鏡妖的臉形在珍的臉上忽隱忽現。

「這是……」黑天童目睹這一幕，心中有了解答。「原來如此，我明白了。你打算利用銀諾找到謎題的答案來突破女皇的心防，藉以取得女皇的火核。但是你自己也忽略了身處於這虛構世界的事實，犯了和銀諾大人一樣的過錯而弄巧成拙。讓我告訴你謎題的真正答案吧：你現在看到的就是熔岩之花真正的顏色。在女皇的心中，銀諾大人是脆弱的存在，所以銀諾大人在這個世界裡才會對任何攻擊沒有太大的抵抗能力；女皇對銀諾大人無比的擔心及憂慮化成了夢魘，她無時無刻對銀諾大人的安危提心吊膽，深怕他會遭遇各種不測。這種過度的牽掛才會變成惡夢，讓女皇心裡難安。這一點我從你的圓鏡碎片中得到了證實，鏡子如實的照出了銀諾大人在女皇內心裡化成恐懼的模樣。正因為女皇始終心繫著銀諾大人，所以改變女皇的既不是你也不是銀諾大人，而是想保護銀諾大人的那個強烈念頭。」

靛藍色的熔岩之花從銀諾無力的手心飄出，然後化成朵蕾娜的模樣。「銀諾大人讓我變得堅強並且得到足以面對自己內心深層恐懼的堅韌力量。到了這個時候，你已不可能再讓我的世界崩潰。立刻離開這裡，退出我的內心，永遠別在太奧出現！」

鏡妖勃然大怒地指控：「多琳卓恩，妳是一個背信的小人，妳違背了靈魂契約的內容！」

「我沒答應把我的火核交給你，這是你自己單方面的想法。」

「因為妳想將害怕這世界的恐懼與不安永遠放逐，所以奴才答應幫妳的忙，妳的火核就是奴的酬勞，這難道不對嗎？」

「我答應的是在我的庇護之下，讓你永遠不被厄法追緝。」多琳卓恩接著說：「何況你讓負面情緒表現在朵蕾娜和珍的身上，這與我們的約定不符。」

「深鎖與封印無法消除累積的壓力，只有發洩才可以。」鏡妖辯解。

「可悲的虛賦月，枉費你有直接窺視別人內心的本事，可是你卻用自己的想法對你所看到的事物做第二次的解釋。因為你的自大才會去強行扭曲別人的想法，然後把自己的行為合理化。」黑天童說。

「住口！塔利兒你這滿手血腥的人沒資格評論奴。」鏡妖面對多琳卓恩，「奴就問妳一件事，火核現在在那裡？」

多琳卓恩語氣平淡的回答：「當熔岩之花開花時，火核就會真正的出現。」

「奴現在看到的妳就是火核？」鏡妖問。

她點頭，「可惜你永遠都取不走了。」接著又說：「其實一開始我是真的願意讓你拿走火核。」她看向銀諾，「但是這個男人卻在我最徬徨的時候出現……」

「哼，妳用意志力浪費了奴多年來的時間，妳說奴該怎麼報復妳才好呢？對了，就帶走妳最心心念念的男人如何？」

「住手，你想幹什麼？」多琳卓恩叫道。

「不管妳的內心再怎麼堅強，銀諾終究是與妳無關的獨立個體，妳阻止不了奴。」鏡妖取出魂鏡，接著在他的施術下銀諾化成光點盡數被魂鏡吸入。「他的魂魄是奴的了。」

「……所以是成功的將鏡妖趕走，但是銀諾大人的魂魄卻反被鏡妖帶走？」雖然多琳卓恩恢復，可是高頓一點都高興不起來。

多琳卓恩甦醒，朵蕾娜以及珍．黑火依然陷入昏迷。

「您要完全恢復仍需再等待一些時間。」黑天童對多琳卓恩說：「不必太擔心銀諾大人，在我的咒術影響下鏡妖沒有辦法直接毀去銀諾大人的靈魂。」

「我要去救回銀諾，請塔利兒大人告訴我鏡妖的巢穴在何處。」多琳卓恩表示。

高頓嘆道：「鏡妖這種小人就只會利用別人脆弱的心理趁虛而入，他真有本事就該去找像亞基拉爾大人那樣意志堅定的領主才對。」

「您才剛從陰影中脫出，神力還沒穩定。何況您的元系神力對上鏡妖的咒系神力並沒有優勢，這件工作就交由在下來辦。」

多琳卓恩不願坐著等待，「不要！我要你立刻將鏡妖的藏身處告訴我，這是我太奧領主多琳卓恩的命令，你一定要說。」她蹙眉搖頭，「我不能失去銀諾，絕對不行！他既然能為我孤身犯險，我就一定要安然的將他帶回。」

黑天童晃著他的腦袋，塔利兒無瞳的雙眼注視著什麼都沒有的地方。「您變得堅定了，這是一件好事……」

這是什麼地方？我人在那裡？

銀諾站在一個無邊無際的黑色世界，眼前沒有任何景物、看不到半個人，安靜的讓人害怕。他覺得自己的身體飄飄然，完全沒有半點真實的感覺，這又是怎麼回事？

有人嗎？銀諾張口大喊卻沒有辦法發出聲音。

這時他好像看到有個人就站在離自己的不遠之處，那身影還隨著時間流逝而逐漸清晰，銀諾越看越熟悉。他試著再接近一點，然後發現眼前的人正是朵蕾娜。

「多琳卓恩？妳復原了嗎？」

朵蕾娜神情哀傷，她看起來像個無助的小女孩。

妳怎麼了，別太難過，我在妳身邊。其實妳應該早點把事情的真相告訴我，這樣妳就可以不用自己一人承受那麼多的痛苦。

朵蕾娜搖頭不語，她試著舉起嬌弱的手臂，正嘗試碰觸銀諾的臉龐。

銀諾同樣向朵蕾娜伸出右手，他渴望把眼前的女孩攬入懷中。就在雙方接觸的那一刻，銀諾的手穿過了朵蕾娜的身體，猶如一縷輕煙。怎麼會這樣？是朵蕾娜變成靈體還是我變成靈體？

朵蕾娜失落的向後退了數步，她的雙眼和額頭留下靛藍的血液。

血？災炎一族的人哪來的血？

多琳卓恩，妳要去那裡？別再從我的身邊離開可以嗎？

朵蕾娜的身影逐漸遠離銀諾，不管銀諾怎麼追就是追不到。昏暗的世界僅剩銀諾一人，孤單徬徨的一人；與他相伴的只剩空虛，還有那縈繞不去的思念。

銀諾的身體平躺在玻璃平台上，他的身上沒有傷痕，看起來如同在沉睡般。

在他的左手旁有一根燃燒到一半的白蠟燭，腳底有一面橢圓形的鏡子將銀諾的身影完整照進去。一陣詭異的風吹來，蠟燭被吹滅，銀諾的影子也從鏡子內消失。

「奴在多琳卓恩的內心世界沒辦法真正讓銀諾死亡；但這裡可就不同了，這可是奴的地盤。」不知道從那裡傳來鏡妖的聲音。

「這話難道是說給我的聽嗎？銀諾大人根本還沒清醒。」黑天童回答。

「不要多管閒事，你不可能從奴的手中帶回銀諾。」

「你要試試我的能耐嗎？學過咒術的可不止你一人。」一閃即逝的電光打中銀諾的腦門，雖然方法粗暴，但總算是把他喚醒了。「好歹銀諾大人也是經由我開啟的奇異傳送門離開，無論如何我都有責任要保護他的人身安全。」

銀諾意識清醒的很快，「這是什麼地方？塔利兒大人，快開傳送門讓我回去。」

「你那裡都不能去。」魯莽的男聲發出宣告。

銀諾瞪眼一看，在魔塵大陸裡他最不想見到的兩個人卻同時在這出現。「拓爾．刃揚大人，暮辰．伊瑪拜茲領主。」他想也不想，拔腿就往反方向逃跑。

「你逃什麼逃？那是鏡妖創造出來的幻影，若你因為害怕而逃跑就沒救了。」黑天童說。

「我在霍圖被他們虐待慣了，不知不覺就出現反射動作……」

「不必害怕，這是咒術的世界，我會幫你。」黑天童保證。

銀諾膽怯的說：「可是我的實力不如他們，真的保證我能贏嗎？」

「不保證。」黑天童說：「如果你死了，我也會盡責的帶回你的靈魂玉供人憑弔。」

「你說這話豈不是更讓我絕望嗎？」銀諾探了一下，他們兩人才正要走過來。銀諾也不管那麼多，他直接往前方那個有亮光的地方逃去。

「人們在逃難時都會下意識的躲入無光的地方，你卻反其道而行。」黑天童覺得有趣。

「你都說這裡是鏡妖的咒術世界，那我躲到那裡還不都一樣？我希望能有障礙物掩護我才好，免得連躲的地方都沒有。」銀諾走進一個沒有空間概念、裡面滿是全身鏡的奇怪地方。

「自己走入別人的陣法，我都不知道該說什麼才好。」黑天童嘆氣。

銀諾在全身鏡內看到的不是自己，而是許多奇形怪狀的怪物。此刻在他身後的鏡子突然無聲無息地朝銀諾的背後伸出滿佈黑瘤的鬼手，銀諾本人卻絲毫沒察覺到這股惡意。

「你用魔鏡想竊心，那我就回以怨火。」塔利兒施術，從銀諾的背上發出青白色的亡燄逼退鬼手。

銀諾慌張的回頭，「不潔之炎？請你別用這種危險的法術救我可以嗎？」

「挑三揀四，你真的會死在這裡哦。」

鏡妖哼道：「塔利兒，你能幫銀諾到什麼地步？」

「銀諾，過來我這兒聊聊天。」戴著兜帽，讓人無法看清面貌的暮辰說。

拓爾舉起他的大砍刀，「刀鋒變鈍了呢，今天就讓我用你的血來洗刀。」

開什麼玩笑。銀諾根本不願接戰，他只是不斷的退後。

「不能越過你的敵人，那你終其一生都成不了領主。」黑天童表示，塔利兒緊接著施術。

「雖然很無奈，但保住你就是我現下的工作，我為你請來兩個強而有力的幫手。」

亞基拉爾、加列斯在塔利兒的召喚下先後現身，他們與銀諾並肩齊站。兩名強大的幫手出現，就算他們只是在塔利兒的施術中產生的影子也能令銀諾心安不少。

「當領主困難，想偷個半日閒更難。」加列斯掄動龍脊棍，「快點，速戰速決。」

亞基拉爾表現的很不耐煩，「我們是應塔利兒先生的咒術而出，必須強制幫忙也是沒辦法的事；但是使用者付費的概念還是得要有。」亞基拉爾朝天射了一箭。「我遠在邯雨的本體會收到我發出的訊息，到時候你得付錢給邯雨。」

該死，他不止是擁有亞基拉爾神力的影子而已，連個性都一模一樣。「你們只是法術的召喚物又不是真人，為什麼我得為此付錢？好吧，這都是小事，先幫我解決眼前的難關再說。」

亞基拉爾與加列斯互使眼色，兩人默契十足的發動攻勢；加列斯對上拓爾，亞基拉爾則應付暮辰。銀諾在旁邊觀察對戰過程，他越看精神就越緊繃。

「你怎麼光站在一旁觀看？若不助陣的話這戰會很難贏。」黑天童說。

亞基拉爾與加列斯果然很快的便被逼退，銀諾無法堅定的心志反倒助長對面敵人的戰鬥力。拓爾抓緊機會，手中的斬肢砍刀朝銀諾當頭劈落。

「太危險了。」銀諾提飽神力發動惡癌痕，皮膚登時浮現紫黑色的巨型脂瘤，他以此為盾格住拓爾的砍刀。「塔利兒先生，我的神力運行有窒礙產生。」

「在鏡妖的世界裡你不可能使盡全力，他在你身上設下太多限制。」黑天童解釋。

「無法使出全力和我對戰的你與廢物無異。」拓爾向前踏了一個弓步，隨後以迴旋的方式轉動刀勢，一記橫掃毀去一半以上的半身鏡，銀諾也被勁力掃出並在腹部處留下一道傷痕。

「差一點……」銀諾抱著受傷的肚子，「這一刀差點把我剖腹。」

暮辰從後方出掌偷襲，幸虧加列斯以長棍再把銀諾往前推進數步讓他得以閃過暮辰的攻勢。

「小心一點，她會擊碎你的頭蓋骨。」加列斯喝道。

亞基拉爾搭箭連射，迫使拓爾無法再向銀諾進逼。雖然神力發揮的不完整，但是亞基拉爾和加列斯的應戰技巧仍不會讓敵人佔盡上風。儘管如此，我們自己的場面依然沒有優勢，亞基拉爾和加列斯敗退只是遲早的事，銀諾本人不但受傷連連又幫不上大忙。黑天童忖思後生出一計，塔利兒再次施展咒術。在咒文吟唱之中，白色長髮飄逸的男子身穿銀甲，持劍殺出。「虛賦月，我要送你進病榻地獄讓你與父親相伴！」男子朝黑暗的一角追尋神力而去。

「居然是謝法赫．蘭德！塔利兒你……」鏡妖少見的語帶驚慌。

「你能叫出讓銀諾害怕的人，我也可以召出令你忌憚的人。」黑天童急呼：「銀諾大人，你還不趁這個機會突破劣局嗎？」

銀諾也知道這是個好機會，他鼓足氣勢發出戰吼，以叫聲增加自己的膽量，接著再聯合亞基拉爾與加列斯三人合力對暮辰發出重擊，不及防備的暮辰承受不住三人的合招，靈體當場消滅。

「拓爾．刃揚，吃我一棍！」加列斯揮動龍脊棍殺向拓爾。

本來還意欲抵抗的拓爾卻突然將武器丟在地上，向加列斯搖手求饒：「你們以多欺少，這不公平，我不玩了。」拓爾的靈體主動消失。

虛影結界的特色就是咒術施法者利用收集得來的微量神力製作出假的靈體；其所學的神術、性格與本人相同，記憶的部分由施術者提供，所以身在其中的人會有把這些靈體看成本人的錯覺。鏡妖見情況不對，連忙把虛影結界關閉。

「你也不玩了嗎？」黑天童譏道：「枉費我剛從中找到一點樂趣。」

鏡妖發出不平之鳴：「若沒你的幫忙，銀諾早就該死了！」

銀諾得意揚揚的說：「怎麼說塔利兒大人都是血祠院的領導，哪會讓你簡單得逞？倒不如快放了我，免得自取其辱。」

鏡妖似乎不打算就這麼放棄，他之後吟唱一段咒語，銀諾注意到神力流動的轉變並提高警覺。咒術陣法再次啟動，破碎與完整的半身鏡同時開始不安地飛舞，飛旋的玻璃蘊含鏡妖加注的神力，一片四角形的玻璃甚至輕而易舉的劃開銀諾的護胸。

「這比附魔刀刃還銳利。」銀諾連續躲過飛射而來的玻璃暗器。

「鏡妖，你惱羞成怒了嗎？」塔利兒在銀諾的周身施展三面氣形護盾。

在碎鏡陣中，玻璃並不會因為粉碎就了事，碎片隨時都能重新組合成銳利的飛射武器繼續攻擊銀諾。一陣接過一陣，就像驟雨一樣。不斷撞擊氣盾的玻璃發出短暫的亮光，一閃一滅猶如繁星閃爍，卻不是那麼的美麗，更可以說讓銀諾看得膽戰心驚。

氣盾終究無法久持而爆裂，一片尖銳的鏡片擊中銀諾的左肩，深深陷入皮肉之中的玻璃讓銀諾的左肩血流不止。

飄浮在銀諾周身的碎玻璃跟蟻群一樣多，它們像是虎視眈眈的掠食者，只待發號施令的人一聲令下。銀諾不管看哪個方向都有瞄準自己的碎鏡破片，「陷入死局了。」他哀怨的說。

「這正是奴希望的結果。」鏡妖問：「塔利兒，你還能怎麼幫助銀諾？」

黑天童發出輕笑，笑聲中多有對鏡妖的鄙夷。「別太看得起自己，我說過在魔塵大陸裡修習咒術的可不僅只你一人。」

鏡妖被塔利兒的話惹怒，「你真的覺得你的能力在奴之上？哼，奴這一生還沒被人這麼瞧不起過，你已經讓奴對你相當的反感……銀諾一定要死！奴要在你的面前殺死他，讓你知道自己的實力有多不足。」

「你們兩個嘔氣跟我什麼關係？」銀諾抗議。

不給銀諾繼續說話的機會，碎鏡陣開始向內緊縮。銀諾逃無可逃，生路盡被封死。他覺得自己本人就像是一塊強大的磁鐵，然後將宛如帶有磁力的破鏡碎片快速地拉向自己。

就在逼命的危急一瞬……空間竟突然失去平衡。銀諾整個人顛倒過來，身體被強制拉到高空；本來應該往內集中射向銀諾的碎片全都轉了方向變成往四面八方飛去。

「空間反轉？呃……」鏡妖發出疼痛的悶哼，其中一片玻璃不偏不倚的刺中隱於黑暗中的鏡妖，空氣裡飄現淡淡血味。「塔利兒你真該死！」

「這樣你還沉得住氣我也很佩服你，難道你打算就這麼一直隱藏著而不現出真面目嗎？」黑天童問。

「你若死在奴面前，奴一定會出來見你最後一面。」鏡妖吟咒，神力凝聚成形，影子的完整輪廓浮現。

「你還不死心？」銀諾心中升起疲憊感。就在他定睛注視之後，他發出訝異的叫聲。「你把我也召喚出來？」銀諾看著眼前的男人，他的舉手投足和自己是一模一樣。「既然你是我，我也是你，那你應該要分得清誰是朋友誰是敵人才對。」

「我沒有朋友，但你是敵人。」鏡像銀諾說：「我被召喚出來的目的就是殺掉你。」

「你這是本末倒置了，沒有我哪來的你？」銀諾批評道。

「但是沒有鏡妖我也不會被召喚出來啊。省點講話的力氣，趕快打完趕快結束了。」鏡像銀諾毫不保留的對銀諾本人揮拳攻擊。

魂系神力凝聚的力量集中在鏡像銀諾的拳緣，銀諾硬接的同時也被這股力量逼得踉蹌。「你這死傢伙！你才不是我，你只是個冒牌貨。」

「如果我贏的話，我是不是就能取代本體？」

「想都別想。」銀諾厲聲道：「贗品怎麼比得上真品？」

銀諾與對方短暫交手一陣，他發現不光是自己有的對方也有，而且鏡像銀諾的神力彷彿用之不竭般，運勁及凝聚神力都比自己更快；反之自己受傷力怠在前，神力的控制也不如對方，銀諾已經預知自己將會敗在自己的複製體手中。若是被其他領主知道自己連個仿冒者都打不贏，那顏面到底該往哪擺？銀諾一想到此，咬著牙也要繼續苦撐下去。

蟄伏在黑暗的陷阱在這關鍵的時刻發動，措手不及的銀諾被漆黑的鍊子綁住四肢。「鏡妖，你要這種小手段！你難道連一點名譽都不要了？」

「殺了你才是現在最重要的事。」鏡妖強調。

「我都快搞不懂你是在報復銀諾，還是要證明你的能力能勝過我？」黑天童說。

銀諾認為現在這都不是重點。自己在前一刻還和人激戰，下一刻就被上了枷鎖，這豈不是要自己的命嗎？銀諾著急的用手拉扯鍊子，但是鍊子一條都沒被扯斷，畢竟這是咒術形成的鍊索，非一般蠻力或神力就可以使之斷裂。鏡像銀諾抓準機會朝自己撲來，現在的銀諾幾乎沒有抵抗的餘力，眼看就要被對方得逞。「塔利兒大人，快想個辦法！」

回應銀諾的求救，塔利兒同樣以咒術之鍊制住鏡像銀諾的行動。

此舉似乎早在鏡妖的預料中，「你就這樣繼續被動的跟著我的腳步吧。」

察覺到蹊蹺，黑天童急呼：「銀諾大人，小心身後！」

不是只有塔利兒注意到背後的殺機，銀諾本人早就內心有底，他打算迴身給予對方迎頭痛擊。但就在銀諾轉身的瞬間，佳人的模樣烙印在瞳孔，接著便是胸口傳來的一陣冰冷的刺痛與壓迫。銀諾手按住傷口，震驚的坐倒在地，他只是直直地看著對方，一句話都說不出口。

多琳卓恩冷淡的看著受傷沉重的銀諾，那是一雙對銀諾的死活毫不在意的冷酷眼神。

「銀諾大人，你太傻了！」黑天童忍不住罵道：「那是假的女皇。」

「我知道，但……」銀諾口中湧出鮮血。

鏡妖的世界被塔利兒強行破開通道，藍色火焰趁著這短暫的空隙快速衝入。

「銀諾！」熟悉的聲音之後是強大的元系神力，火焰將銀諾周邊的威脅盡皆掃去。鏡像多琳卓恩與剛解除束縛的鏡像銀諾全都被迫後撤。

鏡妖也不太訝異，「奴製作出假的多琳卓恩，你卻讓本尊進來這裡，可真是有意思。」

「銀諾，你怎麼樣？」多琳卓恩從地上扶起奄奄一息的銀諾。

銀諾心窩處的傷口不斷噴濺出血液，「因為是妳……我無所謂。」

不可以，那不是我做的，你不可以就這麼死去。多琳卓恩的聲音逐漸變得微弱，在銀諾的耳邊細的像是蟲聲。

熱鬧非凡的昭雲閣決策大會裡，各個領主在宴席會場彼此相互打招呼。雖然他們不管做了什麼、說了什麼都只是假象的欺騙、僅是表面工夫，但這是昭雲閣的禮節，也是勢力間交流、查探情報的最好場合，領主之間還是會裝出很熟稔的樣子。唯一一個與這種場所格格不入的便是太奧領主多琳卓恩，她自己坐在角落的一桌，沒領主與她同席，連自己家族的其他領主都不願與她同桌而坐。因為是領主們交流的地方，所以也沒有手下與隨從，多琳卓恩自己孤單的看著桌子中間擺設的銅製花瓶發愣。

一名男子坐到她右側的座位，同樣盯著花瓶。「厄法布置這個會場花了不少錢，連這花瓶也是精挑細選的擺設，的確很漂亮；但它真的值得妳一看再看嗎？」

多琳卓恩禮貌的向男子點頭致意。「您好，銀諾大人。」

「大人兩字不敢當，在下位階比您還低，直接叫我名字就可以了。」銀諾笑道：「這樣我聽起來也會舒服些。」

多琳卓恩好奇的打量著銀諾，接著回答他的問題：「因為這花瓶是這張桌子上最美麗的東西。」

銀諾反覆的看著花瓶與多琳卓恩，「是因為桌面乾淨，沒有其他東西可以和花瓶相比的緣故嗎？在我看來您也是一樣，在這會場裡我只注意到您一人。」

多琳卓恩環顧四周，「其他領主也都在場，何止我一人？」

銀諾搖頭，「花瓶是孤獨的，您也是。」他從下人的端盤上拿起裝飾用的紅花。「抱歉，因為這裡沒花，這朵紅花就先借我用一下。」

下人愣了一下，「啊，是的，您儘管拿去。」

「再漂亮的花瓶少了一朵鮮花就真的只是一個普通的裝飾品。」銀諾將花遞給多琳卓恩，「您願意為了我將紅花插上嗎？」

多琳卓恩反問：「您這是把我比喻成花瓶，而您則是這朵紅花？」

「抱歉，我不是很想用這麼庸俗的比喻法，實在是我想不到有什麼更好的話題切入。」銀諾拿起花瓶，以拳頭輕敲。「您聽聽，不管這花瓶再怎麼漂亮都是外表而已，它可是空心的。花瓶的內涵始終取決於美麗的鮮花，如果您願意，我可以成為這朵豐富您內心的花朵。」

火神走過來用力拍了銀諾的後腦，「你在說什麼東西？我在旁邊聽到快吐了。」他看了自己的妹妹一眼，也沒有什麼反應。「走吧，你叫我來參加這個無聊的聚會你就得陪我，你知道我最痛恨別人浪費我的時間，過來和我喝一杯。」

多琳卓恩起身，「慢著！」她走過去將銀諾手中的花瓶拿起後擺在桌上，「我想這花還是適合你。」她將花插在銀諾的上衣口袋，花朵經過多琳卓恩的手後竟變成靛藍色的花。「我不喜歡豔紅的花朵，我認為最美麗的顏色就是藍色。」

「這是什麼意思？表示我被甩掉了嗎？」銀諾不懂。

火神毫不客氣地當著多琳卓恩的面前對銀諾說：「若你想在安達瑞特家族內飛黃騰達，那就應該要討好我而不是多琳卓恩。那個女人沒有感情，不管你對她做了多少好事都沒用。」

「依我看來，太奧領主只是比較壓抑一點而已，不會沒有感情。」銀諾反問火神：「你有沒有感情？如果你有的話那麼你的妹妹也會有。喔不，你不是沒感情，是無情才對。」

「你對我好像有很多的不滿，我會給你時間好好的抱怨。」火神以手臂勾著銀諾的脖子強行把他拉離現場。

「好痛好痛……」

看著銀諾無端受罪，多琳卓恩當下的心情竟受到影響。

決策大會開始前，富文·戴利一身正裝走上講台。他先向眾人禮貌性的鞠躬，接著清了清喉嚨後說：「會議即將開始，請各位領主們保持會場禮儀並做好準備。一開始，我們要先感謝亞基拉爾宗閣長，因為今天這個會場是他考量到諸位領主參與會議的舒適度而特地挑選的，請大家給我們昭雲閣的宗閣長一點掌聲。」

席間的掌聲稀稀落落，亞基拉爾還是一樣不受歡迎。

銀諾雖然有鼓掌，但不太積極，而且嘴上唸唸有詞：「什麼特地準備的，還不是他自己想舒服的開會才選宴席廳的嗎？」他這話其實是講給坐在他左側的多琳卓恩聽，但多琳卓恩毫無反應。

「今年的我實在太倒楣了，和艾傑安大人一起被抽選為大會主持人……」富文喃喃地抱怨個不停。

「很夠了，我們的時間很寶貴。」赤華問：「艾傑安大人呢？他不主持會議跑去那裡？」

富文聳肩，「我想是在厄法的某個地方醉倒了吧？」

「那麼你還等什麼？快去把他找回來主持。」赤華催促道。

「找什麼找？直接開始了！」謝法赫不耐煩地說。

赤華點頭，「是的，亞父。」

「在我們開會之前，我想先問有沒有那位領主大人忘記攜帶今天開會需要的會議紀錄報告書呢？我已事先提醒過各位領主大人的隨從了，就怕還有人會忘記準備。有沒有人真的忘記帶？沒頭沒腦的領主實在很讓人傷腦筋。」

多琳卓恩東翻西找，就是少了那本會議紀錄報告書，顯然她真的遺忘了。

銀諾看了她一眼，想也不想就將自己的書移到她的桌面上，然後他起身大喊：「報告主持人，我忘記帶了。」

後方的鬼牢領主齊倫發出噓聲：「你要不要臉？東西忘記帶還敢那麼大聲。」

富文一臉被打敗的樣子，「你真的是有夠糟糕，自己去後面和侍官拿備份的資料來看。」他再次掃視四周。「除了銀諾大人外，還有哪個領主是出門帶頭不帶腦的笨蛋？趕快去後面拿資料，不要浪費大家寶貴的時間。」

亞基拉爾坐在前座，他吸了一口旱菸後又從容的將煙吐出。「我也沒帶。」

富文嚇了一跳，「什麼？宗閣長也忘記帶了嗎？喂喂，後面的侍官在幹什麼，還不快為宗閣長遞上會議資料。」

夜堂領主維贊發出不滿的嗤聲：「媽的，奉承之徒。」

加列斯起身，「幹嘛這樣？我自己去後面拿就好，忘記帶資料的又不是你……」

亞基拉爾拉著加列斯的手，「坐好。」接著他問富文：「一份資料兩個人也可以一起看吧？」

富文連連點頭，「行，沒問題，宗閣長真是太聰明了。」

「富文大人……」梵迦表情難堪，已經按捺不住情緒。「您可以穩重一點嗎？您可是埃蒙史塔斯家的代表。」

銀諾滿臉喜悅地挨近多琳卓恩，「您也聽到大會主持人說的話了，我們兩個人得一起看資料。」

多琳卓恩將書冊攤開後平放到兩人的桌子中間。

散席後，銀諾又被火神粗暴的拽到一邊去。

「好痛好痛，你不用拉我那麼用力，我安份的跟著你走不就好了嗎？」

「皇兄。」多琳卓恩拄著拐杖擋在火神面前，「我想和銀諾大人說些話，可以嗎？」

「他沒有話跟妳聊。」火神代替銀諾回答。

「有有有，我有很多話要跟妳聊。」銀諾雀躍的說。他很想趕快離開火神身邊。

「我希望大哥您能對待銀諾大人溫柔些。」

火神斜眼瞟著她，「妳從什麼時候開始懂得關心別人？」

多琳卓恩避開火神的眼神，「我只是希望你能善待自己的手下，銀諾大人是個好人，他沒有理由要受到這種待遇。」

「好人，我自己怎麼沒這種感覺。」銀諾搔著臉輕笑。

「若我不照做又如何？」火神問。

多琳卓恩眼皮半闔的雙眼凝視著火神，明明是災炎一族，但是她們兩人之間的氣氛卻猶如被冰雪凍結的泥土般既寒冷且僵硬。雙方保持沉默，互相對峙一會兒後銀諾才跳出來打圓場。「兄妹之間幹嘛鬧成這樣？我看我就和太奧領主離開一下，等等我再回來找你。」

火神將耳機戴上，接著以兜帽掩面。「給你五根短針的時間，你不回來我就親自動手。」

銀諾與太奧領主來到休息室後，多琳卓恩率先開口：「您都沒脾氣嗎？甘心這樣被火神輕率的對待？」

「他只是在開玩笑。」銀諾笑著回答：「因為我和火神大人感情很好才會這樣。」

「我不覺得那是玩笑，火神一向都不懂得分寸。」

銀諾也常為此苦惱，「不談這個，妳不是有話想對我說嗎？」

多琳卓恩端視著銀諾，「我不是一個不懂感謝別人的領主。」

「妳指的是什麼？」銀諾想了一下，他明白了。「你說決策大會的事？那不過是小事而已。」

「以後有問題就找我，不管是火神還是其他困難都可以。」多琳卓恩逕自宣布：「從今天開始我會保護你，任何想傷害你的人我都會將其燒盡，你也不必再為任何對你不善的人感到害怕。」

銀諾聽完後就差沒捧腹大笑，「這不是男人的台詞嗎？」

「若是你哪天對火神感到不耐煩，我可以為你把他解決掉。」

「我沒孱弱到需要別人保護，不過……我接受妳的好意。」銀諾搓著鼻根笑道：「果然是災炎一族。」

回憶湧上心頭，看著倒在懷中且滿身是血的銀諾，多琳卓恩恨自己沒能遵守答應銀諾的約定。她知道銀諾不但為了自己不顧自身安危的深入黑暗的內心世界，還因此連累他被鏡妖重創。

多琳卓恩悲憤交加，她第一次感受到情緒如此激烈的變化，她拾回已不見許久的情感了。

朵蕾娜、珍的影子與多琳卓恩重疊，三人合而為一；多琳卓恩恢復本來的樣貌，神力快速的穩定下來，冷澈的藍火圍繞著周身。「鏡妖，把你的命留下來！」

鏡像多琳卓恩與鏡像銀諾依照鏡妖的想法行動，他們上前阻止怒不可遏的太奧領主，卻被極端的藍火直接燒毀，連一點碰觸到多琳卓恩本人的機會都沒有。

空間再度開啟，白色狐影竄入，隨即以念系神力替銀諾止血。

「紫都領主玉紘．翠瞳？」鏡妖大驚失色。

「你已經沒有勝算了。」黑天童表示。

「是。」鏡妖承認失敗，「兩大領主出手，奴沒有勝算可言，但銀諾依然要死！哼，多琳卓恩妳這背信棄義的賤人，妳以為事情會就這麼算了？妳的惡夢仍未終止，夢魘仍會如影隨形的跟著妳，直到妳的生命終結那日……」鏡妖消失，飄浮在半空的所有半身鏡盡數碎裂，四周環境也恢復成原本的荒地。

「塔利兒大人，求你救救銀諾。」多琳卓恩懇求道。

銀諾仍倒在地上不動，黑天童也束手無策。「醫術非我專長，所以……」

白色狐影坐在銀諾身旁，九條虛幻的長尾搖曳。

「玉紘大人……」多琳卓恩轉而拜託紫都領主。

狐影隨後以念系神力在不傷及銀諾的情況下將玻璃碎片拔出，接著吐出綠色的光點助銀諾恢復傷勢。

「這是……銀諾的傷恢復了嗎？」比起之前的毫無表情，現在的多琳卓恩反倒好像在情感上難以收放自如，有些情緒失控的狀況發生。「但是為什麼他還沒甦醒？」

塔利兒靜默地站在銀諾身旁，白衣白髮的他看起來像個送葬使者；白色狐影嗅了嗅銀諾的身體，之後表示無能為力的搖頭。

多琳卓恩忍不住流下眼淚，大概是壓抑的太久太久了，她淚如雨下就像大川潰堤。滴落的淚水是滾燙的火雨，在銀諾的身上造成灼傷。

「唉呀！」黑天童勸道：「冷靜一點，將銀諾大人先帶回去療養，情況應該會有好轉。」

多琳卓恩抱著銀諾，也許是覺得自己對他有所虧欠，她依然捨不得放手。「都是我的錯，銀諾才會變成這樣。」

「冷靜一點，妳這樣對銀諾大人也沒什麼好處。」黑天童說：「毫無情感表現是一件壞事，但情緒過放也不是什麼好事。」

多琳卓恩盯視銀諾的臉，她為他將凌亂的瀏海撥齊，再抹去嘴臉上的血漬，之後輕輕的在銀諾的唇上一吻。

隨後，銀諾竟發出咳嗽聲，接著從他的嘴中吐出一塊混合著血與唾液的玻璃碎片，銀諾終於恢復意識。在場的人見銀諾安然無事，也都鬆一口氣。

「這是愛情的力量。」黑天童揶揄的笑道。

銀諾本人看起來很不舒服，但他依然可以反駁黑天童的話：「那塊碎玻璃不知道為什麼居然哽在我的食道裡，我一直想辦法要把它吐出來。其實我是有知覺的，你們剛剛說的話我全都聽見了。什麼愛情的力量？你知不知道我差點被愛情給殺死！」他仍對鏡像多琳卓恩從背後偷襲他的事耿耿於懷。

「你不留給其他人一點浪漫的想像，太快把事實揭露出來了。」黑天童促狹地笑道。

銀諾實在沒有力氣與黑天童爭這種小事。多琳卓恩激動的抱住銀諾，她環住銀諾的脖子，力氣大到讓他難以喘氣。「好了好了，我沒事，妳的眼淚實在很燙。」

謝法赫探視完銀諾的傷勢後轉身向多琳卓恩行禮，「在下代表昭雲閣前來了解情況，見兩位大人平安無事總算讓人安心。以後遇到這種大事請務必向昭雲閣回報，我們一定會竭盡所能的幫忙。另外，有關鏡妖的後續行蹤會由我來負責，他必定會被送進病榻地獄監禁。」

「有勞厄法親王了。」銀諾點頭致意。

「結局雖不完美，但總算是告一個段落。」黑天童說：「我也該返回血祠院。」

「且慢。」謝法赫提出請求。「請塔利兒先生協助在下追尋鏡妖的神力。」

「即使是救贖者也有勞累的時候。」黑天童回拒謝法赫的請求。「要我幫忙請按規矩來走，先得到亞基拉爾陛下的許可後，我會在血祠院等侯您大駕，那麼……」塔利兒打開傳送門，頭也不回的離開太奧。

「你要返回紫都了嗎？」多琳卓恩問銀諾。現在的她看起來精神奕奕，能夠一掃心理的陰霾真是太好了。

「我和主人請了三天假。」銀諾笑道：「總得好好的休息養傷吧？我可不想留下暗傷。」

兩人相視而笑，銀諾很久不曾有這種美好的感覺了。

位於邯雨喀伯羅宮的領主書齋內，亞基拉爾依舊低頭忙於批閱公務文件。架台上的留聲機播放著輕音樂幫助他沉澱心靈，旱菸的香氣使他精神舒緩，潤喉的烈酒令他提神醒腦，一切正如往常般順利的進行。等工作進度告一個段落後，亞基拉爾將文件收拾並堆疊整齊，接著他背靠著躺椅難得流露出疲態。他搓揉著眉心，閉上眼睛稍作休息。

此時，在窗戶與木門都緊掩的書齋內竟無端吹起微風，風中還送來一股幽閉森林的陰森與惡寒。亞基拉爾不喜歡這種木頭變化的味道，而且這陣風還吹滅了鬼火燈。

即便是昏暗的室內空間，亞基拉爾仍能利用夜視能力活動自如。

留聲機的音樂莫名轉變成女子的啜泣聲，好像在耳邊若有似無的迴盪。亞基拉爾起身走到一面掛在牆上的橢圓鏡子前，那正是陌生神力的來源。

鏡子不知為何竟照不出亞基拉爾的身影，但過了一會兒後影象又慢慢的浮現出來。鏡中的亞基拉爾掛著弔詭的笑容；不過本人並沒有在笑。隨後鏡子無端發出脆響，接著從亞基拉爾的臉中央開始產生網狀的裂痕，一張模糊不清的臉取代了鏡中的影象。

亞基拉爾嘴角抽動，他與鏡中之人同時陷入僵持。

（未完待續）

獵海人

永夜的世界

——戰爭大陸（中）

作　　者　談惟心
圖文排版　周妤靜
封面設計　蔡瑋筠
出版策劃　獵海人
製作發行　獵海人
114 台北市內湖區瑞光路76巷69號2樓
電話：+886-2-2518-0207
傳真：+886-2-2518-0778
服務信箱：s.seahunter@gmail.com

展售門市　國家書店【松江門市】
10485 台北市中山區松江路209號1樓
電話：+886-2-2518-0207
三民書局【復北門市】
10476 台北市復興北路386號
電話：+886-2-2500-6600
三民書局【重南門市】
10045 台北市重慶南路一段61號
電話：+886-2-2361-7511

網路訂購　博客來網路書店：http://www.books.com.tw
三 民 網 路 書 店：http://www.m.sanmin.com.tw
金石堂網路書店：http://www.kingstone.com.tw
學思行網路書店：http://www.taaze.tw

法律顧問　毛國樑　律師

出版日期：2016年6月
定　　價：650元

國家圖書館出版品預行編目

永夜的世界：戰爭大陸 / 談惟心作. -- 臺北市：
獵海人, 2016.06
冊； 公分
ISBN 978-986-92693-8-4(上冊：平裝). --
ISBN 978-986-92693-9-1(中冊：平裝). --
ISBN 978-986-93145-0-3(下冊：平裝)

857.7 105007123